창백한 말

창백한 말

최민호

황금가지

차
례

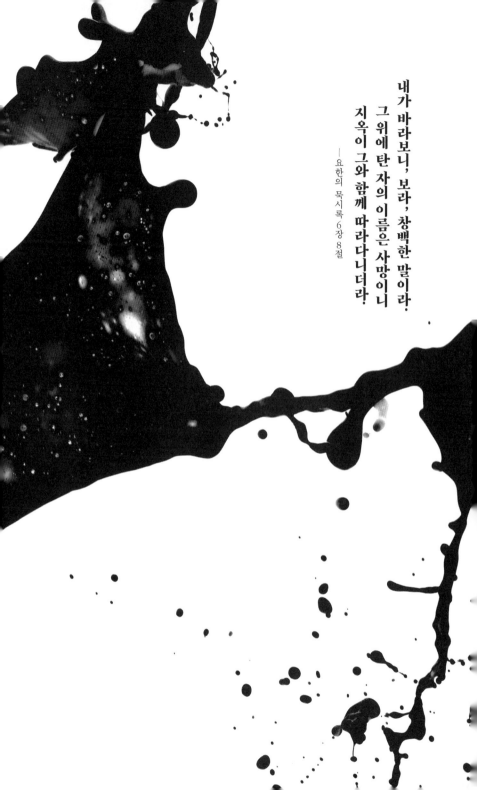

내가 바라보니, 보라, 창백한 말이라.
그 위에 탄 자의 이름은 사망이니
지옥이 그와 함께 따라다니더라.

— 요한의 묵시록 6장 8절

1장

그것은 파도처럼 보였다.

수진은 옷을 갈아입다 말고 잠시 TV 화면에 눈을 고정했다. 헬기에서 찍은 영상은 시체들이 이동하는 모습이었다. 정부는 비상령을 '주의 2단계'로 올렸다. 1단계가 2개월 전이었다. 여전히 어느 도시에선가 발생한 비상사태가 잠잠해질 기미는 보이지 않는다. 저곳은 어딜까? 화면만으로는 알 수가 없다. 외국의 어느 곳일 수도, 옆 동네일 수도 있다. 시체들로 뒤덮인 거리는 모두 똑같아 보인다.

"설마 여기까진 못 오겠지?"

수진은 왼쪽으로 고개를 돌렸다. 지현이 작업복을 벗으며 말을 이었다.

"그치? 몇 개월 전에도 이랬잖아. 그러다 또 잠잠해지고."

"저러다 말겠지 뭐……. 참, 나 오늘 미나 때문에 바빠서 먼저 간다."

수진은 재빨리 겉옷을 입고 방호복을 챙겼다. 사물함 문을 닫고 탈의실의 전자시계를 보았다. 8시 15분. 너무 늦었다.

"왜? 그 할머니가 또 난리야?"

수진은 쓸쓸하게 웃으며 지현에게 내일 보자는 말을 남기고 탈의실을 나왔다. 오늘도 늦으면 알지? 도우미의 말을 되새김질하며 수진은 뛰었다. 오후 5시 무렵 퇴근 전까지 할당량을 채우기는 힘들다는 결론이 났고, 휴식 시간에 집으로 전화를 걸어 통사정을 했다. 제발 사정 좀 봐주세요. 미나 혼자 둘 수도 없잖아요. 도우미는 수진의 말이 끝나자 한숨을 내쉬고 최후통첩을 전했다. 9시까지. 물론 두 시간 분의 수당을 언급하는 것도 빼먹지 않았다.

회사 정문의 검색대를 통과하는 시간이 영원처럼 느껴졌다. 가방 검사가 끝나고 검색대에 녹색불이 들어왔다. 문을 나서려는 순간이었다.

"어이, 김수진 씨!"

뒤를 돌아봤다. D구역의 작업반장이 뛰어오고 있었다. 수진은 그를 무시하고 싶었다. 늘 별것도 아닌 일로 잔소리를 해 대는 데다 틈만 나면 여직원들을 희롱하고 수진에게도 집적거리는, 웬만하면 마주하기 싫은 남자였다.

"집에 기둥서방이라도 박아 놨어? 뭘 그렇게 서둘러?"

반장이 말했다. 쓸데없는 말을 더 늘어놓기 전에 수진이 끼어들었다.

"왜요? 오늘 할당량은 정확히 끝내 놨는데."

"아니, 그게 아니라, 저기, 사장님이 잠깐 찾으시네."

사장? 수진은 순간 불길한 예감에 휩싸였다. 반장의 까무잡잡한 얼굴에는 아무것도 쓰여 있지 않았다.

"사장님이 왜요?"

"그야 나는 모르지. 지금 다른 사람들도 모여 있어. 얼른 가 봐야지. 사장님을 기다리시게 하면 안 되잖아?"

수진은 손목시계를 봤다. 8시 30분. 무슨 말이든 내일 출근해서 듣겠다, 지금은 아이에게 가야 한다는 말은 뱃속으로 삼켜야만 했다. 그녀는 얌전히 반장의 뒤를 따랐다. 사무동 엘리베이터를 타고 4층으로 올라가 복도 끝의 사장실로 갔다. 사장실 문 앞에는 수진 또래의 여자들 여섯이 모여 있었다. 수진이 나타나자 전부 그녀를 쳐다봤다. 수진이 아는 얼굴은 없었다. 모두 다른 구역에서 온 것이다. 수진은 시선이 얽힌 여자들의 눈빛에서 똑같은 무게의 불안을 느꼈다.

반장이 똑똑, 노크를 했다.

"사장님, 전부 데려왔습니다."

문이 열렸다. 여자들은 숨을 죽인 채 줄줄이 안으로 들어갔다. 마지막으로 수진이 입장하자 문이 소리 없이 닫혔다. 사장은 미소를 지으며 회전의자에서 일어섰다. 여자들에게 소파를 권했다. 수진은 소파의 왼편 끝에 앉았다. 모두가 앉자 사장은 인터폰을 눌러 차를 가져오라고 말했다. 그런 건 너나 많이 마셔! 수진은 소리치고 싶었다. 대리석을 깎아 만든 듯한 소파의 질감이 아니었다면 실제로 그랬을지도 몰랐다. 수진은 대신 다른 여자들을 곁눈질했다. 모두 눈동자로 사장의 움직임을 쫓고 있었다. 그는 원목 책상 주위를 서성이며 창밖을 보고 있었다. 사장의 등을 통해, 수진은 불현듯 어떤 단어를 떠올렸다. 통통 불어 수면 위로 떠오른 오래된 익사체 같은.

안 돼, 제발. 수진이 고개를 살짝 젓는 순간 비서가 문을 열고 들어왔다. 비서는 차례차례 여자들 앞에 커피를 내려놓았다. 여자들은 성사(聖事)에라도 참여하듯 침 한번 삼키지 않고 종이컵을 바라보았다. 비서가 목례를 하고 사라졌다. 사장이 벽시계를 한번 보았다. 길게 숨을 내쉬고 소파 상석에 자리를 잡았다. 사장의 그늘진 얼굴에서 입이 열렸다.

"일단 차 좀 드시면서 천천히 얘기합시다."

"사장님." 수진이 참다 못해 말했다. "사장님도 그렇고 전부 바쁜 사람들인데, 하실 말씀 있으시면 바로 하시죠."

사장은 수진의 눈을 똑바로 쳐다보았다. 덜컥 후회가 밀려왔지만 수진은 그의 눈을 피하지 않았다. 피할 수도 없었다. 사장이 물러섰다. 그는 여자들을 둘러보고 말했다.

"김수진 씨 말이 맞습니다. 제가 괴롭다고 이렇게 시간을 끄는 것도 여러분에게 못 할 짓이고."

수진의 마음속에 웅크리고 있던 여자가 먼저 반응해 비명을 질렀다.

"여러분에게는 정말 면목이 없습니다. 이번 달부터 본사 방침에 따라 불가피하게 인원 감축을 단행하게 됐습니다. 우리 회사만은 그럴 수 없다고 여러 번 진정을 넣었습니다만, 워낙 본사 쪽이 완강하게 나오는 바람에⋯⋯."

수진 맞은편의 여자가 갑자기 흐느끼기 시작했다. 수진은 입술을 지그시 깨물며 주먹을 꼭 쥐었다. 손톱이 손바닥 깊이 파고 들었지만 아픔을 느낄 수 없었다. 수진 왼쪽에 앉은 작업복 차림 여자가 우는 여자의 어깨를 감싸 안으며 다독였다. "괜찮아. 울지 마, 울지 말라니까."

"왜죠? 왜 하필이면 제가 잘려야 되죠?"

수진이 언성을 높였다. 목소리 끝이 파르르 떨렸다. 그 누구보다 열심히 일했다. 야근을 밥 먹듯 했고, 할당량을 미룬 적도 없다. 그렇게 4년을 보냈는데 이런 결말이라니?

"여기 여러분은 비교적 젊고, 또 능력 있는 분들입니다. 그만큼 재취업을 하기도 쉽고요. 저도 고심 끝에 내린 결정입니다. 회사 측에서도 여러분의 재취업을 위해 최선을 다할 겁니다. 어디든 추천서를 써 드릴 거고, 노동관리국에 등록해서 최대한 빠른 시일 안에 적절한 직장을 찾을 수 있도록 도와 드리겠습니다. 믿어 주세요."

헛소리. 수진은 사장의 매끄러운 혀에 심한 거부감을 느꼈다. 능력이 있다면 이렇게 자를 리가 없다. 아니, 사실 알람밴드의 본체와 밴드를 연결하는 일 따위, 두 시간만 연습하면 누구든지 할 수 있다. 여기에 능력이라는 말이 끼어들 자리가 어디 있을까. 이런 뜬구름 잡는 이유가 아니다. 뭔가 있다. 내가 무슨 짓을 했을까? 왜 잘린 거지?

"사장님, 다시 좀 생각해 주심 안 될까요? 예? 당장 이번 달부터 그럼 약은 어떻게 하고요? 집에 부모님도 계시고, 사장님도 저희들 사정 다 아시면서……."

사장 곁에 앉은 여자가 기어들어 가는 소리로 애원했다.

약.

수진은 퍼뜩 정신이 들었다. 이번 달부터 실업급여로 생활해야 하면, 약은 어떻게 하지? 미나에게 먹일 약은?

"아시잖습니까. 정부에서도 무상으로 약을 공급하고 있으니까 곧장 신청하시면 됩니다."

"그게 별로 효과가 없다고들 하잖아요. 저번에 제가 어디서 봤는데, 사서 쓰는 거랑 품질이 전혀 다르다고……."

여자의 말에, 사장은 손사래를 치며 반박했다.

"그런 건 전부 유언비업니다. 절대 그런 일은 없어요. 제가 보증합니다. 여러분이 다니는 이 회사가 어떤 회삽니까? 본사가 바로 구인 제약이에요. 제가 윗분들과도 안면이 좀 있어서 아는데 정부에 납품하는 거나 약국에 들어가는 거나 완벽하게 똑같은 제품입니다. 그 점은 안심하세요."

수진은 사장의 말을 믿을 수 없었다. 그녀는 고집스럽게 정부가 공급하는 약으로 버티던 아버지의 말로가 어땠는지 똑똑히 기억하고 있었다. 군용 앰뷸런스와 어머니의 절규. 썩어 문드러진 아버지.

미나에게 그런 일이 일어나서는 안 된다. 절대로.

"그만 울어!"

수진이 우는 여자를 향해 소리쳤다. 모두 놀라며 일제히 그녀를 쳐다보았다. 울던 여자도 그녀의 서슬에 흐느낌을 삼켰다. 수진은 눈살을 찌푸리며 빠르게 말을 뱉었다.

"울면 뭐가 해결되는데? 그러면 사장님이 불쌍하다고 안 자를 것 같아?"

"김수진 씨, 이러지 말고 좀 진정……."

"우리가 잘리는 건 이미 결정된 거죠? 절대 안 바뀌는 거죠?"

수진이 사장의 말을 끊으며 질문했다. 사장은 잠시 침묵하다가 무겁게 고개를 끄덕였다.

"대신 약속하신 대로 추천서도 써 주시고, 관리국에 등록도 확실히 해 주실 거죠?"

"물론입니다. 최선을 다해서 회사가 할 수 있는……."

"잘 알겠습니다. 그럼 전 이만 나가 볼게요. 그동안 감사했습니다."

수진은 자리에서 일어섰다. 그러자 우는 여자를 다독이던 여자가 눈을 가늘게 뜨며 쏘아붙였다.

"야, 건방 떨지 말고 다시 앉아. 보자보자 하니까 진짜 가관이다? 사장님이 우리한테 어떻게 했니? 우리 같은 보유자들을 직원으로 써 주는 데가 흔한 줄 알아? 너 야근하면 수당 꼬박꼬박 챙겨 갔지? 한 달에 한 번 정기검사 받는 데 드는 돈은 뭐, 어디 하늘에서 떨어진 거야? 그게 다 사장님이 우리들 챙겨 주느라고 그런 거 몰라? 지금도 그래. 내가 사장님 입장이었으면 너 같은 년은 그냥 잘라 버려. 내일부터 나오지 말라고 하면 끝이야. 그래도 직접 우리 불러서 이렇게 말씀도 해 주시고, 이게 어디야? 근데 네가 뭔데? 뭔데 네 맘대로 사장님 말씀도 안 끝났는데 일어서? 아무것도 아닌 게 행패나 부리고. 얼른 다시 못 앉아?"

수진은 잠자코 듣다가 사장에게 고개를 꾸벅하고는 그대로 자리를 떴다. 여자가 발끈하며 야, 하고 소리쳤지만 무시했다. 전부 여자의 말대로였다. 사장은 수진이 보기에도 양심적이며 좋은 경영자였다. 부러 이런 자리까지 마련해서 해고자들을 다독이기까지 하는 사람이다. 그런데 어째서인지 수진은 오히려 사장의 이런 태도에 심한 반감이 들었다. 다독인다고 해서 뭐가 달라질까? 아무것도 바뀌지 않는다. 다만 사장의 자기 위안일 뿐. 수진은 상황을 이해했다. 받아들였다. 잘린 것이다. 더 이상 이 자리에서 미련하게 미적거리고 있을 시간도, 해고된 사원인 주제에 임원이라도 된 듯 행세하는 여자에게 신경 쓸 여유도 없다.

이제 어떻게 돈을 벌고, 약을 사서 미나에게 먹일까. 중요한 문제는 그뿐이다.

"김수진 씨."

문손잡이를 돌리던 그녀는 사장의 목소리에 손을 멈췄다.

"회오리바람 속에서는 우리 모두가 똑같은 사람이 됩니다. 고난과 역경 속에서 지위 고하가 무슨 소용이겠습니까. 지금 괴로운 건 김수진 씨나 저나 마찬가집니다. 서로 어려움을 잘 헤쳐 나가도록 도우는 게 최선 아니겠습니까?"

회오리바람 속에서 우리는 모두 똑같은 사람이 된다?

수진은 사장의 말을 잠깐 곱씹었다. 당신은 내일 당장 딸에게 먹일 약을 걱정할 필요가 없잖아. 그런데도 똑같다고? 대체 어디가, 어떻게 똑같은데?

수진은 등을 돌렸다. 사장의 얼굴을 보았다.

그 순간 수진은 어째서 해고를 당했는지 똑똑히 깨달았다.

"……거기에 사인해서 잘린 거죠?"

"갑자기 무슨 말씀인지 모르겠군요." 사장이 몇 초쯤 뜸을 두고 말했다. "사인이라뇨?"

틀림없다. 그것 때문이다. 탄원서인지 청원서인지, 두 달 전쯤 거기에 이름을 적었다. 사원식당에서 일하는 이름도 모르는 아주머니가 퇴근하던 그녀에게 종이를 내밀었다. 제발 사인 좀 해 달라고. 관절염 때문에 다리가 아픈데 휴식 시간이 너무 짧아서 힘들다고, 그리고 월급도 너무 적어서 아들놈 약값 대기도 힘들다고 했다. 수진은 이틀 전 조회 시간에 반장이 했던 말을 떠올렸다. 요즘 회사에 말이야, 불순한 종자들이 있어. 여러분은 전부 착한 사람들이니까 내가 별말 안 해도 그냥 모른 척할 거지? 이것들이 누구 덕에 입에 풀칠하고 사는지도 모르고 말이야. 얌전히 밥이나 할 것이지, 어디서 강짜야, 강짜가.

뿌리치고 가. 신경 끄고 집에 가. 전부 엄살이야, 거짓말이야. 머리로는 분명 그렇게 결론을 내렸다. 그런데 손이 제멋대로 움직였다. 여자가 고맙다며 허리를 거듭 구부리고 멀어졌다. 여자의 뒷모습을 보자 후회가 밀려왔다. 병신 같은 것. 누가 누굴 동정해? 네가 그럴 주제나 돼? 당장 달려가서 붙들어. 저걸 찢어 버려! 빨리! 그러나 수진은 끝내 한 발도 움직일 수 없었다.

"김수진 씨? 그렇게 앞뒤 다 자르고 말하면 아무도 모르지 않습니까. 그래, 대체 무슨 사인을 하셨습니까?" 사장이 말했다.

수진은 입술을 들썩였지만 끝내 말을 포기할 수밖에 없었다. 가슴속에서 수없이 많은 말이 뒤섞여 뭐가 뭔지 알 수 없게 됐다. 그녀는 여자들과 사장을 둘러보았다. 모두들 뭔가를 기다리고 있었다. 말이든, 아니면 다른 무엇이든 해 주기를. 수진은 숨이 막혔다. 그녀는 뻣뻣하게 뒤로 돌아 문을 열고 방을 나갔다.

문을 닫은 그녀는 길게 막혔던 숨을 토했다.

보유자용 택시의 기사는 운전하는 내내 욕을 했다. 뒷좌석에 앉은 수진은 머리가 지끈거려 눈을 감고 기사의 말을 무시했다. 상대가 그 상태인데도 기사는 조금도 개의치 않았다.

"이것들은 입만 열면 거짓말이라니까? 내 오 촌 되는 사람이 저기 대전에 있는 구인제약 하청업체에서 일을 하는데 말이지, 그 무슨 연구손가 뭔가, 정부에서도 세금 들여 가며 지은 거 있지요? 거기서 야간에 경비를 봐요. 근데 거기로 들어오는 시체들이 한가득이래, 한가득. 밤중에 트럭으로 창고에다가 쏟아붓는 꼴을 봤다는데, 이게 뭐하자는 짓거린지 진짜. 나는 그냥 이미 뒈진 것들 가져다가 연구 하나 했지. 근데 그게 아니라네? 그것들이 전부 그냥 사지 멀쩡하게 움직이는 것들이었답디다. 나 참, 팔다리 잘라서 그냥 파묻어 버려도 시원찮을 것들을 내가 낸 세금 가지고 거기까지 가져가서 뭔 대단한 연구를 한다는 건지. 진짜 일이 잘 풀려서 연구가 성공한다고 칩시다. 그런다고 그 염병할 약을 공짜로 풀기라도 한답디까? 안 되지, 안 돼. 내가 구인제약 회장이어도 그 짓은 죽어도 못 하지."

수진은 눈을 뜨고 창밖을 바라보았다. 어디쯤일까? 전력 통제 때문에 어두운 거리는 공동묘지처럼 조용했다. 9시 10분. 너무 초조했다. 도우미는 아마 최후통첩을 지켜 미나를 두고 퇴근했을 것이다. 한 달 전에도 그랬다. 대신 그때는 아이를 재워 두고 집을 나서는 성의는 보였다. 오늘은 그 기대를 접어야 했다. 이틀 전부터 심상치 않았다. 도우미는 시급을 올려달라고 했고, 수진은 사정을 말하며 거절했다. 미나가 집에 덩그러니 남겨져 있을 모습을 상상하니 마음이 더할 나위 없이 스산해졌다. 얌전히 있으면 그나마 다행이다. 만약 갑갑함을 못 이기고 밖으로 나가기라도 한다면……

"아저씨, 조금만 더 밟아 주세요. 제가 정말 급해서 그래요."

"아이고, 길이 험해서 더 밟았다가는 큰일 난다니까? 내가 저번에도 이 근처에서 빵꾸가 나서 아주 그냥 식겁을 했구먼. 더러운 새끼들, 북쪽은 씽씽 빠지게 잘만 다듬어 놓고 남쪽은 20년 전이나 지금이나 이 꼴이지. 강 건너 저쪽이 장벽 14터널인데, 저기만 딱 지나 보세요. 길이 확 달라져. 우리도 엄연히 이 나라 국민인데, 받아먹을 건 다 처먹으면서 해 주는 건 쥐꼬리만큼도 없지, 시발놈의 새끼들."

수진은 더 채근할 수 없었다. 미나가 홀로 어둠 속을 거닐다 불쑥 나타난 손에, 혹은 이빨에 끌려가는 광경이 눈앞에서 끈끈하게 얼쩡거렸다. 오른손을 들어 관자놀이 부근을 꾹꾹 눌렀다. 회사를 나설 때 찾아온 두통은 이제 머리를 전부 씹어 먹을 듯이 굴었다. 그녀는 본능적으로 핸드백을 뒤져 약을 찾았다. 약병은 비어 있었다. 점심 시간에 이미 한 알을 먹었다는 사실이 그제야 떠올랐다.

두통은 안 좋은 신호였다. 수진은 어릴 적 본 광고를 아직도 기억하고 있었다. 행복하고 단란한 가정, 아빠는 아침부터 두통을 느끼지만 무시한다. 이제 밤. 잠을 자던 아빠가 번쩍 눈을 뜬다. 그런데 눈에 온통 흰자위뿐이다. 그는 검은 그림자가 되어 천천히 움직인다. 그러고는 아이들이 잠들어 있는 방의 문을 연다. 한 발짝, 한 발짝, 그림자가 침대 쪽으로 가까이 다가간다. 뒤따라 나오는 낮고 무시무시한 음성.

'의사 약사와 상담하십시오. 당신의 가족이 위험할 수 있습니다.'

수진은 빈 약병을 꼭 쥐었다. 단순한 두통이야. 그녀는 확신했지만, 한편으로는 의심했다. 의심은 바이러스 보유자들의 일상이며 버롯이었다. 수진의 엄마는 아침마다 자신의 검지에 기다란 바늘을 찔렀었다. 그녀는 통증이 느껴지면 그것으로 안락한 하루가 보장된다고 믿었고, 그래서 수진에게도 그렇게 했다. 일곱 살이 될 때까지 수진은 아침마다 아픔에 울음을 터트리는 것이 하루의 일과라고 믿었다. 모두가 어떤 방식으로든 의심을 하루하루 풀어 가면서 살고 있었다.

"어디, 저 앞에서 세워 드려?"

기사의 말에 수진은 정신을 차렸다. 서구 보건지소길의 2검문소 앞은 환했다. 다른 건물들은 강제 절전 중인 탓에 상대적으로 더 밝아 보였다. 사람들이 줄을 서서 검색대를 통과하는 중이었다. 비상령 선포 후에 검문은 한층 강화됐다. 어림잡아도 200여 명은 되어 보였다. 하필이면 가장 붐빌 시간에 걸리다니. 수진은 입술을 깨물며 결심했다.

"아뇨, 저쪽 뒷길로 좀 가 주세요."

2분 뒤에 수진은 택시에서 내려 어둠 속을 뛰었다. 주거 지역을 둘러싸고 있는 철조망을 따라 동네 사람들이 '뒷구멍'이라 부르는 지점에 도착했다. 멀리 보건지소에서 나오는 불빛만이 조명 역할을 하고 있어 어두컴컴하기 그지없었다. 10여 명의 사람들이 웅성거리며 근처에 몰려 있었다. 다행히 늦지는 않은 것 같았다. 수진은 얼굴의 땀을 훔치며 숨을 진정시킨 후 모여 있는 사람들에게 접근했다.

철조망 앞에는 군복 위에 방호복까지 걸쳐 입은 보건군인이 한 명 서 있었다. 사람들은 그에게 돈을 쥐여 주고 한 명씩 임시로 전력이 차단된 철조망의 간이문을 통과했다. 수진은 차례가 되자 주머니에서 준비해 둔 돈을 꺼내 군인에게 건넸다. 문을 통과하려는데 군인이 그녀의 팔을 잡았다.

"잠깐만. 한 장 더 줘야지?"

"왜요? 저번 달에도 그 돈으로 지나갔는데."

"이 아줌마가 통 뭘 모르네. 그건 저번 달 얘기고. 물가도 매일 오르는데 통행료만 안 오르면 이상하지. 안 그래? 없어? 없으면 빨리 꺼져."

수진은 군인의 얼굴을 보았다. 아무리 높게 잡아도 스물은 넘지 않았을 듯한 앳된 얼굴. 면역자로 태어난 축복을 이용해 보건군에 입대한 뒤 이런 식으로 돈을 벌고, 그 돈으로 술을 마시고 여자를 사겠지. 군인이 눈살을 찌푸리며 총구로 그녀의 가슴을 쿡쿡 두 번 찔렀다.

"얼른 안 꺼져? 한 방 맞으면 맘대로 꺼질 수도 없을걸?"

"아, 아니에요. 있어요. 있어."

수진은 핸드백을 뒤져 5만원을 더 꺼냈다. 이 돈이면 그녀와 딸의 사흘치 약값이다. 그녀는 이를 악물고 지폐를 군인에게 건넸다. 손이 덜덜 떨렸다. 보건군인에게는 철조망 앞에서 누군가를 사살할 수 있는 권리가 있었다. 조금만 미적거렸어도 군인은 주저 없이 총을 쐈을 것이다. 함부로 철조망을 넘으려는 자가 있어 쐈다고 보고하면 끝이다. 남은 것은 그저 가슴팍이 뭉개진 보유자의 시체뿐.

20년 전 대피소로 지어진 주거지는 반듯하게 구획되어 있었다. 그녀는 주저 없이 모퉁이를 빠르게 돌았다. 사위는 조용했다. 거리에도 사람들이 없었다. 그녀는 헐떡거리면서도 최선을 다해 이윽고 뒷산으로 이어지는 소로 옆에 덩그러니 서 있는 5층 아파트 앞에 도착했다. 건물 왼편의 외벽에는 '철거예정'이라고 붉은 페인트로 큼지막하게 휘갈겨 쓴 자국이 있었다. 비가 많이 오면 물이 새고 이틀에 한 번 꼴로 정전이 되는 집이었지만, 어쨌든 세상에서 미나와 수진이 함께 머물 수 있는 유일한 곳이었다.

현관 근처에서 놀고 있던 아이 두 명이 수진을 발견하고 쏜살같이 안으로 사라졌다. 그녀는 현관을 통과해 단숨에 3층까지 뛰어올랐다. 304호 앞에서 열쇠를 꽂고 돌렸다. 온몸이 땀에 젖었고, 심장은 쿵쾅거리며 불안을 크게 부풀렸다.

"미나야!"

집 안은 깜깜했다. 수진은 현관문을 닫으며 딸을 소리쳐 불렀다. 대꾸가 없었다. 그녀는 거실 겸 주방을 지나쳐 서둘러 방으로 향했다. 제발 자고 있기를. 제발. 딸깍. 스위치를 누르자 형광등이 몇 번 깜빡거리다 불빛을 토했다. 없다. 딸이 보이지 않았다. 눈앞이 캄캄해지며 다리가 풀렸다. 수진은 무너지려는 몸을 순간적으로 다잡았다. 쓰러질 때가 아니었다. 그녀는 방을 나와 마지막 희망 앞에 섰다. 거실의 왼편 벽에 세로 70센티미터 길이의 철문이 붙어 있었다. 문 뒤는 건축 당시의 유행을 따라 한 평 공간으로 조성된 대피방이었다. 가족 중 누군가가 돌변해 이빨을 드러낼 때를 대비한다는 명분으로 지어진, 가장 가까운 이가 가장 위험하다는 격언을 온몸으로 역설하는 곳. 수진은 녹슨 철문으로 손을 뻗었다. 그러고는 주먹을 쥐고 문을 쿵쿵쿵, 두드리며 딸을 불렀다.

"미나야? 미나 거기 있니?"

다시 두드리려는 순간 안에서 반응이 왔다. 통, 통, 통. 조그맣고 연약한 주먹으로 응답하는 소리. 수진은 숨을 내쉬며 드디어 풀썩 주저앉았다. 감사합니다, 정말 감사합니다. 누구에게랄 것도 없이 감사하는 그녀의 얼굴에 슬그머니 미소가 떠올랐다. 우연히 세 번 문을 두드렸다. 수진은 만일을 대비해 미나와 놀면서 미리 암호를 정해 두었다. 바깥에 괴물이 다 죽고 안전해지면 엄마가 너를 데리러 올 거야. 그러면 문을 세 번 두드릴게. 너도 세 번 두드려. 그 다음에 두 번, 그 다음에는 한 번이야. 그게 암호야. 저번에 늑대랑 양 이야기 읽어 줬지? 엄마인 거 꼭 확인하고 열어 줘야 해? 수진은 쿵쿵, 두 번 두드렸다. 응답을 기다렸다가, 한 번. 그러자 잘그락거리는 소리와 함께 문손잡이가 돌았다.

미나가 곰 인형을 손에 든 채 안에서 후다닥 뛰어나오며 그녀의 품에 안겼다.

"엄마!"

수진은 딸을 꼭 안고 볼을 맞비볐다. 딸의 체온이 느껴지자 그제야 깊고 검은 웅덩이에 고인 불안이 한꺼번에 증발했다. 수진은 미나의 어깨를 잡아 앞으로 살짝 밀어 놓고 아이를 살폈다. 잠옷 차림에 얼굴에는 운 흔적이 있다. 수진은 딸의 머리칼을 쓰다듬으며 물었다.

"안에 얼마나 있었어? 할머니는 언제 갔는데?"

"무서운 아저씨들 나타났다고 그랬어. 그래서 할머니가 안에서 까비랑 놀라고 그랬어. 무서운 아저씨들은 다 갔어?"

수진은 고개를 끄덕이며 다시 한 번 딸을 꼭 안았다가 떼어 놓았다.

"무서운 아저씨들 다 갔어. 전부 없어졌어. 안에서 무서웠지? 많이 울었어?"

"까비한테 동화책 읽어 줬어. 쪼끔 무서웠는데 참았어. 나 하나도 안 울었다? 잘했지?"

"잘했어, 우리 딸. 진짜 잘했어."

수진은 미나의 눈을 바라보았다. 아직도 물기가 담겨 있다. 거짓말을 하는 어른스러운 딸이 못내 안쓰러웠다.

"무슨 동화책 읽어 줬는데? 또 애벌레?"

"응, 근데, 근데 그거 읽다가 쪼끔 울었어."

"왜 자꾸 울어. 애벌레는 나비가 됐어. 그러니까 괜찮아."

"그래도……."

수진은 미나의 머리를 쓰다듬었다. 세 살 때부터 좋아하던 동화책이었다. 책 중간에 애벌레가 친구들과 떨어진 채 덩그러니 혼자 있는 그림을 보고, 말도 제대로 못하던 아이가 울먹거렸었다. 수진은 미나가 외롭다는 말만 모르지, 그때부터 외로움을 느끼고 있었을 거라고 추측했다.

"진짜 잘했으니까 상 줄까?"

"상?" 미나가 눈을 동그랗게 떴다.

"응. 엄마가 아이스크림 사 줄게. 지금 공원에 놀러가자."

"진짜? 진짜? 지금 밤인데? 나가면 안 되는데? 그래도 돼? 진짜?"

"응. 진짜."

미나가 함박웃음을 지었다. 왼쪽 뺨에 보조개가 패었다. 미나가 발을 동동 구르며 좋아했다. 수진은 모든 걱정거리가 딸의 그 모습에 단번에 날아가는 것을 느꼈다.

수진은 핸드백에 호신용 충격총이 제대로 들어 있는지 확인하고 미나의 옷을 갈아입혔다. 준비를 마친 모녀는 손을 맞잡고 집을 나섰다. 근처 구멍가게에서 아이스크림을 사고 뒷산으로 올랐다. 뒷산의 정상 부근에는 조그마한 놀이터와 공원이 있었다. 밤의 외출은 사실 위험한 일이었다. 두어 달 전에도 주거지 내에서 강도 사건이 벌어졌다. 반년 전에는 밤중에 어떤 여대생이 시체와 맞닥뜨린 적도 있었다. 대대적인 청소 작업이 이어졌고, 한동안 통금 조치가 시행됐다. 수진은 그래도 오늘만큼은 원칙을 어기고 싶었다. 그녀는 딸에게 바깥의 불빛을 보여 주고 싶었다. 좁은 대피방이 아니라, 넓은 세상을.

공원에서 내려오는 두 명의 여자를 제외하고는 아무도 보이지 않았다. 만화영화 주제가를 부르던 모녀는 여자들과 만나자 노래를 뚝 그쳤다. 두 여자도 멀찌감치 떨어진 채 모녀를 지나치며 그들을 흘끔거렸다. 미나가 말했다.

"안녕하세요."

여자들은 미나의 인사를 무시하며 종종걸음으로 내려갔다.

"아줌마들이 못 들었나 봐." 수진이 말했다.

"응, 너무 작게 했어."

"그래도 잘했어. 어른들 보면 그렇게 인사하는 거야."

"응. 노래 또 해도 돼?"

그들은 노래를 부르며 공원에 다다랐다. 수진은 미나를 앉히고 그네를 밀었다. 미나가 깔깔거리며 웃었다. 실컷 그네를 타고 미나는 미끄럼틀로 가서 또 한참을 오르내렸다. 아이가 지친 기색을 보이자 수진은 미나를 허벅지 위에 올리고 벤치에 앉았다. 멀리, 아주 멀리 도시의 불빛이 보였다. 모녀는 말없이 구경했다.

"엄마, 왜 울어?"

수진에게 안겨 있던 미나가 고개를 돌리며 물었다.

"응?"

수진은 그제야 그녀의 뺨을 타고 흐른 눈물이 아이의 귀를 적셨음을 알았다. 그녀는 어째서 눈물이 나는지 알 수 없었다. 미나가 손을 뻗어 수진의 눈 밑을 어루만졌다. 미나의 손은 한없이 부드러웠다. 그 감촉이 수진의 마음속 어딘가를 내리눌렀다.

수진은 딸을 끌어안은 채 아이처럼 울고, 또 울었다.

2장

여자들이 방에서 나갔고 문이 닫혔다.

석호는 무심코 가슴팍의 호주머니를 더듬었다. 3년 전 금연에 돌입한 후 지금만큼 담배 생각이 간절했던 때가 또 있었나 싶었다. 그는 한숨을 내뱉고 소파에서 일어났다. 오늘로 장장 일주일이 걸린 해고자와의 면담은 전부 끝났다. 공장 근로자의 10분의 1을 잘라 냈다. 인사부장은 석호에게 왜 사서 고생을 하시냐며 눈살을 찌푸렸지만, 석호는 고집스럽게 면담을 진행했다. 그것이 그들에 대한, 사람에 대한 최소한의 예의라고 생각했다.

1년 전부터 본사의 압박이 계속됐다. 알람밴드의 제품 시장은 이미 과다 공급으로 인한 포화 상태였다. 6개월 전 간신히 중국 수출 계약을 따내 한숨 돌렸는데도 본사는 집요했다. 컨설턴트가 들어와 단 하루 동안 공장을 시찰하고 돌아가더니 자동화 수준으로 볼

때 20퍼센트 감축이 적절하다는 터무니없는 보고서를 올렸다. 석호는 그 빌어먹을 책상물림을 끌어다 공장에 가두고 일주일쯤 뺑뺑이를 돌리고 싶었다. 컴퓨터와 문서 안에 직원들의 땀과 눈물이 있을 리 없다. 석호는 끈질기게 버텼지만 본사의 최 이사가 직접 전화를 걸어 10퍼센트 안을 제시하고 은근히 직위 교체를 언급하자 거기서 물러섰다. 실직은 두렵지 않았다. 다만 그의 자리를 꿰차고 들어올 누군가는 틀림없이 전 보유자들을 임시직으로 전환하고 그들에 대한 처우를 획기적으로 개악할 것이 뻔했다. 그래서 눈물을 머금고 10분의 1을 배에서 내리게 했다.

몇몇은 울었고, 몇몇은 애원했고, 한 사람은 이야기 도중 밖으로 나가 버렸다. 대부분은 최선을 다해 재취업을 돕겠다는 그의 말을 믿고 순순히 처지를 받아들였다.

김수진을 제외하고는.

여태 그는 직원들의 입장에서 사고하고, 행동하려 노력했다. 그 결과 그저 단순한 계약 관계를 넘어 직원들과 가족 같은 유대를 맺게 되었다. 석호는 면담 도중 자리를 박차고 나간 그 여자에게 화가 났다. 설명을 하고 있었다. 앞으로 어떻게 대처할지 자세히. 그런데 말하는 도중 자리를 떠나 버리다니. 정말 무례하기 짝이 없는 일이 아닌가. 솔직히 배신감을 느꼈다. 기록상으로는 성실하고 좋은 직원이었지만 사람은 역시 숫자로 가늠할 수 없다. 재난을 함께 겪을 때에야 사람의 진정한 본성이 드러난다. 배은망덕. 오직 자신만을 생각하는 이기주의. 대국을 보지 못하는 좁은 시야. 석호는 그런 말들을 떠올렸다.

그는 어깨를 내리누르는 두툼한 피로를 느꼈다. 며칠째 잠을 제대로 이루지 못했다. 벽시계는 저녁 8시 30분을 가리키고 있었다. 집에 갈 마음은 들지 않았다. 아침에 아내에게 오늘도 늦으리라 말했다. 아내는 자신도 모임 때문에 늦는다고 대꾸했다. 쉬고 싶었지만 그렇다고 잠이나 자기는 싫었다. 그는 책상 앞에 앉아 휴대전화를 들었다.

신호가 다섯 번 울리고 달깍, 여자의 음성으로 넘어갔다.

"어쩐 일이세요. 이 시간에."

"그냥 걸었어. 지금 뭐 하나 싶어서."

"별거 안 해요. 책 읽고 있었어요."

"무슨 책?"

"저번에 추천해 주신 거요. 에우리피데스. 근데 너무 어렵다. 난 저번에 본 오이디푸스 왕이 더 좋았던 것 같아요. 이해하기도 쉽고."

아직 에우리피데스를 이해하기에는 어린 나이다. 석호의 입가에 슬그머니 미소가 떠올랐다. 업무와 실용에서 벗어난 대화의 맛을 몇 초간 음미한 뒤 그가 말했다.

"그건 자네 취향이 고전적이어서 그런 거지. 에우리피데스는 모던한 편이니까."

"내가 고전적인 취향이에요? 전혀 몰랐네."

"그러니까 나 같은 아저씨랑 어울려 주는 거 아니야?"

여자는 풋, 웃었다.

"거꾸로 아니에요? 아저씨가 너무 모던한 취향이라 나랑 어울려 주는 거 같은데."

석호는 실없는 농담에 대처하는 여자의 반응이 마음에 들었다. 귀엽고 센스 있는 여자다. 보유자라는 태생적인 이유만 아니라면 좋은 직업에, 좋은 남편을 만나, 좋은 가정을 만들 수 있었을지도 모른다. 안쓰러운 일이다. 그깟 바이러스 때문에 그 모든 것을 포기해야 한다니. 작금의 세상은 너무도 불공정하고 부조리하게 돌아간다.

"지금 괜찮지?"

석호는 시계를 흘깃 보며 물었다.

"네, 별일 없어요."

"바로 출발할게. 술이나 한잔하지."

석호는 전화를 끊고 준비를 했다. 전용 화장실에서 세수를 하고 머리를 빗었다. 양복으로 갈아입고 운동화도 구두로 바꿔 신었다. 거울 앞에 섰다. 그는 마흔여덟이었지만 실제 나이보다 10년은 젊어 보였다. 꾸준한 운동과 피부 관리 덕분이다. 석호는 옷매무새를 점검하고 손으로 배를 쓰다듬었다. 매끈하고 탄탄하다. 자신의 몸을 항상 신뢰할 수 있는 상태로 유지하는 일을 그는 무엇보다도 중요하게 여겼다. 세상은 미쳐 돌아가고 있었다. 그 안에서 제정신을 유지하려면 기초공사를 탄탄하게 해야 했다. 유베날리스의 오래된 경구는 언제나 옳다. 건전한 육체에 건전한 정신이 깃든다. 게다가 그는 세상의 깨끗한 20퍼센트에 속했다. 그 20퍼센트에게 건강 유지는 개인의 선택이 아니라 사회적 의무였다. 그는 의무라는 단어를 아주 무겁게 여기는 사람이었다. 석호는 준비를 마치자 거울을 보며 싱긋 웃었다. 목표가 없는 웃음은 거울에 달라붙었다가, 잠시 후 말끔히 사라졌다.

회사를 나온 석호는 30분 후 강남의 제5주거지 북쪽 입구에 도착했다. 그의 차는 면역자용 프리패스를 통과해 곧게 뻗은 대로를 타고 남쪽으로 내려갔다. 남쪽 마지막 블록에서 좌회전을 하자 키 낮은 신형 연립주택들이 서로 촘촘히 기대어 앉은 단지가 나타났다. 길의 오른편은 여전히 공사가 진행 중이어서 헐벗은 채 제 뼈를 드러낸 건물이 대부분이었다. 석호는 단지 뒤로 들어가 56번 주차장에서 차를 세웠다. 주차장은 각각의 주택들과 연결된 격리형 공간으로, 차 두 대가 들어가 어깨를 나란히 하면 차 안의 사람들은 밖으로 빠져나올 수 없을 만큼 좁은 곳이었다. 석호는 엔진을 멈추고 전조등도 껐다. 떠들어 대던 라디오 DJ도 입을 다물었다.

그 순간 시야 바깥에서 뭔가가 움직였다.

석호는 반사적으로 등을 다시 켰다. 오른쪽 왼쪽으로 고개를 돌리며 방금 본 것이 무엇인지 찾으려 했지만 삼면에는 그저 주차장의 벽뿐이었다. 아무것도 없다. 그는 눈에 피로가 몰린 것으로 판단하고 더 신경 쓰지 않았다. 휴대전화를 꺼내 문자를 보냈다. 3분을 기다리자 정면의 문이 열리면서 조명이 주차장으로 쏟아져 들어왔다.

단발머리의 여자는 베이지색 바지에 물방울무늬 프린트 블라우스를 입고 그 위에 빨간 카디건을 걸친 채였다. 눈에 띄면서도 수수하고, 세련되면서도 촌스러운 느낌이 공존하는 패션에 석호는 흡족한 미소를 지었다. 역시 센스가 있어. 여자는 석호를 발견하고 오른손을 한 번 흔들며 살짝 웃었다. 주차장 문이 닫히고 어둠이 셔터처럼 내려왔다. 또각또각, 여자는 힐 소리를 내며 조수석 문으로 접근했다. 석호는 잠금을 풀었다. 여자의 손이 손잡이에 닿았다.

찰칵.

문이 도로 잠겼다.

문이 열리지 않자 여자의 눈이 의문을 담은 채 커졌다. 여자는 고개를 기울이며 운전석의 석호에게 의아한 표정을 내보였다. 그 순간 여자의 뒤쪽에서 그림자가 불쑥 일어섰다. 석호는 눈을 질끈 감았다.

늦었어. 너무 늦었다.

대체 저게 어떻게 들어온 거지. 다행이라면 다행이다. 늦었어도 너무 늦지는 않았다. 문이 열리고 발견했으면 큰일 날 뻔했다. 그런 생각들이 머릿속을 마구 휘저어 댔다.

아아악.

여자의 비명이 귓속을 헤집고 들어오자 석호는 인상을 구기며 시동 버튼을 눌렀다. 여자는 보유자다. 보유자는 시체에게 물리면 단번에 끝장난다. 더 머뭇거릴 이유는 없다. 부르릉, 엔진이 깨어났다. 전조등이 번쩍였다. 기어를 후진으로 넣고 급히 가속기를 밟았다. 보지 않으려 했지만 전조등 빛이 닿은 주차장 구석에서 눈을 뗄 수가 없었다.

시체 하나가 여자를 덮쳐 물어뜯고 있었다. 시체의 왼팔은 거의 다 썩어 문드러져 뼈가 드러나 보였다. 땅에 묻혔다가 다시 일어난 듯 전신이 흙투성이였다. 여자의 블라우스에 박힌 하얀 물방울들이 전부 거대한 핏방울로 변했다. 시체의 얼굴이 여자의 가슴에 박힐 때마다 여자의 뻣뻣해진 다리가 바닥을 타닥타닥 때렸다. 짓눌린 나방이 마지막으로 힘겹게 몇 번 날갯짓을 하는 모습 같았다.

쿵. 무엇인가가 후진하던 석호의 차에 받혔다. 충격에 놀라 브레이크를 밟았다.

"씨발."

그는 운전대를 왼쪽으로 힘껏 돌리며 다시 가속기를 밟았다. 사람이야, 뭐야? 오른쪽 옆 거울에 도로에 쓰러진 큼지막한 뭔가가 비쳤다. 저게 날 받았어? 석호는 가슴속의 공포와 놀람이 한꺼번에 분노로 탈바꿈하는 것을 느꼈다. 일진이 사나운 날이다. 슬픈 날이다. 재수 옴 붙은 날이다. 그런데 저게 날 들이받아? 그는 크게 호를 그리면서 차를 한 바퀴 회전시켰다. 주차장 안에서는 여전히 시체가 여자의 구석구석을 뜯어 먹고 있었다. 석호의 차에 받힌 뭔가가, 꿈틀거리며 일어섰다. 여자 시체였다. 지저분한 포대 자루 같은 옷이 순간적으로 방금 습격을 받아 사이좋은 시체 가족의 일원이 된, 1분 전까지만 해도 생생하게 살아 있던 여자의 패션을 떠올리게 했다. 분노는 단숨에 두 배로 팽창했다.

그 예쁜 걸 망쳐 놔?

석호는 휴대 전화의 비밀번호를 눌러 비상 버튼을 활성화시켰다. 버튼을 누르고 옆 좌석으로 던졌다. 보건경찰은 전화기에서 발신되는 신호를 찾아 늦어도 10분이면 현장에 도착할 것이다. 그는 슬금슬금 불빛으로 다가오는 시체 쪽으로 과감하게 돌진했다. 자동차는 시체를 정면으로 들이받는 순간 요란한 마찰음과 함께 멈췄다. 차에 받힌 여자 시체는 허리가 꺾인 채 뒤로 나동그라졌다. 시체가 쓰러지는 것을 확인한 석호는 다시 달리면서 운전대를 오른쪽으로 돌렸다. 앞바퀴가 시체를 깔아뭉갰다. 연이어 뒷바퀴가 앞바퀴의 궤적을 따랐다. 덜컹, 덜컹, 덜컹. 그는 전진과 후진을 반복하며 놀이공원의 기구에 올라탄 듯한 느낌을 즐기다가 문득 56번 주차장 안을 봤다. 석호는 목표를 바꿨다.

자동차가 시체와 여자를 한꺼번에 깔아뭉갰다.

멀리서 사이렌이 우는 소리가 들려왔다. 주택가가 시끄러워지고 있었다. 구경꾼들은 숨어서 지켜보고 있을 것이다. 석호는 조수석 글로브박스 문을 열었다. 1년 전에 구비해 놓은 공기권총이 들어 있었다. 그는 뒷좌석에 던져 놓은 방호복을 재빨리 껴입고 총을 쥔 채 밖으로 나왔다.

주차장 왼쪽 구석에 깨진 계란처럼 한데 엉겨 붙어 있는 여자와 시체 앞에 선 석호는 잠시 눈살을 찌푸린 채 끔찍한 광경을 쳐다봤다. 두 다리가 엑스자 모양의 기묘한 각도로 꺾인 남자 시체는 일어나려는 듯했는데, 팔이 전부 부러져 나가 그저 벌레처럼 꿈틀거릴 뿐이었다. 안전에 문제가 없다고 판단한 석호는 한 걸음 더 다가가 사격 자세를 취했다. 안전장치를 풀고 방아쇠를 당겼다. 당기고 또 당겼다. 탄알이 시체 여기저기에 박혔다. 박히는 동시에 펑펑 터졌다. 덤덤탄을 개량해 시체 전용으로 개발된 폭발탄이 시체의 뇌수를 터트리고 근육을 박살내고 뼈를 부러뜨렸다. 다섯 번을 쏜 그는 총구를 여자에게 돌렸다.

마지막 총알. 머리에 정확히 쏘아 넣어야 한다. 괴롭지 않게. 이미 죽었지만. 이제 10여 분 후면 여자는 일어서서 걸을 테고, 걸으면서 눈에 보이는 대로, 닥치는 대로 사람을, 인간을 물어 죽이려 할 것이다. 석호는 후, 길게 숨을 내쉬고 이성적으로 생각해야 한다고 스스로를 다독였다. 어쩔 수 없다. 해결책은 이것뿐이다. 이성적으로. 그래야 한다면 그렇게 할 것.

그는 방아쇠를 당겼다.

"그러니까, 이현주 씨랑 어떤 관계셨다고요?"

석호는 멍하니 벽시계를 쳐다보고 있었다. 새벽 1시가 조금 넘었다. 이 시간에 내가 이곳에서 뭘 하고 있는 걸까? 순수하게 그런 의문이 들었다. 그는 목소리가 들려온 쪽으로 시선을 돌렸다. 50대의 중년 남자가 눈을 가늘게 뜨고 그를 노려보고 있었다. 이 사람은 누구지? 석호는 남자 앞에 놓인 명패를 보고 그제야 정신을 차렸다. 대위 박두영. 갑자기 현실감이 돌아왔다. 이곳은 군경찰서 안이었다. 재수 없게도 오늘 시체와 만났고, 현주가 죽었다. 근처 보건지소에서 간단한 검진을 받고 이곳으로 왔다. 몇 가지 조사가 필요하다며 붙잡아 놓은 지 벌써 한 시간 반째였다. 석호는 피곤이 뚝뚝 묻어나는 목소리로 대답했다.

"이미 다 얘기했잖습니까. 아까 아래층에서도 어떤 여군한테 이야기했습니다. 이런 데다 쓸 시간이 있으면 어떻게 그 새끼들이 주거지에 들어왔는지 그것부터 밝히는 게 순서 아닙니까? 허술한 검문 때문에 오늘 내가 무슨 일을 당했는지 보십쇼. 이게 말이나 됩니까? 정신적 물질적 고통이 이만저만이 아닙니다. 근데 또 끌고 와서 같은 질문만 몇 번씩이나 반복하고. 이게 건강한 시민을 보살핀다는 보건군이 일처리 하는 방식입니까?"

대위는 뚱한 표정으로 석호를 쳐다보다가 말했다.

"사람 하는 일이 완벽할 수야 있겠습니까? 아시다시피 아래쪽이 지금 난리가 났지요……. 그래서, 무슨 관계셨다고요?"

그 물음에는 바늘로 찌를 틈도 없는 완고함이 묻어났다. 납득할 만한 대답을 얻기 전까지 끝없이 같은 질문을 반복할 것만 같은 느낌. 석호는 다시 최 이사를 떠올렸다. 전화를 걸어야 하나? 그의 전화 한 통이면 해결될 것이다. 그 사람은 군에 끈이 있다. 아니, 군뿐만이 아니라 보건국이건 비상국회건 어디든 통하는 인간이다. 그러나 석호는 한 번 더 참았다. 이런 일로 특권에 기대서는 안 된다. 원칙을 어기는 일은 금방 습관이 된다.

"1년 전 술집에서 만났습니다. 그리고 지금까지 몇 번 경제적으로 도움을 줬죠. 그게 답니다."

"도움이라면?"

"낮에는 대학에 다니고 저녁에는 술집에 나가는 여자였습니다. 처지가 안쓰러워 학비에 보태라고 돈도 좀 줬고, 약을 주기도 했고요. 예전에 저도 영문과를 다니면서 주경야독하던 생활을 했기 때문에 측은지심이 들었습니다. 말하자면 패트런 역할을 한 거죠."

"그리고 그 대가로 이현주 씨는 진석호 씨한테 몸을 줬고요?"

석호는 불쾌하다는 표정을 숨기지 않았다. 한껏 눈살을 찌푸렸다. 저급한 놈.

"이것 보십쇼, 박두영 대위님. 내가 우습게 보입니까?"

"그럴 리가 있습니까. 몸을 안 샀으면 오히려 우스운 사람이겠지만. 그건 아니지요?"

"그게 세간에선 상식일지 몰라도 저한텐 아닙니다. 저는 그저 현주를 보살폈을 뿐입니다."

"보살피셨다?"

대위는 입가를 끌어올리며 소리 없이 웃었다. 얼굴의 주름이 한순간에 두 배로 늘어났다가 사라졌다.

"보살피는 걸 참 좋아하시는군요. 군은 시민을 보살피고, 진석호 씨는 여자를 보살피시고."

"뭐라고 비꼬셔도 그게 진실입니다."

"훌륭하시네. 근데 저는 상식대로 생각하는 걸 좋아한단 말이지요. 보고서라는 게 원래 그래요. 특별한 걸 너무 싫어해. 그렇게 적으려면 그에 합당한 이유도 필요하고. 이해되시지요? 간단합니다. 그냥 여자랑 즐기려고 그 집에 갔는데, 하필이면 그 시간에 시체 두 마리가 그 집 앞에 진을 치고 있었지요. 진석호 씨가 그게 아니라고 하면, 글쎄요, 저로서는 최대한 의견을 존중해서 진석호 씨를 포비아라고 적을 수밖에 없고요. 조금 앞뒤가 안 맞는 것도 같지만. 생각해 보니, 그게 괜찮을 것도 같네. 그렇지요?"

포비아? 석호는 순간 대위의 목을 졸라 버리고 싶은 충동을 느꼈다. 무슨 뜻인지는 이해할 수 있었다. 여자는 보유자였고, 석호는 면역자였다. 면역자 중 일부는 보유자를 세상에서 멸종시켜야 할 존재로 취급했는데, 그들을 통칭해서 포비아라고 불렀다. 그들에게 보유자는 모든 공포의 원인이자 결과, 시작이자 끝이었다. 대위는 그가 여자와 잠자리를 하지 않은 것이 바로 그의 무의식 속에 자리 잡은 포비아 성향 때문이라고 말하고 있었다. 건방진 새끼. 군인 주제에 정신과 의사라도 된 양 굴어?

"포비아가 뭔지는 알고 말씀하시는 겁니까?" 석호가 빠르게 말했다.

"제가 운영하는 회사 직원 중 80퍼센트가 보유잡니다. 그런데 제가 포비아라고요? 지금 지나가는 개가 웃을 소리를 하고 계신 겁니다."

석호의 목소리 끝이 가늘게 떨렸다. 그는 대위에게 증오를 느꼈다. 권총을 쥐고 있었다면 무심코 발사해 버렸을지도 모른다. 대위의 말은 그의 과거와 현재를 송두리째 부정하는 몰지각한 발언이었다. 공무 수행을 등에 업은 놈이 저질에다가 하는 말마다 사람 신경을 긁어 댔다.

"포비아라면 진석호 씨보다는 제가 많이 알 것 같지 않습니까? 저도 이 일은 근 20년쟨데……. 뭐, 회사 운영에 대해 저는 쥐뿔도 모릅니다만, 보유자들 인건비가 무지하게 싸다는 것 정도는 알고 있지요. 하여간 그렇게 펄쩍 뛰실 일은 아니고요. 절대 아니시라니까, 그럼 첫 번째로 적죠. 그게 저도 맘이 편하고요. 보고서라는 게 원래 이러니까, 이해하세요. 그럼 그 다음에, 에, 또, 몇 시에 그 집 앞에 도착하셨다고 했지요?"

석호는 심장을 쥐고 흔드는 분노를 다스렸다. 더 이상 화를 낼 수는 없다. 도저히 자존심이 허락하지 않는다. 그는 능글맞은 대위에게 말려들지 않으려 정신을 집중하며 질문에 또박또박 대답했다. 도착. 시체들의 습격. 어떻게 그들을 처리했는지까지. 하나하나 세세하게. 그러면서 머릿속 한구석으로 대위의 파멸을 상상했다. 상상은 달콤한 향기를 풍기며 꽤나 구체적으로 형태를 잡아갔다. 직장을 잃고 가족을 잃고, 길거리를 떠도는 노숙자가 되었다가 끝내는 시체라는 나락으로 떨어진다. 아니, 면역자일 테니 결말은 좀 바꾸자. 그래, 시체들이 한가득인 우리에 내던져지는 것으로. 이 희곡의 마지막은.

그런 결말이라면 시작은 바로…….

"장시간 수고하셨고요, 워낙 이쪽 일이 이래 놔서 그러니 이해하세요. 아, 또 그리고, 필요하시면 보건소에서 무료로 정신 치료를 해드리는데, 필요 없으시지요? 요새는 보건소에 잘 안 가시려고 해서. 하기야 위쪽에 시설 좋은 병원도 많고 하니까요."

석호는 대꾸 없이 대위가 내민 손을 맞잡고 두 번 흔들었다. 여군에게 안내를 받아 군경찰서를 빠져나오면서야 그는 간신히 상상의 틀에서 벗어났다. 휴대전화를 꺼낸 석호는 먼저 어디에 전화를 걸까 망설이다가 구겨진 자동차를 떠올렸다. 보험회사 직원은 어디까지 보상 범위인지 확인 후 연락을 주겠다고 말했다. 세 시간 전 일이다. 아직까지 연락이 없다. 보험료는 꼬박꼬박 챙겨 가는 주제에. 세상의 온갖 부조리가 한꺼번에 머리 위로 쏟아져 내린 듯한 날이었다. 틀려먹었다, 전부.

그는 보험회사로 전화를 걸었다.

3장

워크스테이션의 모니터를 노려보던 세영은 짧은 한숨을 내쉬고 로그아웃했다.

이번에도 실패였다. 그럭저럭 진행되다가 저번 실험과 마찬가지로 레벨3에서 막혀 버렸다. 실험체로 빼돌렸던 시체 두 구는 전부 부패해 더 쓸 수 없게 됐다. 세영은 컵을 들고 차게 식은 커피를 단숨에 들이켰다. 밤새 속에 커피를 들이부은 탓에 배가 쓰리고 아팠다. 머릿속으로 변수를 전부 헤아리며 과정을 전체적으로 복기했다. 이곳저곳 조사해 봐야 할 부분은 물론 차고 넘쳤다. 다만 함께 할 인원도 장비도 없을 뿐.

세영은 의자에서 일어나 창으로 갔다. 블라인드를 젖히자 아침의 햇빛이 연구실 내부로 쏟아져 들어왔다. 그는 창문을 밀어서 활짝 열고는 아래를 내려다봤다. 10층 높이의 연구실에서는 본관 입구 정원의 '수조'를 한눈에 볼 수 있었다. 강화유리로 된 지름 20미터 정도의 원형 바닥을 통해, 연구소에 출입하는 이들은 그곳에 갇힌 채 떠돌아다니는 시체들을 구경할 수 있었다. 물론 시체들은 길어 봐야 3주 안에 활동을 멈춘다. 에너지를 공급받지 못하기 때문이다. 그래도 그 수는 줄지 않는다. 전시용 새 시체는 어디서든 구할 수 있기 때문이다.

언젠가 세영은 소장에게 이 모든 것이 지독한 악취미라고, 당장 바닥을 덮으라고 말한 적이 있었다. 소장은 웃으며 말했다. 그렇게 한다고 뭐가 달라집니까? 진실은 땅에 묻고 덮어 버린다고 없어지는 게 아닙니다. 그냥 두고 매일 지켜봐야 하는 거지.

그 말을 떠올리자 속이 거북해졌다. 역설적이지만 소장을 비롯한 연구소의 전 직원은 죽어서도 시체가 될 수 없는 자들이었다. 면역자들에게 시체는 공포의 이름이 아니었다. 그저 구경거리였다. 연구 대상이었다. 철저한 이물질이었다. 세영은 속을 달래려 책상으로 돌아가 컵을 움켜쥐었다. 그 순간 인터폰이 울렸다. 세영은 신호가 세 번 울리길 기다렸다 수화기를 들었다.

―퇴근 전에 좀 올라와요. 커피 한잔합시다.

소장이었다. 세영은 바로 올라가겠다고 말한 뒤 수화기를 내려놓았다. 무슨 일일까? 아침부터 호출이라니. 그는 재빨리 준비를 했다. 소장실에 들렀다 퇴근하는 것은 예정에 없던 일이어서, 아침의 약속에 늦을지도 모른다. 이제와 접선자에게 연락할 길도 없다. 최대한 서둘러야 한다.

채비를 마친 세영은 연구실을 나와 15층으로 올라갔다. 소장실에 도착해 문 앞에 섰다. 문 위의 자동 인식 장치가 세영의 팔목에 이식된 칩에 반응했다. 문이 열리고 소장실이 나타났다. 공간의 삼면에 책과 보고서 더미들이 아무렇게나 쌓여 있어 손가락으로 툭 건드리면 와르르 무너져 버릴 듯했다. 여섯 대의 모니터 주변에도 잡동사니들이 어지러이 놓여 있었다. 창가의 책상에 앉아 보고서를 들여다보던 소장은 안경을 벗으며 자리에서 일어섰다. 청바지에 티셔츠 차림을 한 소장은 갓 입학한 대학생처럼 보였다. 세영은 고개를 꾸벅 숙였다.

"얼굴이 말이 아니네요. 오늘은 집에 들어갈 겁니까?"

소장이 컵에 커피를 부으며 물었다. 그는 아랫사람들에게도 철저하게 존대를 하는 사람이었다. 세영은 네, 라고 대답하며 고개를 끄덕였다. 그는 컵을 들고 세영에게 다가와 그것을 건넸다. 세영은 말없이 컵을 받아 커피를 마셨다. 다시 위장이 요동쳤다. 소장이 싱긋 웃었다.

"이번에도 레벨 쓰리였죠?"

커피를 한 모금 마시려다 놀란 세영은 허리를 숙이며 격하게 기침을 했다. 하마터면 컵을 놓칠 뻔했다. 전부 들켰다. 심장이 거칠게 뛰었다. 소장이 쯧쯧 혀를 차고 말했다.

"천천히 마셔야죠. 뭐가 그렇게 급합니까?"

기침이 잦아들자 세영은 소장을 빤히 쳐다보았다. 가면을 쓴 것처럼 아무 감정도 보이지 않는다. 세영은 간신히 입을 열었다.

"전부…… 알고 계셨습니까?"

"그게 내 일이니까요. 이래봬도 일은 꽤 열심히 합니다."

세영은 입술을 깨물었다. 컵을 조심스레 왼편의 책상에 내려놓았다. 언제부터 알고 있었을까? 어떻게 들킨 걸까? 아니, 지금 중요한 일은 그것이 아니었다. 혹시 치료제 연구 말고 다른 비밀까지 들킨 것은 아닐까? 가능성은 있다. 연구소 측에서 미행을 붙였을 수도, 도청을 했을 수도 있다.

소장은 책상에 걸터앉아 자신의 컵에 커피를 따랐다. 세영은 침을 삼키며 그 모습을 지켜봤다. 소장이 느긋하게 커피를 마시고 잠시 후 입을 열었다.

"이제 그만둬도 되지 않을까요? 그만하면 할 만큼 한 거 같은데."

"……이제 시작 단곕니다. 인원과 시간만 더 있으면…….'

"맞아요, 숭고한 목적이지요." 소장이 그의 말을 잘랐다. "치료제를 만들어서 단번에 모든 사람들을 구제하겠다, 지긋지긋한 바이러스 따위 한 방에 멸종시켜 버리겠다. 좋습니다. 그런 목적을 갖는 것까지는 좋아요. 머릿속 사정이야 누구한테도 간섭받을 수 없죠. 근데 행동으로 나서는 건 안 됩니다. 이 연구소에 그런 영웅은 필요 없어요. 여긴 그저 각자 할 일을 열심히 하는 사람만 있으면 충분합니다. 휴머넥스가 우습게 보입니까? 그거 한 알 사려고 뼈 빠지게 일하는 보유자들을 생각해 보세요. 당장 그게 없으면 시체가 될 사람들을. 그런데 박 선임은 눈앞의 그 사람들을 외면하고 너무 멀리 가려고만 합니다. 안 그렇습니까?"

"휴머넥스에만 집착하면 미래가 없다는 것쯤은 소장님도 아시잖습니까."

"미래요? 어떤 미래 말입니까? 추상적인 소리는 그만두죠. 처음

생산된 휴머넥스 하나는 하루의 안전을 보장했습니다. 이제 3일은 거뜬하죠. 우리에게는 그 기간이 바로 미랩니다. 일주일, 열흘, 3개월, 1년. 그런 게 바로 미래죠. 여기서 도망치면 안 됩니다."

세영은 입술을 지그시 깨물었다. 도망친다고?

"소장님이야말로 추상적인 소리를 하고 계신 겁니다. 그 기간요? 그건 돈이죠. 우리 일은 그저 안전 보장을 인질 삼아서 그 뼈 빠지게 일하는 사람들을 착취하는 짓일 뿐입니다."

소장은 피식 웃었다.

"맞아요. 그래서 박 선임은 그 죄책감에서 벗어나려고 되지도 않는 일에 매달리는 거고요. 완벽한 알리바이죠. 이미 머릿속에서는 결론을 냈겠죠. 이건 불가능하다. 혼자 이렇게 매달려 봐야 죽도 밥도 안 된다. 그래도 밤새 씨름을 하는 건 그 알량한 죄의식에서 벗어나 보겠다는 발버둥일 뿐입니다. 자위를 하는 거죠. 나는 그래도 이 거지 같은 세상에 최소한의 정의를 가져오려 노력하고 있다고."

"언제부터 심리학 공부까지 하신 겁니까?"

"자기 자신을 좀 잘 들여다보세요. 그럼 언젠가 무의미랑 만나게 될 겁니다. 거기엔 아무것도 없거든요."

세영은 잠자코 소장을 쳐다봤다. 두 사람 사이에 침묵이 무겁게 내리깔렸다. 무의미. 그 단어가 세영의 머릿속에서 통통 튀어 다녔다. 그럴지도 모른다. 전부 자위에 불과할 수도 있다. 하지만 그래서 더 해야 하는 것 아닐까? 어쨌든 가장 안쪽의 비밀은 들키지 않았다. 세영은 다소 안심하며 한발 더 나갔다.

"……제 짐은 내일쯤 가져가겠습니다."

뜸을 들이던 세영이 입을 열자, 소장이 눈썹을 구겼다.

"분명히 도망가지 말라고 했죠? 그렇게 해서, 집에 박혀서 그 환상적인 치료제 개발이나 하겠다는 겁니까? 진흙탕에서 뒹구는 건 취향이 아니니까 학처럼 고고하게 살겠다고요? 그걸로 끝입니까? 선임 연구원 자리는 가위 바위 보로 결정한 게 아닐 텐데요?"

소장이 후, 한숨을 내쉬었다. 그는 책상에 놓인 서류를 들어 세영에게 집어 던졌다. 서류는 세영의 가슴에 맞고 바닥으로 떨어졌다. 소장이 말했다.

"내일부터 감마 프로젝트로 들어가요. 이미 얘기는 다 됐으니 그쪽으로 출근만 하면 됩니다. 더 할 말 없죠? 그럼 나가 보세요."

세영은 할 말이 많았다. 그러나 가슴에서만 맴돌 뿐 적확한 말이 되어 나오지 않았다. 그는 묵묵히 서류를 집어 들고 등을 돌렸다. 아직은 이곳에 있어야 한다. 필요한 모든 것이 여기에 있다. 그러나 속일 생각은 없다. 당당하게 할 것이다. 문이 열리자 세영은 뒤도 돌아보지 않고 말했다.

"당분간은 잠자코 있겠습니다. 하지만 포기는 안 합니다. 말씀드렸죠, 이제 시작이라고."

그는 소장의 한숨 소리를 뒤로하고 방을 나왔다.

교도소를 방불케 하는 삼엄한 경비를 뚫고 연구소 외벽을 통과한 세영의 차는 그대로 10여 킬로미터를 달렸다. 도중에 검문소 세 개를 통과하고 약속 장소인 17호 지하철역에 도착하자 오전 8시 50분이었다. 접선자는 정확히 9시에 나타날 예정이었다. 그는 차에서 내리자

마자 뛰었다. 플랫폼에 올라서서 숨을 헐떡이며 시계를 확인했다. 58분. 3분을 기다리자 전철이 요란한 소리를 내며 들어왔다. 문이 열렸다. 그는 전철에 올라타고 재빨리 걸었다. 하행선은 복작이지도 한산하지도 않았다. 접선 장소로 더할 나위 없는 조건이다. 그는 7번 칸의 문을 열고 들어설 때 무심코 뒤를 돌아보았다. 미행 따위는 없다. 소장과의 일 때문에 신경과민이 된 것이다. 그는 마음을 다잡고 걸음을 옮겼다. 약속대로 세 번째 문 앞에 섰다. 전철 창밖으로 시선을 고정했다.

누군가 다가왔다. 5미터, 3미터, 1미터……. 전철은 지하를 통과하고 있어 창을 통해 그의 모습을 볼 수 있었다. 160센티미터 정도의 키에, 머리에는 모자를 눌러쓰고 얼굴에 마스크를 했다. 세영은 거리를 가늠하다가 자연스럽게 몸을 틀었다. 전철이 가볍게 흔들리자 다가오던 사람이 기우뚱하며 세영의 왼팔에 어깨를 부딪쳤다.

"죄송합니다."

가느다란 여자 목소리. 세영은 괜찮다고 말하고 반대쪽 문으로 가서 섰다. 문 위의 노선도를 보는 척하며 접선자의 움직임을 곁눈질로 관찰했다. 여자는 적당한 속도로 걸어서 7번 칸을 빠져나갔다. 세영은 점퍼의 왼쪽 주머니에 조심스레 손을 집어넣었다. 약속대로 건네야 할 물건은 사라졌다. 빠르고 정확한 솜씨다. 조직원으로서의 임무가 없을 때면 아르바이트로 소매치기를 하는 사람일까.

두 달에 한 번 있는 정기 행사를 무사히 마치자 긴장이 한꺼번에 풀리며 피곤이 몰려왔다. 집이 있는 북쪽의 거주지까지는 40여 분을 더 가야 했다. 푹신한 침대와 동생 미영이 해 준 따뜻한 밥이 그리

윘다. 여동생을 떠올린 세영은 주머니에서 휴대전화를 빼냈다. 수신 메시지를 확인했다. 아무것도 없다. 어젯밤부터 통화가 되지 않았다. 그는 다시 한 번 발신 버튼을 눌렀다. 여전히 전화기가 꺼져 있다는 안내. 미영은 기사 마감으로 바쁠 때 휴대전화를 꺼 놓기는 했지만, 적어도 여섯 시간을 넘기는 법은 없었다. 슬슬 걱정이 됐다.

전철에서 20분을 버티던 세영은 결국 내려서 택시를 타기로 결심했다. 무거운 눈꺼풀을 더 지탱할 수가 없었다. 그는 역사를 빠져나왔다. 지상으로 올라온 그는 주위를 휘 둘러보며 택시를 찾았다. 그러다 10여 미터 정면 인도 위에 사람들이 우르르 몰려 있는 장면을 목격했다. 세영은 호기심에 이끌려 사람들에게 다가갔다. 뒷줄의 남자 하나가 인기척을 느꼈는지 고개를 돌리고 세영을 쳐다봤다. 안경을 쓴 앳된 얼굴 위로 심한 짜증이 드러나 있었다.

"무슨 일 있습니까?"

세영이 반사적으로 물었다. 남자는 대답하지 않고 고개를 돌리고는, 조그맣게 욕을 내뱉었다. 그러고는 무리에서 이탈해 세영의 곁을 스쳐 지나갔다. 세영은 고개를 갸우뚱했다. 무슨 일일까? 그는 사람들의 틈을 비집고 들어갔다. 사람들은 얌전히 그에게 길을 터 줬고, 덕분에 최전방에 선 그는 길이 막힌 이유를 알아냈다.

길 위에 여자가 대자로 엎드려 있었다.

원래 색깔을 알아볼 수 없을 정도로 지저분한 점퍼를 입은, 비쩍 마른 늙은 여자였다. 얼굴은 시커멓고, 반백의 머리칼은 아무렇게나 뻗친 채 흙탕물에 젖어 기묘한 바다생물처럼 보였다.

있어서는 안 되는 것.

세영은 홀린 듯 여자를 뚫어져라 보았다. 시체? 시체가 왜 여기에 있는 거지? 이곳 강북의 14구역은 면역자들의 동네였다. 물론 그렇다고 무균실은 아니었다. 그러나 7년 전의 소동 이후로 강북에서 시체가 나타난 적은 없었다. 적어도 그가 아는 한에서는. 세영은 재빨리 추측했다. 출입을 허가받은 보유자 중 누군가가 약을 먹는 것을 깜빡했다. 그리고 이렇게 거리에서 쓰러져 버렸다. 원인과 결과. 여자의 숨은 분명히 끊어졌을 테고, 이제 남은 일은…….

"곧 일어날 것 같지 않습니까?"

옆에 선 남자가 세영에게 속삭이듯 물어왔다. 세영은 흘끔 남자를 돌아봤다. 30대 중반으로 보이는 남자의 눈빛에는 호기심이 가득했다. 세영은 속으로 혀를 찼다. 어쩔 수 없는 일이다. 세영은 연구소 바닥의 수조를 떠올렸다. 시체는 절대로 그 수조의 벽을 부술 수 없다. 면역자에게 시체란 그저 TV 화면에나 등장하는 존재다. 실감할 수 없는, 만질 수 없는 것.

세영은 그런 생각을 하다, 머릿속에 맴도는 말은 전부 버리고 단조롭게 물었다.

"신고는 한 겁니까?"

"누가 했겠죠. 나도 방금 봤어요. 진짜 지금 일어날 것 같지 않습니까? 진짜 스릴 넘치네."

스릴이라니. 세영은 인상을 쓰며 다시 여자를 살폈다. 여자는 길 한가운데에 누군가 작정하고 버린 육중한 납덩어리 같았다. 저대로 내버려 둘 수는 없다. 정확한 상태를 봐야 한다. 세영이 한 걸음을 내딛자 옆의 남자가 그의 팔을 붙잡았다.

"어쩌시려고?"

"이렇게 둘 수도 없잖습니까. 일단 상태를 봐야죠."

"그러나 일어나서 깨물면요? 엄청 아플걸요? 그냥 얌전히 기다립시다."

물론 세영도 그런 위험은 잘 알고 있었다. 숨이 끊어진 시체가 언제 눈을 뜨는지는 아무도 모른다. 징후 없이 평온하게 죽은 후 경건한 장례식이 끝나고 나서 무덤을 뚫고 나온 시체들 덕에 매장금지법이 제정됐다. 병원에서 의사가 사망을 확인하는 그 순간, 눈을 뜨고 의사를 물어 버린 시체들 덕에 병원 안전 규정은 세 배로 엄격해졌다. 시체가 아장아장 첫걸음마를 하는 시기를 결정하는 것은 전적으로 바이러스의 변덕이었다.

"어, 움직인다, 움직여!"

스릴 넘친다고 말한 남자가 반쯤 환희에 젖은 목소리로 외쳤다. 그 순간 와, 하는 함성과 함께 대여섯의 사람들이 뒤로 돌아 달리며 흩어졌다. 반대편의 사람들도 반 이상이 사라졌다. 여자가 꿈틀거리며 바닥에 손을 짚었다. 세영은 남자에게 잡힌 팔을 빼내고, 여자의 눈을 확인하려 두 걸음 앞으로 나섰다. 시체의 눈동자는 멜라닌 색소의 감소로 회색에 가까워진다. 일단 중요한 일은 그것이다. 시체인지, 그냥 아픈 사람인지 경계를 결정해야 한다.

그때 여자의 뒤쪽에서 두 명이 뛰어나오더니 기묘한 웃음소리를 흘리며 무자비한 발길질을 날렸다. 베이지색 교복을 입은 고교생들이었다. 키가 큰 남학생은 여자의 엉덩이며 허벅지 등을 연신 걸어 찼다. 작은 남학생은 얼굴을 집중적으로 노렸다. 그때마다 퍽퍽, 둔

탁한 북소리가 울려 퍼졌다. 피가, 진득한 액체가 튀었다. 여자는 맞을 때마다 이리저리 몸을 틀었는데, 정상적인 사람의 반응보다 두 배 정도 느린 움직임이었다. 그들의 한 발쯤 뒤에서는 여고생 하나가 휴대전화로 그들의 활약을 촬영하느라 여념이 없었다.

"그만해! 그만!"

갑작스런 사태에 당황해 그저 구경만 하던 세영이 정신을 차리고 소리쳤다. 그러나 말로 될 일이 아니었다. 세영은 이를 악물고 현장으로 뛰어들어 키 큰 고교생을 뒤에서 끌어안았다. 그리고 힘껏 뒷걸음질 쳤다.

"그만해! 진정하라고!"

고교생이 몇 걸음 끌려가다 팔을 거칠게 흔들어 구속을 풀었다. 그 서슬에 세영은 하마터면 넘어질 뻔했다. 간신히 균형을 찾고 똑바로 서자 정면에 멀뚱한 표정의 얼굴이 있었다.

"왜요? 왜 말리는데?"

왜? 세영은 순간적으로 답을 찾을 수 없었다. 당연히 말려야 하는 일을 아무도 하지 않는다. 그래서 나섰다. 세영은 침을 한 번 삼키고 말했다.

"그만해. 이러면 안 되는 거야."

"이거 좀비 아니에요?"

"아직 몰라. 게다가 시체라도 아무렇게나 취급하는 거 아니야. 저분도 살아 있을 때는……."

"야, 그거 뭐야? 뭔데?"

남학생은 세영의 말을 더 듣지 않고 몸을 돌려 여학생에게 다가

갔다. 여학생은 검은색 물체를 만지작거리고 있었다. 세영은 대번에 그것의 정체를 알아보았다. 특고압 테이저건으로 자동조준기가 달린 제품이었다. 키 작은 남학생은 여전히 느릿느릿 몸을 뒤채는 여자의 이곳저곳을 밟고 차면서 킥킥 웃고 있었다. 구타보다 세 박자 이상 느린 기묘한 신음이 여자의 몸 전체에서 송진처럼 흘러나왔다.

"야, 비켜 봐. 비켜 보라고. 이거 맞아도 모른다?"

여학생의 말에 남학생은 힐끔 여학생의 손에 들린 물건을 보고는 웃으며 날렵하게 여자에게서 떨어졌다. 세 학생이 한곳에 모였다. 키 큰 남학생이 말했다.

"뭐야? 이거 좆나 있어 보이네. 근데 너 제대로……."

남학생의 말이 끝나기도 전에 테이저건의 끝에서 작은 불꽃이 튀면서 뭔가가 튀어나갔다. 각 변 3밀리미터인 정육면체 총알은 5센티미터 정도의 전선을 꼬리에 단 채 여자의 턱에 명중했다. 그리고 거미처럼 여덟 개의 발을 뻗어 목표를 꽉 깨물었다. 80밀리암페어의 전류가 정확히 그 뒤를 따랐다. 그 모든 일이 1초도 안 되는 시간에 벌어졌고, 여자는 짧은 신음과 함께 몸을 부르르 떨었다. 떨고, 또 떨었다. 그러다 갓 잡혀 배 위로 올라온 생선처럼 등으로 땅을 때리며 몇 번 펄떡였다.

세영은 눈을 질끈 감았다가 떴다. 그 사이 다 쓰러져 가는 낡은 집의 퓨즈가 마침내 끊긴 것처럼 여자의 움직임이 멎었다.

"죽었나?"

키 큰 남학생이 혼잣말하듯, 누구에게랄 것도 없이 물었다.

"이미 죽었는데 또 죽어?" 여고생이 말했다.

"저것들한테는 죽었다고 하는 게 아니야. 살처분됐다고 해야지."

키 작은 남학생이 말했다.

"너는 지질대지 말고 짜져라 좀?" 여학생이 오른손 검지로 남학생의 관자놀이를 거듭 찌르며 말했다. "아, 맞다. 내가 쏘는 거 찍었어야 했는데. 근데 진짜 제대로 가서 박히지 않았냐?"

세영은 묵지근한 두통을 느꼈다. 멀리서 사이렌 소리가 들렸다. 세 고교생은 나타났을 때처럼 홀연히, 어디에도 없는 곳으로 사라져 버렸다. 세영 혼자 그 자리에 붙잡힌 채 서 있었다.

그의 곁에는 시체였는지 아닌지 더 이상 확인할 수 없게 된 늙은 여자가 누워 있었다. 쓰러진 사람에게는 누구도 손을 내뻗지 않는다. 그냥 발길질을 하고 총을 쏜다. 더 이상 일어서지 말라고. 죽었다면 한 번 더 죽으라고. 세영은 곁눈질로 여자를 살폈다.

감히 똑바로 볼 수가 없었다.

4장

모두 모르겠다고 했다.

노동관리부는 회사에 문의해 보라고 했고, 회사에 전화를 걸면 여직원은 규정대로 처리해서 서류를 보냈으니 문제가 생겼다면 관리부에 가서 따져야 된다고 말했다. 수진은 탁구공처럼 오가며 연달아 전화를 걸었지만 문제가 해결되기는커녕 더 복잡해지기만 했다. 해고된 지 2주가 지났다. 여태 실업자로 등록되지 않았다. 마지막 달 월급은 평소의 절반이었고, 그 돈으로는 약을 사기에도 빠듯했다. 당장 문제를 해결하지 않으면 끼니를 걱정해야 할 판이었다.

수진은 통사정을 해서 전주에 그만둔 도우미에게 몇 시간만 미나를 맡아 달라고 부탁하고는 회사로 갔다. 점심시간이 끝나는 때에 맞춰 정문에 도착했다. 회사의 모습은 어딘지 낯설었다. 정문 경비실의 수위도 그녀가 알던 얼굴이 아니었다. 곱상하게 생긴 20대가 그 자리에 앉아 있었다. 아마도 전의 수위 역시 잘린 모양이라고 수진은 생각했다. 젊은 수위는 수진의 방문 목적을 물으며 딱딱하게 굴었다.

"약속이 없으면 곤란합니다만."

"인사과에서 무슨 약속 같은 걸 해요? 제가 2주 전까지 여기 직원이었다니까요? 꼭 좀 해결해야 할 일이 있으니까 그쪽에 연락 좀 해 주세요. 과장님이나, 뭐 아무나 좋으니까."

"그래도 안 됩니다. 규정상 약속이 있어야······."

이대로는 정문에서 쫓겨나겠다는 생각에 수진은 계획을 바꿨다.

"그럼 공장으로 전화 좀 넣어 주세요. 생산과 강남훈 반장님한테요. 전에 직원이었던 김수진이라고 전해 주시고요. 그 정도는 되죠?"

몇 번 더 실랑이가 있었지만 수위는 수진이 물러설 기미를 보이지 않자 마지못해 전화를 걸어 주었다. 다행히 반장은 사무실에 있었다. 수위가 몇 번 예, 예, 답하더니 수진에게 전화를 돌렸다.

—웬일이야, 김수진 씨가 나를 다 만나러 오고.

능글맞은 목소리였다. 수진은 당장 전화를 끊어 버리고 싶은 기분을 떨치며 사정을 설명했다.

—그것 참 큰일이네. 하여간 사람들이 일 처리를 왜 고따구로 하는지 모르겠어.

"좀 도와주세요. 조용히 들어가서 인사과에 문의만 하고 갈게요."

—그래야지, 당연히 문의해 봐야지. 근데 내일 저녁에 시간 있어?

수진은 한껏 눈살을 찌푸렸다. 반장이 이렇게 나올 것 같았다. 예전에도 반장은 몇 번이고 밖에서 한번 만나자며 청해 왔고 수진은 그때마다 거절했다. 수진은 잠깐 망설이다 대답했다.

"별일은 없어요."

—진짜? 그럼 한번 보지 뭐. 좋잖아, 외로운 사람들끼리 술도 한잔하고. 이따 저녁에 집으로 전화할게. 괜찮지?

당장 인사과에 들어가는 일이 중요했다. 그 외에는 어떻게든 대처할 수 있으리란 생각에 수진은 조그맣게 예, 라고 답했다. 그것으로 일이 풀렸다. 수진은 출입증을 얻어 4층 인사과로 갔다. 문을 두드리고 지체 없이 열었다. 조그마한 사무실에 책상 다섯 개가 붙어 있었다. 과장의 자리는 비어 있었고, 두 명의 직원만이 컴퓨터를 보며 일을 하는 중이었다. 남녀 두 사원은 수진이 들어서자 함께 그녀를 쳐다봤다. 남자는 바로 시선을 모니터로 돌렸다. 여자가 자리에서 일어섰다.

"무슨 일이세요?"

수진은 여자가 바로 전화에 응대한 사람이라는 확신이 들었다. 그녀는 여자에게 가까이 다가서며 말했다.

"저기, 아까 아침에도 전화 드렸었는데, 제가 김수진이에요."

"아." 여자는 귀찮다는 표정을 감추지 않았다. "그 일이면 전화로 전부 말씀드렸는데요."

"관리부에서는 자료를 받은 적이 없다고 한다니까요. 그럼 지금 다시 보내면 안 될까요? 예? 별로 어렵지도 않은 일 같은데 다시 보내 주세요. 그럼 전부 해결될 것 같은데. 제가 보는 앞에서 보내 주시면 확실하잖아요."

"본다고 뭐 아세요?"

여자가 노골적으로 질렸다는 얼굴을 했다. 수진은 화를 참으며 웃었다.

"그러니까 잘 좀 설명해 주시면 되잖아요. 제가 옆에 앉을 테니까 저번에 보냈던 대로 똑같이 해 주세요. 부탁 좀 드릴게요. 사정 좀 봐주세요."

"진짜 짜증나네." 여자가 중얼거렸다.

"뭐라고요?" 수진이 끝내 얼굴을 구겼다. "따지고 보면 전부 이쪽에서 잘못한 거 아닌가요? 근데 짜증이 나요?"

"제가 뭘 잘못했는데요? 저희 쪽에서는 확실히 보냈어요. 관리국에서 문제가 생겼을 테니까 그쪽에서 따지시라고요. 아, 진짜 별것도 아닌 일로 귀찮게."

여자에게는 별것도 아닌 일이었지만, 수진에게는 내일의 끼니와 약이 걸린 문제였다. 그 두 가지가 없으면 삶이 순식간에 죽음으로 바뀐다. 수진은 여자 옆의 의자에 털썩 주저앉았다. 그리고 단호하게 말했다.

"다시 보내 주세요. 안 그럼 여기서 절대 못 나가요."

"미치겠네, 진짜."

여자 사원의 말에 여태 모니터만 쳐다보던 남자가 전화 수화기를 들고 말했다.

"뭘 일일이 상대를 해주고 그래." 그러고는 수진에게 시선을 돌렸다. "어이, 아줌마. 당장 안 나가? 수위실에 연락해서 끌어내야 나갈래?"

수진은 눈을 부릅떴다.

"못 나가! 끌어내고 싶으면 끌어내 봐!"

"무슨 일입니까?"

뒤에서 들려오는 차분한 남자 목소리에 수진은 고개를 돌렸다. 문 앞에 작업복 차림의 진석호 사장이 서 있었다. 앉아 있던 남자 사원이 벌떡 일어섰다. 수진은 자신을 훑어보는 사장의 시선을 느끼며 자리에서 천천히 일어섰다.

"김수진 씨, 맞죠?"

석호의 말에 수진은 고개를 끄덕였다. 그리고 사장의 표정을 살폈다. 뭔가가 잘못됐다는 느낌이 들었다. 그저 틀어져 있다는 막연한 느낌뿐이었다. 하지만 그 느낌이 아주 강렬해서 무시해 버릴 수가 없었다.

내가 올 줄 알고 있었어?

너무도 기묘한 결론이어서, 수진은 즉시 그 생각을 떨쳐 버렸다. 이 사람이 어떻게 알았겠어.

"인사과에는 무슨 일로 오신 겁니까?"

"말씀하신 거랑 너무 다른 일이 있어서요."

"죄송합니다, 사장님. 지금 수위실에 연락해서……."

남자가 끼어들자 석호가 손짓으로 말을 막았다.

"자세히 말씀해 보세요. 뭐가 다르다는 거죠?"

"분명히 회사 측에서 최선을 다해 주겠다고 약속하셨어요. 추천서도 써 주고 노동부에 등록시켜서 다른 자리도 빨리 알아보게 해 주겠다고. 근데 2주가 지나도록 저는 실업자 등록조차 안 됐어요. 당연히 실업급여도 안 나오고요. 이게 회사에서 최선을 다한 결과인가요?"

"정말입니까? 실업자 등록도 안 됐다고요?"

석호가 어리둥절해했다. 수진은 조금 전의 균열을 다시 느꼈다. 사장의 표정과 마음속이 분명히 다른 것 같았다. 그 불일치가 못내 찝찝하기 그지없었다.

"이상하군요. 일단 제 방에 와서 얘기하죠. 여기서 이러지 말고."

수진은 그 말에 따랐다. 석호의 두 걸음 뒤를 밟아 가며 사장실에 도착했다. 석호는 수진에게 소파를 권하고 인터폰으로 비서에게 차를 내오라고 지시했다. 수진은 필요 없다고 말하려다 그만두었다. 이 방에 있으려면 반드시 필요한 의식이었다. 잠시 침묵이 흘렀다. 수진은 위에 아무것도 없는 황량한 목재 테이블을 내려다보다 고개를 들었다. 사장의 눈과 마주쳤다.

"관리국에서 관련 자료를 받은 일이 없다고 했어요. 오늘 온 김에 제 눈앞에서 다시 보내 주시면 안 될까요?"

"해고자들 자료는 일괄적으로 처리해서 모두 보냈습니다. 왜 김수진 씨 것만 빠졌겠어요. 그럼 다른 사람들도 김수진 씨처럼 지금쯤 회사에 와서 항의를 하고 있겠죠. 안 그렇습니까?"

사장의 그 말에, 생각지도 않았던 곳에서 돌연 해답이 튀어 올라왔다. 수진은 해고 통보를 받았던 날의 광경을 떠올렸다. 수진은 화를 내며 자리를 박차고 나갔고, 사장은 회오리바람에 대해 얘기했다.

'회오리바람 속에서는 우리 모두가 똑같은 사람이 됩니다.'

"일부러 빠트리셨군요."

수진은 석호를 똑바로 보며 스스로에게 속삭이듯 말했다.

"네?"

"사장님이 일부러 제 것만 빠트리신 거 아닌가요?"

그 순간 노크 소리와 함께 비서가 들어왔다. 비서가 차를 놓고 나가는 동안, 내내 수진은 사장의 얼굴에서 눈을 떼지 않았다. 사장의 표정에는 조금의 변화도 없었다. 비서가 사라지자 석호가 입을 열었다.

"무슨 말씀인지 모르겠네요. 제가 왜 그런 짓을 하겠습니까?"

"제가 다른 사람들처럼 고분고분하지 않으니까요. 성질도 부렸고, 말씀 도중에 나가기도 했고."

"그래서 등록도 안 시켜 주고 일부러 김수진 씨가 곤란한 지경에 빠지도록 했다?"

"아닌가요? 아니면 아니라고 확실히 말씀해 보세요."

"그럴 리가 있나요. 그날 김수진 씨가 제게 잘못하긴 했습니다만, 그런 사소한 일로 공적인 일에 사적인 감정을 개입시키지는 않습니다. 4년이나 제 밑에서 일하셨는데, 아직도 저를 잘 모르시는군요."

수진은 그 매끄러운 답변에서 거꾸로 확신했다.

사장은 지금 그녀에게 벌을 주고 있었다. 버릇없이 구는 아이에게 부모가 하듯이. 사장의 말 그대로 4년 동안 그의 밑에서 일했지만 잘 알지 못했던 부분이, 단 두 번의 대면으로 보이는 듯했다. 도저히 이해할 수도 납득할 수도 없는 부분이었지만 적어도 지금 사장이 무엇을 원하는지는 느낄 수 있었다. 수진은 입을 열고 또박또박, 힘주어 말했다.

"정말 잘못했습니다. 한 번만 사정 좀 봐주세요. 당장 그 돈이라도 없으면 딸에게 약을 먹일 수가 없습니다. 정말 제가 잘못했습니다. 그런 데다 사인한 것도 잘못이고 그날 화를 낸 것도 전부 제 잘못입니다. 제가 제정신이 아니었어요. 사장님이 넓은 마음으로 이해 좀 해 주세요."

석호는 무표정한 얼굴로 수진을 쳐다보다가 차를 한 모금 마시고 말했다.

"사인이라니, 아직도 이상한 소리를 하시는군요. 김수진 씨가 해고된 건 그냥 불가항력입니다. 그건 구조적인 문제지, 김수진 씨 잘못이 아니에요. 아직도 제 말을 안 믿으시는군요. 뭐, 그건 할 수 없습니다만, 김수진 씨가 지금 하는 건 사과가 아닙니다. 사과라는 건 마음에서 우러나와야 하는 거죠. 지금 김수진 씨 얼굴에 빤히 쓰여 있습니다. 내가 뭘 잘못했는지도 모르겠다는 얼굴이에요. 그런 사람이 하는 사과에는 진정성이 담기질 않죠. 저는 그런 걸 모를 만큼 바보도 아닙니다."

수진은 아랫입술을 깨물었다. 그녀는 소파에서 무너지며 무릎을 꿇었다.

"정말 잘못했어요. 잘못했습니다. 그날 일은 제가 전부 잘못한 겁니다. 전부요. 딸한테 약을 먹여야 해요. 안 그럼……."

석호는 한숨을 한 번 내쉬고는 자리에서 일어나 수진을 부축해 일으켰다.

"정말 왜 이러십니까. 저한테 이래도 소용없다니까요. 분명히 회사는 김수진 씨 자료를 보냈어요. 정 못 믿으시겠다면 인사과 전 직원을 불러서 대질시켜 줄 수도 있습니다. 분명 관리국에서 뭔가 착오가 있었겠죠. 앉으세요. 네, 진정하고 앉아서 말씀하세요."

수진은 석호의 말대로 했다. 지금 수진에게는 그의 말을 거부할

힘도, 의지도 없었다.

"어쨌든 곤란하게 되셨다니까 회사에서 문의를 해서 다시 한 번 자료를 보내겠습니다. 그럼 되겠죠?"

수진은 반색하며 고개를 끄덕였다.

"정말 감사합니다. 감사합니다."

"뭘요. 어쩌면 우리 측에서 잘못 보냈을지도 모르는 거니까."

수진은 몇 번 더 인사를 했다. 마음속 한구석에서는 전혀 감사할 일이 아니며, 화를 내고 뺨을 때리고 길길이 날뛸 일이라고 중얼거리는 소리가 있었지만, 수진은 그 목소리를 싸잡아서 꽁꽁 묶었다. 사장이 지금 한 말을 믿지 말라고 속삭이는 소리는 발길질을 해서 쫓아냈다. 이 정도로 벌을 쳤으니 이제는 등록을 해 줄 것이다. 그녀는 그렇게 믿고 싶었다.

"김수진 씨는 뭐든 잘 믿지 않는군요. 제가 보건소 약도 믿을 만하다고 그렇게 말했는데 계속 사 먹어야 한다고 하고. 제 말도 영 믿지 않는 눈치고. 하기야 그게 어디 김수진 씨 잘못이겠습니까. 세상이 이래서 전부 불신에 찌든 것일 테죠. 정말 갑갑한 시대입니다."

그녀는 아무 말도 할 수 없었다. 그저 의미 없이 고개를 끄덕였다.

"그래도 아직 저한테 뭘 잘못했는지는 모르겠죠?"

석호가 빙그레 웃으며 말했다. 수진은 그 웃음에 왜인지 소름이 돋았다. 웃음은 눈앞의 그녀를 향하고 있지 않았다. 다른 곳에 붙들려 있는 웃음이었다. 수진은 애써 시선을 돌리고 조그맣게 말했다.

"아니에요."

"아니, 모릅니다. 그건 몸으로 느껴 봐야 아는 거죠. 셰익스피어가

쓴 희곡에 이런 말이 나옵니다. '힘센 자가 우둔한 자들의 군주가 되고, 난폭한 아들이 아버지를 때려죽이고, 힘만이 옳은 것이 될 것이다, 아니 옳고 그름이 명분도 없어지며, 이 끝없는 분쟁 사이에서 정의도 명분을 잃게 될 것이다.'"

석호는 잠깐 숨을 내쉬고는 또박또박 말을 이었다.

"왜 그런 일이 벌어질까요? 바로, 위아래가 사라져서 그런 거죠. 세상에는 중요한 게 여럿 있지만 그중에서도 사람 사이의 등급은 아주 중요합니다. 그게 기준이 되고, 기준이 있어서 질서가 생기죠. 한번 생각해 보세요. 사람과 시체가 뒤섞여서 사는 세상을. 정말 끔찍하지 않습니까? 자연이든 사회든 그래서 등급은 중요한 겁니다. 희곡의 그 뒤는 이렇습니다. 안 그러면 '만사는 모두 비난으로 오가고, 튀어 오른 바닷물은 해안보다 더 높이 가슴을 들어 올려, 이 마른 대지를 물바다로 만들리라.' 제 말, 집에 돌아가면 잘 생각해 보세요. 그럼 김수진 씨가 뭘 잘못했는지 답이 보일 겁니다."

수진은 석호의 말 도중 '등급'이라는 단어에서 정육점에 내걸린 돼지들의 사체를 떠올렸다. 그녀는 잘 보이지도 않는 구석에 처박힌 등급 외의, 어쩌면 이미 쓰레기통에 버려진 물건이고, 사장은 1등급의 질 좋은 고기일 것이다. 갑자기 수진은 등급을 어지럽히던 식당 아주머니는 어떻게 됐을까 궁금해졌다. 그리고 즉시 그 생각을 떨쳐버렸다. 지금 그런 게 뭐가 중요해?

수진은 일어서고 싶었다. 자리를 박차고 나가고 싶었다. 그러나 한 번의 경험으로 깨달았다. 말이 끝나기 전에 일어서서 다시 등급을 어지럽혀서는 안 된다. 사장은 계속 벌을 줄 것이다. 완고하고 끈질긴 교정자 역할을 할 것이다.

석호는 소파에서 일어서서 책상으로 갔다. 서랍에서 봉투를 꺼내고 주머니에서는 지갑을 꺼냈다. 지갑에서 지폐를 몇 장 빼내 봉투에 담았다. 그리고 수진에게 다가와 테이블 위에 봉투를 내려놓았다.

"아무튼 이게 필요할 것 같군요. 아직도 정부를 못 믿고 약을 사먹어야 한다고 고집을 부리니, 저로서는 안타까운 마음이 듭니다만. 그 고집을 이해 못 하는 것도 아닙니다. 그건 김수진 씨만의 문제도 아니고, 어쩌면 우리 전부의 잘못 때문에 벌어진 일일 테니까요. 아, 감사하다는 인사는 정말 됐습니다. 며칠 전에 누가 그러더군요. 제가 보살피는 걸 참 좋아하는 것 같다고. 얼마 전까지도 우리도 한 가족이었으니까 그냥 그러려니 하고 넣어 두세요. 가족끼리는 미안한 것도 감사한 것도 없잖습니까. 물론 김수진 씨는 그날 가족들 앞에서 제 얼굴을 구겼습니다만, 저는 이미 잊어버렸어요."

수진은 잠시 봉투를 쳐다보다가 천천히 손을 뻗었다. 받아야 했다. 받아서 핸드백에 넣고, 아무 일도 없었다는 듯이 나가야 했다. 감사하고 감격했다는 표정을 내보이면서. 봉투를 집어넣는 데까지는 간신히 성공했다. 일어서서 인사도 했다. 돌아서서 걸었다. 문손잡이를 잡는 순간 수진의 의지를 벗어난 목소리가 끝내 입 밖으로 흘러나왔다.

"사장님이 그때 말씀하셨죠. 회오리바람 속에서는 전부 똑같은 사람이 된다고."

석호는 아무 말이 없었다. 입 다물어, 멍청아! 그냥 밖으로 나가! 그녀는 머릿속으로 들리는 절박한 외침을 외면했다. 수진은 고개를 돌리고 석호의 눈을 마주 보았다.

"사장님과 나는 가족이 아니에요."

수진은 핸드백에서 봉투를 꺼내 바닥에 떨어트렸다. 그녀는 후들 거리는 다리를 추스르며, 돌아보지 않으려 애를 쓰며 밖으로 나왔다.

5장

정면으로 시체 두 구가 느릿느릿 걸어온다.

상우는 산탄총을 든 채 시체를 빤히 노려보았다. 거리는 10미터 쯤. 탄알을 아끼려면 놈들이 조준선에 한꺼번에 걸려들기를 기다려야 한다. 그런데 시체들은 그의 기다림을 마치 아는 듯 좌우로 갈라져 벽에 바싹 붙어서 다가오고 있었다. 벽 사이의 간격은 2미터 남짓이었다. 상우는 5미터까지는 참기로 했다. 지난번에 탄환이 모자라 낭패를 보고 규혁에게 굴욕까지 당했다. 이번에는 꼭 이겨야 한다.

8미터, 7미터…… 그곳에서 갑자기 왼편의 시체가 괴성을 지르며 상우를 향해 달려들었다. 다리가 불편한 듯 절뚝거리며 뛰는 모양새에 상우는 웃음을 흘렸다. 이미 한 발로 처리하긴 틀렸다. 그는 혀를 차고 총의 조준선을 위로 올렸다. 시체는 흔들리며 다가왔다. 그 흔들림 때문에 머리를 노리기가 힘들었다. 상우는 끈질기게 버텼다.

근거리일수록 명중 확률이 높아진다. 긴장이 고조되고 아드레날린이 솟구쳤다. 상우는 혀로 입술을 한번 적셨다. 방아쇠를 당겼다. 펑. 묵직한 반동이 어깨에 느껴졌다. 탄환이 발사됐다. 터지면서 완두콩 크기의 쇠구슬을 뱉어 냈다. 반쯤은 벽에 부딪히고, 나머지 절반은 시체의 얼굴 왼편을 깨끗하게 날려 버렸다.

"넘어져!"

상우가 즐겁게 외치는 소리와 함께 실제로 시체는 몇 발 더 다가오다 그대로 무너져 내렸다. 이미 부서진 머리의 나머지 반쪽이 그 충격과 함께 수박처럼 뭉개졌다. 뇌수와 피가 흩어져 바닥을 물들였다.

고글 위에 보이는 빨간 숫자가 12로 변했다. 현재 1등. 규혁이 11로 2등, 예은이 5로 꼴찌였다. 상우는 웃음을 짓고 나머지 하나를 잡기 위해 총을 다시 견착했다. 한 마리만 더 잡으면 게임오버다. 이번에는 이겼다.

"덤벼라, 좀비 새끼들아!"

그 순간 오른쪽 벽의 문이 벌컥 열리더니 검은 방호복 차림의 누군가가 뛰어나와 시체의 허리 쪽으로 강력한 태클을 걸었다. 상우는 깜짝 놀라 총신을 위로 들어 올렸다. 저런 짓을 할 사람은 규혁뿐이었다. 시체와 함께 쓰러진 규혁은 벌떡 일어서더니 허리에 차고 있던 봉을 빼내 들고 사정없이 쓰러진 시체의 머리를 가격했다. 때리고, 또 때리고, 또 때렸다. 순간 고글 위의 숫자가 바뀌었다.

규혁이 고개를 돌리고 상우를 향해 씩 웃어 보였다.

"스틸해서 좆나 미안."

말뿐, 전혀 미안하지 않은 얼굴이었다. 상우는 얼굴을 찌푸렸다.

"진짜 조심 좀 해라. 당겼으면 맞을 뻔했어."

"총알 좆나 좋아하는 님이나 열심히 조심하세요. 이제 한 마리 남은 거 알지?"

규혁은 등장했던 때처럼 또 쏜살같이 사라졌다.

상우는 왼쪽 팔목에 찬 내비게이션을 켰다. 맵은 거의 다 돌았다. 맵상에서 아직 활성화가 안 된 곳은 오른쪽 위 1시 방향의 방 하나뿐이다. 상우는 뛰었다. 나머지 한 마리는 틀림없이 그곳에 있다. 규혁은 7시 방향으로, 예은이 4시 방향으로 움직이고 있다. 스태미나는 넘치지만 꼼꼼하지 못한 규혁은 이미 그 방을 지나쳐 버렸을 것이다. 느긋한 예은은 아직 맵의 절반도 돌지 못했을 것이고.

방문은 3분의 1쯤 열린 채였고, 그 앞에는 내장이 다 드러난 시체 하나가 쓰러져 있었다. 복도는 전부 조도가 낮은 누런 조명이 설치되어 있었지만 방 안은 캄캄했다. 상우는 문을 활짝 열었다. 복도의 조명이 방 안까지 기어들어 갔다. 그러나 불빛이 닿는 범위에는 아무것도 없었다. 그저 핏자국이 여기저기 흩뿌려진 바닥뿐. 상우는 총신 위에 달린 LED 랜턴을 켜서 천천히 오른편 구석부터 훑었다. 동그란 불빛이 차분하게 움직였지만 반대쪽 끝까지 가도록 목표를 찾지 못했다. 상우는 포기하지 않았다. 방 안으로 들어갔다. 랜턴이 다시 탐색했다.

구석에 쓰러진 시체 두 구가 있었다.

사각(死角)에 들어 있어 마음먹고 뒤지지 않으면 스쳐 지나가기 쉬운 위치였다. 상우는 랜턴으로 시체들을 훑었다. 모로 누운 채 등을 보인 자세의 한 구, 몸매로 보아 여자가 분명했다. 옷에는 피와 오물이 묻어 있었지만 비교적 최근에 시체들의 일원이 된 듯했다. 언뜻 봐서는 썩은 부분도 망가진 부분도 없는 것 같았다. 싱싱한 놈이네. 근데 왜 안 움직이지? 잠깐 고민했지만, 사실 상우는 시체들의 생리에 대해 아는 것이 별로 없었다. 모종의 이유로 잠시 정지해 있을 뿐, 조금 있으면 다시 재가동되어 싱싱한 살을 탐할 것이 뻔했다. 다른 시체 하나는 이미 머리가 박살 나 더 이상 활동할 수 없을 듯 보였다.

상우는 낚아 올린 고기를 감식하듯 시체의 머리끝부터 발끝까지 훑어보고 어디를 쏠지 고민했다. 그런데 이대로 쏘기에는 어쩐지 아쉬운 마음이 들었다. 움직이고, 조금 더 반항하고, 그래서 더 즐거웠으면 했다.

결정적으로, 어째서인지 상우는 시체의 앞모습을 보고 싶었다.

그는 시체에게 접근했다. 원래는 절대로 하지 않는 짓이었다. 규혁에게 놀림을 당하면서도 상우는 총을 고집했다. 이 더러운 것들과 접촉한다는 생각만으로도 몸에 두드러기가 날 정도였다. 다리를 뻗으면 닿을 정도의 거리에서 멈춰 섰다. 이마와 관자놀이 부근에 땀이 맺혔다. 상우는 오른발로 시체의 어깨를 툭툭 건드렸다. 생리적인 짜릿함과 더불어 금기를 범하고 있다는 자각이 기묘한 만족감을 불러왔다. 어째서 규혁이 몽둥이와 몸싸움을 고집하는지 어렴풋이 알 것도 같았다.

"야, 일어나. 일어나라고. 같이 놀자."

상우의 속삭임에는 흥분과 함께 아이다운 잔인함이 들어 있었다. 시체와 접촉하는 그 순간, 상우는 자신이 가볍게 검지를 움직이는 것만으로 눈앞의 육체를 갈가리 찢어 버릴 수 있으며, 지금 이 시간만은, 하나의 사람과 하나의 시체가 대면한 이때만큼은 그 무엇을 해도 좋고, 허락되지 않은 것은 아무것도 없음을 확연하게, 몸으로 깨달았다.

그는 연신 시체의 등과 어깨를 흔들었다. 반응이 없자 이번에는 총구로 찔렀다. 그러기를 10여 번, 드디어 시체가 반응을 보였다. 꿈틀거렸다. 상우는 뒤로 세 걸음 물러나 총을 견착하고 기다렸다. 탄환은 하나가 남았다. 신중하고 적절하게 쏴야 한다.

"그래, 일어나! 일어나라고! 파이팅!"

시체는 다운된 권투 선수처럼 두 손으로 땅을 짚었다. 상체를 세웠다. 두 팔이 부들부들 떨리고 있었다.

"힘내! 할 수 있어!"

말소리가 들리자 시체가 고개를 돌렸다. 총구를 돌려 랜턴 불빛이 얼굴을 향하게 했다. 갑자기 얼굴로 불빛이 들이닥치자 시체가 한껏 찡그리며 눈을 감았다.

찡그려? 별 신기한 놈도 다 있네.

"안녕? 만나자마자 이별이네. 잘 가!"

"살, 살려……."

분명 말소리였다.

놀라서 힘이 들어가는 바람에 노렸던 머리가 아니라 옆구리 쪽으로 총알이 들어갔다. 폭발음과 여자의 비명이 한꺼번에 작렬했다. 여자는 코끼리의 발에 채이듯 벽에 부딪히고는 스르르 무너져 내렸다.

말했지? 분명히 말했지? 비명도 질렀잖아?

불빛에 반사작용도 보였다. 어디로 보나, 그것은 사람다운 모습이었다.

사람다운.

사람이었어?

심장이 쿵쾅거렸다. 어째서 사람이 게임장 안에? 있을 수 없는 일이다. 그렇다고 자신의 귀를 의심할 수도 없었다. 분명히 들었다. 말을 했다. 말은 사람만의 것이다. 시체는 말하지 못한다. 해가 동쪽에서 뜨는 것만큼 확실한 자연 법칙이다. 게다가 비명도 질렀다. 어떻게 해야 하지? 확인할까? 상우는 제자리에 선 채 이미 숨이 끊어진 것이 확실한 시체를 멀뚱히 쳐다보았다. 허리가 완전히 절단 났다. 조금 전까지는 아니었더라도, 이제는 틀림없이 시체들의 나라로 입국하는 선을 넘었다.

그리고 여권에 도장을 꽉 찍어 준 것이 바로 상우였다.

망설이는 사이 고글의 숫자가 바뀌었다. 규혁의 아이디 옆에 달린 숫자가 13으로 바뀌며 등수가 변했다.

—골인! 다 끝났습니다! 님이 졌습니다!

신이 잔뜩 난 규혁의 목소리가 이어폰을 타고 들어왔다.

—벌써 끝났어? 몇 마리 구경도 못 했는데.

예은이 투덜거렸다.

상우는 마이크를 켰다.

"여기 좀 이상해."

—뭐가? 새끼, 져 놓고 뭔 트집을 잡으려고?

"아니, 그게 아니라 여기에 사람이 있는……."

─죄송합니다. 지금 바로 비상구로 가세요! 비상구로 가세요! 죄송합니다. 지금 바로 비상구로 가세요!

상호간 통신이 끊어지면서 게임장 측의 비상구로 가라는 긴급 방송만 흘러나왔다. 상우는 시체에 신경을 끄고 방을 뛰어나왔다. 맵을 확인하며 달렸다. 비상구는 11시 방향에 있었다. 도중에 그는 규혁과 만났고, 비상구 앞에서 예은과도 합류했다.

"뭐야?" 예은이 어리둥절한 얼굴로 물었다.

"단속 떴겠지, 뭐겠냐. 시간 없으니까 빨리 전부 벗어. 팬티는 놔두고." 규혁이 말했다.

"야한 소리 좀 그만하랬지?"

예은의 말에 규혁이 방호복을 훌훌 벗으며 피식 웃었다.

"참 좆나 야하기도 하다. 내 물건이나 갖다가 빨아라."

그러면서 벗은 방호복을 예은의 발밑에 던졌다.

"저질."

예은의 말에 규혁은 낄낄 웃었다. 상우도 방호복을 전부 벗고 총도 한쪽 구석으로 치웠다.

"얼굴이 왜 그러냐? 눈이 맛이 갔는데?"

규혁이 물었다. 상우는 딴 생각에 빠져 있느라 그 말을 듣지 못했다. 규혁이 얼굴을 찌푸리며 상우의 어깨를 툭 쳤다.

"야, 새끼야. 정신 차려! 쫄았냐? 뭐 이런 걸 가지고 다 쪼냐?"

"응? 뭐라고 했어?"

"쫄지 말라고. 걸려도 나만 믿으라고."

규혁이 이빨을 드러내며 웃었다.

"그게 아니라…… 아까, 내 통신 못 들었어?"

"됐고. 빨리 나가기나 해. 야, 다 벗었어?"

규혁이 고개를 돌리고 예은에게 물었다. 예은이 뾰로통한 표정으로 대꾸했다.

"그래. 이제 나가?"

규혁이 앞장서서 비상구 문을 열었다. 세 사람은 계단을 타고 위로 뛰어 올라갔다. 2층으로 올라가자 철문이 앞을 가로막았다. 규혁이 단호하게 문을 열어젖혔다. 햇살 아래 사람 하나가 겨우 비집고 들어갈 만한 좁은 골목이 나타났다. 골목이라기보다는 그저 건물과 건물의 틈새 같은 공간이었다. 상우는 규혁의 등만 보고 달렸다. 그러다 규혁이 우뚝 멈춰 섰다.

"씨발, 좆됐네."

규혁이 중얼거렸다. 상우도 정면에 진을 치고 있는 보건경찰차를 보았다. 대여섯의 제복경찰도 눈에 띄었다. 그중 하나가 규혁을 목격했다. 그리고 손짓으로 불렀다. 도망가기에는 이미 늦었다고 판단한 규혁은 만면에 미소를 띠며 걸어 나갔다. 상우와 예은도 쭈뼛거리며 뒤를 따랐다.

"왜요?"

경찰 앞에 선 규혁이 싱글거리며 물었다.

"신분증 좀 봅시다."

판독기를 꺼내며 경찰이 요청했다.

규혁은 순순히 팔을 내밀었다. 경찰은 칩을 읽은 다음 규혁의 얼굴을 빤히 쳐다봤다.

"이규혁 씨, 스무 살, 대학생. 맞습니까?"

"보시다시피."

"요 아래 불법 게임장에서 나왔죠?"

"게임장? 그게 뭔데요? 나는 그냥 지나가는 행인인데."

"지나가는 행인이 왜 저기서 나옵니까?"

"아니, 길이야 내 맘대로 가는 거지, 그것까지 경찰들이 간섭할 권리가 있어요?"

"그럼 이건 뭔가요?"

경찰이 규혁의 티셔츠 칼라를 손으로 지적했다. 피가 묻어 있었다. 게임이 끝나면 갈아입으려 가져온 여벌의 옷은 저 아래 게임장 탈의실 로커에 잠들어 있었다. 규혁은 히히, 웃었다.

"아, 이거요. 좀 전에 파스타를 먹었는데 소스가 묻었나 보네." 그러면서 주머니에서 휴대전화를 꺼냈다. "전화 좀 걸어도 되죠?"

"저희랑 같이 좀 가셔야겠습니다. 뒤의 두 사람도."

"네, 네. 하여튼 전화는 되죠?"

규혁은 전화를 걸면서, 예은은 툴툴거리면서 경찰차에 탔다. 연이어 상우도 차에 탑승했다. 좌석에 몸을 묻자, 그제야 머릿속에 갇혀 끊임없이 맴돌던 소리의 정체가 드러났다.

여자의 비명.

상우는 계속해서 그 소리를 듣고 있었다.

"그래서, 뭐가 어떻다는 겁니까?"

석호는 불쾌한 표정을 감추지 않았다. 하루 종일 기분이 저조했다. 아니, 사실 그 정도가 아니었다. 당장 눈앞의 경찰 얼굴에 주먹을 날릴 수도 있을 것 같았다. 현주가 관계된 저번의 불미스런 일 이후에 또다시 경찰과 인연을 맺게 된 것도 그렇고, 아들의 시무룩한 표정도 내내 마음에 걸렸다. 불법 게임장이라니. 물론 그런 곳에 드나든 아들의 잘못도 있었다. 그렇다고 사흘이나 연속해서 호출해 괴롭히는 것은 분명히 과한 처사였다.

"이리저리 말 돌리지 마시고 요점만 간단히 하세요."

"이걸 좀 보십쇼." 경찰이 서류 한 장을 건넸다.

서류를 받아든 석호는 빠르게 읽어 내렸다. 중요한 부분에 형광펜으로 표시가 되어 있었다. 감식 결과. 게임장 내부에서 발견된 서른 구의 시체는 모두 지방에서 밀반입된 것으로 판명. 나머지 한 구는⋯⋯.

시체가 아니었다. 서울 거주. 27세 박미영. 사망 원인은 총상에 의한 내장 파열.

"그 안에 사람이 있었다?"

"네. 산탄에 맞아 사망했는데, 그게 아드님이 사용한 총에서 발사된 것으로 확인됐습니다."

머리가 지끈거렸다. 일이 복잡해졌다. 게임장에 드나드는 정도는 길거리에 꽁초를 버리는 수준의 경범죄에 불과하다. 물론 그보다는 벌금이 세긴 하지만, 요새 젊은이들 사이에서는 공공연하게 유행하고 있는 일이라 크게 책잡힐 일도 아니었다.

그런데 사람이라니?

"대체 왜 거기에 사람이 있었던 겁니까?"

"저희도 조사 중입니다. 게임장을 운영하던 측도 몇 명 잡아들였는데, 하나같이 자기네들은 전혀 모르는 일이라고 주장하고 있습니다."

"그쪽에서도 모르는 일을 우리가 전부 책임져야 된다는 건 아니겠죠?"

"물론 그건 아닙니다. 어째서 박미영 씨가 그쪽으로 들어갔는지는 따로 또 조사를 하겠지만, 어찌됐든 아드님께서는 박미영 씨의 사망 자체에는 책임이 있는지라 저희 쪽에서는 과실치사로 결론짓고 기소의견으로 검찰 송치할 예정입니다."

과실치사? 기소?

그 단어가 거의 한계까지 달아올랐던 가슴속을 끝내 비등점 너머로 보내 버렸다. 그는 저도 모르게 주먹을 꽉 쥐고 테이블을 내리쳤다. 쿵. 경찰이 눈을 커다랗게 뜨며 놀랐다. 석호는 그대로 속으로 열까지 셌다. 그래도 화가 가라앉지 않았다. 다시 열을 셌다. 이성이 차츰 제자리를 잡으며 어떤 결단을 내리게 했다. 미적거려서는 안 된다. 아들의 미래가 걸린 문제다. 미래만큼 중요한 게 세상에 또 어디 있을까.

"저……."

석호는 경찰의 말을 손짓으로 끊고 자리에서 일어섰다.

"내가 또 알아야 될 게 있습니까?"

차고 건조한 목소리였다.

경찰은 서류를 주섬주섬 챙기면서 엉거주춤한 자세로 섰다.

"말씀드린 게 전부입니다. 또 특이 사항이 생기면……."

석호는 끝까지 듣지도 않고 성큼성큼 걸어 방을 나왔다. 복도를 지나며 휴대전화를 꺼냈다. 최 이사의 번호를 찾았다. 저녁 7시가 조금 넘은 시각, 최 이사의 위치를 확인하고 움직여야 했다. 시간이 별로 없었다.

석호는 정각 8시에 출발하는 헬기를 타고 '섬'으로 향했다.

공식적인 행정명이 있지만 모두가 섬이라고 부르는 곳. 들어가는 길은 전용 헬기를 통하는 것뿐이다. 12인용 헬기 스무 대가 15분마다 승객들을 수송한다. 수용 인원 3000명의 이 섬은 오직 선택받은 자들을 위한 곳이다.

헬기 정류장에서 신분증 검사와 함께 출입 허가 구역을 확인받고, 석호는 방문자용 셔틀에 탔다. 방문자는 상업이나 농업 지구 외의 거주 구역에 함부로 들어갈 수 없다. 석호는 셔틀 창밖으로 아케이드가 늘어선 휘황한 거리를 바라보았다. 그는 10년 전부터 이곳에 입성하기를 꿈꿔 왔다. 그리고 미친 듯이 기어 올라와 드디어 한 달 전, 최 이사의 확약을 받아냈다. 이제 더 이상 부러워하지 않아도 된다. 조만간 손목에 이곳의 시민이 됐다는 징표를 이식받을 것이다. 그 칩이 바로 사람의 완성을 뜻하는 물건이다.

다만 그 전에 아들의 일을 처리해야 한다. 털끝만큼의 얼룩도 용납하지 않는 곳이다. 오직 무결점의 인간들만 모여 있는 곳이다. 전과자라니. 절대 그런 낙인이 찍혀서는 안 된다.

석호는 25분 뒤 구인제약 본부 내의 요정에 도착했다. 안내를 받아 간 방에는 최 이사와 본사 영업팀의 김 부장이 마주 보고 앉아 있었다.

"어, 왔어?"

최 이사가 손짓했다. 와이셔츠의 앞 단추를 하나 풀고 소매를 걷은 편안한 차림이었다. 석호보다 열 살이나 연상이었지만 피부나 몸매가 40대 초반으로 보이는 남자였다. 석호는 허리를 깊이 숙여 인사하고 방 안으로 들어갔다. 김 부장이 일어서며 말했다.

"그럼 말씀 나누십쇼. 그 건은 말씀하신 대로 진행하겠습니다."

"그래. 말썽 안 나게 잘 좀 해라. 약장사면 약장사답게 굴어야지."

김 부장은 공손히 대답한 다음 꾸벅 인사를 하고 방을 나섰다. 석호는 김 부장이 앉았던 자리를 대신 채워 들어갔다.

"한잔해야지?"

"예."

석호는 술병을 들고 최 이사의 잔을 채웠다. 최 이사는 단숨에 잔을 비우고 술을 채워 석호에게 건넸다. 석호는 고개를 돌리고 입을 손으로 가린 채 술을 마셨다.

"바쁘신데 제 사적인 문제로 연락드리게 돼서 죄송합니다."

"너랑 나 사이에 무슨 소리야. 인사치레는 됐으니까 자세히 얘기나 해 봐. 상우가 뭐 어떻게 됐다고?"

석호는 자초지종을 설명했다. 다소간의 치부를 드러내게 되더라도 뭔가를 숨기지 않는 것이 중요했다. 최 이사는 날카롭고 섬세한 사람이었다. 앞뒤가 뒤틀려 있거나 아귀가 빠진 상황을 병적으로 싫어했다. 이야기가 끝나자 최 이사는 잠시 창밖으로 시선을 돌렸다. 은은한 조명을 받은 일본식 정원에는 석등과 거의 6자 모양으로 휘어진 나무, 그리고 쓰쿠바이가 있었다. 물을 흘려보내던 속 빈 대나

무가 중력에 이끌려 돌그릇의 가장자리를 치고, 다시 제 위치로 돌아갔다. 사정 설명을 마친 석호가 고개를 조아리며 말했다.

"부끄럽습니다. 제가 교육을 잘못 시킨 탓에……."

"그냥 재수가 없었던 거지, 누굴 탓하겠어. 가만 있자…… 그래, 이렇게 된 걸로 하자. 그 여자는 길을 잃어서 게임장 안으로 들어갔어. 그래서 시체한테 물렸고, 물렸으니까 끝. 그걸로 정리하면 되겠지?"

최 이사의 말투에는 현실과 희망을 역전시키는 기묘한 힘이 들어 있었다. 이미 일어난 일이라도 자신이 원하는 때에, 원하는 형식으로 바꿔 놓을 수 있다는 자신감에서 나오는 힘이었다. 석호는 그리고, 말씀 그대로 이루어지리라 믿어 의심치 않았다. 최 이사가 들고 있는 펜은 필부들의 것과 달리 현실이라는 페이지 위에 직접 작용하는 물건이었다. 실수로 뭔가를 잘못 적었다면 지우고 다시 쓸 수 있다. 문단을 통째로 들어내거나 필요한 부분을 적절히 삽입하는 것도 가능하다.

"정말 감사드립니다." 석호는 고개를 한껏 수그렸다.

"인사는 됐다니까, 아까부터 뭘 그렇게 챙겨? 답지 않게. 번호 하나 적어 가. 연락은 해 놓을 테니까, 그 사람하고 협의해서 내가 말한 대로 진행하라고."

석호는 말없이 최 이사의 빈 잔에 술을 채웠다. 최 이사는 술을 비우고 다시 잔을 건넸다.

"요새 애들은 참 폭력적이야. 우리 때는 시체 얘기만 나와도 식겁을 했잖아? 지금은 일부러 돈 내고 사냥도 하러 다닌다니. 참 많이도 변했어."

"두 번 다시 그런 데는 발도 못 디밀게 하겠습니다."

"아니, 상우 얘기가 아니고, 일반적 경향이 점점 더 폭력적인 쪽으로 흐른다는 거지. 안 그래? 어제 뉴스 못 봤어? 어떤 미친놈이 버스에서 약 내놓으라고 난동 부리다가 칼부림을 해서 세 명이나 죽였잖아. 세상이 어찌되려고 이러는지, 쯧쯧."

석호는 묵묵히 고개를 끄덕였다. 그리고 최 이사가 차세대 휴머넥스의 유상 공급 프로젝트에서 일등공신 역할을 했음을 떠올렸다. 효과가 좋으면 좋은 만큼 돈을 내야 한다. 땅을 파서 약을 만드는 것도 아닌데 이대로는 더 좋은 약을, 더 많은 진정한 사람에게 공급할 기회를 영영 잃게 된다. 언론과 정부에 더욱 강력한 로비가 필요하다. 모두 최 이사와 그 측근들의 캐치프레이즈였다. 물론 그 측근에는 석호 자신도 들어가 있었다. 그는 섬에서 지시를 내리는 최 이사의 수족 역할을 충실히 해냈다. 별로 기억하고 싶지 않은 약간의 로비와 약간의 폭력. 아니, 폭력 쪽은 약간이라고 할 수는 없었나? 버스 안의 미친놈과 최 이사의 프로젝트 사이에 직접적인 관련이 있다고는 할 수 없었다. 그는 가난했고, 그래서 최 이사가 말한 진정한 사람 축에 들지 못했을 뿐이다. 이것은 구조적인 문제고, 그러므로 개인적 책임이 끼어 들 수 없다.

"그나저나, 사태가 심상치 않아."

최 이사가 젓가락으로 회를 한 점 집으며 말했다.

"무슨 말씀이신지?"

"시체들이 벌써 대전 일대까지 쑥대밭으로 만들었어. 보건군도 여간 애먹고 있는 게 아니고. 어제 심 장군하고 통화를 했는데, 아무래도 조만간 여기 문을 닫아야 될 것 같아."

뉴스에서는 안심하라는 이야기뿐이었다. 비상령도 경보 단계는 아니었다. 언제나 그렇듯 정부는 제대로 경고하지 않는다. 불필요한 일이기 때문에. 정확한 정보는 오직 안전한 이곳에서만 들을 수 있다.

"그 정도였습니까?"

석호가 눈을 가늘게 뜨며, 중얼거리듯 말했다. 섬이 문을 닫는 것을 고려할 정도라면 사태가 정말 심각하다는 뜻이었다. 어서 올라와야 한다. 한시라도 빨리. 석호는 갈증을 느끼고 술잔을 단숨에 비웠다. 최 이사가 싱긋 웃으며 말했다.

"저 육지 쪽 사람들은 말이야, 이상한 습성이 있어. 한 100미터 앞에서 사자 한 마리가 달려온다고 치자. 그럼 어떻게 해야 할까? 바로 도망쳐야 해. 곧바로. 미적거릴 이유가 없지. 근데 그걸 안 한단 말이야. 사자가 사람들을 막 물어 죽여. 그걸 뻔히 보면서도 이렇게 생각하는 거야. 저놈은 나한테까진 안 올 거야. 올 거 같지만 안 와. 저렇게 많이 물어 죽였으니까 나는 안전할 거야. 그렇게 말이야. 그러다가 막상 사자가 자기 목을 꽉 물면 억울하다고 징징 짜지. 왜 내가 이런 일을 당해야 하느냐고."

"말씀대롭니다."

석호가 고개를 끄덕이며 동의했다. 사자와 마주 보는 육지 사람들은 비상구도 없이 삼면이 꽉 막힌 좁은 통로에 갇혀 있는 상황이지만, 석호는 당연히 그런 생각을 입 밖에 내지 않았다. 모두들 당장 시체가 되지는 않으리라 믿으며 살아가고 있다. 안 그러면 제정신으로 버틸 수나 있을까.

"하기야, 그 습성 때문에 우리도 장사해 먹고사는 거 아니겠냐만……. 연구소의 예상대로라면 앞으로 한 달이야. 시뮬레이션을 해 봤는데 이번에는 한 5개월 정도만 문 걸어 잠그고 버티면 된다더군. 아래서 지지고 볶고 난리가 나겠지만 뭐 어쩌겠나, 산 사람은 살아야지. 문 닫기 전에 너도 들어와야 되고. 공장 실적도 좋고 하니까, 별문제 없으면 그렇게 되겠지만. 알겠어? 문제가 없어야 돼. 문제가. 가정이건 회사건."

석호는 고개를 조아렸다.

"앞으로는 아무런 문제도 없을 겁니다……. 그럼 제가 맡은 쪽도 조만간 정리를 해야겠군요."

"2주 뒤에 지시가 내려갈 거야. 공장 문 닫을 것 까지는 없고. 그냥 평소에 하던 대로 하자. 거긴 뭐 보유자가 많으니까. 아 참, 그전에 중국 수출 물량은 전부 맞춰 놓고. 내일부터 2교대건 3교대건 돌릴 수 있는 만큼 돌려. 기간 안에 되겠지?"

"충분합니다. 지시하신 대로 하겠습니다."

석호는 대답하고, 문득 술병에 비친 자신의 얼굴을 보았다. 곡선에 따라 일그러진 얼굴 위에 미소가 그려졌다가 지워졌다. 쥐어짜내고 버린다. 합리적으로 생각해도 이 길이 맞다. 불가항력이다. 시체들은 그 누구도 봐주지 않는다. 모두 평등하게 대한다. 다만 섬 사람들은 보이지 않으니 논외다.

이성적으로, 그래야 한다면 그렇게 할 것.

6장

오전 11시경부터 15분을 주기로 울려 대던 경보는 두 시간 이후에야 해제됐다.

세영은 전철역 근처의 후줄근한 커피숍에서 책을 읽으며 시간을 보내다 해제 경보를 듣고 곧장 밖으로 나왔다. 거리의 공기에는 매캐한 화약의 자취가 가득했다. 인도 곳곳에 대여섯씩 군인들이 무리를 지어 앉아 있었다. 행인들은 쭈뼛거리며, 눈치를 보며 조심스럽게 그들을 스쳐 지났다. 보이는 곳이나 보이지 않는 곳, 어디에나 군인과 경찰이 존재했다.

그리고 시체들도 있었다.

통제된 도로 위에, 차들 대신 30여 구의 시체들이 여기저기 널브러져 있었다. 전부 총에 난사당해 고깃덩어리로 변한 상태였다. 마스크를 쓴 군인들이 들것을 이용해 시체들의 파편을 트럭으로 이동시키는 중이었다. 세영은 끔찍한 광경에도 별다른 감정을 느낄 수가 없었다. 머릿속이 동생의 일로 꽉 차 있어 주변이 제대로 눈에 들어오지도 않았다.

그는 10여 분을 걸어 강남대로 뒤편의 허름한 3층 건물에 도착했다. 때가 잔뜩 낀 입구의 안내판에는 노래방과 당구장, 타이 음식점과 PC방 등이 빼곡히 제 이름을 드러낸 채로 거짓말을 하고 있었다. 진실은 그 위에 조잡하게 그어진 엑스 표시로 드러났다. 단 네 곳만 개점 상태였다.

206호 Cafe Cello. 엑스가 없는 곳 중 하나였다. 약속 장소를 확인한 세영은 계단을 타고 올랐다. 계단참 바로 곁에 문이 있었다. 유리문을 밀자 경쾌한 여자 목소리가 그를 맞았다.

"어서 오세요."

짙은 화장에 몸에 착 달라붙는 회색 원피스를 입은 여자가 카운터에서 일어서며 다가왔다.

"예약하셨어요? 몇 번 찾으세요?"

세영은 대답할 말을 찾을 수가 없었다. 여자가 세영을 위아래로 훑어보고는 영업상의 미소를 지으며 말했다.

"우리 집에 처음 오시는 거구나? 맞죠?"

"여기서 약속을 했습니다. 혹시 우명철 씨라고……."

여자는 미소를 깨끗이 지우고 실망했다는 표정을 감추지 않았다.

"저기 복도 끝의 7호실이에요."

그러고는 카운터로 돌아가 앉아 모니터를 들여다봤다. 세영은 얼떨떨한 기분을 느끼며 카페 안으로 걸음을 옮겼다. 복도 좌우에는 문이 도열해 있었다. 세영은 7호실 앞에 멈춰 섰다. 문을 두드리려다 잠시 망설였다. 소령은 틀림없이 안에 있다. 왜 이런 곳으로 약속 장소를 정했을까. 이곳의 구조로 볼 때 그저 느긋하게 커피나 마시고 있으리라 예상할 수는 없다. 그렇더라도 세영이 아는 소령은 이곳에서 민망한 일을 벌일 사람은 절대 아니었다.

그는 결심을 하고 문을 두드렸다.

"계십니까, 소령님? 저 박세영입니다."

반응이 없어 다시 손을 올린 순간 문이 열렸다. 흰 블라우스에 검은 치마를 입은 여자가 나타났다. 복장과 안 어울리는 화장기 없는 앳된 얼굴, 까만 단발머리가 눈에 띄었다. 여자는 세영에게 손짓으로 신호를 보냈다. 여자를 따라 들어갔다. 좁은 방의 삼면에 검정 소파가, 가운데에 둥근 테이블이 놓여 있었다. 소령은 신문지로 얼굴을 덮은 채 가운데 소파에 누워 있었다. 마치 장의사가 망자를 관 속에 눕혀 놓은 듯한 자세였다. 여자는 왼쪽에 앉더니 세영에게 맞은편에 앉으라고 손짓했다. 그는 시키는 대로 했다. 여자가 테이블에 놓인 메모지에 볼펜으로 뭔가를 빠르게 적어 내밀어 보였다.

'10분만 기다려요.'

세영은 고개를 끄덕였다. 여자는 더 이상 용무가 없다는 듯 소파에 놓인 잡지를 집어 들었다. 세영은 여자를 보며 생각했다. 말을 못 하는 것 같다. 소령은 환히 불 켜진 방에서 굳이 신문지로 얼굴을 가리고, 말 못 하는 여자를 곁에 둔 채 불편한 소파 위에서 자고 있다. 상식과 어울리는 요소가 하나도 보이지 않는다. 의무장교로 복무하던 시절부터 지금까지, 알고 지낸 시간만 8년이 넘는다. 그럼에도 세영은 소령에게 이런 기벽이 있는지는 몰랐다. 소령은 개인적인 이야기를 거의 입에 올리지 않았다. 과거의 참혹한 경험 덕분에 어둠 속에서 오히려 잠들지 못하는 사람들은 많았다. 소령도 그들 중 하나일 것이다.

세영은 얌전히 기다렸다. 여자는 규칙적으로 시계를 확인하다 정확히 10분이 흐르자 소령의 얼굴에 덮인 신문지를 조심스레 걷어냈다. 그리고 소령의 어깨를 붙들고 컨베이어벨트 앞의 노동자처럼, 앞으로도 수백 명의 소령을 깨워야 하는 사람처럼 효율적으로 흔들었다. 소령은 끙끙대다가 눈을 가늘게 떴다. 여자는 그래도 멈추지 않았다. 10여 초 후 소령이 완전히 정신을 차리고는 얼굴을 찡그리며 말했다.

"됐어. 일어났다. 일어났어."

소령은 상체를 세우고는 기지개를 쭉 펴며 하품을 했다. 여자는 소령의 얼굴을 찬찬히 들여다보았다. 자신의 의무를 마지막까지 충실히 이행하려는 듯했다. 소령이 다시 잠들 리 없다고 판단했는지, 여자는 자리에서 일어나 밖으로 나갔다.

"언제 왔어?"

문이 닫히자, 그는 세영을 보며 테이블에 놓인 담뱃갑에서 담배를 꺼냈다.

"딱 10분 전에 왔습니다. 어제 못 주무셨나 봐요?"

"매일 똑같지. 어제라고 뭐 달랐으려고."

소령은 연기를 내뱉고 말을 이었다.

"박 대위는 무슨 일 있지? 못 본 사이에 얼굴이 반쪽이 됐는데."

세영은 대답하려다 문득 눈 밑이 달아오르는 것을 느끼고는 입을 다물었다. 누군가에게 이 말을 하면 악몽은 진짜 현실로 바뀐다. 세영은 배 속에서 꾸역꾸역 밀려 올라오는 울음을 필사적으로 억눌렀다. 지금은 안 된다.

세영은 단숨에 말했다.

"2주 전에 동생이 죽었습니다."

소령은 미간을 접으며 세영의 얼굴을 한참 바라보다, 담배를 재떨이에 눌러 껐다. 담배 연기처럼 가라앉은 소령의 목소리가 테이블 위로 흘러 세영에게 닿았다.

"신문사에 다닌다던 여동생?"

세영은 고개를 끄덕였다. 새 담배에 불을 붙인 소령은 후, 한숨과 섞인 연기를 뱉고 말했다.

"그래, 어떻게 된 건데?"

"경찰은 제 동생이 불법 게임장에 잘못 들어갔다가 변을 당했다고 결론짓고 조사를 마쳤습니다."

"게임장이라……. 자네는 그게 아니라고 생각하는 거고?"

"너무 이상한 점이 많습니다. 일단 미영이가 그 게임장에 갈 이유가 없어요. 게다가 처음 부검 결과는 총상이었습니다. 저도 확인을 했고…… 그건 확실히 누군가 쏜 흔적이었습니다."

세영은 이를 악물었다. 미영의 시신을 확인하던 일이 다시 떠올랐다. 욕지기가 치밀었다. 순간 입안이 시큼해졌다. 보지 않았어야 했을까? 그럼 매일 밤 동생의 딱딱하게 굳은 채 반쯤 썩은 얼굴을 대면하지 않아도 됐을까?

"그런데 이틀 뒤 시신을 넘겨주기로 한 날에 경찰이 말을 바꿨습니다. 총상을 입기 전 게임장의 시체들에게 너무 많이 물려서 출혈 과다로 죽었다는 겁니다. 물린 흔적도 물론 있었죠. 여기저기 많이 물리긴 했지만……."

세영은 말을 끊고 침을 삼켰다. 목이 바싹바싹 말랐다.

"어쨌든 과다출혈을 일으킬 정도는 아니었을 겁니다. 그런데도 경찰은 이미 죽어서 쓰러져 있던 미영이에게 그날 게임장 손님이 모르고 총을 쏜 걸로 결론을 내렸습니다. 길거리의 개를 쏜 거나 마찬가지라고 하더군요."

세영은 그 말을 전하는 경찰에게 달려들어 멱살을 움켜쥐었다. 주위 사람들이 뜯어말리지 않았다면 그 경찰의 목을 졸랐을 것이다. 그 일로 세영은 반나절을 유치장에 갇혀 있어야 했다.

"앞뒤를 맞춰 보고 싶은 거군. 그러니까."

소령의 말에 세영은 고개를 끄덕였다. 그는 가방에서 서류뭉치를 꺼내 소령에게 건넸다.

"열람할 수 있는 자료는 전부 복사해 왔습니다. 범인을 찾아야 합니다. 찾아서 대가를 치르게 해야죠."

소령은 서류를 몇 장 넘겨 보다가 왼편으로 밀어 놓고 다시 담배를 물었다. 검지로 미간을 몇 번 문지른 후 그가 말했다.

"자네가 추측하는 걸 말해 봐. 실은 이렇게 된 게 아닐까……. 그런 답은 몇 가지 만들어 놨겠지. 안 그랬다면 날 찾아오지도 않았을 거고. 그중에 제일 그럴싸한 걸로."

"동생은…… 미영이는 사실 위험한 일을 하고 있었습니다."

세영은 말을 끊었다. 말렸어야 했다. 실제로 그만두라고 권유한 적은 있었다. 그러나 사태의 심각성을 철저하게 느끼고 절실하게 말린 적은 없었다. 불분명한 정의감이 마음의 한구석에서 사회를 바로잡으려면 꼭 필요한 일이라고 속삭였고, 세영은 그 속삭임에 한편으로는 홀려 있었다.

"1년 전부터 미영이는 구인제약의 뒤를 캐고 다녔습니다. 판매용 약과 보급용 약이 실제로는 달리 제조되고 있다고 확신하고 끈질기게 조사를 했습니다. 제게는 그게 기자의 진짜 의무라고 하더군요. 그러다 한 달 전에 증거를 잡았죠. 내부 고발자가 나타났고, 그 사람에게 현재 보급용 휴머넥스는 10년 전과 성분상 아무런 차이도 없다는 증언을 끌어냈습니다. 증거도 있었고요. 휴머넥스2000이라고 보급되는 약은 사실 프로토 타입을 1차 개량한 것에 불과하다는 겁니다. 그건 내성이 생긴 사람들에게 보급약이 사실 아무 소용 없다는 뜻이기도 하죠."

"최근에 그런 기사를 본 적이 없는데…… 데스크가 잘라 버렸나."

세영은 고개를 끄덕였다.

"분명히 누군가가 손을 쓴 겁니다. 그 사실이 알려지면 장사에 피해를 보는 누군가가요. 그들이 미영이를 죽였습니다. 절대 용서할 수 없습니다. 전부 다, 낱낱이 밝혀내야 합니다."

격앙된 세영의 목소리가 지나간 후 상대적으로 더 무겁게 느껴지는 침묵이 흘렀다. 소령은 줄담배를 피우며 깊은 생각에 잠겼다. 5분여가 지나고 손에 쥐고 있던 담뱃갑이 빈 것을 확인한 그는 한껏 미간을 구기며 입을 열었다.

"자네도 알다시피 나는 퇴역군인이야. 요새는 소일거리로 행불자들 찾는 일도 하지만 그런 건 예전 인맥이나 동원해서 보통 사람들이 보기 힘든 서류나 몇 장 빼내는 일이고. 내가 나서 봤자 그 이상은 없어……. 자네 추측대로라면, 이건 절대 이길 수 없는 싸움이야."

"분명 방법이 있을 겁니다."

"정부도, 군대도, 언론도 전부 적이 될 거야. 무슨 방법이 있는데? 기적이 일어나서 몇 명쯤 법정으로 끌고 간다 쳐도 자네가 이길 확률은 거의 없어. 게다가 여차하면 저쪽에서는 자네 방에 시체 몇 마리를 가져다 풀어 버리겠지."

세영은 고개를 끄덕였다. 그러나 납득하고 포기하겠다는 의미가 아닌, 그쯤이야 감수하겠다는 의지가 읽히는 몸짓이었다.

"아마 그렇겠죠. 목을 내놓아야 하는 일이라는 건 잘 알고 있습니다."

"안다고? 아니, 자네는 몰라. 모르니까 복수를 하겠다는 순진한 소리나 하는 거지."

"이건 사적인 복수가 아닙니다!"

세영이 목소리를 높였다.

"입 다물고 가만히 있으면 그놈들을 인정하는 꼴이 됩니다. 약장사를 위해서라면 사람 목숨 하나쯤은 언제든 없애버리는 것들이 저위에 있습니다. 그걸 인정하라고요? 그 순간 미영이는 개죽음을 당한 게 됩니다. 개죽음이요. 저는 절대로 그렇게는 못 합니다."

세영의 볼을 타고 가느다란 두 줄기의 눈물이 흘러내렸지만, 그는 느끼지도 못했다. 소령은 세영의 얼굴을 한참 쳐다보다 길게 연기를 뱉고 입을 열었다.

"26년 전 그때, 나는 10사단에 있었지. 처음에는 그냥 봉쇄 명령이었어. 그런데 이틀째에 군단에서 내려온 명령이 달라지더군. 시 전체에 이미 시체들이 득시글거리는 상황이라며 모조리 처분을 해야 된다는 거야. 우리 대대는 세 개 동을 맡았지. 시체들도 보이긴 했어. 그래도 대부분은 보유자로 추정되는 사람들뿐이었지. 겉보기엔 그 사람들도 얼마나 멀쩡하냔 말이야. 아무튼 여기저기 수색해서 잡은 인원이 두 돈 반 서른 대를 꽉꽉 채울 정도였지. 아마 1000명은 족히 됐을 거야. 그 길로 평택 인근 야산에 마련된 처리장으로 직행했지. 이미 군단 공병대가 땅을 파 놨더군. 우리는 사람들을 위협해서 그 안으로 들어가게 했지. 도망가고 저항하는 인원은 쏴 죽이고 CS탄을 터트린 다음 불도저로 사방에서 밀어붙였어. 눈물 콧물 쥐어짜면서 모두들 구덩이로 떨어졌지. 실탄을 절약하려면 묻어 버리는 게 제일 효율이 좋았으니까. 깊이가 3미터도 넘는 구덩이에 그 많은 인원이 한꺼번에 떨어지면 대부분은 어디 하나가 부러져서 제대로 움직이지도 못해. 나중에 떨어진 사람들 사정은 좀 괜찮았지. 아래쪽 인원들이 쿠션 역할을 해 준 데다, 구덩이 깊이도 줄어들었으니 조금만 용을 쓰면 나올 수 있다는 희망을 가졌을 테니까. 어쩌면 그게 더 나쁠 수도 있지만 말이야. 그래서 나중에 떨어진 사람들은 모두 바깥으로 기어 올라오려고 필사적이었지. 가까스로 올라와 봤자, 지키고 선 소대원들이 개머리판이나 전투화 굽으로 머리를 찍어 버렸지만."

세영은 묵묵히 들었다. 그 시절에만 400만 명 이상이 희생됐다. 끔찍한 이야기는 어디에나, 전설처럼 유유히 흘러 내려오고 있었다.

"그걸 살처분이라고 불렀지. 나는 그 광경을 처음부터 끝까지 똑똑히 봤어. 갓 소위로 임관한 때였는데, 해당 대대장에게 이건 미친 짓이라고, 다른 방법을 찾아야 한다고 말했더니 돌아온 대답이 뭐였는지 아나? 대대장이 내 뺨을 후려치면서 우리는 지금 군인이 아니라 트럭 같은 거라고 하더군. 운전사가 사람을 깔아뭉개라고 액셀을 밟으면, 그대로 뭉개야 하는 거라고 말이야. 알겠나? 아무리 뒤를 캐 봐도 우리가 볼 수 있는 건 그런 트럭들밖에 없어. 그걸 운전한 놈들은 보이지도 않고, 어쩌면 아예 없을지도 몰라. 자네 동생이 휘말린 건 안된 일이지만 그렇다고 자동차에 화풀이를 하는 건 멍청한 짓이야. 그리고 그렇게 희생된 사람들에게는 아무도 개죽음이었다고 말하지 않아. 그건 그냥 어쩔 수 없는 사고일 뿐이니까."

세영은 입을 굳게 다물고 대꾸하지 않았다. 잠시 후 그는 테이블에 놓인 서류를 주섬주섬 챙겨 가방에 넣고 일어섰다.

"말씀 감사했습니다."

그는 꾸벅 인사를 하고 문 쪽으로 갔다. 문손잡이를 잡는 순간 소령이 그의 등에 대고 말했다.

"끝까지 파 볼 생각이지?"

"……해야 하는 일입니다."

"자네가 하던 연구는? 모두를 진짜 사람으로 만들겠다며? 까딱하면 그 꿈이 물거품이 돼. 그럼 어떻게 할 건가?"

"다른 사람들도 있습니다. 그렇지만 미영이 오빠는 저 하나뿐입니다."

세영은 방을 나왔다. 복도를 걸었다. 카운터의 여자가 조금 전 소령의 방에 있던 여자로 교체되어 있었다. 여자가 세영의 얼굴을 보고 고개를 갸우뚱했다. 무심코 손등으로 젖은 볼을 문질렀다. 그제야 울음을 확인했다. 애처럼 울기는. 세영은 동생을 떠올렸다. 2주 전부터, 어디에서 출발해도, 아무리 멀리 가도 결국 생각은 거기로 돌아왔다. 세영은 자주 어린 동생을 울렸다. 네 살 터울의 동생은 방해물이었다. 한창 친구들과 어울려 놀 때였다. 아무것도 모르면서 자기도 데려가라고 떼를 쓰면 짜증이 나 머리를 쥐어박곤 했다. 그래도 포기하지 않고 끝까지 오빠에게 매달렸다. 큰 눈에서 뚝뚝 눈물이 떨어졌다. 나도 가. 나도 가, 오빠. 나도.

다시는 그 목소리를 들을 수 없다. 눈물도 볼 수 없다. 세영은 하마터면 그 자리에 주저앉아 흐느낄 뻔했다. 간신히 참았다. 그는 허정거리며 카페를 나왔다. 거리를 걷다 문득 정신을 차렸다. 주위는 낯설고 한적했다. 멀리서 사이렌 소리가 들려왔다. 불안과 두려움으로만 이루어진 세계가 저 날카로운 소리의 한가운데에 존재했다.

그리고 세영은 그곳으로 가야 했다.

방을 나온 명철은 카운터의 희원에게서 담배를 받았다. 창밖을 보며 담배를 피우는 그의 어깨를 희원이 두드렸다. 고개를 돌리자 공책에 쓴 글자가 보였다.

'그 아저씨 왜 울렸어요?'

명철은 쓴웃음을 지었다.

"내가 그런 거 아니다. 그 아저씨 동생이 죽었거든."

'어쩌다? 약을 못 먹어서?'

"아니. 나쁜 놈들 때문에."

희원의 눈가에 차갑고 딱딱한 서리가 끼었다가 사라졌다. 명철은 아차, 싶었다. 희원의 가족은 10여 년 전 기업형 강도들에 의해 살해당했다. 놈들은 보유자의 집을 습격해 약을 강탈하고 시중가보다 낮게 팔아 이윤을 남겼다. 수백 명이 뺏고, 수십 명이 장사를 하고, 두어 명이 큰돈을 버는 엄연한 회사였다. 당시 희원은 여덟 살이었다. 한밤중 인기척을 느낀 희원의 아빠는 금고형 대피방에 딸을 가뒀다. 비명이 난무하는 동안 오들거리며 좁은 어둠 속에서 떨던 희원은 두 시간이 지나서야 방에서 나왔다. 거실에 엄마가, 주방에 아빠가 쓰러져 있었다. 졸지에 세상 전부를 잃은 희원은 그때부터 말도 빼앗겼다.

명철이 변명하듯 덧붙였다.

"강도들은 아니있고. 아니, 똑같은 건가……."

희원은 공책을 덮고 카운터에 돌아가 앉았다. 명철은 희원의 옆모습을 보며 생각했다. 그래서, 그 뒤로 어떻게 됐던가? 빼앗은 놈들 중 수십 명이 잡혔다. 물론 전원이 노숙자에 깡패들로 이루어진 집단이었다. 그들을 모으고 합숙까지 시켜 가며 장사에 매진한 대여섯 명도 잡혔다. 피라미드의 꼭대기로 누군가가 거론됐다. 그러나 무혐의였다. 더 이상 위로 올라갈 수는 없었다. 그 다음에 전부 잊혀졌다. 살인자들도 트럭이었고, 운전사는 여전히 보이지 않았다.

명철은 창밖으로 꽁초를 던졌다. 카페를 나가며 희원에게 인사했다.

"내일 보자."

희원은 고개를 까닥하며 인사를 받았다. 그는 건물 뒤편의 주차장으로 갔다. 먼지를 뒤집어쓴 자신의 차를 보고 3일 전과 마찬가지로 세차를 해야겠다는 헛된 다짐을 하며 차에 탔다. 수첩을 꺼내 뒤적였다. 세영이 건넨 서류의 상단에 표기된 담당 경찰서와의 연결고리를 찾았다. 휴대전화를 두 번 사용했다. 끈이 생겼다.

남산 아래의 장벽을 프리패스로 통과하자 풍경이 확연히 달라졌다. 면역자는 이렇게 간단했지만, 보유자가 넘어가려면 장벽 입구에서 입국 심사를 방불케 하는 방문 목적 조사와 함께 철저한 스캔을 받고 바이러스 농도와 최근 2주간의 약 복용 여부까지 검사를 당해야 했다.

명철은 에어컨을 끄고 창을 내렸다. 장벽의 북쪽은 공기마저 달랐다. 10월의 늦더위도 이곳에서만큼은 제 기량을 발휘치 못하는 듯했다. 명철은 매번 터널을 통과할 때마다, 어쩌면 정부에서 세금을 들여 이곳 중심부에 거대한 공기청정기를 달아 놓았을지도 모른다는 망상을 했다. 한갓 망상만은 아닐지도 모른다. 북쪽은 엄연히 다른 세계였다. 그 누구도 대놓고 이야기하지는 않지만, 모두가 이곳이 인큐베이터라는 사실을 알고 있었다. 온갖 지원과 혜택으로 깨끗하게 살아갈 수 있게 보장한다. 일단 이 안으로 들어왔다면 전면적인 무상 보육과 교육, 의료, 법률 서비스 속에서 최대한의 자유를 누리며 살 수 있다. 강제적 규정은 단 두 가지, 스물다섯 이전에 결혼해야 하며 아이를 무조건 세 명 이상 두어야 하는 것뿐이다.

면역자의 아이는 면역자고 보유자의 아이는 보유자다. 이 절대로 넘어설 수 없는 격차가 행정의 무의식을 결정했다. 북쪽 나라의 국민들과 달리 아무런 지원도 받지 못하는 보유자들은 결혼과 출산을 극도로 꺼린다. 가족의 수에 따라 약값은 기하급수적으로 늘어난다.

게다가 가족은 너무 가까워서 위험하다. 성욕은 결혼을 통하지 않고 해결한다. 남쪽에 한해, 이미 정부는 성매매에 그 어떤 통제도 가하지 않는다. 아파트보다 모텔이 더 많다는 비공식적 통계도 떠돈다. 설사 결혼을 하더라도, 아이를 낳는다는 것은 전혀 다른 차원의 이야기다. 만약 실수로 아이를 임신했다면, 보유자들은 값싸고 수월하게 중절 수술을 받을 수 있다. 오직 이 명목에만 정부는 지원을 아끼지 않는다.

이대로 시간이 흐른다면 필연적으로 북쪽 면역자들의 씨앗만 남아 번성하게 된다. 3년 전 명철은 과거 정보사에서 함께 근무했던 동료와 일 관계로 만난 적이 있었다. 보건군 대령이 된 그는 술자리에서 자신이 입안했다가 흐지부지된 작전의 내용을 자랑스럽다는 투로 밝혔다. 군 연구소에서 호르몬 조절을 통해 생식 능력을 퇴화시키는 약을 개발했다. 현재 동물 실험 단계지만 곧 임상 단계로 들어갈 수 있다. 이 약을 현재 17세 미만의 보유자들에게 휴머넥스와 함께 공급한다. 그들을 효율적으로 처분할 수 있는 확실한 방법이다.

명철은 술잔을 기울이며 맞은편의 남자를 응시했다. 이 계획의 주모자는 후덕한 인상의 평범한 군인이었고, 명철은 그 점이 더 오싹했다. 이렇게 좋은 작전이 어째서 예산 지원을 못 받게 됐는지 도저히 이해할 수 없다는 듯 말을 이어 가는 그를 보며, 명철은 그 멍청한 계획이 승인받을 일은 절대로 없을 거라는 말을 속으로 삼켜야 했다. 구인제약의 최상층이 미치지 않고서야 그런 계획을 두고 볼 리가 없다. 고객들을 절멸시키면 약은 누구한테 판단 말인가. 군의 입장에서는 보유자가 바퀴벌레와 같지만, 구인제약에게는 더없이 소중한 고객들이다. 그 결과 보건군과 구인제약 사이에는 보이지 않는 합의서가 탄생했다. 지금 세상은 그 합의서가 설계한 것이다. 보유자는 서서히 자연적으로 도태되며, 그 시간 동안 구인제약은 충분한 자본을 벌어 도저히 망할 수 없는 기업 체제를 구축한다. 실제로 구인제약은 이제 더 이상 약만 만드는 회사가 아니었다. 엄연한 문어발식 거대 기업체였다.

성북의 군경찰서에 도착한 명철은 차에서 내린 후 무심코 담배를 입에 물었다가 북쪽은 어디나 금연이라는 사실을 떠올렸다. 입맛을 한 번 다시고 담배를 도로 집어넣었다. 10분 후 그는 서내 3층의 휴게실에서 사건을 담당한 경찰과 만났다. 이병훈 경위라고 자신을 소개한 남자는 자리에 앉자마자 명철에게 따지듯 말했다.

"군에서 협조 요청이 와서 나오긴 했습니다만, 더 드릴 말씀이 없어요. 조사는 이미 끝났고 사고사로 결론이 난 상태입니다."

명철은 고개를 가볍게 끄덕이며 어떤 수를 쓸지 생각했다. 아무리 많이 잡아 봐야 30대 초반. 경찰대를 졸업하고 실무에 투입된 지 기껏해야 4~5년이다. 그는 기습으로 결정을 내리고 입을 열었다.

"저는 이 사건에 관심이 있어서 온 게 아닙니다. 그거야 어련히 잘 알아서 하셨겠죠."

"네?"

명철은 상대를 빤히 노려보다 불쑥 말했다.

"저는 형사님한테 관심이 있습니다."

경위가 얼굴을 찌푸리자 명철은 몸을 앞으로 기울이며 경위에게 가까이 오라는 손짓을 했다. 비밀을 알려 주려는 듯한 그 움직임에 경위는 저도 모르게 상대의 손짓에 이끌렸다. 명철은 경위의 귓가에 대고 빠르게 속삭였다.

"그 여자 봤지? 바로 얼마 전까지 싱싱하게 살아서 거리를 돌아다니던 여자야. 정의 사회 구현을 위해 불철주야 노력하시는 우리의 이병훈 경위님은 물론 진실이 뭔지, 대체 왜 그 여자가 그렇게 죽어야만 했는지 속속들이 캐내고 싶었을 거야. 그렇지? 근데 위에서 압력이 들어왔어. 조용히 덮자고, 그 여자는 그냥 지독하게 운이 없었던 걸로 처리하자고. 경위님은 고뇌했겠지. 이러면 안 되는데, 이러면 정말 안 되는데. 밤잠을 설쳐 가며 고민했을 거야. 그래도 별수 있나. 까라면 까야지. 경위님은 조용히 덮기로 했어. 그리고 하룻밤 자고 일어나니 갑자기 뿌옇던 모든 것이 대명천지로 끌려 나온 느낌이 들었지. 안 그런가? 그 여자는 사고로 죽었다. 그게 진실이다. 경위님은 이제 당당하게, 양심에 전혀 거리낌 없이 그리 얘기할 수 있게 됐어. 왜? 사람은 원래 그렇게 생겨 먹었거든. 안 그러면 피곤해서 도저히 살 수가 없거든."

말을 마친 명철은 뒤로 물러나 등받이에 몸을 기댔다. 기습을 당한 경위는 아무 말도 못 한 채 10여 초간 멍하니 명철의 얼굴만 바라보다, 정신을 차리고 의자에서 벌떡 일어났다.

"뭐 이런 미친 새끼가……."

"제가 틀렸습니까? 저는 그게 궁금해서 왔습니다. 제가 정말 틀렸습니까?"

명철은 경위의 눈을 쏘아보며 질문했다. 그의 말투에는 집요한, 순수하게 정답 자체에만 관심이 있으며, 그 주변을 떠도는 다른 의미들은 어쩌돼도 좋다는 듯한 뒤틀린 학구열이 똬리를 틀고 있었다. 경위는 그 열기를 느끼고 순간 멈칫했지만, 곧장 현실로 복귀했다.

"그런 일 절대 없으니까 헛소리 그만하고 꺼져. 감히 경찰한테 협박을 해? 이대로 끝날 거라고 생각하지 마. 군에 정식으로 항의해서 조치할 테니까, 각오하고 있어."

경위가 씩씩대며 말하는 동안 명철은 그의 손끝이 미세하게 떨리는 것을 보았다. 그것으로 충분했다. 지금의 어색한 연기도 한몫을 거들었다. 그는 자리에서 일어나 꾸벅 인사를 하고 휴게실을 나왔다. 뒤늦게 분에 받친 경위가 뒤에서 욕을 했지만 명철은 생각에 빠져 제대로 듣지 못했다.

어차피 너도 트럭이지. 명철은 경찰서를 나오며 어느 선까지 올라가야 운전사가 나올지 가늠해 보았다. 서장이 지시했을 것이다. 그 서장의 뒤에 정감이나 총감이 있을까? 그들은 어디에서 지시를 받았을까? 아니면 전혀 다른, 개인적인 선에서의 접촉일까? 그럼 과연 어디까지 올라가야 할까?

어디까지?

명철은 차에 올라타 창문을 꼭 닫고 담배를 물었다. 연기를 한 모금 뱉고 머릿속에서 계속 가지를 쳐 나가는 수형도를 지워 버렸다. 어쨌든 한 발씩 갈 수밖에 없었다.

"……멍청한 짓이야." 명철은 혼잣말을 했다.

그리고 그 멍청한 짓의 다음 단계로 옮겨 가려고 수첩을 주머니에서 꺼냈다.

7장

미나는 작은 입을 바쁘게 오물거리며 카스텔라를 먹었다.

말은 안 했지만 배가 꽤 고팠던 모양이다. 수진은 우유팩에 꽂은 빨대를 미나의 입에 대 주었다.

"이거 마시면서 천천히 먹어."

미나는 생긋 웃고 우유를 두 모금 빨고는 말했다.

"엄마는 안 먹어?"

"엄마도 먹을 거야."

수진은 테이블에 놓인 빵을 조금 뜯어내 보란 듯이 입에 넣었다. 모래알갱이를 씹는 느낌이 들었다. 억지로 꾸역꾸역 밀어 넣었지만 두 번째는 시도할 엄두가 나지 않았다. 아침부터 아이를 데리고 이곳저곳을 떠돌았다.

해고된 지 한 달, 조바심은 헛된 기대라는 가느다란 실에 묶여 꼭 두각시처럼 휘둘리다가 통장 잔고가 바닥을 드러냄과 동시에 힘없이 쓰러졌다. 직업소개소를 통하는 길도 만만치 않았다. 자격증이라곤 1종 면허증이 전부였다. 편의점, 음식점, 옷가게, 슈퍼마켓, 소규모 공장, 그 어디에도 그녀의 자리가 없었다. 오전에 들른 소개소에서는 몸을 팔라고 제의해 왔다. 미나를 쳐다보던 소장의 눈을 송곳 같은 것으로 찌르고 싶은 기분을 떨치며 밖으로 나왔다.

수진은 우물에 빠져 허우적거리고 있었다. 그녀도 알고 있었다. 서른둘, 아이까지 딸린 데다 특별한 기술도 없는 보유자가 남쪽에서 일을 얻기란 거의 불가능에 가까웠다.

"가만히 앉아서 먹고 있어? 엄마 잠깐 안에 들어갔다가 올 테니까."

미나가 웃으며 고개를 끄덕였다. 천진난만한 그 웃음과 입가에 묻은 빵 부스러기가 수진의 가슴을 아리게 했다. 그녀는 카스텔라를 샀던 편의점에 다시 들어가 카운터 뒤의 남자 점원에게 말을 걸었다.

"저기, 혹시 사람 구하지 않으세요?"

"뭐라고요?" 남자가 눈을 가늘게 뜨며 되물었다.

"사람 구하지 않느냐고요. 아르바이트."

남자는 단번에 고개를 저었다.

"뒤에 계산해야 하니까 좀 비켜 주세요."

수진은 한 발 옆으로 섰다. 무심코 창밖의 테이블에 시선을 보냈다. 가슴이 철렁 내려앉았다. 좀 전까지 그녀가 앉았던 플라스틱 의자에, 양복을 입은 중년 남자 하나가 앉아 미나에게 말을 걸고 있었다. 미나는 잔뜩 움츠린 채 양손으로 우유팩을 꼭 쥔 모습이었다. 수진은 황급히 밖으로 뛰어나가 미나를 들어 올려 껴안았다. 그 바람에 우유팩이 땅바닥에 떨어졌다. 수진은 잔뜩 날선 목소리로 위협했다.

"저리 가세요!"

남자는 엉거주춤 일어나며 말했다.

"아니, 애가 혼자 있길래……."

"신경 쓰지 말고 갈 길 가세요. 가시라고요!"

남자는 머쓱한 듯 뒷머리를 몇 번 긁적이더니 뒤로 돌아 수진의 말대로 했다. 두근거리던 가슴이 천천히 진정됐다.

"나 내려 줘, 엄마."

수진은 미나를 내려놓았다. 남자는 행인들 사이로 스며들어 잠시 후 보이지 않게 됐다.

"저 아저씨가 뭐라고 그랬어?"

"응? 왜 혼자 있냐고 그랬어. 엄마랑 아빠 없냐고."

선의였을지도 모른다. 순수한 마음에 홀로 있는 아이를 도와주고 싶었던 것일 수도 있다. 아이들이란 희귀한 존재라 신기했을 수도 있다. 그렇더라도 누군가 가까이 다가오게 두는 것은 절대 안 될 일이다. 타인과의 거리 유지는 그 무엇보다도 중요했다. 다가오는 사람은 모두 등 뒤에 비수를 감추고 있다고 가정해야 한다.

수진은 딸의 입가에 묻은 빵부스러기를 털어 주고 모자를 씌웠다. 미나의 손을 꼭 붙잡았다. 모녀는 다시 거리로 나섰다. 9월도 이제 하순으로 접어들었지만 정오의 햇살은 따갑기 그지없었다. 얼굴을 덮는 햇볕에 수진은 순간적으로 어지럼증을 느꼈다.

어디로 가야 하지?

그 물음의 무게는 육중했다. 혼자라면 답이 무엇이든 상관없었다.

그러나 미나와 함께였다. 생각해야 했다. 생각하고, 그 다음에 움직여야 했다. 수진은 한참을 걸은 후에야 간신히 오늘의 계획을 떠올렸다. 직업소개소, 노동관리국, 중앙보건소, 전의 직장 동료였던 지현의 집 순이었다. 그래, 이번에는 보건소. 그곳으로 가는 길이다. 머리가 맑아지며, 그녀는 지금 자신이 어느 곳에 서 있는지, 무슨 목적으로 걷는지를 기억해 냈다.

중앙보건소는 옛날 정부청사 역에서 5분 거리에 있었다. 역에서 나와 바로 보이는 편의점에서 빵을 사 먹은 참이다. 이제 조금만 더 걸으면 보건소다. 수진은 곁눈질로 아이를 살폈다. 지친 기색이 역력하다. 걸음은 무겁고, 손바닥에는 땀이 흥건했다. 엄마의 시선을 눈치 챘는지, 미나가 얼굴을 올리며 조그맣게 물었다.

"엄마, 이거 벗으면 안 돼?"

수진은 단호하게 고개를 저었다. 바깥에서 방호복을 벗는 버릇을 들여서는 안 된다. 미나는 시무룩한 표정으로 단념했다. 조르지도, 보채지도 않았다. 미나는 또래보다 훨씬 어른스러웠다. 아이의 그 표정에 수진은 느닷없이 화가 치밀었다. 결국 보건소에 보급용 약을 신청해 카드를 받았다. 그런데 멀쩡하던 카드가, 어제 들렀을 때는 더 이상 읽히지 않았다. 왜 이러느냐는 질문에 직원은 무조건 중앙에 들러 재신청을 하라고만 했다. 내일 지구가 멸망하면 어떻게 하느냐는 질문에도 똑같이 대답할 듯한 얼굴로. 매번 이런 식이었다. 뭔가가 어긋나고, 어딘가가 고장 나고, 무언가가 빠졌다. 다행히 사나흘 버틸 약은 있었지만 당장 카드를 재발급받지 못하면 그 이후로는 정말 큰일이었다.

모퉁이를 돈 수진은 발걸음을 멈췄다. 그리고 미나의 손을 더 꽉 움켜쥐었다.

중앙보건소는 100여 미터 정면에 있었는데, 그곳으로 이어지는 8차선 대로 위에 사람들이 모여 있었다. 어림잡아도 100명은 넘어 보였다.

아니, 사람이 아니었다. 시체들이었다.

수진은 눈살을 찌푸렸다. 하필이면 이때. 며칠 사이에 점점 시체들이 눈에 띄는 빈도가 늘어나고 있었다. 이런 도심지까지 시체가 나타나다니. 그들은 느릿느릿, 한 몸뚱이가 된 채 움직이고 있었다. 시체들의 좌우에서는 장갑차가 조금의 틈도 주지 않고 그들을 호위하듯 감싼 채 이동 중이었다. 놈들을 이곳으로 몰아넣고 한꺼번에 처리할 계획인 듯했다. 잠시 후 요란한 사이렌 소리가 울려 퍼졌다.

―시민 여러분께 말씀드립니다. 잠시 후 총기를 사용할 예정이오니 어서 가까운 대피소나 건물 내부로 피신하시기 바랍니다. 다시 한 번 말씀드립니다. 잠시 후 총기를 사용할 예정이오니…….

수진은 재빨리 미나를 업었다.

"엄마 꼭 잡아."

그녀가 뒤로 돌아 뛰었다. 대피소. 대피소가 어딘가 있을 것이다. 그녀는 주변을 돌아보며 필사적으로 들어갈 곳을 찾았다. 주변 건물은 모조리 셔터를 내린 상태였지만 다행히 20여 미터 앞에 대피소 표지판이 보였다. 그녀는 황급히 뛰어 지하로 이어지는 계단을 타고 내려갔다. 철문이 삐걱거리며 닫히기 직전이었다.

"잠깐만, 잠깐만요!"

문이 멈췄다. 남자 하나가 고개를 내밀고 밖을 쳐다봤다. 그가 문을 열어 주자 수진은 안으로 뛰어 들어갔다. 다섯 평 남짓한 대피소 안은 어두침침했다. 형광등이 두 개 있었지만 하나만 켜진 채였다. 그 안에 이미 10여 명의 사람들이 몰려 있었다.

문이 철컹 닫히자, 한계까지 다다랐던 몸이 반응했다. 수진은 미나를 내려놓음과 동시에 옆으로 쓰러져 한참 숨을 가쁘게 몰아쉬었다. 다리에 감각이 없었다.

"엄마, 엄마!"

미나가 그녀의 어깨를 흔들면서 울먹였다.

중년 여자 한 명이 수진에게 다가와 그녀를 부축해 일으키며 물었다.

"어디 다쳤어?"

수진은 고개를 가로저었지만 여전히 숨이 차 있어 말을 제대로 못했다. 여자가 고개를 돌리며 말했다.

"누구 물 가진 사람 없소?"

구석에 있던 20대 여자가 다가와 물병을 내밀었다. 수진은 마른 화장지처럼 물을 마시다 사레가 들려 켁켁, 기침을 했다. 중년 여자가 수진의 등을 두드리며 그녀를 진정시켰다.

"천천히, 천천히 마셔."

수진은 이번에는 조심했다. 몸이 진정되며 숨이 잦아들었다.

"고맙습니다, 정말 고맙습니다."

수진은 연신 여자에게 인사를 했다.

"벽에 기대서 좀 앉아. 에그, 이게 뭔 난린지 원." 여자는 미나의 머리를 쓰다듬으며 말했다. "엄마랑 같이 얌전히 앉아 있어? 나쁜 놈들 전부 죽을 때까지만 기다리면 되니까."

울상이던 미나의 얼굴에 보조개가 돌아왔다.

"우리 엄마 도와줘서 정말 고맙습니다." 그러고는 꾸벅 인사를 했다.

여자가 웃으며 미나의 볼을 가볍게 꼬집었다.

"어휴, 예쁜 것이 인사성도 밝지. 요런 꼬맹이는 한 100년 만에 보는 것 같네."

수진은 다시 고맙다는 말을 하고 미나와 나란히 대피소 벽에 기댄 채 앉았다. 사람들은 제각각의, 조명만큼이나 침침한 얼굴을 한 채 벽에 기대어 서거나 앉아 있었다. 아무도 말을 하지 않았다. 잠시 후 거센 폭발음과 총성이 굳게 닫힌 철문의 틈을 뚫고 대피소 안으로 침입했다. 수진은 미나의 귀를 막았다. 한참이나 이어지던 총성이 뚝 끊겼다. 그러자 이번에는 비명과 외침이, 다급하게, 혹은 육중하게 이어지는 발소리가 바깥을 스쳐 지나갔다.

언제쯤 조용해질까. 수진은 생각하며 손목시계를 봤다. 다섯 시간쯤 남았다. 그 이후에는 보건소에 들어갈 수 없다. 사태가 시간 내에 진정되더라도 사실 오늘 보건소가 개방될 것 같지는 않았다. 어쩌면 내일도 폐쇄되어 있을지 모른다. 수진은 가슴이 답답해 크게 소리라도 치고 싶었다. 시체들에게, 군인들과 경찰들에게, 아니 바깥 세계 전부에 제발 좀 봐달라고 애원하고도 싶었고, 한편으로는 저주를 퍼붓고도 싶었다.

수진은 곁에 앉은 중년 여자에게 말을 건넸다.

"언제쯤 나갈 수 있을까요?"

여자는 고개를 젓고 한숨을 쉬었다.

"모르지. 두세 시간은 기다려야 돼. 괜히 나갔다가 시체로 오해받고 총 맞으면 얼마나 억울해. 애기 엄마는 어디, 보건소 가는 길이었어?"

"예. 오늘은 이제 못 들어가겠죠?"

"포기해야지. 좀 잠잠해지면 나가서 집으로 가. 괜히 이 근처에서 얼씬거리다가 큰일 나니까……. 그나저나 아기 엄마는 젊은 사람이 용감하네. 요새는 전부 겁을 먹어서 애를 잘 안 놓던데. 옛날에는 길에서 눈만 돌리면 애기들이 보였는데, 이제는 하나 찾아보기도 힘드니 원."

여자가 다시 미나의 머리를 쓰다듬었다. 방어 본능이 작동해 어깨를 들썩이게 했지만, 수진은 여자의 손을 치워 내는 무례한 짓을 저지르지는 않았다. 다만 눈살이 찌푸려지는 것은 어쩔 수 없었다. 용감하다는 여자의 말에, 예전의 남편, 미나의 아빠가 떠올라서였다. 너 진짜 용감하다? 애를 가져? 니 주제에?

삐삐삐삐…….

알람이 모든 것을 멈추게 했다.

심지어는 바깥의 소음마저 멎었다. 마치 세상을 구경하던 신이 급한 용무로 일시정지 버튼을 누른 듯했다. 사람들은 1~2초쯤 정신을 잃었다가 일제히 팔목을 내려다보았다. 하나 둘, 자기의 알람밴드를 확인한 사람들이 고개를 들고 두리번거렸다. 그들의 시선이 점점 한곳으로 모였다.

미나의 왼쪽 손목에 달린 밴드가 연신 불빛을 깜빡이며 소리를 지르고 있었다.

수진은 미나의 팔을 낚아채고는 밴드를 풀려 애썼다. 손이 떨려 잘 되지 않았다.

"아파, 엄마, 아파."

미나가 말했지만 수진은 아이에게 신경 쓸 겨를이 없었다. 간신히 미나의 손목에서 풀어내자 언제 그랬냐는 듯 밴드가 입을 다물었다. 신경질적인 밴드의 경고음이 사라지자 정적이 찾아왔다. 깃털이 떨어지는 소리도 들릴 것 같은 견고한 정적이었다. 미나 곁의 여자가 벌떡 일어났다. 수진이 움찔했다. 여자의 얼굴이 오래 방치해 둔 빵처럼 딱딱하게 굳었다.

"저기, 약 먹이는 걸 깜빡해서……."

수진은 메고 있던 핸드백에서 허겁지겁 플라스틱 약병을 꺼냈다. 잊어버리지 않았다. 잊어버렸을 리가 없다. 분명히 아침에도 약을 먹였다. 뭔가 잘못됐다. 손이 떨려 뚜껑이 제대로 열리지 않았다. 힘껏 돌리자, 병뚜껑이 기세를 못 이기고 손에서 튕겨 나가 바닥으로 떨어졌다. 침착해, 떨지 마. 떨지 말라고! 그렇게 스스로를 채근해도 약을 받아 내는 오른손의 떨림은 어쩔 수 없었다. 약병을 기울여 툭툭 털자 푸른빛이 감도는 어른 엄지손톱만 한 알약 한 개가 나타났다.

시체와 사람의 갈림길.

정식 명칭은 '휴머넥스2000'이지만 사람들은 그냥 '약'이라고 부르는 물건.

모든 이의 시선이 그 위로 몰려드는 것을, 수진은 똑똑히 느낄 수 있었다. 그녀는 심상치 않은 상황 때문에 눈을 동그랗게 뜬 채 굳어 있는 미나의 입에 휴머넥스 하나를 거의 구겨 넣다시피 했다. 미나가 뭔가를 말하려 했지만 조그만 입에 들어찬 커다란 알약 때문에 그저 울상을 지을 수밖에 없었다. 원래는 4분의 1로 쪼개서 물과 함께 먹였지만 그럴 상황이 아니었다. 수진이 말했다.

"얼른 씹어. 빨리!"

놀란 미나는 엄마가 말한 대로 씹었다. 수진은 얼른 물병을 집어 미나의 입에 댔다. 꾸역꾸역 약을 다 삼키고 난 후, 미나는 끝내 격한 기침과 함께 울음을 터트렸다. 그제야 수진의 제정신이 돌아왔다. 그녀는 미나를 안고 등을 쓸어내렸다.

"미안해. 미안, 엄마가 잘못했어. 잘못했어. 다 삼켰어? 다 삼켰지?"

사람들은 한마디도 하지 않고 그 소동을 지켜보기만 했다. 등을 쓰다듬으며 3분쯤 달래자 미나의 울음이 잦아들었다. 수진은 주위를 둘러봤다. 사람들은 모녀에게서 멀찍이 떨어져 안쪽에 전부 몰려 있었다.

그들의 한가운데에 수진을 도와줬던 여자도 있었다. 그녀의 눈빛에 담겨 있던 친절과 선의가 전부 적의로 탈바꿈해 있었다. 이곳에서 선의란 사치품이고, 사실은 모두가 모두의 적일 뿐임을 알람이 분명하게 알려 주었다.

"다시 채워 봐." 여자가 싸늘한 목소리로 말했다.

"예?"

"밴드 다시 채워 보라고. 약 먹였으니까 다시 채워 봐야 할 거 아냐."

수진은 바닥에 팽개쳐진 밴드에 시선을 던졌다. 다시 채운다고? 간단한 일이었다. 게다가 수진 역시 확인을 해야 했다. 이번에 먹은 약이 효과가 있는지, 과연 미나의 몸 안에 서식하는 바이러스의 농도를 확실하게 줄였는지. 그런데 손이 가지 않았다. 밴드는 몸에 접촉하는 순간, 미나가 태어났을 때 보건소가 무료로 체내에 주입해 준 RFID칩에서 보내는 신호를 받아 바이러스의 농도를 측정한다. 기준치를 넘으면 경고를 보내 주인에게는 어서 약을 섭취하라고 알려 주고, 타인에게는 이 사람에게서 멀찍이 떨어지라고, 혹은 약도 없고 여섯 시간 안에 구할 기회도, 거리를 확보할 방법도 없다면 이제 최후의 수단을 쓰라고 알려 준다. 수진은 도저히 밴드를 미나의 손목에 채울 수가 없었다.

만약 다시 알람이 울린다면? 그럼 어떻게 할래?

수진은 고개를 세차게 가로젓고 말했다.

"적어도 30분은 있어야 돼요."

"웃기지 마. 요새 약이 얼마나 좋은데. 지금 채워 봐도 확인할 수 있어."

여자가 몰아붙였다. 수진은 핸드백에 약병과 밴드를 챙겨 넣었다. 그리고 미나를 안고 일어섰다.

"우리가 나갈게요."

"안 채워?"

"나간다고요! 나가면 되잖아요!" 수진이 소리쳤다.

"어디서 큰 소리야?" 여자도 지지 않았다. 그러고는 고개를 돌리고 말했다. "여기 핸드폰 가진 사람 없어요? 119에 전화 좀 돌려서 여기 병자 두 명 있으니까 데려가라고 합시다."

미나가 다시금 훌쩍였다. 수진은 이를 악물고 결심했다. 겉옷 주머니에 손을 넣어 뭔가를 끄집어냈다.

"전화 걸기만 해 봐!"

그녀의 손에는 전기충격기가 있었다. 수진은 엄지로 안전장치를 올리고 버튼을 꽉 눌렀다. 푸르스름한 불꽃이 충격기의 꼭대기에서 뛰놀았다.

"완전히 미쳤네……." 사람들 틈의 어떤 남자가 중얼거렸다.

"그래, 나 미쳤다. 미친년한테 된통 당하기 싫으면 빨리 뒤로 물러나. 벽에 바싹 붙어!"

사람들은 그녀의 협박에 슬금슬금 벽으로 가서 붙었다. 아무 관련도 없는 이런 일에 굳이 몸을 다치면서까지 나설 오지랖 넓은 사람은 없었다. 수진이 믿는 구석도 거기였다. 여자는 수진을 똑바로 바라보며 입을 열었다.

"그러다 네 딸내미가 이따 변하면 어떡할래? 그 보물 같은 딸내미가 너를 물어뜯어서 먹어도 돼?"

수진이 입 닥치라고 소리 지르려는 순간, 미나가 울먹이며 말했다.

"나…… 엄마…… 안 물어요……."

수진은 고개를 돌려 눈물로 얼룩진 미나의 얼굴을 보았다. 미나가 또 말했다. 나, 엄마, 안 물어요. 수진은 눈가로 차오르는 무언가를 필사적으로 억눌렀다.

"알아, 다 알아. 저 아줌마가 장난친 거야. 그러니까 그만 말해도 돼."

"어휴." 여자가 손사래를 치며 한숨을 푹 쉬었다. "오늘 재수가 없으려니 별일이 다 있네. 그래, 그래. 내가 액땜 제대로 한 셈 치자."

수진은 미나를 내려놓았다가 들쳐 업고 충격기를 앞으로 내민 채 뒷걸음질 쳤다. 사람들은 최대한 벽 쪽으로 붙었다. 수진이 철문을 여는 순간 여자가 말했다.

"조심해. 바깥에 아직 군인들 있으니까."

수진은 아무 말도 할 수 없었다. 잠금을 풀고 문을 열었다. 밖으로 나섰다. 계단을 걸어 올랐다. 미나가 수진의 목을 꼭 끌어안았다.

"괜찮아, 다 괜찮아……."

수진은 스스로에게 주문을 걸며 지상으로 올라갔다.

8장

세영은 점원에게서 종이봉투를 받아 들고 손목을 들여다봤다.

오후 4시 10분. 새벽에 지시받은 대로 시간에 맞춰 쇼핑몰에 들어왔다. 필요도 없는 스카프를 하나 구입하고 2층의 화장실로 갔다. 변기에 앉아 종이봉투 안을 살폈다.

스카프와 함께 쪽지가 들어 있었다.

─지하의 주차장에서 F313에 주차된 차에 탈 것.

세영은 종이를 찢어 변기에 버리고 물을 내렸다. 화장실을 나와 엘리베이터를 타고 주차장으로 내려갔다. 물론 미행이 있을 리는 없었다. 다만 '조직'은 언제나 이런 식으로 안전을 확보하는 것을 좋아했고, 세영은 그 방침에 별다른 이의를 제기하지 않았다. 끼딱 잘못해 정보사의 고문실로 끌려가는 것은 조직원들이었다. 조직이야 꼬리나 몸통을 떼어 내고도 아메바처럼 살아가겠지만.

그는 5분 후 쪽지가 지정한 은색 승용차에 올라탔다.

운전석에는 뉴욕 양키스 야구 모자를 쓰고 커다란 헤드폰을 착용한 여자가 앉아 있었다. 헤드폰에서 시끄러운 음악 소리가 새어 나왔다. 여자는 세영을 돌아보지도 않고 차를 출발시켰다. 세영은 어디선가 본 듯한 여자라고 생각했지만, 곧 그런 생각을 지워 버렸다. 백화점을 빠져나온 차는 도로 위를 질주했다. 과속하고, 끼어들고, 적당히 신호도 무시했다. 세영이 난폭 운전에 20여 분을 시달리다, 드디어 참지 못하고 조금 천천히 가자고 말하려는 참에 차가 멈췄다. 여자가 나갔다. 대신 두 사람이 들어왔다. 남자는 운전석에, 여자는 세영의 옆에 앉았다.

"안녕, 사탕 먹을래?"

'도마뱀'이 차를 출발시키며 손을 뒤로 내밀어 세영에게 막대사탕하나를 건넸다.

"오랜만이다. 사탕은 됐어."

세영이 사양하자 그는 더 권하지 않았다. 대신 사탕을 쪽쪽 빨며운전했다. 옆자리의 '체셔캣'이 말했다.

"시간이 별로 없으니 바로 전달할게요. 위에서 명령이 내려왔어요. 홍학의 탈퇴는 불가. 조직원으로서의 자격은 유지한다."

도마뱀이 큭큭 웃었다. 세영은 체셔캣을 보며 말했다.

"전화로 설명한 대로 더 이상 제가 조직에 있을 의미가 없어요. 이미 사표도 냈고."

"그건 확실히 홍학이 잘못한 거예요. 그렇게 중요한 일을 어떻게 상의도 없이 처리할 수가 있나요."

체셔캣이 세영과 눈을 마주치며 책망했다. 애인에게 교태를 부리듯 간드러진 음성 위에, 말썽 피운 자식에게 훈계하는 듯한 어조가 올라타서 묘한 부조화를 연출했다. 붉게 염색한 머리칼과 하얀 피부가 어우러져 나이를 짐작하기 힘든 외모에, 어떤 때는 반항기 청소년처럼, 어떤 때는 세상 쓴맛 단맛을 다 본 노인처럼 구는 여자다. 세영은 문득 4년 전 그녀와 처음 만났을 때를 떠올렸다. 고등학생 교복을 입은 그녀는 세영 앞에 앉아 그의 눈을 물끄러미 쳐다보며 말했다. '나는 조직원이에요.'

세영이 말했다.

"어차피 1년 전부터 제가 빼낸 정보들은 전부 쓰레기들뿐이었죠. 조직에서도 이미 제 사용 가치는 여기까지라고 판단을 내렸을 텐데요. 아닙니까?"

"부정하기는 힘들군요." 체셔캣이 머뭇거림 없이 말했다. "그렇지만 조직이 홍학을 포섭하기로 결정한 건 홍학이 구인제약의 수석 연구원이었다는 점 때문만은 아니에요."

"뭐가 더 있었을까요?" 세영이 자조적인 미소를 짓고 이어서 말했다. "알량한 정의감? 조직에서는 그런 것도 측정할 수 있습니까?"

"아뇨. 평범한 연구원이 아니라, 뛰어난 연구원이었다는 점이죠. 회사를 그만뒀다고 해서 조직이 홍학을 팽개칠 거라고 생각했나요? 전혀. 그럴 리가 없죠. 우린 할 일이 많고, 거기엔 능력 있는 사람들이 더 많이 필요해요."

"식물 상태라도 좋다면 그 결정에 따르죠." 세영이 말했다. "저는 지금부터 모든 지령을 무시할 겁니다. 자리만 차지하고 앉아서 밥만

축닐 겁니다. 정말 그래도 좋습니까?"

"나는 상관없어." 도마뱀이 말했다.

"체셔캣은 상관이 있겠죠?"

세영의 말에 체셔캣은 고개를 저었다. 역시 망설임은 없었다. 체셔캣이 말했다.

"당분간 홍학에게 지령이 내려가는 일은 없을 거예요. 동생 일로 정신이 없다는 걸 아니까. 뭐든 하고 싶은 대로 하세요. 도마뱀도 빌려줄 테니, 마음대로 부려 먹어요."

"무슨 일이든 척척 해내는 도마뱀."

도마뱀이 자신의 캐치프레이즈를 즐겁게 흥얼거렸다.

세영은 잠시 생각에 잠겼다. 체셔캣에게 동생의 사망 소식은 전했다. 하지만 그 이상의 언급은 피했다. 어떻게 회사를 상대로 싸울 생각임을 알았을까? 미행? 도청? 어느 쪽일까. 묻는다면 물론 체셔캣은 사실대로 답해 줄 것이다. 그러나 세영은 묻지 않았다. 사실 이런 일이 한두 번도 아니었다.

"그건…… 순전히 개인적인 일입니다. 폐를 끼칠 순 없어요."

세영의 말에 도마뱀이 흥, 콧방귀를 꼈다.

"개인적인 일? 세상에 그런 일이 어딨어? 먹고, 자고, 싸고, 전부 남한테 폐 끼치는 일이야. 그걸 인정 안 하면 사람답게 사는 게 아니라고. 사람한테 개인적인 일이란 건 없어."

"부담 가질 것 없어요." 체셔캣이 나섰다.

"우린 홍학을 재활용하겠다는 거예요. 지금 상태로는 별로 쓸모가 없으니, 그 개인적인 일을 깔끔하게 처리한 뒤 다시 이용해 먹겠다는 거죠. 그럼 별로 불만 없지 않나요? 계산해 보세요. 그게 어느 모로 보나 원원하는 길이니까."

세영은 체셔캣의 말대로 계산했다. 틀린 말은 아니었다. 그는 조력이 절실했고, 도마뱀과 그 뒤의 조직은 힘이 되어 줄 것이다. 도마뱀은 능력 있는, 때로는 세 살 때부터 조직에 몸담았을지도 모른다는 생각이 들 만큼 타고난 조직원이었다. 세영은 이제야, 어쩌면 자신이 이런 결론을 유도하려고 두 사람에게 떼를 쓴 것은 아닌지 자문해 보았다. 그럴지도 모른다. 아니, 애매하게 굴지 말자. 확실히 그렇다. 하지만 아무려면 어떨까. 지금은 미영의 억울한 죽음을 낱낱이 세상에 밝혀서 더럽고 치사한 범죄자들에게 철퇴를 내리는 일이 무엇보다 중요했다. 넓게 보면 그 역시 조직의 목표에서 크게 벗어나는 일도 아니었다.

"알겠습니다. 그렇게 하죠."

세영이 결심하고 말했다.

체셔캣은 세영의 어깨를 툭툭 두드렸다. 그녀가 결정적 찬스에서 대타로 나선 선수를 격려하듯 미소 지으며 말했다.

"너무 걱정 말아요. 고민도 말고요. 전부 잘 될 거예요. 잘 안 되면 도마뱀을 닦달하면 되니까."

"들들 볶아야 일 잘하는 도마뱀. 무슨 일이든 척척하지만, 닦달하면 더 잘하는 도마뱀."

도마뱀이 맞장구쳤다. 세영은 피식, 웃었다. 체셔캣이 시계를 들여다봤다. 도마뱀에게 차를 길가에 대라고 지시했다. 차에서 내렸다. 문을 닫기 전 그녀는 세영의 눈을 바라보며 말했다.

"밤에 괜히 슬퍼지면 전화해요. 혼자 끙끙거리지 말고. 난 그런 사람들이 제일 싫더라. 나한테 미움 받기 싫으면 꼭 그렇게 해요? 알았죠?"

세영은 그녀의 눈빛에 끌려 네, 라고 조그맣게 대답했다.

체셔캣이 사라지고도 도마뱀은 세영을 데리고 한참 동안 운전했다. 세영이 어디로 가느냐고 물어도 확실한 답을 내놓지 않고 특유의 너스레만 떨었다. 도마뱀이 막대사탕의 포장비닐을 물어뜯어 벗기면서 말했다.

"그래서, 계획은?"

"회사를 상대로 소송을 걸 생각이야."

"소송? 법에 호소한다? 법관의 양심과 판단에 맡기시겠다? 그다지 좋은 생각 같지 않은데."

"여기선 이기고 지는 게 중요하지 않아. 보급약을 먹다가 피해를 입은 사람들을 모아서 피해 보상을 청구하는 소를 제기하면 법원은 형식적으로라도 약의 제조 과정을 조사할 수밖에 없어. 물론 대충하겠지. 기밀에는 접근도 못 할 거고. 그래도 그 과정에서 이 문제가 여론의 도마 위에 올라갈 거야. 민사사건이라 부담도 없어. 지면 다시 걸고, 또 지면 다시 걸면 돼. 계속 시끄럽게 떠들고 다니면 아무리 회사라도 언제까지고 쉬쉬 덮을 수는 없어. 그렇게 벽에 균열을 내는 게 중요해. 균열이 한번 시작되면 단단한 벽일수록 더 빨리 허물어지니까."

도마뱀이 사탕을 한 번 빨고 말했다.

"그 전에 널 밟아서 찌부러트리겠지. 잘근잘근 씹어 먹어 버릴 거야."

"네가 있잖아? 조직도 있고."

도마뱀이 웃으리라 생각하며 한 얘기였지만, 그는 웃지 않았다. 잠시 사탕에 몰두하다 도마뱀이 말했다.

"길고, 짜증나고, 고통스러운 길이지. 진짜 신경질이 나. 차라리 폭탄을 들고 구인제약 본사에 들어가서 터트려 버리면 어떨까? 그게 낫지 않나?"

"그걸로 뭐가 해결되는데?"

세영은 말하고, 만약 자신이 미영을 죽음으로 내몬 범인을 찾게 되면 어떻게 처리할지 잠깐 상상했다. 눈앞에 놈이 있다. 내 손에는 폭탄이 들린 상태다. 터트리지 않을 수 있을까? 놈이 갈가리 찢기는 꼴을 보고 싶지 않을까? 도마뱀이 시큰둥한 어조로 말했다.

"너는 해결 강박증에 걸렸어. 뭐든 해결하지 않으면 직성이 안 풀리는 거지. 해결하는 게 뭐가 그리 대단한 일이야? 네가 상자 하나의 매듭을 꼼꼼하게 풀 동안 적들은 다른 상자들을 더 빨리, 더 꽁꽁 싸매고 있어. 그걸 언제 다 풀래?"

"조직의 목표가 뭔데? 구인제약을 해체해서 완전히 공공의 손으로 돌려준다. 바이러스를 이용해, 사람들의 목숨을 담보로 소수가 엄청난 돈을 버는 현재의 구조를 갈아엎는다. 그야말로 길고, 짜증나고, 고통스러운 목표 아닌가?"

세영의 반박에 도마뱀이 하, 짧게 웃었다.

"아, 그래. 그런 목표가 있었지. 있었던 것 같아. 기억은 잘 안 나지만. 뭐 좋아, 그 얘기는 나중의 즐거움으로 남겨 두자고. 그래서, 내가 도울 일은? 아, 잠깐만."

도마뱀은 휴대전화를 꺼내 녹음 기능을 사용했다. 버튼을 누르고 그가 말했다.

"말해."

"보건국 자료가 필요해. 최근 보급약을 복용하다 시체가 된 사람들의 명단. 가족들의 주소. 가능하겠지?"

"그리고 또?"

"동생이랑 접촉했던 본사 직원이 있어. 이름은 장성규. 전에 기획이사실에서 일했고. 현재 소재 파악이 안 돼. 아마 그 사람이 중요한 증거를 들고 있을 거야. 그 사람도 찾아야 해. 일단 그 두 가지에 집중해 줘."

도마뱀은 버튼을 눌러 녹음을 마쳤다. 세영은 문득 주위를 둘러보고 의아해져 눈을 크게 떴다.

"여긴 뭐 하러?"

차창 밖으로 강남 상업 지구에서 가장 높은 구인제약 3호 빌딩이 보였다. 측면에 '인간을 만듭니다, 인간을 구합니다.'라는 회사 캐치프레이즈가 적힌 대형 플래카드가 오전에 내린 비에 젖은 채 축 늘어져 있었다. 빌딩의 입구로 통하는 전철역의 7, 8번 출구 근처에는 보건군의 장갑차 네 대가 서 있었다. 무장한 군인들도 제법 눈에 띄었다. 근래 들어 더 심해지는 시체들의 출몰 덕이었다. 그 때문에 보유자들의 시위도 격해지고 있었다. 약의 무상 공급을 주장하는 시위대도 점점 기세를 올리는 중이었고, 구인제약은 그들의 주된 타격 대상이었다.

도마뱀이 말했다.

"갈 데가 있어. 보여 줄 것도 있고."

그 정도면 충분하다는 듯 도마뱀은 더 설명을 하지 않았다. 세영이 답을 채근하려는 순간 차가 멈췄다. 창을 내린 도마뱀은 검문을 하는 군인에게 팔을 내밀었다. 군인은 스캔을 해 볼 생각도 않고 별말 없이 차에서 떨어졌다. 사실 칩이 가짜라면 먼저 차단기가 반응했을 것이다. 면역자의 칩은 검문의 프리패스나 마찬가지다. 세영은 도마뱀이 실제 면역자일까, 아니면 그냥 칩을 위조했을 뿐일까, 잠시 추측해 보았다. 약을 먹는 모습은 보지 못했다. 하지만 수치스럽다며 가족에게도 보이기 싫어하는 사람들도 있다. 판단의 근거가 되기는 힘들다.

뭐든 상관없잖아. 그것 때문에 도마뱀이 다른 사람이 되는 것도 아니고. 세영은 스스로를 가볍게 꾸짖었다. 사람을 바이러스 보유의 유무로 구분하는 것은 나쁜 습관이다. 조직 내에서도 상대에게 그런 질문을 하는 것은 금기였다. 그러나 모두가 평등한 세상을 만든다는 대의에 이성적으로 동의해 조직 활동까지 하면서도, 세영은 사람을 처음으로 만나면 자동적으로 구분선부터 만들고 있는 스스로를 가끔 발견했다.

도마뱀은 잠시 후 구인제약 뒤편에 인접한 15층 빌딩 지하 주차장에 차를 세웠다. 세영은 도마뱀이 이끄는 대로 7층으로 올라갔다. 엘리베이터에서 내려 모퉁이를 돌자 유리문이 나왔다. 'GI 테크놀로지'라는 정체불명의 로고가 붙은 회사였다. 도마뱀이 앞장서며 말했다.

"조직이 운영하는 연구소야."

세영은 아, 하고 저도 모르게 감탄사를 뱉었다. 연구소의 존재는 알고 있었다. 다만 이렇게 강남 한복판에, 구인제약과 나란히 붙어 있을 줄은 몰랐다. 도마뱀이 이어서 말했다.

"게다가 구인제약에게 당당하게 하청을 받아서 일하는 업체라고. 아웃소싱은 대세니까 말이야. 우린 인건비가 워낙 싸거든."

도마뱀은 세영을 데리고 들어갔다. 안내데스크에서 출입증을 받은 세영은 말없이 도마뱀의 뒤를 쫓았다. 통유리로 구획된 공간에서 사람들이 뭔가에 몰두하는, 활기찬 회사의 모습이다. 어둡고 음침한, 프랑켄슈타인 박사의 실험실 같은 것은 없다. 음지에서 일하며 양지를 지향하는 비밀스러운 공간으로 보이지도 않는다. 조직의 연구소라니. 그동안 자신이 빼냈던 정보가 흘러들어 와 바로 이곳에서 가공되고 변형되고 새롭게 태어났을 것이라 생각하니 가슴이 두근거렸다. 성과를 냈을까? 여기서는 희망을 찾아냈을까? 그동안 구인제약은 세영이 의욕적으로 추진하던 프로젝트를 모조리 폐기했다. 회사는 오직 휴머넥스의 개량만을 원했다. 미봉책이 아닌 근본적인 치료약이나 백신의 개발을 주장하면 언제나 예산이 부족하다는 답변이 돌아왔다.

그 시절 만난 체셔캣은 말했다. 저는 세영 씨의 그런 순진한 점이 좋아요. 왜 그들이 자기 목을 조를 짓을 하겠어요. 사회적 공헌요? 인간을 구한다고요? 공헌해야죠. 사람도 구해야죠. 근데 돈부터 벌고 나서요. 그건 세영 씨도 알고 있잖아요. 다만 인정하고 싶지 않을 뿐이지. 스스로를 혁명할 수 있는 건 세상 그 어디에도 없어요. 바깥에서 칼을 대는 수밖에. 세영도 그런 교과서적 내용은 알고 있었다. 그러나 알고 있는 것과 인정하고 받아들이는 것은 차원이 다른 문제였다. 체셔캣은 받아들이라고 했다.

세영은 그래서 그렇게 했고, 조직에 가담했다.

도마뱀은 회사 구조에 익숙한 듯 모퉁이를 막힘없이 돌았다. 회사의 안쪽 끝에 엘리베이터 문이 있었다. 도마뱀은 지문 인식 장치에 손가락을 올리고 비밀번호를 눌러 잠금을 해제했다. 한 층 위로 올라가자 본격적인 연구소의 분위기가 풍겼다. 두 사람은 엘리베이터와 곧장 이어진 차폐 공간에서 청정실용 일회용 의류로 갈아입고 후드를 뒤집어쓴 뒤 신발까지 덮개로 싸맸다. 세영에게는 익숙한 일이었지만 도마뱀은 옷을 입는 내내 불평을 해 댔다.

3차 소독까지 마치고 연구실의 격리방에 안내된 세영은 눈앞의 광경에 당황했다.

수족관처럼 전면에 강화유리가 있었고, 그 너머로 사람이 보였다. 분명히 사람이었다. 세영은 잘못 본 것이 아닌가, 생각하고 눈을 몇 번 껌뻑거렸다. 틀리지 않았다. 사람이다. 40대로 보이는 환자복 차림의 중년 남자가 아무것도 없는 공간에서, 은빛 철제 바닥에 모로 누워 있었다. 내부가 제법 추운 듯 양어깨를 자신의 손으로 감싸 쥔 채 덜덜 떨고 있었다.

"저 사람은 누구야? 무슨 실험인데 이렇게 험악하게 해?"

마스크에 막힌 세영의 흐릿한 질문을 아랑곳 않고 도마뱀이 패널 앞에 앉은 사람에게 시작하라고 말했다. 라텍스 장갑을 낀 손이 패널에 올라가 바삐 움직였다. 아무런 소리도 없이 안쪽 공간으로 로봇 팔이 천천히 들어갔다. 팔 끝에는 샬레가, 그 위로 투명한 보존액이 보였다. 동시에 전면 패널 위의 전자시계가 작동했다. 안에 바이러스를 퍼트리는 것이다. 어떤 바이러스인지 물어볼 필요도 없었다. 지금 놈을 풀어 놓은 것이다. 세영은 물론 피실험자가 면역자고, 통제된 조건에 따른 실험이리라 생각했다. 어째서 도마뱀이 이런 실험을 보여 주는지 의아했지만 곧 설명이 뒤따르리라 여겼다. 합리적인 예상이었고, 그래서 1분 후 그 예상은 박살이 났다.

별 반응이 없던 남자는 곧 바닥을 구르며 심하게 괴로워했다.

2분 30초 후 완전히 사망했다.

6분 15초가 되자 눈을 떴다.

남자는 시체 특유의 느릿한 움직임으로 격리 공간에서 이동하며 벽에 부딪히고, 뒤로 돌아 다시 반대쪽 벽에 부딪히고, 휘청거리고 회전하고 직진해서 다시 강화유리에 부딪혔다. 세영은 여태 배워 온, 오랜 경험을 통해 획득한 상식과 관념과 정보가 모조리 부서져 나가는 것을 느꼈다. 도저히 믿을 수가 없었다. 바이러스에 감염된 자는 저런 식으로 행동하지 않는다. 숙주가 너무 빨리 죽고, 너무 빨리 걷는다. 보통 이틀은 걸리는 과정이 채 10분도 못 돼서 끝나 버렸다. 이럴 수가.

"저놈은 뭐야?"

세영이 중얼거렸다.

앞뒤가 맞지 않았다. 모순투성이였다. 뇌가 믹서에 담겨 윙윙거리며 도는 듯한 기분을 느꼈다. 세영은 도마뱀을 쏘아봤다. 그의 목을 졸라서 정보를 전부 토해 놓으라고 윽박지르고 싶었다. 뭐든 좋으니 합리적인 설명이 필요했다. 도마뱀은 흘끔 그를 돌아보고 눈웃음을 쳤다. 그제야 눈앞에서 사람이 시체로 변하는 광경을 똑똑히 봤다는 인식이 들이쳤다. 사람을 죽였다. 저 사람은 누구였을까? 왜 이곳에 끌려와 죽었을까? 도마뱀이 말했다.

"우리가 개발에 성공했지. 어때? 대단하지 않아? 7분 만에 면역자가 시체가 됐어. 극적이지. 사실 극적이라는 말로도 모자랄 지경이야. 잘난 척 군림하던 신이 똥이 된 거야."

"면역자? 저 사람이 면역자였다고?"

"그랬지. 그랬었지. 그런데 지금은 시체야. 저대로 두면 에너지가 바닥날 때까지 아무 의미도 없이 서성거리기만 하는 시체. 고기만 달라고 보채는 시체."

"그걸…… 지금 말이라고 하는 거야? 죽였어. 저 사람을 죽였다고."

세영이 유리창에 부딪혀 끝내 뒤로 넘어지는 시체를 보며 말했다. 스스로의 목소리가 멀리서, 아득하게 들리는 듯했다. 현실감이 없었다. 20분 전에 만화 속으로 끌려 들어온 것만 같았다.

"윤리적인 문제를 토론하고 싶으시다? 좋아. 저 사람은 스파이였어. 저 사람 때문에 조직원이 열둘이나 희생됐고. 그럼 됐나? 그걸로 우리가 정당해지는 건가? 아니라고? 그럼 이건 어때? 어젯밤에 길거리에서 취해 돌아다니던 저 사람을 잡아왔어. 그냥 실험 좀 하려고. 누군지도 몰라. 죄가 있다면 그냥 바이러스에 면역이 있다는 점뿐이야. 그게 큰 죄였지. 장벽 아래에서는 매일 수백 명이 약을 못 사서 시체가 돼. 장벽 위의 모든 사람들이 그 사실을 알아. 알고도 모른 척해. 상관없으니 눈을 감아. 그래서 잡아다 죽였어. 이건 괜찮은 이윤가?"

세영은 도마뱀의 멱살을 잡았다. 도마뱀이 순간 오른손을 휘둘렀다. 세영은 고개가 돌아갈 정도의 강렬한 따귀를 맞고 휘청하며 한 발 뒤로 물러났다.

도마뱀이 말했다.

"가식은 나중에 떨어도 돼. 착한 사람이 될 기회는 얼마든지 있어. 동생이 죽기 전까지 너는 소꿉놀이 하는 심정으로 조직에 정보를 빼돌렸어. 절실함 따위는 없었지. 우리의 문제가 바로 너 자신의 문제라는 마음이 전혀 없었어. 그걸 비난하는 건 아니야. 그런 사람들은 얼마든지 있어. 널 여기로 데려온 건 이제 네가 준비가 됐다고 판단해서야."

세영은 아무 말도 할 수가 없었다. 도마뱀의 말이 육중한 모루가 되어 정수리로 떨어졌다. 세영은 관자놀이를 쿡쿡 찌르는 듯한 편두통을 느꼈다.

"네가 빼낸 정보가 큰 도움이 됐어. 거기다 구인제약이 제 발등을 찍었고. 놈들은 바이러스를 더 강력하게 개량하기를 원했어. 거기에 맞는 새 약을 만들어서 또 팔아야 했으니까. 블루오션 개척이란 명목으로 그런 프로젝트를 추진하고 있지. 그래서 우리가 그렇게 해 줬어. 그들의 지원을 받아서. 그들의 돈으로 신무기를 만들었다고. 3년이 걸렸지. 이제 완성이야. 이건 누구도 차별하지 않아. 면역자고 보유자고, 가리는 음식 따위는 없어. 전부 게걸스럽게 먹어 치울 뿐이야. 잘 생각해 봐. 우린 이걸로 당당하게 협상 테이블에 앉게 돼. 정부와 구인제약은 이제 너처럼 절실해질 거야. 당장 목에 칼이 들어온 것처럼 침을 꿀꺽 삼킬 거라고."

치료제도, 예방약도 아니었다. 면역자도 벗어날 수 없는 강력한 변종 바이러스. 세영은 가슴이 답답해져 소리라도 크게 내지르고 싶었다. 이게 아니었다. 이런 걸 원하지 않았다. 그럼 뭘 원했는데? 자신의 목소리와 비슷한, 그러나 좀 더 단단하고 냉소적인 목소리가 마음속에서 중얼거렸다. 정의? 평등? 소꿉놀이? 세영은 두 손으로 얼굴을 비비며 고개를 숙였다. 길게, 막혔던 숨을 내쉬었다.

그는 고개를 들고 시체를 바라봤다.

온갖 감정이 소용돌이치며 휘돌다가 위에서 떨어진 한 방울의 검은 액체에 오염됐다.

공포.

그는 깨달았다. 저 변종은 무섭다. 생애에 단 한 번도 느껴 보지 못한 감정이 어깨를 짓눌렀다. 전신에 가려운 느낌이 몰려왔다. 낯선 스스로에게 적응할 수가 없었다. 손이 떨렸다. 세영은 주저앉고 싶었다. 동시에 어서 밖으로 나가고 싶었다. 제발 도마뱀이 그의 뒷덜미를 잡아 끌어내 줬으면 싶었다.

그러나 아무것도 할 수 없었다. 그 누구도 움직이지 않았다.

오직 시체만이 이곳의 유일한 생명체인 양, 껍데기만으로 걷고, 또 걷고 있었다.

9장

　수진은 숨어들었던 대피소를 나와 지하철역에 도착했다.

　한바탕 소동이 지나가 근처에는 군인도 경찰도 보이지 않았다. 지하철 검색대를 통과하려면 어쩔 수 없이 미나의 팔에 밴드를 접촉해 확인을 해야 했다. 그녀는 또다시 알람이 울리는 최악의 경우를 상상했다. 병원? 보건소? 바이러스 문제에 한해서라면, 병원은 사실상 26년 전부터 사람을 치료하고 살린다는 본연의 기능을 상실했다. 대신 보건소가 비대하게 발전했지만, 그곳은 처음부터 보유자들을 '관리'하는 목적에만 충실했다. 만약 상품명 보유자에 약간이라도 상한 기미가 보이면 보건소는 가차 없이 그것들을 일반 시민의 눈에서 보이지 않는 곳으로 치워 버렸다. 치워진 상품이 어떻게 되는지, 그 뒤는 소문과 무성한 추측으로만 이루어진 영역이었다. 수진은 15년 전 아빠를 면회하려 수용소에 갔던 기억을 떠올렸다. 결국 그날 수진은 아빠를 보지 못했다. 울면서 애원하는 엄마 앞에 나타난 직원은 종이 한 장을 꺼내 사인을 하든 지장을 찍든 선택하라는 말만을 반복했다. 그것이 '처리확인서'였음은 한참 나중에야 알게 됐다.

아빠는 어떻게 '처리'됐을까?

수진은 고개를 저었다. 이런 생각을 하는 것은 좋지 않다. 아주 좋지 않다. 사실 뚜렷한 대책이 없었다. 그녀는 다만 알람이 울리지 않기만을 간절히 바랐다. 제발. 한 번만 봐줘. 제발. 이만하면 됐잖아. 그녀는 대상도 없는 애원을 하며 밴드를 미나의 손목으로 가져갔다. 수진은 눈을 질끈 감았다.

알람은 울리지 않았다.

수진은 가슴을 쓸어내렸다. 미나를 꼭 껴안았다. 그럼 그렇지. 약만 제대로 먹이면 돼. 약만. 아무 문제 없어. 우린 괜찮아.

두 시간 뒤 오후 4시 15분, 알람이 그 위태위태한 희망을 깨트렸다.

돈을 빌리려 지현의 집으로 향하는 길이었다. 미나의 상태도 걱정돼 곧장 집으로 가는 것이 어떨까 생각했지만 당장 수중에 한 푼도 없었다. 지현의 주거지에 도착해 검문소를 통과하고 거리를 걷는 동안, 갑자기 알람이 시작됐다.

수진은 몇 초간 꼼짝도 못하고 심장으로 직접 침입해 들어오는 경고음을 듣고만 있었다. 그러다 스위치를 올린 장난감 인형처럼 부산스럽게 움직였다. 미나의 손목에서 밴드를 풀었다. 주변을 살폈다. 몇몇 사람이 그들을 쳐다보고 있었다. 들었을까? 물론 못 들었을 리 없다. 단번에 가슴속 가장 서늘한 악몽을 끄집어내는 소리다. 신발 속에 들어간 조그맣고 단단한 돌멩이 같은 소리다. 아무리 피하려

해도 느낄 수밖에 없다.

수진은 미나를 안고 열심히 걸었다. 다행히 누가 쫓아오거나 하는 일은 없었다. 연립주택 단지에서 지현의 집을 찾았다. 서둘러 초인종을 눌렀다. 반응이 없자 몇 번 더 눌렀다. 그 와중에도 수진은 연신 주변을 둘러보며 경계를 늦추지 않았다.

"나가요. 나갑니다."

잠이 덜 깬 목소리였다. 문이 열리고 부스스한 머리를 매만지며 지현이 나타났다. 밤샘 근무를 마치고 종일 잔 모양이었다. 알람과 엄마의 태도 때문에 내내 굳어 있던 미나의 얼굴이 활짝 펴졌다.

"이모!"

"아이구, 그래. 우리 미나 왔쪄?"

지현은 미나를 안아서 들어 올렸다. 수진은 황급히 문을 닫고, 지현을 안으로 밀어 넣었다.

"왜? 언니, 왜 그래? 누가 쫓아와? 웬 땀을 그렇게 흘려?"

수진은 대꾸 없이 원룸 구석에 있는 냉장고로 가서 문을 열었다. 물병을 꺼내 컵에 물을 담았다. 다짜고짜 지현에게 말했다.

"너 약 있지? 빨리 가져와."

미나가 지현의 가슴에 얼굴을 파묻었다.

"안 먹을래. 먹기 싫어!"

"뭐야? 아침에 안 먹였어?"

지현이 눈을 휘둥그레 뜨며 물었다. 수진은 지현에게서 강제로 미나를 떼어 놓았다. 놀란 지현이 서둘러 약을 가져왔다. 울면서 발버둥을 치던 미나는 약을 먹고 10여 분 후 엄마 품에서 하루의 대소동에 지쳐 잠이 들었다. 미나를 이부자리에 눕히고 머리칼을 쓰다듬으며, 수진은 속으로 시간을 셈했다. 대피소에서 약을 먹이고 나서 얼추 두 시간이 지났다. 밴드가 울릴 때마다 약을 먹여야 한다면? 집에 남은 알약은 여섯 개. 육 이 십이. 열두 시간.

내일 새벽 4시가 한계.

단 두 번뿐이었지만, 그 두 번의 반복이 주는 절망감은 너무도 견고했다. 수진은 연신 입술을 세게 깨물었다. 정신을 집중해 무엇을 해야 할지 생각했다. 먼저 원인이었다. 어째서? 멀쩡하던 미나가 왜 이렇게 됐지? 밴드가 고장 났다는 것이 가장 먼저 떠오른, 가장 절실하게 원하는 답이었다. 다만 그것이 정답인지 확인하려면 가까운 보건소를 방문해야 했고, 그러니 가장 위험한 답이기도 했다. 두 번째 답은 약이었다. 사 먹였을 때는 아무 문제가 없었다. 어쩔 수 없이 보급용 약으로 바꾸자 이렇게 된 것이다. 틀림없이 그쪽 같았다. 가장 현실적이고 적절했다. 내 잘못이야. 내가 잘못해서 미나가 이렇게 된 거야. 도둑질을 해서라도, 몸을 팔아서라도 약을 계속 사 먹였어야 했다. 수진은 깊은 자책 속에서 깨달았다. 길은 단 하나였다. 지금이라도 판매용 약으로 바꿔야 한다. 그것뿐이다.

휴머넥스 한 통의 가격은 50만원에 육박했다. 당장 끼니를 걱정해야 하는 처지였지만 지금은 약이 가장 중요했다. 밥은 구걸이라도 할 수 있다. 그러나 약은 안 된다. 그랬다간 당장 신고를 받은 경찰이 달려올 것이다.

"언니, 언니!"

지현의 목소리에 퍼뜩 정신이 들었다. 고개를 돌리며 수진이 다급히 말했다.

"너 지금 얼마나 있어?"

"언니, 무슨 일이야? 미나 지금 어떻게 된 거야?"

차가운 지현의 얼굴을 보며 수진은 어디까지 이야기해야 할지 가늠했다. 전부? 이 넓은 도시에서 그나마 대화 상대라고는 지현 하나뿐이다. 부모님은 돌아가신 지 오래다. 언니는 지방에 있고, 게다가 벌써 몇 년째 연락이 끊긴 상태다. 고등학교 이후에는 제대로 친구를 사귈 기회도 없었다. 지현과는 공장에서 유일하게 마음을 터놓고 지냈다. 어릴 때 죽은 동생이 생각난다며 유달리 미나를 예뻐한다.

하지만 안 된다. 아무리 친하다 해도 타인은 타인이다.

"내 말 안 들려? 미나 지금 어떻게 된 거냐고."

지현의 목소리가 뾰족해졌다. 수진은 억지 미소를 내보이며 말했다.

"요새 정신이 하나도 없어서 아침에 약 먹인다는 걸 깜빡했어. 보건소 가던 길에 시위대랑 만나서 잡힐 뻔도 했고. 애가 그래서 좀 놀란 거야."

"이건 왜 벗겨 놨는데?"

지현의 손에 미나의 알람밴드가 있었다. 미나를 달래며 황망하게 상의를 벗던 도중 주머니에서 빠져나온 모양이었다. 수진은 속으로 흠칫했고, 그 놀람을 덮으려 빠르게 변명했다.

"아, 그거. 아침에 채운다는 걸 또 깜빡했나 보네. 내가 이렇다니까."

지현이 불안한 듯 좌우로 서성거리다 갑자기 멈춰 서서 말했다.

"언니 나 못 믿어? 우리 사이가 이거밖에 안 돼? 왜? 내가 미나를 고발이라도 할까 봐?"

수진은 대꾸하지 못했다. 그랬다. 당연히 믿을 수 없었다. 친부모가 아픈 아이를 고발하는 세상이다. 그래도 지금은 지현의 도움이 절실했다. 이미 어느 정도 눈치를 챘다. 계속 얼버무렸다가는 죽도 밥도 안 된다.

"진짜 미안해. 너를 못 믿어서 그런 게 아니라……. 아까 여기 오다가 알람이 울렸어. 너무 놀라서 아무 생각도 안 들더라."

"아침에 제대로 먹였고? 밴드 고장은 아닌 거 확실해?"

수진은 고개를 끄덕였다.

"며칠 전부터 약을 바꿨어. 내가 미쳤지. 아무리 돈이 없어도 약은 무조건 사서 먹였어야 했는데……. 아무튼 사 먹이면 괜찮을 거야. 너 지금 얼마나 있냐니까. 괜찮으면 있는 거 전부 좀 꿔 줘. 내가 이 은혜는 죽어서도 안 잊을게."

"지금 돈이 문제야?"

지현이 눈살을 찌푸렸다.

"진짜 약만 바꾸면 해결되는지 언니가 어떻게 알아? 언니가 의사야? 당장 같이 병원에 가 보자. 가서 검사받고……."

"의사들이 얌전히 검사만 한다던? 당장 보건소에 연락하는 거 뻔히 알면서."

"진짜 답답하네. 그렇다고 그냥 이렇게 죽치고 있을 수도 없잖아. 뭐든 해야지. 안 그럼 미나가 어떻게 될지 모르는데."

지현의 말이 옳았다. 뭐든 해야 했다. 그런데 사방이 꽉 막혀 그 어디로도 손을 뻗을 수가 없었다. 수진이 생각에 잠긴 사이 지현이 미나 곁에 주저앉더니 가볍게 앞머리를 쓰다듬었다. 지현이 놀라며 말했다.

"언니, 얘 열나는 거 같아."

수진은 얼른 미나의 이마로 손을 뻗었다. 분명히 열이 있다. 얼굴도 벌겋게 달아오르는 중이다. 옷 속으로 손을 넣어 가슴과 겨드랑이를 만졌다. 열이 확연히 느껴진다. 가슴에 둔중한 충격이 왔다. 학교와 공장의 보건교육 시간에 주구장창 시청했던 비디오가 순간 머릿속에서 재생됐다. '열이 오르고 내리기를 수차례 반복합니다. 길면 이틀, 짧으면 몇 시간 안에 고열로 인해 의식을 잃을 정도가 되고, 그 후 2단계로 접어듭니다.'

수진은 그대로 얼어붙었다. 마음의 밑바닥에서 비명이 파문처럼 번져 나갔다.

지현이 겉옷을 챙겨 입고는 그런 수진의 어깨를 흔들었다.

"언니, 정신 차려! 병원에 가자. 보건소는 나중 문제고 일단 뭐가 잘못됐는지 알아야 될 거 아냐!"

그래, 병원. 수진은 자신의 뺨을 세게 때렸다. 1초도 머뭇거릴 시간이 없다. 정신을 놓고 있을 틈도 없다. 그녀는 재빨리 준비를 마치고 아기띠를 이용해 미나를 업었다. 지현과 함께 집을 나섰다. 두 여자는 달려서 주거지를 벗어났다. 지현이 도로에 뛰어들며 택시를 불렀다. 두 대가 그냥 지나쳐 갔다. 세 번째 택시가 멈췄다. 지현이 앞자리에, 수진은 뒤에 탔다.

"아저씨, 저기 구립병원 응급실……."

삐삐삐삐. 지현의 말을 끊으며, 택시의 센서 알람이 수진과 미나를 고발했다. 수진은 눈을 질끈 감았다. 당황하는 바람에 바보 같은

짓은 저질렀다. 먼저 밴드로 알람이 울리는지 확인하는 과정을 잊어
버린 것이다. 주거지의 검문소를 통과했으니 괜찮을 거라 안일하게
생각했다. 통과해야 할 문은 얼마든지 있고, 세상 곳곳에 체내의 칩
에서 보내는 신호를 받는 센서가 부착되어 있다. 고객이 돌변하면
무조건 사고로 이어지는 탓에 택시는 대중적으로 널리 퍼지기도 전
에 앞장서서 센서를 도입한 대표적인 곳이었다.

기사가 화들짝 놀랐다.

"뭐, 뭐야?"

지현이 다급히 말했다.

"아저씨 애가 아파서 그래요. 제발 병원까지만 좀……."

기사가 눈을 부라렸다.

"빨리 안 내려?"

"알았어요, 내릴게요, 내립니다."

수진이 나섰다. 수진은 하차했다. 지현이 따라 내리자 기사가 욕
을 내뱉었다.

"씨발, 진짜 오늘 똥 밟았네."

"뭐? 씨발? 똥? 야 이 새끼야. 다시 말해 봐."

지현이 반쯤 열린 문을 통해 기사에게 대들었다.

"문 닫아! 안 닫아? 경찰 불러? 부를까?"

기사가 쏘아붙였다. 수진이 지현을 잡아끌었다. 지현이 세차게 문
을 닫았다. 매정하게 멀어지는 차를 보며 수진은 이를 악물었다. 지
현이 분을 삭이며 투덜댔다.

"개새끼. 병신같이 쫄기나 하고."

소동 때문에 주변의 시선이 모이고 있었다. 이러다 누군가 신고라도 하면 진짜 사달이 날까 두려워 수진은 지현에게 눈짓으로 움직이자는 신호를 보냈다. 신호를 알아들은 지현과 함께 수진은 태연히 인도 위를 걸었다. 오후 5시 40분을 넘어서자 슬슬 어스름이 깔리고 있었다. 지현이 미나의 이마에 손을 대 보고는 잔뜩 미간을 구기며 말했다.

"열이 점점 심해지는데 어떡하지? 병원까지 걸어가면 한 시간은 걸릴 텐데."

수진은 고개를 저었다.

"이제 병원은 안 돼. 택시 센서에 걸리는 거 봤지? 바로 수용소로 보내질 거야."

수진의 목소리 끝이 떨리고 있었다. 지현이 한숨을 내쉬었다.

"그럼 어쩌자고? 사설 병원 아는 데 있어? 그런 거 없잖아. 아휴, 미치겠네, 진짜."

"찾아봐야지. 아니, 꼭 찾아야 해."

순간 뒤쪽에서부터 요란한 경광등 소리가 달려왔다. 수진은 놀라며 고개를 돌렸다. 10여 미터 뒤에 보건경찰차가 있었다.

"어떡해. 그 새끼가 신고했나 봐."

지현이 당황하며 소곤거렸다. 앞뒤 재지 못하고 택시를 잡아탄 스스로를 원망할 겨를도 없었다. 수진은 지현과 팔짱을 끼며 속삭였다.

"보지 마. 그냥 걸어!"

수진과 지현은 상점 쪽으로 한껏 붙었다. 그냥 지나가. 제발 그냥 가. 수진의 바람을 아랑곳 않고, 경찰차가 서행하며 그들과 나란히 움직였다. 수진은 두근거리는 가슴을 달래며 빠르게 걸었다. 확성기에서 명령이 튀어나왔다.

─거기 두 사람. 정지합니다. 정지합니다. 잠시 검문이 있겠습니다.

도망칠까? 그랬다가는 총을 쏠지도 모른다. 그런 위험을 감수할 수는 없었다. 수진은 멈췄다. 지현이 발을 동동 구르며 수진과 경찰차를 번갈아 쳐다봤다. 곧 차에서 내린 제복경찰이 두 사람 곁으로 다가와 섰다. 지현이 배시시 웃으며 경찰에게 말했다.

"아저씨, 저기, 애가 아까 밥을 급하게 먹다가 좀 체했거든요. 그래서 근처 소아과에 좀 가는 길인데."

"택시에서 센서가 반응했다고 신고가 들어왔어요. 그분들 맞죠?"

"아니에요. 택시는 탄 적도 없어요."

지현이 눈을 크게 뜨고 거짓말을 했다.

"진짜 체한 거 맞습니까?" 경찰이 미나를 흘끔거리며 물었다. "긴급상황 아니고요?"

"아니라니까요. 우리가 미쳤어요?"

"그야 조사하면 나올 일이고…… 일단 신분 확인 하겠습니다. 손 내밀어 주세요."

수진은 경찰을 외면하면서 팔을 내밀었다. 덜덜 떨리는 몸을 필사적으로 다스려야 했다. 경찰은 수진의 손목에 포터블 판독기를 가져다댔다. 전자음과 함께 화면에 수진의 사진과 나이, 등록번호가 떴다. 화면과 수진의 얼굴을 번갈아 보던 경찰이 고개를 돌리고 경찰차 쪽에 소리쳤다.

"어이, 정 경사, 여기 스캐너 좀 가져와 봐!"

스캐너로 확인하면 이대로 끌려갈 것이다. 미나는 그대로 수용소행이다. 다급해진 수진이 안 된다고 소리치려는데, 지현이 경찰을 와락 끌어안았다.

"도망가! 언니! 도망가!"

수진의 몸이 의식보다 먼저 반응했다. 그녀는 뛰었다. 하루 내내 혹사당한 다리에는 이미 감각이 없었다. 그저 본능에 이끌려, 두 다리는 교대로 땅을 박차는 일에만 전념했다. 10여 미터를 단숨에 달려 사거리에서 우회전했다. 뒤에서 고함을 치는 소리가 들려왔다. 더불어 지현의 비명도 들렸다. 수진은 자신의 거친 숨소리를 들으며 좌우를 연거푸 두리번거렸다. 어딘가에 숨어야 했다. 이대로 가다간 총에 맞거나 붙잡히거나 둘 중 하나다. 자꾸만 땀이 흘러내려 눈앞을 가렸다. 좀 전보다 사위는 더 어두워져 주변이 제대로 보이지도 않았다. 미나는 점점 무거워졌다. 발을 옮겨 놓을 때마다 몸무게가 두세 배씩 늘어나는 듯했다. 세게 깨무는 바람에 아랫입술이 터져 피가 흘러나왔지만, 느끼지도 못했다.

삑! 삑! 호루라기 소리가 지척이었다. 수진은 감히 돌아보지 못했다. 다행히 보건경찰에 적극적으로 협조하는 건강한 사람은 아무도 없었다. 점점 행인들의 밀도가 높아졌는데 그들은 모두 수진을 멀찍이서 피했다. 다시 호루라기 소리와 함께 이번에는 사이렌도 동참했다. 이미 폐는 터져 나가기 일보 직전이었다. 얼굴을 비롯한 온몸은 땀에 절어, 누군가 지금의 수진을 비틀어 짠다면 뜨뜻한 땀을 한 양동이쯤 얻을 수 있을 정도였다.

수진의 눈에 문이 활짝 열린 건물 입구가 들어왔다.

비틀거리며 그 안으로 뛰었다. 사람들의 왕래가 잦은 대형 식료품 매장이었다. 첫 번째 입구를 통과하자마자 알람이 반갑다며 모녀를 향해 격하게 달려들었다. 두 번째 입구의 왼쪽 구석에 서 있던 경비원이 놀라며 제지하려는 그 순간, 수진은 문에서 나오는 남자를 세게 경비원 쪽으로 밀어 버렸다. 두 사람이 엉켜 쓰러지는 틈을 타 두 번째 문도 통과했다. 그러자 평소에는 숨을 죽이며 기다리던 보안 장치가 제 소임을 다해 동작을 개시했다. 위잉, 위잉, 매장 전체에 쩌렁쩌렁 피난 산호가 진동했다. 동시에 녹음된 여자의 목소리가 이물질의 침입을 견딜 수 없다는 듯 앙칼지게 울려 퍼졌다.

—긴급 피난 방송입니다. 긴급 피난 방송입니다. 지금 즉시 안내에 따라 대피하십시오. 지금 즉시 안내에 따라 대피하십시오. 비상구는……

매장 내의 사람들이 방향을 잃고 이리저리 뛰면서, 순식간에 대소동이 일어났다. 사람들과 철제 카트가 뒤엉키면서 서로 넘어지고 굴렀다. 어디에도 친절한 안내는 없었다. 비명과 내지르는 고함만이 난무했다. 상품 진열대가 만든 통로 사이를 뛰던 수진은 잠시 멈춰 서서 숨을 고르며 방향을 가늠했다. 어디지? 어디로 가야 해? 알 수 없었다. 그저 끝없이 움직여야 한다는 사실만 변치 않을 뿐.

그때 주인을 잃은 카트 하나가 또르르 굴러와 수진의 눈앞에서 멈췄다. 수진은 재빨리 미나를 카트에 담았다. 어깨를 짓누르던 구속에서 풀려나자 몸이 몇 센티미터쯤 붕 뜬 것 같았다. 가벼워진 수진은 카트를 밀며 달렸다. 사람들은 밖으로, 그녀는 더욱 안으로 들어갔다. 덕분에 카트는 수월하게 이동했다. 매장 끝까지 들어간 수진은 이리저리 달리며 비상구 표식을 찾았다. 없었다. 왼쪽 구석도, 오른쪽 구석도 막혀 있었다. 아무래도 반대편에 있는 것 같다. 돌아보니 정문 쪽은 여전히 수라장이었지만, 얼마 안 있어 사람들이 전부 빠져나가면 곧장 경찰들이 들이닥칠 것이다. 숨어야 한다. 수진은 정육 코너 진열장 앞에 카트를 세우고 미나를 빼내 안았다. 진열장 뒤로 철문이 보였다. 문은 쉽게 열렸다. 그녀는 안으로 들어가 문을 잠갔다.

수진은 헉헉거리며 안을 둘러보았다. 백열등이 켜진 공간의 한가운데에 철제 테이블이 있었다. 해체 중인 고기의 파편들과 각종 도구들이 그 위에 널려 있었다. 벽을 따라 용도를 알 수 없는 은빛 기계들이 놓였고, 큼지막한 냉장고도 눈에 띄었다.

오른쪽으로 통로가 나 있었다. 수진은 안도의 숨을 내쉬었다.

"엄마……."

미나의 조그맣게 떨리는 목소리에 수진은 그제야 아이의 얼굴을 살폈다. 눈물로 젖은 얼굴은 빨갛게 달아올랐고 눈동자도 충혈되어 있었다. 이마를 짚었다. 열은 여전하다. 그래도 일단 의식이 있어 다행이다. 언제부터 깨어 있었던 걸까. 수진은 미나의 볼을 쓰다듬어 눈물을 지웠다.

"괜찮아? 안 아파?"

"쪼끔 아파……. 엄마, 미나가 잘못……해서 경찰 아저씨들이 쫓아와? 미나가…… 엄마 물까…… 물까 봐, 쫓아와?"

"아니야, 그런 거 아니야. 미나는 잘못한 거 없어."

미나는 엄마를 한 번 세게 끌어안았다가 힘을 풀었다. 엄마가 살려 줄게. 미나야, 엄마가 꼭 살려 줄게. 수진은 이를 악물었다. 그녀는 걸었다. 오른편의 짧은 통로를 지나자 다시 문이 나타났다. 문을 열자 셔터가 반쯤 닫힌 좁은 주차장이었다. 소형 냉동차 하나가 뒷문이 열린 채 주차되어 있었다. 작업 중에 모두 도망을 쳤는지 해체 전 돼지의 사체 하나가 바닥에 널브러져 있었다. 수진은 속으로 환호성을 내지르며 미나를 차의 조수석에 앉혔다. 뒷문도 단단히 잠근 후 셔터를 밀어 올리며 바깥 상황도 살폈다. 어둑한 바깥에는 아무도 보이지 않았다. 긴급 피난 방송은 아직도 편집증적으로 계속되고 있었다. 운전석에 뛰어올랐다. 차의 열쇠는 꽂힌 채였다. 내내 이어진 불운 끝에 온, 잠깐의 달콤한 행운이었다.

수진은 냉동차를 타고 매장을 빠져나갔다.

연신 옆, 뒷거울로 거리를 살폈지만 경찰차나 군용차가 따라붙는 기색은 없었다. 수진은 운전을 하며 생각했다. 미나를 사설병원에 데려가야 했다. 물론 그녀는 그런 것이 도시 어딘가에 있다는 소문만 들었을 뿐이다. 그곳에서는 곧 시체로 변하기 직전의 사람에게 주사를 놔준다고 했다. 불법이고 돈도 엄청나게 많이 들지만, 그 주사를 맞고 살아났다는 사람들의 이야기가 소문이 되어 여기저기서 떠돌고 있었다. 좋아, 그럼 거길 어떻게 찾을 건데, 김수진. 어떻게?

도와줄 사람이 필요했다. 그것도 힘이 있는 사람이. 돈이 있는 사람이. 1등급의 사람이.

수진은 진석호 사장이 준, 바닥에 버린 돈 봉투를 떠올렸다.

'가족끼리는 미안한 것도 감사한 것도 없잖습니까.'

그래, 그런 거지? 그런 거 맞지? 그녀는 결심을 했다. 미나의 생명이 달렸다. 망설일 이유 따위는 없었다. 차의 방향을 잡았다. 45분을 달려 공장의 정문 근처에 도착했다. 저녁 7시 5분. 정문에서 20여 미터쯤 떨어진 곳에 차를 세우고 시동을 껐다. 간간히 퇴근하는 직원들이 보였다. 벌써 나갔으면 어쩌지? 그러나 그는 항상 야근을 하는 사람이었다. 사원들보다 먼저 퇴근하는 것은 직무 유기라고도 언젠가의 조회에서 말했다.

수진은 미나를 안아 무릎에 앉히고 또 이마를 짚었다. 열은 미열로 잦아들어 있었지만, 그것이 더 불안을 증폭시켰다. 비디오에서 뭐라고 했던가. 이런 반복이 길면 이틀, 짧으면 몇 시간이다. 그 안에 미나를 병원에 데려가지 못하면 2단계가 시작된다. 단계가 진행될수록 돌이킬 수 있는 방법은 점점 사라진다.

미나가 말했다.

"엄마……. 집엔 언제가?"

"금방 갈 거야. 금방. 우리 미나 자고 일어나면 집일 거야."

"진짜? 그래도…… 자기 싫어."

"왜 싫어? 엄마가 자장가 불러 줘?"

"아니. 아니……. 일어나면, 엄마 없으면 어떡해."

수진은 잠시 아무 말도 할 수 없었다. 엄마가 세상 전부인 아이에게, 그 세상이 얼마나 무력한지 고백하고 머리를 숙이고 싶었다. 수진은 미나의 머리칼을 쓰다듬으며 울음을 목구멍 깊숙이 밀어 넣었다.

"……엄마가 왜 없어? 엄마는 미나랑 같이 있을 거야. 계속 같이 있어."

"나 이제 안 아파. 안 아파. 안 아프니까 어디 가면 안 돼? 알았지?"

"알았어. 그러니까 이제 자. 자장가 싫으면 옛날이야기 해 줘?"

"……애벌레 얘기해 줘."

아이에게 수없이 읽어 줘서 외우고 있다. 그런데 왠지 그 동화는 싫었다. 지금은 싫었다. 나비로 변해 날아가는 결말이 지금 너무도 슬펐다. 하지만 미나가 원한다. 수진은 미나의 귓가에 대고 속삭였다.

"햇살이 따뜻한 봄날 예쁜 꽃들이 가득 핀 꽃밭에, 애벌레랑 개미랑 꿀벌이 함께 살고 있었어요. 부지런한 개미는 뭘 잘했죠?"

"달리기." 미나가 반쯤 잠에 취한 채 말했다.

"그래요, 달리기를 잘했어요. 어느 날 개미가 말했어요. 애벌레야 놀러 가자. 그래, 좋아. 그럼 날 따라와. 하지만 애벌레는 니무 느려서, 빠른 개미를 쫓아갈 수가 없었어요. 개미야, 같이 가. 하지만 개미는 벌써 저만큼 가 버렸어요. 애벌레는 달리기를 잘하는 개미가 부러웠어요. 그때 애벌레 옆에 꿀벌이 살며시 내려왔어요. 애벌레야, 나랑 같이 놀자. 꿀벌의 말에 애벌레의 얼굴이 환해졌어요. 그런데 꿀벌이 위이잉 소리를 내며 멀리 날아가 버렸어요. 꿀벌아, 같이 가. 애벌레는 꿀벌을 따라갈 수가 없었어요. 나도 꿀벌처럼 날개가 있으면 좋을 텐데. 개미도 떠나 버리고 꿀벌도 떠나 버리고 점점 밤은 깊어갔어요. 혼자 남겨진 애벌레는 몹시 외로웠어요. 나도 친구들과 같이 놀고 싶은데……. 밤이 깊어지자 애벌레는 잠이 오기 시작했어요. 어느덧 애벌레는 잠이 들었어요. 꿈속에서 애벌레는 하늘을 날고 친구들과 함께 놀고 바람결에 떠다니기도 했어요. 며칠이 지났어요. 요즘 통 애벌레가 보이지 않아 개미와 꿀벌은 애벌레가 걱정이 됐어요. 요즘 애벌레가 안보이네. 애벌레야, 어디 갔니? 개미와 꿀벌은 직접 애벌레를 찾아 나섰어요. 매미 형도 무당벌레 아줌마도 애벌레를 못 봤대요. 우리 달팽이 아저씨에게 물어보자. 아저씨, 제 친구 애벌레 못 보셨어요? 애벌레를 찾는구나, 애벌레는 지금 저 고치 속에서 잠을 자고 있단다. 드디어 친구들이 애벌레를 찾았어요. 여기 있었구나, 애벌레야, 우리 왔어. 빨리 일어나서 같이 놀자. 꿈속에서 친구들의 목소리가 들렸어요. 깊은 잠을 자던 애벌레가 잠을 깨기 시작했어요. 잠에서 깬 애벌레를 본 친구들은 깜짝 놀랐어요. 애벌레에게 예쁜 노란색 날개가 생겼거든요! 애벌레야, 너 날개가 생겼어. 얘들아, 안녕. 오랜만이야, 이제부터 내 이름은 나비란다. 그리고 이제 하늘을 날 수 있어. 너희들과 이젠 마음껏 놀러 다닐 수 있게 되었어! 이야, 정말 예쁘다! 이제 나비는 더 이상 외롭지 않아요. 예쁜 나비가 된 애벌레는 멋진 날개를 활짝 펴고, 친구들과 함께 행복하게 꽃밭을 날아다닐 수 있게 되었답니다."

수진은 딸이 잠든 것을 느낄 수 있었다. 수진은 잠깐 이대로 미나와 함께 잠들어 영원히 깨어나지 않는 것도 괜찮으리라 생각하며 눈을 감았다. 하루치 피곤이 한꺼번에 눈꺼풀 위로 쏟아져 내렸다. 수진은 이미 녹초가 되어 있었다. 고치가 되어 미나를 품어 줄 수 있다면, 그래서 자고 일어난 미나가 예쁜 날개로 하늘을 날 수 있게 된다면, 그걸로 좋지 않을까? 행복한 결말이 아닐까…….

안 돼! 수진은 눈을 번쩍 떴다. 안 된다. 그런 식으로 끝낼 수는 없다. 절대로. 그럼 미나를 만질 수도 볼 수도 없게 된다. 미나의 웃음도 울음도, 목소리도, 손짓 발짓도, 동요에 맞춰 추는 춤도 사라진다.

아무것도 남지 않는다.

아무것도.

수진은 정문에서 시선을 떼지 않았다. 실낱같은 희망이 오직 그곳
에만 있었다.

10장

"응, 그래. 먼저 시작하고 있어. 아니, 많이 늦지는 않을 거야. 한 20분 정도. 그래, 이따 봐."

아내와 통화를 마친 석호는 차의 시동을 걸며 시계를 들여다봤다.

7시 30분. 사건 이후 내내 기운이 없는 아들도 위로할 겸, 오랜만에 가족끼리 외식을 하기로 했다. 수출 물량 때문에 중국 측과 팩스를 주고받다 예정보다 퇴근이 늦었다. 그는 허리를 90도로 굽히는 수위의 깍듯한 인사를 뒤로하며 공장을 나왔다. 뒷거울로 그런 수위의 모습을 보며 눈살을 찌푸렸다. 그만두라고 몇 번을 지적해도 저렇다. 같은 직원끼리 그런 인사는 불필요하다고 해도 고집을 부린다. 저 습성은 어쩌면 죽음 이후에도 붙어 있을지 모른다.

공장 건물 뒤의 소로를 통과해 막 4차선 아스팔트 도로에 접어드는데 뒤차가 크게 경적을 울렸다. 거울로 보니 작은 트럭이었다. 전조등이 위아래로 움직이며 빛을 쏘아 댔다. 저게 미쳤나? 왜 저래? 석호는 무시하고 우회전을 했다. 그러자 뒤차가 크게 회전하며 속도를 올리더니 석호의 차 앞으로 다짜고짜 끼어들었다. 놀란 석호는 브레이크를 밟으며 반사적으로 몸을 한껏 등받이 쪽으로 밀었다. 타이어가 바닥을 긁으며 관성에 저항했다. 거센 마찰음이 지난 후 석호의 차는 냉동차의 꽁무니를 들이받기 직전에 멈췄다. 겨우 몇 센티미터 차이로 사고를 면했다. 석호는 반동으로 튀어나갔다가 안전띠에 붙잡혀 돌아왔다.

"저 미친 새끼."

석호는 놀란 가슴을 진정시키고 욕을 뱉으며 벨트를 풀었다. 냉동차의 운전석에서 사람이 내렸다. 빛이 닿지 않는 범위라 잘 보이지는 않지만, 몸매로 보아 여자다. 여자가 빠르게 다가왔다. 석호는 만일을 대비해 공기권총을 챙기려다 상대가 여자임을 확인하고 그만뒀다. 비상등을 켜고 차 문을 열었다. 혼쭐을 내놔야 앞으로 이런 곡예를 안 할 것이다. 밖으로 나왔다.

"이보세요, 아줌마. 무슨 운전을 이 따위로……."

석호는 입을 다물었다. 두 걸음쯤 앞에 있는 여자 얼굴 위에 비상등 불빛이 깜빡거리며 나타났다 사라지기를 반복했다.

"김수진 씨?"

석호는 의외의 상대에 당황했다. 왜 이 여자가 이런 곳에서 나타난단 말인가.

"안녕하세요, 사장님."

수진이 말했다. 목소리가 심상치 않다. 석호는 수진의 모습을 살폈다. 산발에, 정체 모를 귀기까지 어린 상태다. 공장 앞에서 기다리다 쫓아왔겠지. 저 차는 또 어디서 난 거야? 새 직장? 그럼 더 이상 날 찾을 일이 없을 텐데. 석호는 불길한 예감에 그냥 돌아설까, 하다가 그런 생각을 하는 자신을 책망했다. 겁먹을 상대가 따로 있지. 그는 미소를 짓고 말했다.

"깜짝 놀랐잖습니까. 저를 만날 일이 있으면 회사로 오면 되지, 이런 과격한 방법을 쓰면 되나요."

"도와주세요, 사장님. 저 좀 도와주세요. 애가 아파요. 많이 아파요. 사장님이 진짜 좋은 분인 거 알아요. 직원들한테도 다 가족처럼 잘해 주시고. 제가 예전에 미쳐서 무례하게 군 거 진짜 사과드릴게요. 진심으로 사과드릴게요. 제발 우리 애 좀 살려 주세요. 애가 너무 아파요."

수진이 한 발 다가왔다. 석호는 그녀의 기세에 저도 모르게 한 발 물러섰다. 지금 이게 무슨 얘기야? 애가 아프다니?

"아니, 진정하시고 찬찬히 말씀해 보세요. 애가 뭐 어떻게 됐다는 겁니까? 애가 아프면 병원에 가셔야죠."

수진이 석호의 말을 다시 끊었다.

"따지고 보면 사장님 책임도 있잖아요. 제가 제대로 수당만 받았어도 우리 애한테 그런 쓰레기 같은 약을 먹였을 리가 없어요. 전부 그것 때문이잖아요. 왜 제대로 처리를 안 해 주셨나요? 제가 그렇게 큰 잘못을 했나요? 그렇게요? 애한테 그런 약을 먹여서 저 지경이 되게 만들 정도로 큰 잘못이었어요?"

빌었다가 따졌다가, 이미 제정신이 아닌 것 같다. 석호가 어떻게 상대할까 궁리하는 동안 수진이 거듭 말했다.

"사장님이 분명히 말했어요. 보급약도 다를 거 하나도 없다고. 사장님이 보장한다고 했어요. 그거 먹어도 괜찮다고 했어요. 그렇죠? 거짓말이잖아요. 그런 거 거짓말이었잖아요……."

말끝이 흐려졌다. 목이 메는 것 같았다. 승용차 한 대가 경적을 울리면서 석호의 곁을 스쳐 지났다. 석호는 미간을 한껏 구겼다. 가족들이 기다린다. 이런 곳에서 쓸데없는 대화를 하고 싶지 않다.

"……아니, 아니에요. 제가 잘못했어요. 전부 제 잘못이에요. 누굴 탓하겠어요. 제가 병신 같은 년이에요. 사장님, 좀 도와주세요. 이렇게 무릎 꿇고 빌게요. 우리 애 좀 살려 주세요. 제발 살려 주세요. 불쌍한 저희들 좀 보살펴 주세요. 사장님."

수진은 정말 무릎을 꿇었다. 그리고 머리를 조아렸다. 석호는 수진의 두서없는 말을 짜 맞춰 머릿속에서 정리해 보았다. 아이가 아프다. 보급약을 먹였다. 제발 살려 달라.

보살펴 달라.

바이러스가 활동을 시작했다?

분명 딸이 하나 있다고 했지. 그랬던 것 같다. 그 딸에게 일이 생긴 것이다. 기억의 끝자락에서 딸에게 약을 먹여야 한다며 수진이 싹싹 빌던 일이 떠올랐다. 마음에도 없는 사과. 급하게 곤궁을 면하려는 손쉬운 사죄. 자기가 괴로울 때만 나오는. 그리고 뭐라고 했더라? 가족이 아니라고? 지금도 그렇다. 좀 더 절박해 보이는 것이 다를 뿐. 석호는 골치가 아팠다. 언제까지 상대를 해 줘야 하나. 그렇다고 싹 무시하고 돌아설 수도 없다. 그랬다가는 지금 분위기로 보아이 여자가 차 앞으로 뛰어들지도 모른다. 달래서 진정시킨 후 상황을 봐 가며 처리하자.

"어쨌든 위험하니까 일어나세요. 일단 여기 말고 어디 다른 데로 가서 얘기합시다. 애는 어디 있습니까?"

"감사합니다. 정말 감사합니다."

수진은 일어서서 냉동차의 조수석 쪽으로 갔다. 아이를 안고 돌아왔다. 조그마한 체구의 아이는 축 늘어진 채 엄마에게 달라붙어 있었다. 아이까지 데려왔을 줄이야. 내친걸음이다. 석호는 모녀를 그의 차에 태웠다. 뒷거울을 조정해 모녀에게 맞췄다. 비상등을 끄고 후진한 다음 냉동차를 피했다. 석호가 말했다.

"애 상태는 어떻습니까?"

"열이 다시 올라가고 있어요. 숨소리도 거칠고."

"어디, 가까운 병원으로 가면 됩니까?"

"안 돼요! 병원으로 가면 당장 신고가 들어가서 잡혀요."

석호는 보유자들의 의료 체계에 대해 자세히 알지 못했다. 면역자인 그가 신경 쓸 일이 아니었다. 병원이 안 된다. 그럼 어쩌자는 건가. 짜증이 일었다. 석호는 자신의 인내심이 급격히 소비되고 있음을 느꼈다.

"병원이 안 된다니, 그럼 제가 뭘 어떻게 할까요? 아시겠지만 저는 의사가 아닙니다."

"사장님, 저기…… 혹시 사설병원 같은 데 모르세요? 거기서는 백신도 놔준다고 하던데."

사설병원? 백신? 금시초문이다. 석호는 거울을 흘끔 보고 말했다.

"전혀 모르겠는데요. 제가 왜 그런 걸 알 거라고 생각하셨습니까?"

"어디 알 만한 분 없을까요? 사장님은 발이 넓으시잖아요. 구인제약 본사 분들도 알고 계시고. 정말 급해요. 그런 주사가 있대요. 그걸 맞으면 이미 한참 증상이 진행됐어도 도로 살릴 수 있다고……."

정말 딱한 여자다. 그런 허황된 이야기를 믿다니. 7년이 넘게 전 세계가 달려들어 간신히 얻어 낸 결과가 휴머넥스다. 흔히들 좀비 바이러스라 부르는 그 흉포한 존재는 절대로 사라지지 않는다. 백신 같은 것은 음지에서 불법으로 시술을 하고 불쌍한 사람들의 돈을 가로채는 사기꾼들이 지어낸 거짓말이다. 게다가 백신과 치료제는 완전히 다른 개념이다. 증상이 진행된 이상 저 아이에게 필요한 것은 치료제고, 치료제에 한해서라면 그 누구에게 물어봐도 답은 똑같다. 없다. 치료는 불가능하다.

"김수진 씨, 이성적으로 생각하세요. 그냥 이대로 병원으로 가서 검사를 받고 당국의 조치에 따르는 게 가장 현명한 길입니다. 정도를 벗어나면 언제나 문제가 커지고 실제 해결도 어려워지는 법입니다."

수진이 뭐라 대꾸하려는데 미나가 경련을 하며 신음을 흘렸다. 석호는 거울로 상황을 살폈다. 으으으으, 듣기에도 괴로운 신음이었다. 미나가 눈을 까뒤집으며 입에서 허연 거품을 흘렸다.

"미나야!"

수진은 미나의 어깨를 부여잡고 흔들었다. 팔다리의 경련은 더 심해졌다. 수진은 아이의 입에서 흘러나오는 거품을 소맷자락으로 닦아 내며 연신 미나의 이름을 불렀다. 석호의 팔에 소름이 돋았다. 그제야 비로소 감염자를 태우고 있다는 실감이 들었다. 아무래도 위험하다. 물론 자신이 다칠 일은 없다. 설사 몇 번 물리더라도 외상에 그친다. 여차하면 총을 꺼내 사용하면 끝이다. 문제는 아이가 시체로 변해 엄마를 무는 결말이다. 한바탕 난리가 날 것이다. 끔찍한 일이다. 당연히 차도 엉망이 된다. 그 전에 반드시 바깥에서 처리를 해야 한다.

석호가 방법을 생각하는 사이 아이가 격격대며 몸을 뒤챘다.

"왜 그래? 왜 그래, 미나야. 속이 안 좋아? 토하고 싶어?"

수진의 말에 석호는 얼굴을 찌푸리며 거울을 연거푸 흘끔거렸다. 수진은 아이를 뒤집어서 등을 두드렸다. 우웩, 웩. 아이가 좌석에 토했다. 시큼한 기운이 훅 풍겨 왔다. 석호는 당장 차를 멈추고 두 사람을 밖으로 끄집어내고 싶었다. 가족과 오붓한 식사를 할 예정이었다. 그런데 이 무슨 더러운 꼴이란 말인가. 입맛이 싹 달아났다. 아무리 보살핌을 받아야 할 불쌍한 사람들이라고 해도 이래서는 안 된다. 어리광에도 지켜야 할 선이라는 게 있다. 넘어서는 안 되는 한계라는 게 있다. 이 모녀는 그것을 넘어 버렸다.

석호는 왼손을 양복 안주머니에 넣어 휴대전화를 빼냈다. 거울로 수진을 살폈다. 아이에게 정신이 팔려 있다. 그는 잠금을 해제하고 비상 버튼을 눌렀다. 전화기를 되돌려놓으며 주위를 살폈다. 아직 공장에서 멀리 벗어나지 못했다. 그는 도로변에 차를 세우고 비상 등을 켰다. 뒤쪽의 수진은 여전히 혼란에 빠져 있었다. 구토를 한 후 아이의 발작은 일단 멈춘 듯했다. 석호가 실내등을 켜고 뒤를 돌아보며 말했다.

"괜찮은 겁니까?"

수진은 소맷자락으로 대충 시트의 오물을 닦아 내고 미나를 눕혔다. 눈꺼풀을 열었다. 석호도 아이의 동공에 초점이 전혀 없음을 확인할 수 있었다. 의식이 저편으로 넘어가 버렸다. 사지는 미세하게 떨리고 있다. 쌕쌕, 거칠게 숨을 몰아쉰다. 얼마 남지 않았다. 수진이 고개를 홱 돌리며 석호를 보았다. 석호는 수진의 얼굴을 처음으로 밝은 곳에서, 가까이에서 보았다. 핏기가 싹 가신 하얀 피부 위를 공포와 불안, 슬픔과 분노가 뒤섞인 채 기어 다니고 있었다. 아랫입술은 전부 터져서 퉁퉁 부어 있었고 눈은 충혈되어 흰자위가 거의 보이지 않았다. 넋이 나갔다는 표현이 더 없이 적절한 모습이다. 석호는 수진이 불쌍했다. 그는 진심으로 동정했다. 그러나 어쩔 수 없는 일은 어쩔 수 없는 것이다. 여기서부터 인력으로는 해결이 불가능한 영역이다. 그런 일들을 어떻게든 꾸역꾸역 처리하려고 경찰과 군, 보건소와 병원이 합심해 지금의 시스템을 만들었다.

"왜, 멈췄어요?"

수진이 물었다.

"사설병원인가 뭔가에 연결을 해 달라면서요? 그럼 여기저기 전화를 해 봐야 됩니다. 운전하면서 할 수는 없잖습니까."

"그래, 그렇지……." 수진이 중얼거렸다. "빨리 좀 부탁드려요. 애상태 보이시죠? 주사…… 주사를 맞혀야 해. 주사……."

수진의 시선이 딸의 얼굴로 되돌아갔다. 석호는 전화기를 꺼내 아무 번호나 눌렀다. 딸깍 소리와 함께 안내가 시작됐다.

—지금 거신 전화번호의 국번을 확인하시고…….

석호는 한 손으로 전화기를 가리고 몸을 반대로 틀며 말했다.

"아, 최 이사님. 이거 식사 중에 정말 죄송합니다. 제가 뭐 급하게 물어볼 게 좀 생겨서요."

——……please check the number, and dial again.

"예, 예. 아, 그렇죠. 하하. 아, 예. 다름이 아니라, 이사님. 혹시 사설병원이라고, 왜 있잖습니까. 거기서 백신도 놔주고 한다는데,"

그때 석호의 뒷목에 뭔가가 닿았다. 말을 끊은 석호는 천천히 고개를 돌렸다.

수진은 왼손의 전기충격기를 석호의 목에 댄 채 말했다.

"연기가 진짜 어색하시네요, 사장님."

석호는 귓가에서 전화기를 서서히 뗐다. 수진이 위협했다.

"움직이지 마. 내가 못 누를 줄 알아?"

"김수진 씨, 진정하시고……."

수진은 석호의 손에서 전화기를 낚아챘다. 귀에 대고 확인했다. 공백. 무. 아무 말도 들리지 않는다. 그녀는 전화기를 아무렇게나 앞에 던져 버리고 씹어 뱉듯이 말했다.

"이게 무슨 짓이야? 이렇게 시간 끌어서 뭐하려고?"

"시간을 끌다니, 무슨 소립니까. 지금 김수진 씨 행동 때문에 전화가 끊어진 겁니다. 이게 무슨 무례한 짓입니까."

석호가 반박했다. 수진은 생각했다. 뭘까? 왜 차를 세우고 가짜로 전화를 거는 척한 거지? 수진은 면역자들이 보험회사에 일정 비용을 내고 휴대전화를 통한 긴급 구조 서비스를 받을 수 있다는 사실을 몰랐다. 어쨌든 위험해. 쫓아내야 해. 쫓기는 자의 본능이 속삭였다. 수진은 충격기를 석호의 목에 대고 밀며 말했다.

"그대로 문 열고 내려. 천천히."

"내 말을 못 믿는 겁니까? 방금 전화는 진짜……."

"빨리 내려! 안 그럼 이걸로 기절시키고 끌어내릴 거야!"

석호는 어쩔 수 없다는 듯 한숨을 내쉬고 왼손으로 레버를 잡아당겼다. 문이 열렸다. 그 순간 미나가 으으으, 신음을 토했다. 수진은 대치 상황을 잊어버리고 고개를 돌렸다. 틈이 생기자 석호가 움직였다. 그는 고개를 왼쪽으로 돌려 충격기를 피하면서 오른팔을 휘둘렀다. 수진은 손목에 통증을 느끼며 충격기를 놓쳐 버렸다. 석호는 연이어 수진의 어깨를 우악스럽게 밀었다. 90도 회전을 하며 수진은 뒷좌석 창에 뒤통수를 세게 부딪혔다. 수진이 떨어져 나가자 석호는 허리를 구부려 재빨리 조수석 사물함을 열었다. 총을 쥐고 허리를 세웠다.

"김수진 씨!"

수진은 석호에게 다시 달려들다 그대로 굳었다. 이마에 총구가 닿았다. 수진은 씩씩거리며 숨을 골랐다. 석호가 차분하게 말했다.

"진정하고 뒤로 물러나세요."

수진은 시키는 대로 조심스럽게 물러나 앉았다. 그녀는 딸의 상태를 살폈다. 한껏 일그러진 얼굴이 땀으로 번들거리고 있었다. 미나는 고통과 싸우고 있었다. 딸이 태어났을 때부터 언제나 생각했다. 저 조그만 몸속의 바이러스를 모조리 내게 옮길 수만 있다면. 어째서 사람 사이에는 고통을 나눠 가질 수 없을까. 그녀는 어른들이 몸싸움을 한 덕에 밖으로 밀려나온 미나의 오른다리를 좌석으로 옮겨 놓고 손으로 미나의 얼굴을 쓰다듬었다.

"좋습니다, 김수진 씨. 받아들이기 어려운 상황이란 건 충분히 이해합니다. 저도 한 사람의 아버집니다. 부모 맘이란 게 그렇잖습니까. 자식이 어디 조금만 다쳐도 가슴이 찢어지는 것 같죠. 저도 다 압니다. 그래도 이건 아닙니다. 이래선 안 돼요. 어른이면 어른답게 행동해야 합니다. 김수진 씨는 지금 어리광을 부리면서 아무 데나 화풀이를 하고 있는 겁니다."

"화풀이?"

"네, 화풀이요. 화가 나겠죠. 분노하는 게 당연합니다. 어떻게 저리 약하고 힘없는 아이에게 이런 일이 벌어지는가, 저 아이가 무슨 잘못을 했다고 이런 아픔을 겪어야 하는가, 그런 마음이겠죠. 그런데 그 분노가 눈을 멀게 만듭니다. 이성적인 판단을 방해합니다. 김수진 씨, 아까 아이가 이렇게 된 데에 제 책임도 있다고 말씀하셨죠. 네, 인정합니다. 저를 비롯한 우리 모두의 책임입니다. 슬픈 일이지요. 불행한 일이지요. 그렇지만 우리는 이것밖에 못합니다. 주사 한 방에 그 지긋지긋한 바이러스를 깨끗이 날려 버릴 방법을 아직도 찾지 못했습니다. 저 아이처럼 약에 내성이 생긴 사람들을 구제할 뾰족한 수도 못 찾았습니다. 그게 우리의 한곕니다. 그건 김수진 씨 혼자서 발버둥 친다고 해결될 문제가 아닙니다. 김수진 씨는 할 만큼 했습니다."

수진은 석호의 장광설을 중간쯤부터 제대로 듣지 않았다. 전부 헛소리야. 개수작이야. 아무리 절박했다고 해도 이 사람을 찾는 게 아니었다. 알고 있었다. 이 사람은 이런 사람이란 걸. 가느다란 기대나

마 걸었던 자신이 바보였다. 어쨌든 후회하고 있을 틈은 없었다. 도망가야 해. 미나를 데리고 도망쳐야 해. 방법을 궁리하는데 석호의 마지막 말이 차고 날카로운 고드름이 되어 가슴을 푹 찔렀다.

할 만큼 했다고? 내가 할 만큼 했어?

"뭘? 뭘 할 만큼 했다는 거지?"

수진이 눈을 부릅뜨며 되물었다.

"잘 생각해 보세요. 이제 어떻게 할 겁니까? 사설병원요? 그런 건 도시괴담 같은 겁니다. 전부 절망에 빠진 사람들을 등쳐 먹으려는 수작입니다. 이대로 계속 도망치는 길도 있겠죠. 그것도 김수진 씨의 선택입니다. 그럼 무슨 결말이 기다릴까요? 아이는 얼마 안 있어 틀림없이 시체가 됩니다. 그때 가서 김수진 씨가 아이를 처리할 겁니까? 그게 김수진 씨에게나 아이에게나 훨씬 잔혹한 일 아닐까요?"

수진은 고개를 세차게 저었다. 머릿속 한구석에서는 사장의 말이 옳다며 수긍하는 움직임이 있었다.

바로 그래서 더 인정할 수 없었다.

바르고, 옳고, 좋은 말이다. 그런데 미나는 왜 이렇게 된 거지?

"아무것도 없어. 해 준 게 아무것도 없어. 내가 살릴 거야……."

그녀는 중얼거리며 아이의 뒷목에 손을 넣어 끙, 힘을 주었다. 아이를 끌어안았다. 석호는 쯧쯧, 혀를 차고 총을 거뒀다.

수진이 문을 열자마자 희미한 사이렌 소리가 차 안으로 침입했다. 수진은 흠칫 놀라며 석호를 한번 쳐다봤다. 눈이 마주쳤다. 아무런 감정도 내보이지 않는 평온한 눈동자. 이거였구나. 신고를 한 거야! 경찰을 기다리고 있었어!

수진은 아이를 안고 어둠 속으로 나갔다. 어디로 가는지도 모르는 채 미친 듯이 뛰었다. 아니, 수진은 뛰고 있다고 생각했지만 실제 그녀는 걷는 것보다도 못한 속도도 움직이고 있었다. 한 발 한 발 내딜을 때마다 몸의 온갖 곳이 비명을 질러 댔다. 그녀는 견딜 수 없어 잠시 멈췄다가, 숨을 헐떡이며 그래도 기어이 걸었다. 사이렌이 멀어지지 않는다. 천지에 온통 그 소리뿐이다.

"엄마…… 우리, 집에…… 가?"

언제 깨어났는지, 미나의 힘겨운 목소리가 들려왔다. 수진은 더 세게 미나를 끌어안으며 볼을 맞비볐다.

"너무…… 추워, 엄마…… 집에 가자."

"미안해, 미나야. 엄마가 바보 같아서 미안해. 엄마가 바보 같아서 우리 미나 아프게 했어. 미안해, 미나야. 정말 미안해."

수진은 울먹거렸다.

"엄마…… 바보, 아니야. 나…… 하나도 안 아파."

미나의 체온을 느끼며, 울음에 가로막혀 나오지 못하는 목소리로 수없이 말했다. 미안해, 미나야. 엄마가 이렇게 힘없는 사람이라서 미안해. 아픈 사람이어서 미안해. 엄마가 미나 엄마가 아니었으면 얼마나 좋았을까. 미나가 저 위에서, 안 아픈 부모님 밑에서 태어났다면 얼마나 좋았을까. 그랬으면 우리 미나, 지금쯤 유치원에도 갈 수 있고, 친구들이랑 놀러도 다니고 그럴 텐데. 그랬으면 얼마나 좋았을까. 이대로 예쁘게 자라서 남자친구한테 사랑한다고 고백도 받고, 그랬으면 얼마나 좋았을까. 결혼해서 또 우리 미나 닮은 예쁜 딸도 낳았으면, 그랬으면 얼마나 좋았을까.

차량의 엔진 소음, 브레이크에 잡힌 타이어의 마찰음, 사방에서 날아드는 불빛이 순식간에 주위를 둘러쌌다. 수진은 눈이 부셔 제대로 눈을 뜰 수가 없었다. 걸음을 멈췄다. 전조등을 배경으로 총을 든 커다란 검은 그림자들이 눈앞에서 얼쩡거렸다. 그림자들이 뭐라고 외쳐 댔지만 수진은 그저 미나를 부둥켜안은 채 부들부들 떨고만 있었다. 살려 주세요, 제발 애는 살려 주세요. 말했는지 아니면 그냥 머릿속으로 생각했을 뿐인지, 수진은 알 수가 없었다. 갑자기 사방에서 손들이 뻗어 나와 미나를 움켜잡았다. 수진은 울부짖으며 저항했다. 역부족이었다. 미나가 그녀의 품에서 떨어져 나갔다. 끔찍한 악몽 속에서처럼, 눈앞에서 멀어져 갔다. 시간이 두 배쯤 느리게 흘렀다. 엄마, 엄마! 엄마! 미나의 외침이 수진의 가슴을 무참하게 할퀴고 휘저었다. 수진은 있는 힘껏 발버둥 쳤지만, 뒤에서 그녀를 제압한 그림자는 완강했다. 미나가 검은색 호송차에 담겼다. 엄마를 부르는 소리가 어둠 속으로 사라졌다. 수진은 여태 그녀를 조종하던 가느다란 실이 툭 끊긴 듯 스르르 무너지며 무릎을 꿇었다.

미나야.

미나야.

그녀는 눈을 감았다.

탕탕탕, 철문을 두드리는 소리가 들렸다.

탕탕탕.

탕탕탕.

작은 손으로 있는 힘껏, 탕탕탕, 탕탕탕. 수진은 환청처럼 울리는 그 소리를 따라 몸을 일으켰다. 수진은 한 발, 한 발 호송차로 다가 갔다. 소리가 들렸다. 그러다 들리지 않았다. 그냥 두세요, 위험하지 도 않잖습니까. 누군가의 목소리. 수진은 호송차 뒷문에 귀를 가져 다댔다.

손을 들어 두드렸다. 탕탕탕.

바깥에 괴물이 다 죽고 안전해지면 엄마가 너를 데리러 올 거야. 그러면 문을 세 번 두드릴게. 너도 세 번 두드려. 그 다음에 두 번, 그 다음에는 한 번이야. 그게 암호야. 저번에 늑대랑 양 이야기 읽어 줬 지? 엄마인 거 꼭 확인하고 열어줘야 해?

약속대로 탕탕, 두 번 두드림이 돌아왔다. 수진은 또 한 번 두드렸 다. 안에서도 한 번. 암호를 풀었다. 이제 열려야 했다.

그러나 열 수 없었다.

열리지 않았다.

11장

강의의 끝을 알리는 종이 울렸다.

적절한 곳에서 미처 말을 맺지 못한 교수는 종소리가 잦아들 때까지 기다렸다가 가방을 챙기는 학생들을 휘둘러보았다.

"오늘은 여기까지 합시다. 다음 시간에 이어서 주체에 대한 문제를 다루겠습니다. 시체가 과연 어느 시점에 인간이 아니게 되는가, 이 주제는 공법이나 사법 모두에서 아주 중요한 문제고, 11차 헌법 개정에서도 격심한 논쟁을 불러일으켰던 문제니 예습을 철저히 하기 바랍니다. 내일까지 의료적 관점에서 바라본 미드텀 리포트 제출하는 것도 잊지 마시고."

교수가 강의실을 빠져나가자 대여섯 명이 유성의 꼬리처럼 따라서 튀어나갔다.

상우는 가방에 전자책 리더를 담고 자리에서 일어섰다. 뒤를 보니 규혁이 책상에 엎드린 채 푹 자고 있었다. 상우는 규혁을 흔들었다.

"야, 끝났어. 가자. 가자고."

규혁이 벌떡 고개를 들었다. 흐릿한 눈동자로 주위를 살피며 입가의 침을 닦았다.

"아우, 씨발. 우리 김 교수님 새끼가 이번 학기에도 날 수면의 세계로 어김없이 인도하시네."

늘어지게 하품을 한 규혁은 한껏 기지개를 켰다.

"수업 더 있어?" 상우가 말했다.

"없어. 있어도 없어. 가서 커피나 한잔하자."

두 사람은 강의실을 나가 복도 끝의 자판기로 갔다. 커피를 한 모금 마시고 인상을 잔뜩 찌푸리며 규혁이 말했다.

"예은이가 그러던데, 너네 집도 섬으로 온다며?"

상우는 겸연쩍다는 표정으로 고개를 끄덕였다. 이제 섬으로 가게 된다. 자랑스러워할 일이었지만 규혁에게 그런 내색을 할 수는 없었다. 규혁은 태어났을 적부터 그곳에서 지내다 대학에 입학하면서부터 육지에서 혼자 살고 있는, 말하자면 태생부터 귀족이었고 자신은 그저 갓 2등 시민을 벗어나게 된 신출내기에 불과했다. 규혁이 싱긋 웃으며 말했다.

"그럼 너도 휴학계 내야겠네."

"휴학계?" 상우가 물었다.

"못 들었어? 어제 우리 꼰대가 전화해서 말하던데. 휴학 준비 하라고. 당분간 들어와서 있으란다. 한 6개월쯤."

"갑자기 왜?"

규혁은 대답하지 않고 한동안 복도의 창밖을 바라봤다. 그러다 고개를 돌리고 상우와 눈을 맞춘 그는 눈웃음을 치며 속삭였다.

"이제 곧 좀비 새끼들이 설치고 다니게 된다, 이 뜻이지 뭐. 그렇게 눈치가 없어?"

"그 새끼들이 여기까지 쳐들어온다고?"

"그건 아니지. 그래도 어떻게 될지 모르는 거니까 안전빵으로 섬에 들어가는 거 아니냐. 뭐, 남쪽은 확실히 끝날 거야. 보유자들은 한번 물리면 좆되잖아. 약해 빠진 새끼들이라. 구경 좀 하면 재밌을 것 같은데…… 뭐, 하여간 학교 쉬는 게 어디냐. 가기 전에 좆나게 놀아야지."

상우는 갑자기, 이제 자신에게는 보이지 않는 날개가 달렸음을 깨달았다. 섬의 시민은 올림푸스의 신과 비슷했다. 땅 위에서 적당히 놀다가, 위험하거나 골치 아프거나 짜증나는 일에 말려들게 되면 훨훨 털고 가 버리면 그만이다. 땅의 규율과 도덕에 억매일 이유가 없다.

"저거 누구지?"

규혁의 시선을 따라 상우도 고개를 돌렸다. 예은이 다가오며 손을 흔들었다. 그런데 예은의 뒤로 강의동과 전혀 어울리지 않는 중년 남자가 따라오고 있었다. 화사한 19세기 정물화의 구석에 그려진 음침한 프레스코화의 인물 같았다. 두 사람은 규혁과 상우 앞에 섰다. 예은이 두 발짝 뒤의 남자를 흘끔 보고는 고개를 돌렸다.

"이 아저씨가 진상우 너 찾아오셨대. 방금 과사에서 만났어."

상우는 남자를 훑어보았다. 허름한 회색 점퍼 차림에, 반백의 머리칼은 아무렇게나 흩어져 있었고, 이마의 짙은 주름이 깐깐하고 고집스러운 인상을 더하고 있었다. 남자가 한 발 다가오며 말했다.

"진상우 군? 박미영 씨 사건 때문에 잠깐 얘기 좀 할까 해서 찾아왔는데. 시간 좀 내줄 수 없나?"

상우는 벤치에서 일어나며 얼굴을 찌푸렸다. 잊어버리고 싶은, 할 수 있다면 머릿속에서 전부 도려내서 깨끗이 태워 버리고 싶은 기억이다. 이 사람은 누굴까? 벌써 3주나 지났다. 불행한 사고였고 경찰 조사도 끝난 상태다. 그 여자는 실수로 게임장에 들어와 좀비들에게 물려 죽었다.

"누구신데요? 저는 경찰에 다 얘기해서 더 할 얘기가 없어요."

"나는 경찰이 아니라서 못 들었거든. 잠깐이면 될 거야, 아마."

남자의 말에 규혁이 종이컵을 쓰레기통으로 던진 후 일어섰다. 규혁이 남자에게 말했다.

"아저씨, 얘는 진짜 재수가 좆나 없어서 그런 거거든요. 그날 내가 게임장에 가자고 꼬셔서 간 거고, 거기서 그 여자가 방황하고 있을 줄 누가 알았겠어요? 좀비 새끼들 보이면 쏴야지, 안 쏘면 물리는데. 안 그래요?"

남자의 미간에 있는 주름이 더 짙어졌다. 그가 규혁을 훑어보며 말했다.

"그날 같이 있던 친군가?"

"네, 네. 저도 있었고요, 쟤, 예은이도 있었고요."

"잘됐군. 자리 좀 옮겨서 다 같이 대화 좀 나누지. 어디 적당한 데 없나?"

예은이 남자의 눈치를 보며 쭈뼛대더니 규혁에게 입모양으로 나간다, 라고 말하고 급히 자리를 떴다. 상우는 남자가 귀찮았다. 아무 대답이나 해 주고 돌려보내야지.

"그럼 따라오세요. 규혁이 넌 안 와도 돼. 상관없잖아."

"상관이 없기는. 좆나 상관있지." 규혁이 씩 웃으며 말했다.

상우와 규혁은 남자를 건물 3층의 휴게실로 안내했다. 테이블에 앉자마자 남자가 초조한 듯 주변을 두리번거리고 다리를 떨었다. 그러다 뚝 움직임을 멈추고 말했다.

"빨리 하지. 전부 금연이라 나 같은 사람이 있기가 힘들구먼······. 그래, 그날 게임장에서 특별히 기억나는 일은 없나? 사소한 거라도 좋아. 평소랑 달랐던 점이라면 아무거나 괜찮아. 그런 거 없었나?"

"단속에 걸린 거 빼고는 없는데요?" 규혁이 말했다. "운영자 씨발 새끼, 안전빵이라고 해 놓고 딱 걸리게나 만들고."

"자네는? 그런 거 없을까? 잘 좀 생각해 봐."

상우는 생각하지 않았다. 생각하면 다시 여자의 비명이 들릴 것만 같았다. 상우는 단호히 고개를 저었다.

"아무것도 없어요. 그냥 평소랑 똑같았어요."

남자가 다시 다리를 몇 번 떨더니 상우의 눈을 똑바로 쏘아보며 말했다.

"그럼 하나만 더 묻지. 자네가 총을 쏠 때 박미영이 분명히 쓰러져 죽어 있었나? 혹시 살아 있지는 않았나?"

상우는 속으로 움찔했지만 곧바로 답했다.

"사람 같은 건 없었어요. 그냥 전부 좀비였어요."

"그걸 물은 게 아니야. 자네는 박미영을 쐈어. 그러면 알게 돼. 쏘는 그 순간에 알게 된다고. 나도 시체 머리에 수없이 총알을 박아 넣어 본 사람이야. 물론 사람도 쐈지. 그래서 그 차이를 잘 알아. 자네는 분명히 알고 있을 거야……. 다시 묻지. 박미영이 분명히 죽어 있었나?"

상우는 남자의 눈이 부담스러워 외면했다. 규혁이 나섰다.

"아저씨, 그러니까요."

"조용히 해!"

남자가 버럭 소리를 질렀다. 그 서슬에 규혁의 말이 잘려 나갔다. 주변 테이블이 조용해졌다. 눈이 몰렸다. 남자가 대번에 볼륨을 줄여 말을 이었다.

"나를 보고 얘기해. 자네가 박미영을 쐈어."

"……."

"네가, 박미영을 쐈어."

상우는 꼼짝없이 남자의 낮은 목소리에 붙잡혔다. 눈동자에서 풍겨 나오는 힘에 압도됐다. 내가 쐈어? 응. 내가 쐈어. 근데 뭐? 어쩌라고? 누가 거기 있으래? 짜증나. 상우는 생생하게 떠올렸다. 검지를 움직였다. 총알이 발사됐다. 총은 원래 그런 물건이다. 당기면 나간다. 여자가 비명을 지르며 찢어졌다. 남자의 말처럼 알 수 있었다.

여자가 사람이었다는 걸.

갑자기 규혁의 전화기가 울렸다. 상우는 퍼뜩 정신을 차렸다. 하마터면 그랬다고, 여자가 살아 있었다고 말할 뻔했다. 규혁이 주머니에서 전화기를 꺼내 화면을 들여다봤다. 버튼을 눌렀다. 규혁이 자리에서 일어나 등을 돌리며 전화를 받았다.

"왜? 혼자 도망가서 어디 짱 박혔어? 아니, 금방 갈 거야. 아, 간다고!"

규혁은 전화를 끊고 상우에게 말했다.

"예은이. 오늘 조별 미팅 있다고 빨리 오래. 오늘 그런 거 있었냐?"

상우도 자리에서 일어났다. 자리를 떠야 하던 참에 잘됐다. 규혁이 남자에게 말했다.

"좆나 이상한 아저씨, 근데 아저씨 누구예요? 그 여자랑 무슨 관곈데요? 왜 누군지도 안 밝히고 이 난리세요?"

"뭐, 큰 관계는 없지……. 그냥 내가 오지랖이 좀 넓어서."

남자가 수첩을 꺼냈다. 그 사이에 박힌 귀퉁이가 구겨진 명함을 빼서 상우에게 내밀었다. 상우는 엉겁결에 명함을 받아들었다. 구석에 오물이 묻은 명함에 이름과 휴대전화 번호가 박혀 있었다. 규혁이 고개를 들이밀어 명함을 보았다. 우, 명, 철, 탐정 사무소, 조그맣게 남자의 이름도 중얼거렸다.

"뭐든 생각나는 게 있으면 전화 줘. 방금 질문의 답도 못 받았으니 전화로 해도 좋겠지. 이 아저씨는 밤에 잠을 잘 못 자거든. 그러니 아무 때나 괜찮아."

상우는 겉옷 주머니에 명함을 넣고 자리를 떴다. 규혁이 뒤따라오며 말했다.

"뭐 하는 놈 같냐?"

"탐정이래잖아. 그 여자 가족이나 뭐, 그런 사람이 의뢰했겠지."

"좆나 기분 나쁜 새끼네. 전에 군인이었던 것 같은데."

"그건 어떻게 알았어?"

"총 좀 쏴 봤다고 자랑질 쳤잖아. 안 듣고 있었어? 그나저나 너네

166

아버지가 잘 처리했다더니, 아닌가 본데? 저런 새끼가 다 찾아오고.”

상우는 순간 얼굴이 확 달아오름을 느꼈다. 만약 규혁이 여자를 샀다면 남자가 학교에 찾아오는 일은 없었을 것이다. 당연하지. 섬에 계신 아버지가 그런 일을 용납할 리 없다.

“잊어라, 잊어. 이것도 다 지나간다. 이따 저녁 먹고 클럽이나 가자. 안 갈래?”

규혁이 어깨동무를 하며 말했지만 상우는 고개를 저었다. 그는 화장실에 간다고 말하고 규혁과 떨어졌다. 상우는 화장실에서 세수를 하고 거울을 들여다봤다. 화끈거림은 사라졌다. 좆나 쪽팔려. 학교까지 누가 쫓아오게 만들고. 상우는 바지 주머니에서 전화기를 뺐다. 단축번호를 눌러 아빠에게 연결했다.

명철은 세 번째 담배를 물었다.

차 안에는 이미 비상구를 찾지 못한 담배 연기가 스모그를 이루고 있었다. 명철은 수첩에 화살표를 그려 가며 생각에 잠겼다. 뭔가 아귀가 틀어져 어긋나 있는데, 짝 맞출 파편들이 부족했다.

진상우가 박미영을 샀다는 정보는 의외로 쉽게 얻었다. 이병훈 경위의 뒤를 캐 협박했다. 면역자들이 흔히 그렇듯, 경위는 바람을 피우고 있었다. 아내에게 알리겠다고 했더니 기겁을 했다. 그래 봐야 검시보고서에서 박미영이 시체들에게 물려 과다출혈로 사망했다고 결론이 난 상태라 진상우가 형사책임을 질 일은 없었다. 경위도 거기까지 짐작하고 쉽게 정보를 풀었을 것이다. 명철은 진상우가 살아 있는 박미영을 쏜 것으로 결론을 내렸다. 만나 본 후의 느낌도 그 결론과 일치한다. 저 녀석이 죽었다. 그건 확실하다. 명철은 그러나 상우에게서 음모의 냄새나 흔적을 찾지는 못했다. 그저 햇병아리 대학생이고, 어쩌다 그날 우연히 미영과 접촉해 왔을 뿐이다. 배후에 누가 있는 것 같지도 않다.

그 다음에 진석호가 압력을 넣었을 테고.

명철은 '진석호'라고 쓰인 글자에 동그라미를 몇 번 둘러치고 화살표를 위로 그었다. 물음표를 만들었다. 아버지가 아들을 보호한다. 당연한 일이다. 인지상정이다. 진석호는 구인제약의 자회사인 구인밴드의 사장. 구인제약의 윗선에 줄이 있다고 판단해야 한다. 그렇다면 검시 결과를 조작하는 것쯤은 전화 몇 통으로도 가능하다.

여기까지의 흐름은 자연스러웠다. 좀 더 발품을 팔면 보고서 조작을 지시한 쪽도 찾을 수 있다. 죄를 지은 만큼의 벌을 내릴 증거는 그 정도면 충분하다. 더 윗선은 힘들겠지만 진상우와 진석호 정도까지는 잡아넣을 수 있다. 아들은 과실치사. 아버지는 공문서 위조 교사. 어쩌면 청탁과 뇌물 공여도 추가. 관련 공무원도 처넣어 본보기로 삼는다. 줄줄이 딸려 나오다 어느 선에서 멈추겠지만, 그 정도면 만족스러운 결과다.

문제는 누가 미영을 게임장으로 밀어 버렸는가 하는 점이었다.

이쪽이 사실상의 범인이다. 그런데 이 방면은 온통 안개로 뒤덮여 한 치 앞이 보이지 않았다. 명철은 이미 폐쇄된 게임장에 들러 꼼꼼히 조사했다. 절대로 행인이 길을 잃고 잘못 들어갈 수 없는 구조였다. 지하 2층에 게임장이, 1층에 컨트롤 룸이 있었다. 게임장에 입장하려면 암호로 작동하는 엘리베이터에 타야 했다. 안의 비상구 두

곳은 전부 외부 건물의 틈새로 연결되어 있었다. 부러 눈에 불을 켜고 찾지 않으면 절대 보이지 않는 곳이다. 분명히 그곳을 운영하던 놈들이 사주를 받아 미영을 안에 집어넣었다. 명철은 붙잡힌 세 명을 면회하러 구치소까지 찾아갔지만, 모두 종업원들일 뿐, 미영과는 관계가 없는 것이 확실했다. 도주한 사장을 찾아야 했다. 그런데 놈의 종적이 완벽하게 끊겨 버렸다. 지인들에게 탐문했지만 얻은 게 없었다. 너무 없었다. 마치 하늘로 솟아 버린 듯했다.

아니면 땅으로 꺼졌거나.

가능성이 높았다. 게임장의 사장을 사주한 누군가가 그의 입을 막았다. 미영은 구인제약의 켕기는 뒤편을 뒤지고 있었다. 그러다 당했다. 논리적으로 구인제약 측에서 손을 썼다고 보는 것이 타당하다. 그런데 여기서부터 명철은 극도로 혼란스러워졌다.

왜 이렇게 복잡한 방법을 썼을까?

미영은 면역자다. 게임장에 넣는다고 시체가 될 수 없다. 그러니 확실한 방법도 아니다. 단순히 미영의 입만, 아니 펜만 막을 생각이었다면 훨씬 간단하고 편한 길도 많다. 교통사고로 위장하거나, 돈만 쥐여 주면 무슨 일이든 하는 깡패들에게 시켜도 된다. 직업 특성상 미영은 장벽 아래도 수시로 드나들었고, 그곳 뒷골목에서 강도를 당할 확률이 게임장에 발을 잘못 들이밀 확률보다는 무조건 높다.

그런데 왜?

……효율을 따진 게 아니니까.

명철은 그 답이 마음에 들었다. 좀 더 신경을 집중했다. 담배를 재떨이에 비비고 새 담배에 불을 붙였다. 눈을 감고 미영이 사라지기 전 행적을 떠올렸다. 미영은 토요일에도 출근을 했다. 그날 같이 일하던 동료의 증언에 따르면 오후 1시경 함께 점심을 먹고 그 길로 헤어지며 미영은 취재원을 만나러 간다는 말을 남겼다. 경찰은 미영의 전화 기록을 조사해 그 뒤 미영이 저녁 6시 에피타프 클럽이라는 곳에 갔음을 알아냈다. 탐문해 확인도 했다. 미영은 그곳에서 누군가와 만났다. 아마 취재원이었을 것이다. 그리고 집으로 돌아가지 못했다. 이틀 뒤 월요일 오후 게임장에서 시체로 발견되기 전까지 미영은 증발 상태였다.

이틀. 그 시간이 또 문제였다. 그렇게 오랫동안 행적이 드러나지 않는 경우는 십중팔구 어딘가에 감금되었다는 뜻이다. 두 명 이상의 범인들이 클럽을 나온 미영을 납치한다. 그대로 게임장에 버렸다면 월요일 진상우가 미영의 숨을 끊을 때까지, 미영은 30시간도 넘게 시체들에 둘러싸인 채 살아 있었다는 말이 된다. 확률이 아예 없는 것은 아니지만 현실적이지 않다. 시체들뿐이라면 어떻게든 가능할지도 모르나, 일요일과 월요일 오전에도 손님들이 드나들었음을 생각하면 거의 불가능에 가깝다. 그러니 범인들은 적어도 토요일 밤부터 월요일 오전까지 모처에 미영을 가둬 놨다가, 진상우가 게임을 시작하기 전에 게임장에 미영을 옮겨 놓았을 것이다. 물론 그동안 미영을 고문해서 정보를 캤다고 볼 수도 있다. 누가 사내 기밀을 흘렸는지 폭력적인 수법으로 점검했을 수도 있다. 그러나 그런 놈들이라면, 철저하게 사내의 이익에 복속된 프로라면 게임장에 미영을 내버리는 무책임한 짓은 하지 않는다.

어긋나 있다. 표면과 내면, 동기와 결과, 수법과 의미가 자연스럽게 연결되지 않는다. 뭐가 잘못됐지? 어디서 꼬인 거야? 명철은 한참이나 더 불분명한 문장과 낙서가 가득한 수첩을 내려다보았지만 딱히 뾰족한 실마리를 찾지 못했다. 그는 수첩을 덮고 길게 한숨을 내쉬었다. 어쨌든 지금으로선 게임장 사장을 찾는 일이 급선무였다. 살아 있지 않더라도, 시체만이라도 찾아야 한다. 그곳에서 또 누가, 어떻게 그를 시체로 만들었는가를 추적한다.

명철은 수첩을 품에 넣고 차의 시동을 걸었다. 갑자기 눈 주위로 피로가 몰려들었다. 어제 첼로에 가지 못했다. 그래서 쪽잠을 잘 시간도 없었다. 명철은 집에서는 전혀 잠들지 못했다. 이미 수면제도 소용없는 지경이다. 아무도 없는 방에서 불을 끄고 홀로 누워 있으면 숨이 막혀 왔다. 어둠 속에서 썩어문드러진 손이 튀어나와 목을 조를 것만 같다. 어쩌면 실제로 졸리는지도 모른다. 12년 전의 작전에서 낙오되었다가 간신히 살아남은 후 얻은 치명적인 훈장이다.

머릿속이 복잡했다. 그는 일단 첼로에 가서 잠을 자기로 했다. 말을 잃은 희원은 당연히 아무 말 없이 그의 곁에서 잡지를 읽고, 명철은 종이가 한 장 한 장 넘어가는 소리를 들으며 잠에 빠져든다. 깊이. 그 어떤 악몽도 없이. 깨어나서 치를 떨며 되새겨야 할 기억도 없이. 그냥 잘 수 있다.

명철은 차를 출발시켰다가, 바로 브레이크를 밟았다.

뭔가 놓쳐서는 안 되는, 꽉 움켜쥐어야 할 것이 있다. 아지랑이처럼 하늘거리며 뇌리의 주변을 간지럽게 하는 뭔가. 뭐지? 명철은 혀로 입술을 적셨다. 진상우와 그의 친구를 만났다. 그러고 보니 그 경박해 보이는 녀석의 이름이 뭐였지? 규혁이라고 불렸던가. 두 사람과의 만남이 시작이다. 명철은 방금 입력된 기억 속의 장면을 전부 뒤로 되돌려 처음부터 끝까지 몇 번이고 재생시켰다. 이 안에 틀림없이 뭔가가 있다. 그런데 계속해서 되돌려도 정체가 드러나지 않는다. 꽉 잡을 수가 없다. 진상우와 나눈 대화. 별다를 것 없다. 그 경박한 녀석이 전화를 받았고, 두 사람은 명함을 받은 뒤 떠났다.

대화? 몸짓? 물건? 대체 뭐야?

그는 10분도 넘게 고민하다 결국 그 뭔가를 잡아내는 일을 포기했다. 그러나 조만간 진상우와 그의 친구를 앉혀 놓고, 오늘의 상황을 그대로 재현해야 한다고 생각했다.

될 수 있으면 처음부터 끝까지 똑같이.

또 거절당했다.

세영은 서구의 13주거지를 나오면서 자동차의 내비게이션에 다음 주소를 입력했다. 남구의 24주거지. 여태 돌아온 곳과 마찬가지로 슬럼이다. 피폐하고 찌들어 버린, 언제 시체가 등장해도 이상하지 않을 곳들. 도마뱀이 준 명단에는 최근 2년간 보급약을 복용하다 시체가 된 사람들 1000명의 이름과 주소가 있었다. 그는 접근이 용이한 서울에서 일단 200명을 골라 일일이 찾아다니기 시작했다. 하루에 평균 네다섯 집을 돌면서 설득하고, 회유하고, 사정했다.

그러나 그 2주 동안, 단 한 사람도 관심을 보이지 않았다. 구인제약을 상대로 소송을 한다는 얘기에 겁부터 먹었다. 막노동을 하던 아버지가 시체가 되고, 지금은 할머니와 함께 사는 열여섯 살 소녀가 그의 설득에 넘어올 기미를 보였으나, 어두운 방의 구석에서 그

르렁거리는 숨을 뱉던 노인이 그런 거 하면 당장 돈이 나오느냐고, 내일 당장 먹을 게 나오느냐고 소리 지르는 바람에 설득이 끝나 버렸다. 세영은 내일 당장 돈이 나오지는 않는다고 사실대로 말할 수밖에 없었다. 아주 길고 짜증나고 고통스러운 싸움이 될 것이라는 말은 빼고서.

세영은 초조했다. 도마뱀은 이틀 전 그에게 포기하라고 말했다. 다른 길을 찾으라고 했다. 조직의 방식에 따르라고 했다. 세영은 그럴 수 없었다. 그러면 도마뱀의 궤변을 전부 인정하는 꼴이 된다. 그것만큼은 용납해서는 안 된다. 멀쩡한 사람을 실험 대상으로 삼는 것이 조직의 방식이라면, 세영은 끝까지 따르지 않을 셈이었다. 계속해서 길고 짜증나고 고통스러운 길을 택해야 의미가 있다. 무기로 위협해 실리를 얻는다? 어쩌면 빠르고 확실한 길일지도 모른다. 하지만 옳지 않다.

"그런 건 인정할 수 없습니다!"

연구소에서 도마뱀과 헤어진 후 집으로 돌아온 세영은 체셔캣에게 전화를 걸었다. 체셔캣은 잔뜩 화가 난 세영이 마음껏 떠들도록 내버려 두었다. 그는 자신이 절실하지 않았다고 인정했다. 받아들였다. 그 다음 그렇더라도, 조직이 아무리 절실하더라도 그런 무기는 절대 안 된다고, 말하고 또 말했다. 체셔캣은 계속 듣기만 했다. 그러다 세영이 지친 기미를 보이자 말했다.

—화가 좀 풀렸어요?

"화를 내는 게 아닙니다. 생각을 해 보세요. 우리가 무슨 목적으로 이렇게 모여서 싸우는 겁니까? 전부 사람이 사람답게 사는 세상을 위해섭니다. 그런 무기는 결국 파국만 불러올 뿐이에요. 회사가 그랬던 것처럼 조직도 결국 자기 발등을 찍을 겁니다."

—그럼 그걸로 전부 끝나는 거죠, 뭐. 뭘 그렇게 화를 내세요. 어차피 영원한 건 없어요. 아시잖아요. 조직도 언젠가 사라지겠죠.

세영은 말문이 막혔다. 땅에서 심각하게 논의해야 할 문제를 하늘로 띄워 아무것도 아닌 것으로 만드는 수법도 체셔캣의 장기였다.

—또 화내고 싶으면 전화해요. 아, 내일은 안 되겠다. 모레는 괜찮아요.

체셔캣이 전화를 끊었다.

40분 뒤 24주거지에 도착한 세영은 주거지 안쪽의 쪽방 밀집 지역에 들어갔다. 거리 양쪽에는 쓰레기들이 산을 이루고 있었고, 그 덕에 추위를 아랑곳 않는 악취가 진동했다. 주소를 확인해 가며 쓰레기 산의 모퉁이를 돌자 경찰차와 군용차가 밀집해 있는 것이 보였다. 폴리스라인이 길게 설치되어 있었다. 제복경찰과 군인들이 그 안에서 정신없이 오락가락하고, 보건소 앰뷸런스로 들것이 이동을 했다. 들것에는 부직포에 덮인 시체가 있었다. 왼발이 밖으로 삐져나와 덜렁거리며 흔들렸다. 그는 몇 발 들어가다가 라인 앞에서 경찰에게 제지당했다.

"더 못 들어갑니다. 어디서 오셨나?"

"안에 아는 사람이 살아서요. 12-3번지에 사는데."

"12번지고 13번지고 다 끝났어요. 어젯밤에 아주 생난리가 났거든. 어디서 나타났는지 시체들이 전부 휩쓸고 갔다고. 남은 게 없어, 남은 게."

세영은 참담한 기분과 함께 발길을 돌렸다. 상황이 점점 나빠지고 있다. 남쪽 거리에서는 수시로 총격전이 벌어지는 중이다. 수십 구씩 무리 지은 시체들의 이동이 목격되고 있다. 시체들이 외부에서 유입되는 것인지, 아니면 도시 안에서 만들어지고 있는지, 혹은 둘 다인지 그것조차 제대로 파악이 안 된다. 도마뱀의 말이 떠올랐다. 장벽 아래에서는 매일 수백 명이 약을 못 사서 시체가 돼. 장벽 위의 모든 사람들이 그 사실을 알아. 알고도 모른 척해. 상관없으니 눈을 감아. 그래서 잡다가 죽였어.

이러다 남쪽은 전부 끝장나는 것 아닐까? 이 상황에서 이렇게 뛰어다니는 게 과연 무슨 의미일까?

무의미. 세영은 다시 그 단어와 마주쳤다. 무의미. 그래, 전부 무의미한 일이 아닐까.

세영은 고개를 저어 그 생각을 털어 버리고 렌터카로 돌아왔다.

이제 어디로 갈까.

갈 곳은 많았다. 다만 전부 그를 받아들이지 않을 뿐. 그가 목록이 적힌 종이를 보며 고민하는 사이, 전화가 걸려왔다. 도마뱀이었다.

—장성규를 찾았어.

세영은 다급히 말했다.

"지금 어디 있어?"

—우리가 호텔에 고이 모셔 뒀지. 바로 가 볼 거야?

"그래. 주소 좀 메일로 보내 줘. 아무튼 고맙다."

—별말씀을. 도마뱀은 부려 먹으라고 있는 거라니까.

전화를 끊은 세영은 도마뱀이 보내온 주소 쪽으로 차를 몰았다.

적절히 과속을 해 북쪽의 L호텔에 도착했다. 접수대에서 호수를 확인하고 7층으로 올라갔다. 703호 앞에는 의자에 앉아 신문을 보는 남자가 있었다. 도마뱀에게 지시를 받았는지 남자는 세영을 제대로 보지도 않고 순순히 문을 열어 주었다.

장성규는 40대로 보이는, 금테 안경을 쓰고 머리가 반쯤 벗어진 남자였다. 그는 호텔 가운을 입고 느긋하게 앉아 TV를 보고 있었다. 세영이 들어서자 그는 의자에서 일어나 TV를 껐다.

"장성규 씨?"

"당신이 박미영 기자 오빠입니까?"

세영은 고개를 끄덕였다. 동생의 이름이 나오자 다시금 속이 울렁거리는 것 같았다. 두 사람은 악수를 나누고 테이블을 사이에 두고 마주 앉았다. 장성규가 테이블에 놓인 담뱃갑에서 담배를 빼내 양해도 구하지 않고 피웠다. 세영이 말했다.

"제 동생 소식은 들으셨겠죠."

"듣기야 했지요. 참 안됐습니다. 좋은 기자였는데."

"동생한테 주신 그 정보가 필요합니다. 그 건이 이대로 묻히면 선생님께서도……."

장성규가 손을 들어 세영의 말을 끊었다.

"여기 오는 길에 다 들었습니다. 전부 드리죠. 저 위에 있는 USB를 가지고 가시면 됩니다."

세영은 침대 위를 바라보았다. USB가 놓여 있었다. 그는 침대로 가서 USB를 가방에 넣었다. 이것 때문에, 여기에 담긴 내용을 세상에 알리겠다는 의지 때문에 동생이 죽었다. 그는 새삼 회사에 대한

적개심에 불타올랐다. 겨우 이 까짓것 때문에.

"듣자하니 소송을 준비하신다고요?"

세영이 자리에 돌아와 앉자 장성규가 연기를 후, 뱉고 말했다.

"보급약 때문에 피해를 본 사람들을 모아서 보상을 청구할 계획입니다. 선생님이 주신 증거가 큰 도움이 되겠죠. 회사도 정신 좀 바짝 차려야 할 겁니다."

그가 피식 웃었다. 세영은 그 웃음에서 냉소를 읽었다.

"박미영 기자랑 비슷하시구만. 형제라 역시 닮는 건가, 동생분도 그런 말을 했지요. 회사가 정신 좀 차려야 된다고."

"소용없는 일이라고 생각하십니까?"

장성규가 담배를 재떨이에 비벼 끄고 쓴웃음을 지으며 말했다.

"아니, 뭐 그렇게 들렸다면 미안합니다. 동생분이 접근해 왔을 때 나는 뇌물 사건으로 회사에서 해고된 상태였지요. 홧김에 언젠가 써먹을 데가 있을 거라고 생각하고 모아 둔 정보를 박미영 기자에게 말했습니다. 결과적으로 동생분에게 못할 짓을 한 겁니다. 내가 말만 안 했어도 그 지경이 되진 않았을 텐데…… 아무튼 박미영 기자에게도 분명히 말하긴 했지요. 전부 쓸데없는 일이다, 그래 봐야 회사는 눈 하나 깜짝하지 않는다고. 사실 좀 놀랐습니다. 동생분이…… 그러니까, 9월 30일에 죽었다고 했습니까?"

세영은 고개를 끄덕였다. 장성규가 새 담배를 붙을 붙였다.

"그 전전날 토요일에 나랑 만났었지요. 데스크가 꼼짝도 안 한다고 하소연을 하고 좀 더 강력한 건 없느냐고 물었습니다. 그런 건 없다고 해도 끈질기게 묻더군요. 하여간 끈기 하나는 대단했습니다.

거기서 마지막 인사를 나누고 나는 그대로 미국으로 나갔지요. 사실 나는 회사가 박미영 기자를 그런 식으로 처리할 거라고는 전혀 생각도 못 했습니다. 그런 건 회사 방식이 아니거든요."

"회사 방식이 아니라니, 무슨 뜻입니까?"

"보급약이 판매약과 다르다……. 뭐 그런 건 상식이지요. 남쪽의 어린애들한테 물어도 전부 다르다고 할 겁니다. 그런데 새삼 신문에서 떠들어 봐야 큰 파장 따위는 없겠지요. 보유자들은 알고 있습니다. 죽어라고 일해서 왜 약을 사 먹을까요. 그 비싼 약을. 수입의 반 이상이 약값으로 들어갑니다. 그런데도 절대로 보급약은 안 먹죠. 회사가 딱히 속이는 게 아닙니다. 그냥 정부와 함께 공식적인 언급을 회피할 뿐이지. 이 상황에서 회사가 뭐 하러 돈을 써 가며 박미영 기자를 제거할까요. 내버려 둬도 제풀에 나가떨어질 텐데. 아무 관심도 못 받는 기사는 기사가 아닙니다. 데스크가 회사에서 압박을 받기야 하겠지요. 그래도 기사가 못 나간 큰 이유는, 그게 그냥 상식이라서, 기삿거리가 될 만한 내용이 아니어서일 겁니다."

상식. 세영은 장성규의 말을 생각하다 입을 열었다.

"그럼 선생님께선 왜 정보를 제공하셨습니까? 게다가 위험을 느끼고 도피하신 것도 이상하군요."

장성규가 연기를 뱉고 답했다.

"도망이라뇨. 새로 사업을 시작하려고 간 것뿐입니다. 제가 쫓기는 사람처럼 보입니까?"

그렇지 않았다. 세영은 남자에게서 초조나 불안을 전혀 느낄 수 없었다. 정보를 이렇게 순순히 건네주는 것도 사실 이상했다. 장성규가 말을 이었다.

"박미영 기자가 워낙 열성적이었거든요. 사실 어차피 안 될 일, 그냥 시도나 해 보라는 심정이었습니다. 이런 얘기도 전부 동생분한테 했습니다만, 그래도 진실을 알면 사람들이 달라질 거라고 하더군요. 그럴지도 모르지요. 그런데 알면 진짜로 달라질까요? 보급약이 판매약과 다르다는 내용이 신문 1면에 대문짝만 하게 났다고 칩시다. 사람들은 그럴 줄 알았다고 하겠지요. 그걸로 끝입니다. 회사는 품질을 일치시키겠다고 말로만 약속하고 또 같은 짓을 합니다. 동생분도 면역자였지요. 그러니 보유자들의 심리를 몰랐을 겁니다. 그들은 '나는 보급약을 먹을 일이 없어, 그런 건 전부 슬럼에 사는 불쌍한 사람들이나 먹는 거야.' 그렇게 생각하지, 한꺼번에 들고 일어나서 회사가 절대 그런 짓을 못 하게 막을 생각 따위는 하지 않습니다. 단번에 보급약을 먹어야 할 지경으로 추락하는 사람들이 발에 채일 만큼 많은데도 그렇지요. 막상 자신에게 닥치지 않으면 전부 남의 일입니다. 회사도 이런 내용은 속속들이 알고 있지요. 그러니 바뀌지 않습니다."

"그래도 바뀌는 건 있겠죠. 아니, 바뀌게 해야죠."

세영은 스스로에게 최면을 걸듯 말했다. 그렇게라도 하지 않으면 장성규의 냉소적인 말에 휩쓸릴 것 같았다. 미영은 목숨까지 걸었다. 그러다 그것을 잃었다. 그 모든 게 부질없는 짓이었다는 말은 인정할 수 없었다.

"아무튼 회사가 제 동생을 죽인 건 변함없는 사실이잖습니까. 회사 방식이 달라진 겁니다. 사내에서도 사람들은 수시로 바뀝니다.

이제부터는 이런 식으로 일을 할 거고, 이건 그대로 두면 절대로 안 됩니다."

"뭐, 그렇게 볼 수도 있겠군요. 여전히 나는 회의적입니다만, 박미영 기자가 죽은 것도 말씀하신 것처럼 사실이니까요……. 어쨌든 건투를 빕니다. 소송 결과는 직접 해 봐야 아는 거고, 이기면 실질적인 보상도 있으니까. 거 참, 어쨌든 아까운 재원을 잃었습니다. 똑똑하고 얼굴도 예쁜 처자였는데……. 클럽에서 만난 그날에도 헤어지는 길에 돌아보니 정문 앞에서 웬 젊은 애 하나가 집적대고 있더군요."

"그럼 나중에 기회가 되면 또 뵙죠. 자료는 잘 쓰겠습니다."

세영은 동생의 이야기를 더 듣고 있기 괴로워 인사를 하고 호텔방을 나왔다. 장성규의 말 때문에 의욕이 더 사그라졌다. 그러나 한 발씩 가야 한다고, 여기서 멈춰서는 안 된다고 스스로를 다독였다. 미영은 그렇게 했다. 무심한 세상에도 진실이 필요하다고 말했다. 그러면 바뀔 거라고 믿었다. 기삿거리가 안 된다면 더 강력한 걸 찾겠다고 나섰다. 세영도 고집이라면 그 누구에게도 지지 않았지만, 늘 동생에게는 한 수 접고 들어갔다.

하지만 이번에는 이겨야 했다.

12장

수진은 이곳저곳으로 끌려 다녔다.

유치장에 갇혔고, 구치소에 보내졌고, 보건국의 즉심으로 넘어가 집행유예 판결도 받았다. 그녀는 내내 끌려 다녔다. 그동안 고분고분 모든 것을 받아들였다. 경찰서 유치장에서는 미친 듯이 날뛰다 충격봉에 맞고 기절했다. 깨어나고부터 아무 말도 하지 못했다. 그 어떤 생각도 하지 못했다. 오직 먹고 자고 싸면서 지냈다. 밤중에 뺨을 타고 흐르는 눈물을 느끼며 억눌린 흐느낌을 토했고, 그 순간에만 살아 있다는 실감을 느꼈다. 오밤중에 시끄럽다며 구치소의 여자들이 집단으로 폭행을 해도 고통을 느낄 수 없었다.

가슴속의 촛불은 위태롭게 흔들리며 곧 꺼지려다가도, 힘겹게 되살아났다. 수진은 미나를 되찾아야 했다. 미나가 엄마를 부르는 소리를 다시 들어야 했다. 오직 그 한 가지 목적만을 머릿속에 영구 문

신처럼 새겨 넣은 채 17일을 버텼다. 마침내 구치소를 나가는 날, 수진은 마중 나온 지현은 거들떠보지도 않고 중앙보건소로 향했다. 서류를 작성하고, 기다리고, 또 기다렸다.

그리고 어느 순간 정신을 잃었다.

수진은 자신의 두 손에 잡힌 조그만 함을 내려다보았다.

어째서 보건소에 있던 자신이 함을 꼭 쥔 채 택시에 타고 있는 것인지 알 수 없었다. 그 부분의 기억이 통째로 휘발되어 날아가 버렸다. 옆 좌석을 흘끔 보았다. 지현이. 얘는 왜 여기 있는 걸까? 지현이 울 듯한 표정으로 입을 열었지만 수진은 아무 소리도 듣지 못했다. 마치 붕어가 어항 속에서 뻐끔거리는 것 같다.

수진은 다시 함을 내려다보았다.

작은 상자다. 그 위에 누군가 검은 펜으로 써 놓았다.

'223. 김미나'

수진은 속으로 읽고, 또 읽었다. 이백이십삼, 김미나, 이백이십삼, 김미나……. 숫자가 무엇을 의미하는지는 모른다. 다만 그 이름은 알고 있다. 내 딸이다. 예쁜 내 딸, 착한 내 딸이다. 왜 내 딸의 이름이 이 조그만 상자에 적혀 있을까? 수진은 순수하게 궁금해했다. 미나가 여기에 뭘 담아 놨을까?

눈물이 함 위로 뚝뚝 떨어져 내렸다.

수진은 딸의 이름에 떨어지는 액체를 손으로 닦아 내고 또 닦아 냈다. 어째서 눈물이 나는지 알 수 없었다. 잉크가 번져 미나의 이름이 흐려졌다. 엄마, 이제 집에 가? 엄마, 너무 추워, 집에 가자…….

"지현아, 미나 어디 갔어?"

수진이 지현을 빤히 쳐다보며 물었다. 지현은 한껏 얼굴을 찌푸리며 말없이 그녀를 보기만 했다. 수진은 자꾸만 눈을 가리는 눈물을 귀찮다는 듯 닦아서 흩어 버리고 또 물었다.

"미나 어디 갔냐고. 미나 못 봤어? 아까부터 안 보여."

"언니……."

언니, 미나는…….

또 암전이 찾아왔다. 그녀는 그만하라고 소리쳤다. 그러나 목소리가 들리지 않았다. 미나를 찾아야 하는데, 누군가 자꾸 정전을 시키고 있었다. 훼방을 놓고 있었다. 이제 그만해. 제발 그만해!

눈을 뜬 수진은 한참 그대로 누워 있었다.

어둠에 눈이 익기를 기다렸다. 그녀는 천천히 일어났다. 주위를 둘러봤다. 집이다. 언제 여기에 왔을까. 엄마, 이제 집에 가? 집에 가자, 엄마. 잠깐 미나의 목소리가 나타났다 사라졌다. 그녀 곁에는 이불을 둘러쓴 누군가가 자고 있었다. 수진은 조심스럽게 이불에서 발을 빼냈다. 목이 말랐다. 오줌이 마려웠다. 잠든 사람이 깨지 않도록 살금살금 걸었다. 방을 나와 냉장고에서 물을 꺼내 마시고 화장실로 갔다. 볼일을 마친 수진은 물도 내리지 않고 화장실을 나왔다. 거실을 지나 베란다로 나갔다.

차가운 바람이 얼굴을 때렸다. 캄캄하고 밋밋한 주거지의 모습을 내려다보았다. 어둠에 전혀 반항하지 않고, 늘 그랬듯이 불을 전부 끈 채 숨죽이며 아침이 오기를 기다리고 있었다. 그녀는 난간에 가슴을 기대고 아래를 내려다봤다. 3층 높이. 아래쪽은 콘크리트 바닥.

미나는, 죽었어.

재로 변했어.

너는 미나보다 17일이나 더 살았어.

너는 혼자 집에 왔어.

혼자 왔어.

"미나야, 미안해."

수진은 말했다. 그러자 끝내 가슴속의 촛불도 빛을 잃었다. 수진은 미나의 얼굴을 보고 있었다. 수없이 많은 얼굴이었다. 울고 웃고 찡그리고 밥을 먹고 TV를 보고 동화책을 읽고 노래하고 춤추고 그러다 잠든 얼굴들. 그 얼굴들이 겹치고 또 겹치다가 마침내 한 점으로 전부 빨려 들어갔다.

수진은 난간을 두 손으로 꼭 잡고 두 발을 박찼다.

"언니!"

놀라 외치는 소리와 함께 수진이 지현에게 붙들렸다. 두 여자는 베란다 바닥에 넘어지며 한 덩어리가 됐다. 수진은 몸부림을 쳤다.

"그만해! 그만해, 언니! 그만하라고!"

수진은 그래도 한참을 몸부림치다 축 늘어졌다. 지현이 그녀를 일으켜 상체를 세우고 두 뺨에 손을 갖다 댔다.

"죽지 마! 죽으면 안 돼! 이게 뭐야. 불쌍하게 이게 뭐냐고!"

부들부들 떨리는 손을 느끼며 수진은 멍한 눈으로 지현을 바라보았다. 그러다 힘없이 픽 웃었다.

"지현아, 미나가 죽었어. 근데 나는 17일이나 더 살았어."

"계속 살아! 17일이건 170일이건 그딴 거 세지 말고 계속 살라고!"

"그럼 안 돼……. 그럼 안 되는 거야……."

"왜? 왜 안 돼? 괜찮아. 괜찮다고. 그래도 돼. 살아도 돼."

"미나가…… 미나가……."

수진의 얼굴이 한껏 일그러졌다. 그녀는 말을 맺지 못하고 엉엉 울었다. 지현이 수진을 끌어안았다. 두 사람은 부둥켜안은 채 슬픔을 꾸역꾸역 삼키고, 먹었다.

더 삼킬 수 없을 만큼 삼켰다.

그녀는 사흘을 내리 앓았다.

그리고 나흘째 아침에 일어난 수진은 몸살이 썰물처럼 빠져 나갔음을 알았다. 미열만이 남아서 이마 주변을 가볍게 떠돌고 있었다. 그녀는 자리에서 일어나 이불을 개키고 거실로 나왔다. 지현은 출근했는지 보이지 않는다. 주방 식탁에 밥이 차려져 있었다. 냉장고 문에 붙은 쪽지도 보였다. '꼭 챙겨 먹어. 꼭!' 수진은 가스레인지를 켜 김치찌개를 데웠다. 밥통에서 밥을 덜어 반 그릇을 해치웠다. 설거지를 했다. 욕실에서 샤워를 하고 이를 열심히 닦았다. 정성스레 몸을 씻은 뒤 화장대 앞에 앉았다. 거울에 보이는 여자의 얼굴은 낯설었다. 볼이 홀쭉했고, 눈 밑이 쑥 들어갔으며, 입술은 전부 부르텄다. 뺨 여기저기에도 상처가 보였다.

수진은 머리를 말리고 공들여 화장을 했다. 화장솜에 토너를 묻혀 피부를 정리하고 크림을 발랐다. 파운데이션을 칠하고 눈썹을 그리고 가볍게 립스틱으로 입술도 꾸몄다. 거울 속에 한결 화사해진 얼굴이 나타났다. 화장을 마친 수진은 옷을 차려입었다. 10월 말이 되자, 내내 무덥던 날씨가 급변했다. 내복을 입고 두꺼운 겨울 파카로

무장했다. 그녀는 마지막으로 서랍장에 넣어 둔 유골함을 꺼냈다. 보자기로 함을 잘 싼 수진은 그것을 들고 밖으로 나섰다.

4년을 다녔던 출근길이었다. 어디로 갈지 생각하지 않아도 몸이 알아서 움직였다. 그녀는 지하철을 타고, 버스를 타고, 회사 앞에 도착했다. 이미 출근 시간이 지나 한적했다. 수진은 준비해 온 골판지에 빨간색 매직으로 글자를 썼다. 함을 두 손으로 받쳐 들고 골판지를 그 위에 얹었다. 그리고 공장 정문의 오른쪽에 섰다.

'내 딸이 죽었습니다.'

20여 분 후 수위가 나타나 누구냐며 물었다. 그녀는 대답하지 않았다. 수위가 어서 딴 데로 가라고 말했다. 수진은 무시했다. 수위가 화를 냈다. 너 누구야. 누군데 남의 회사 앞에서 이 지랄이야? 수진은 계속 무시했다. 수위가 씩씩거리며 욕을 했다. 그러다 안으로 들어갔다. 잠시 후 작업복 차림의 남자 세 명을 이끌고 나타났다. 그들도 수위와 마찬가지로 화를 냈다. 욕을 했다. 그들이 달려들 기미를 보이자, 수진은 함을 파카 속으로 집어넣고 배를 꼭 끌어안았다. 남자 넷이 수진의 어깨와 양다리를 붙잡아 그녀를 운반했다. 골판지를 압수당했다. 그들은 끙끙거리며 정문에서 30미터쯤 떨어진 논 근처에 수진을 팽개쳤다.

수진은 누워서 기력을 회복한 후 다시 일어났다. 그녀는 정문으로 걸어가 유골함을 들고 좀 전과 같은 자세로 섰다. 수위가 달려 나와 길길이 날뛰었다. 남자들이 나왔다. 끙끙거리며 수진을 옮겼다. 수진은 되돌아갔다. 그런 일이 세 번 더 반복되자 더 이상 누구도 수진을 귀찮게 하지 않았다. 수진은 진석호 사장이 그냥 두라고 말했을 것이라 생각했다.

그녀는 그렇게 있었다. 다리가 아프면 앉아서 쉬었다. 배고픈 것은 참았다. 소변이 보고 싶으면 근처 야산에 올라가 해결했다. 내내 물 한 모금 마시지 않아 다행히 자주 올라갈 필요는 없었다. 어느덧 해가 기울었다. 퇴근 시간에는 꼼짝 않고 자리를 지켰다. 직원들이 그녀를 흘끔거리며 수군댔다. 불쑥 지현이 나타났다.

"언니, 뭐야? 뭐야, 왜 이러고 있어?"

지현이 놀라며 연신 물었다.

"신경 쓰지 말고 집에 가. 내가 해야 할 일이야."

지현이 같이 가자고 독촉했다. 몇 번이고 매달렸다. 그래도 수진은 움직이지 않았다. 지현은 수진의 고집을 꺾지 못했다. 수진은 집에 가서 기다리라는 말만 했다. 지현은 몇 번이고 뒤를 돌아보며 걸음을 옮겼다. 혼자가 되고, 직원들이 더 이상 나오지 않게 되고도 한 시간을 더 기다렸다.

사장의 차가 나타났다.

수진은 말없이 지켜보았다. 차가 멈춰 섰다. 안에서 보고 있겠지. 대체 뭘 하는지 궁금하겠지. 수진은 생각했다. 사장은 차에서 내리지 않았다. 그녀를 지나 서행하다가 속도를 높여 사라졌다. 수진도 그날의 일과를 마치고 퇴근했다.

다음 날 수진은 지현과 함께 출근했다. 전날의 회유로도 지현은 무작정 회사로 나가겠다는 수진을 말리지 못했다. 지현은 애처롭다는 표정으로 빵과 우유가 담긴 비닐봉투를 수진의 손에 쥐여 주고 안으로 들어갔다. 수진은 함을 들고, 골판지를 위에 얹었다.

'내 딸이 죽었습니다.'

출근길의 직원들이 그녀와, 그녀의 함과, 그녀의 골판지를 곁눈질하며 회사로 들어갔다. 그러나 어제와 달리 방해하는 사람은 아무도 없었다. 욕설도 고함도 몸싸움도 없었다. 사장은 그런 사람이었다. 내버려 둘 생각이다. 제풀에 지치기를 기다린다. 눈에 보이는 폭력적인 방법은 절대 쓰지 않는다. 수진은 상관없다고 생각했다. 그녀는 미나와 함께 기다렸다. 춥고, 배고프고, 다리가 아팠다. 앉아서 쉬고, 빵과 우유를 먹고, 산에 올라가 오줌을 쌌다. 해가 높이 솟았다가 사라졌다. 직원들이 빠져나갔다. 퇴근길의 그녀는 유령처럼, 더 이상 그 누구의 주목도 끌지 못했다. 배경처럼 아무도 돌아보지 않았다.

9시를 넘어서 사장의 차가 지나가다 눈앞에 멈췄다. 이번에는 사장이 내렸다. 사장은 천천히 그녀에게 다가왔다. 수진은 심호흡을 하며 기다렸다. 두 걸음 앞에 사장이 섰다. 그는 미소를 지으며 말했다.

"정말 대단하십니다. 상상을 뛰어넘을 정도로 대단해요. 정상참작해 달라고 경찰에 부탁도 했고, 납치 건은 아예 없는 걸로 했습니다. 그런데 이게 또 무슨 짓입니까? 배은망덕도 이만하면 세계 기록감이군요. 대체 뭐 때문에 이러고 서 있는 겁니까?"

"미나한테 미안하다고 말하세요."

"뭐라고요?"

"미나한테 미안하다고 말하세요. 우리의 한계라느니, 어쩔 수 없는 현실이라느니, 그런 말 다 집어치우고, 그냥 미나한테 미안하다고 하세요."

사장의 반쯤 그림자에 덮인 얼굴이 씰룩였다.

"미안하다? 아, 그러니까 김수진 씨 말은 지금 저보고 사과를 하라, 이겁니까?"

"미나한테 미안하다고 말하세요. 진심 같은 건 필요 없어요. 그냥 가까이 와서 여기에 대고 미안하다고 하세요."

사장은 한참 수진을 노려보았다. 수진은 느낄 수 있었다. 사장은 절대로 받아들이지 않을 것이다. 도저히 수용할 수 없는 요구다. 복직을 시켜 달라거나 돈을 달라는 요구라면 들어줄지도 모른다. 그러나 미안하다고 할 수는 없다. 그 말을 하는 순간 사장은 더 이상 사장이 아니게 된다. 다른 사람이 된다. 왜냐하면 실제로 미안하지 않으니까. 그냥 어쩔 수 없었다는 말로 도망치고, 절대 미안해하지 않으니까. 미안한 게 없으니까.

그래서 끝까지 요구해야 했다. 미안하다고 해. 미안하다고 말해.

"좋습니다. 어디, 한번 말씀해 보세요. 제가 이 애한테 무슨 잘못을 했을까요? 합리적이고 받아들일 만하면 사과를 하죠. 약속하겠습니다. 그러니 말씀해 보세요. 제가 무슨 잘못을 했죠?"

사장이 말했다. 목소리가 서늘했다. 수진은 사장의 핵심에, 잡히지 않던 이 사람의 중심에 맞닿았다고 생각했다. 그녀가 말했다.

"그딴 거 없어요. 사장님은 잘못한 게 없겠죠. 절 자른 것도, 수당을 못 타게 한 것도, 우릴 신고한 것도 전부 그럴듯한 이유가 있어서겠죠. 그러니까 미나한테 미안하다고 말하세요."

하, 사장이 짧게 코웃음 쳤다. 웃음에 담긴 분노가 고스란히 수진에게 전달됐다.

"김수진 씨, 세 살짜리 어린애도 아니고, 계속 이렇게 말도 안 되는 어리광을 부릴 겁니까?"

"미안하다고 하실 거 아니면 가세요. 저는 날마다 여기서 기다릴 거예요. 사장님이 마음을 바꿔서 그 말을 할 때까지."

수진은 사장이 왼손을 꼭 쥐고 힘을 주는 것을 보았다. 참는다. 눈앞의 이 보잘것없는 여자를 때리고, 짓밟고, 없애버리고 싶은 욕구를 억누른다. 사장이 주먹을 풀고 평소와 다름없는 어조로 말했다.

"마음대로 하십쇼. 어디 실컷 날마다 기다려 보세요. 저도 더 이상은 받아 주지 않겠습니다. 김수진 씨는 어른입니다. 어른이면 어른답게 행동하세요."

사장은 차로 돌아갔다. 차가 사납게 가속해서 사라졌다.

일과가 끝났다. 수진은 차의 꽁무니가 더 이상 보이지 않을 때까지 기다렸다가, 터덜터덜 미나와 함께 집으로 갔다.

집에 돌아온 석호는 샤워를 마치고 서재의 의자에 앉아 전화를 기다렸다.

해결해야 할 문제는 따로 있는데, 자꾸 여자의 얼굴이 비집고 들어왔다. 김수진. 물론 이해할 수는 있다. 아이를 비참하게 잃었다. 슬프고 원통할 것이다. 그러나 말도 안 되는 억지를 부리는 꼴은 정말이지 참아 주기 힘들었다. 미안하다고 말하라고? 석호는 여자의 요청이 너무도 거슬렸다. 아니, 사실 거슬리는 정도가 아니었다. 그 말이 나온 근원인 여자의 입을 붙잡아 옆으로 쭉 찢어 버리고 싶었다. 원래 그런 여자였어. 사실 많이 미친 것도 아니야. 무례하고 이기적인 여자. 제 잘못은 모르고 책임 전가에 여념이 없는 여자.

며칠 그러다 말겠지. 석호는 그렇게 생각했지만 어쩐지 김수진이 쉽사리 포기할 것 같지 않았다. 언제까지고 들러붙어 괴롭힐지도 모른다. 사실 그러고도 남을 여자다. 아이가 아프다는 이유로 그를 납치하려 했다. 그런 일까지 하는데, 뭔들 어려울까.

책상에 놓인 휴대전화가 두 번 울었다. 그는 액정 화면을 보았다. 기다리던 번호.

"네, 진석호입니다."

─말씀하신 거, 알아봤어요.

'미스터 리'의 뾰족하고 중성적인 목소리가 들렸다. 그는 아들이 억울하게 연관된 사건을 처리하라고 최 이사가 연결해 준 사람이었다. 회사에 꼭 필요하지만 적법 절차를 거치기에는 시간도 오래 걸리고, 또 애매하기도 한 일을 도맡아 처리하는 역이었다.

"그래, 어떤 사람입니까?"

─박미영에게는 박세영이라는 오빠가 있어요. 회사에서 제법 잘나가던 연구원이었죠. 괜히 혼자서 튀다가 눈 밖에 나기는 했지만. 박세영은 의무장교 복무 시절 21사단에서 근무했고, 그곳에서 우명철과 만났죠. 우명철은 당시 사단 특임보건대대 대대장이었고요. 지금은 불명예제대해서 조그맣게 탐정 사무소를 하고 있죠. 그쪽도 능력은 있었는지, 마지막으로 정보사에 갔더군요. 그 인맥으로 근근이 지금도 먹고사는 것 같고요. 그 뒤로도 두 사람은 계속 관계를 이어왔나 봐요. 그러다 박세영이 우명철에게 이번 사건을 캐 달라고 의뢰한 거 같습니다.

석호는 우명철, 박세영, 두 이름을 책상 위 메모지에 적고 미스터

리에게 말했다.

"그냥 둬도 될지 모르겠군요. 회사의 명예도 달린 문젠데."

미스터 리가 조그맣게 웃었다.

─사장님, 엄밀히 말하면 이건 회사 명예랑은 관련이 없죠. 사장님 개인적인 일인데. 그래도 괜히 그런 말씀을 하셔서 저를 자극하지 않으셔도 돼요. 어차피 한번 맡은 일, 깔끔하게 처리해 드려야죠. 제 자존심이 걸린 문제니까. 그러니 걱정 마세요. 그 두 사람은 계속 지켜보다가 우리가 정한 선을 넘어오면 그때 가서 적당히 처리하면 되니까요. 사장님도 우리 회사 가족이고, 사원 복지가 제 임무니까요.

얕은 수는 어차피 통하지 않는 상대였다. 그저 믿고 맡길 수밖에. 석호는 잘 부탁드린다고 인사한 후 전화를 끊었다.

서재를 나온 석호는 침실로 갔다. 문을 살짝 열었다. 아내는 이미 잠들어 있었다. 그는 잠든 아내를 물끄러미 쳐다보다 문을 닫았다. 아들 방으로 갔다. 두 번 노크했다. 반응이 없다. 문을 열자 헤드폰을 쓴 채 노트북 화면을 들여다보는 아들이 보였다. 그는 다가가서 아들의 어깨를 두드렸다. 상우가 돌아보며 헤드폰을 벗었다.

"집에 언제 오셨어요? 들어오시는 소리 못 들었는데."

석호는 미소를 짓고 말했다.

"뭘 그렇게 열심히 해? 리포트?"

"예. 내일까지 제출해야 해서."

"그래, 열심히 해야지. 뭐 먹을 것 좀 갖다줘?"

"아니요. 이따 찾아 먹을게요."

석호는 아들의 어깨를 두 번 가볍게 주무르고 말했다.

"이제 절대 그런 사람이 학교로 찾아오는 일은 없을 테니까, 걱정하지 마라. 아빠가 다 알아서 처리했으니까."

상우는 묵묵히 고개를 끄덕였다. 석호는 가슴이 아팠다. 사건 이후부터 아들의 얼굴에는 내내 그늘이 따라다닌다. 어린 나이에 겪기에는 너무 큰일이었다. 누구나 실수는 할 수 있다. 돌이킬 수 있느냐, 없느냐의 차이가 있을 뿐. 그것을 도와주는 게 부모의 일이다.

"적당히 하고 일찍 자."

"예. 안녕히 주무세요."

그는 아들의 방을 나와 거실로 갔다. 거실 벽면에 붙은 가족사진을 한참 쳐다봤다. 석호와 아내가 의자에 나란히 앉아 웃고 있고, 그 뒤로 왼쪽에 아들이, 오른쪽에 지금은 미국에 유학 중인 딸이 서 있다. 모두 행복하고 예쁜 모습이다.

예쁜 것은 망치면 안 된다. 절대로.

이제 일주일 뒤면 저 사진은 섬으로 수송될 것이다. 그곳에서 방부제를 맞고 이 상태로 영원히 고정되리라.

석호는 거실의 불을 끄고 침실로 갔다. 쉽게 잠들지 못하고 뒤척였다. 자꾸만 미안하다고 말하라는 여자의 입이 떠올랐다. 그는 미안하지 않았다. 조금도 미안하지 않았다. 미안할 여지가 없다. 틈도 없다. 그 여자는 그걸 모른다. 아마 평생 모를 것이다.

의식이 까무룩 잠의 뒤편으로 넘어가는 순간 석호는 여자의 핏기 없는 입술이 한없이 커지고 또 커져서 그를 삼켜 버리는 장면을 보았다.

그는 꿈속에서 들리지 않는 비명을 질렀다.

13장

오전 10시의 스타벅스 안은 한산했다.

세영은 구석 자리에서 노트북을 들여다보고 있는 도마뱀을 발견하고 빠르게 걸어 그의 맞은편에 앉았다.

"급한 일이라니? 뭔데?"

도마뱀이 흘끔 세영을 쳐다보고 다시 노트북 화면으로 시선을 돌리며 말했다.

"숨 좀 돌리고 얘기 하자. 물부터 한잔 마셔. 커피도 좋고."

"커피는 됐어. 내 일이야, 아니면 조직? 어느 쪽인데?"

도마뱀이 고개를 들고 세영을 보았다. 그 다음 순간적으로 그의 시선이 틀어졌다. 세영은 도마뱀의 눈이 자신의 등 뒤로 향하는 것을 느끼고 저도 모르게 뒤를 돌아보았다.

계절에 안 어울리는 반팔 티셔츠 차림의 남자가 서 있었다. 레슬

러처럼 육중한 몸집의 사내였다. 사내가 손수건으로 이마의 땀을 닦더니 세영의 곁에 앉았다. 세영은 당황해 아무 말도 하지 못했다. 남자가 말했다.

"두 분, 저랑 같이 좀 가시죠."

덩치에 안 어울리는 가느다란 목소리였다. 도마뱀이 말했다.

"누구시죠? 사람 잘못 보신 것 같은데."

"아니, 아니. 잘 봤습니다. 거기는 도마뱀. 이쪽은 홍학. 맞죠?"

세영과 도마뱀은 아무 말도 하지 못했다. 남자가 연이어 말했다.

"거봐요. 내가 잘 봤구만. 나 좀 따라갑시다. 걱정은 붙들어 매시고. 나도 두 분이랑 같은 편이니까."

"같은 편?" 도마뱀이 반문했다.

"잘 아시면서. 저는 꼭 두 분을 모셔 가야 하거든요. 근데 제가 받은 명령에 두 분을 멀쩡하게 데려오라는 말은 없었거든요? 그럼 손가락 한두어 개 꺾어서 데려가도 퀸이 저한테 뭐라고 하지는 않겠죠? 그렇잖아요? 요새 개새끼들은 어쩌나 고집이 센지, 꼭 그렇게 험하게 해야 말을 듣더라고요."

세영은 말없이 남자의 눈을 보았다. 이 사람은 누굴까? 정보사? 그럼 이런 식으로 나오지는 않겠지. 그냥 잡아가 버리면 그만이니까. 같은 편이라고 했으니, 이 사람도 조직원일까? 그런데 왜 이런 험한 말을 하는 것일까?

"지금 퀸이라고 한 걸 보니 8섹터에서 오신 분이구만. 그렇죠?" 도마뱀이 여유를 찾은 듯 싱긋 웃으며 말했다. "그쪽이 우리를 왜 찾으실까나. 그래도 이건 경우가 아니지 않나? 볼일이 있는 사람이 찾아와야지, 왜 우리보고 오라 가라 난리야?"

남자가 다시 손수건으로 이마를 닦았다. 그리고 바지 주머니에 손을 넣더니 총을 끄집어냈다. 남자가 손수건으로 총신을 덮고 도마뱀의 옆구리를 총신으로 쿡쿡 찔렀다.

"이게 마지막 요청입니다. 같이 가시죠."

도마뱀은 어쩔 수 없다는 듯 어깨를 으쓱했다. 그리고 세영에게 눈짓을 했다. 얌전히 따라가자는 신호. 도마뱀은 자리에서 일어나 노트북을 가방에 넣었다.

스타벅스 바깥으로 나온 세영과 도마뱀은 남자의 말대로 도로에 불법주차돼 있던 까만 승용차 뒷좌석에 올라탔다. 운전석에서는 10대로 보이는 남자아이가 앉아 있었다. 음악을 귀청이 떨어지도록 크게 틀어 놓고 손가락으로 리듬을 맞추고 있다가 흘끔 세영을 돌아봤다. 무척 어려 보였다. 고등학생 정도일까. 조직의 규칙 중 미성년자 가입 불가는 없다지만, 대체 무슨 사연으로 저 나이에 조직원이 됐을까.

남자가 조수석에 올라타 문을 닫자 차가 출발했다. 그는 뒷좌석으로 안대 두 개를 건넸다.

"규칙이니까, 조금만 참아 줍시다."

두 사람은 얌전히 지시에 따랐다. 강제로 눈이 막히자 불안이 훨씬 두꺼워졌다. 차는 그대로 커다란 음악 소리와 함께 30여 분을 달렸다. 세영은 온갖 상상을 했다. 이대로 정보사의 감옥에 갇혀 평생 썩을지도 모른다. 그럼 어떻게 하지? 미영이 일은? 이대로 전부 끝나는 건가?

차가 도착한 곳은 정보사가 아니었다.

세영은 남자의 지시대로 안대를 풀었다. 눈을 찡그렸다가, 도착한 곳 역시 어둠침침해 눈이 적응하는데 별 어려움이 없다는 걸 느끼곤 두리번거렸다. 주차장이었다. 흔한 지하 주차장인데 별스럽게도 어두웠다.

"따라오시죠."

남자가 말했다. 세영과 도마뱀은 남자를 따라 이동했다.

지하 주차장의 구석에 문이 있었다. 문을 열자 아래로 이어진 계단이 나타났다.

"전형적이군." 도마뱀이 피식 웃으며 말했다. "불한당과 음모자들의 공통점은 어둠을 좋아한다는 거야. 그야말로 어둠의 자식들이지."

세 사람은 계단을 걸어 내려갔다. 선두에 선 남자가 계단 끝에 있는 문을 열자 도마뱀의 기대와는 정반대인 장소가 나타났다. 거미줄과 어둠 대신, 밝은 조명에 반질반질 청소가 잘된 복도가 있고, 양옆으로 벌거벗은 마네킹 몸뚱어리가 사열받는 군인들처럼 늘어서 있었다. 복도 끝에도 역시 문이 있었다. 그 문이 열리자 아담한 사무실이 나왔다. 사무실 안은 여기저기 굴러다니는 마네킹과 옷가지들로 정신이 하나도 없을 지경이었다. 그 난장판의 한가운데엔 작업복을 입은 비쩍 마른 남자가 하나 서 있었다. 팔자주름이 진한, 나이를 가늠할 수 없는 남자였다. 남자가 반색을 하며 두 사람을 맞았다.

"이야, 여기까지 오시느라 수고 많으셨습니다. 제가 퀸입니다."

남자가 도마뱀에게 손을 내밀었다. 악수를 마친 그는 세영에게도 악수를 청했다. 세영은 엉겁결에 퀸이라고 자신을 소개한 남자의 손을 마주 잡았다. 눅눅한 땀이 느껴졌다.

"안녕하세요. 거두절미하고 단도직입적으로 물어봐도 되겠죠? 대체 무슨 일로 이 난립니까? 이건 엄연한 수칙 위반입니다. 아시죠? 2조 1항. 모든 점조직 간의 커뮤니케이션은 엄격하게 제한한다. 이를 어길 경우 즉각 탈퇴 조치를 취한다."

도마뱀의 말에 퀸은 손사래를 쳤다.

"어이구, 그 무슨 섭섭한 말씀을. 한솥밥 먹는 처지에 너무 그리 야박하게 굴지 마십시다. 자 자, 천장 무너질 일 없으니까 일단 앉아서 얘기하십시다. 차라도 한잔하면서."

퀸이 발밑에 걸리는 잡동사니들을 여기저기로 차 내고 길을 텄다. 그가 먼저 더러운 소파에 자리를 잡고 앉았다. 세영과 도마뱀도 마지못해 맞은편에 앉았다. 퀸이 말했다.

"그 뒤에 말입니다, 괄호 치고 이렇게 적혀 있습니다. 단, 조직의 존폐와 관련된 긴급한 문제가 닥쳤을 경우 각 리더는 재량에 따라 조직간 연결을 도모할 수 있다."

퀸이 능글맞게 웃으면서 말했다. 도마뱀이 대꾸했다.

"그 말인즉슨, 지금 조직의 존폐와 관련된 중대한 문제가 생겼다, 그 뜻입니까?"

"바로 그 말입니다."

"진짜 재밌네요. 최근에 들어 본 농담 중에 가장 우습다는 건 인정합니다. 게다가 시적이기까지 하고요. 영감을 줄 만큼 뛰어나요!" 도마뱀의 목소리가 높아졌다. "하지만 그렇다고 해서 그 말을 진실로 인정할 순 없다 이겁니다. 수직적인 것은 효율적이지만 언제나 치명적인 약점을 안고 있지요. 머리를 자르면 손발은 그저 덩그런 살 덩어리, 즉 무용지물이 됩니다. 고등동물의 두개골이 단단한 이유는 명령을 내리는 뇌를 보호하기 위해서라, 이 말입니다. 그러나, 그러나 말이죠, 수평적인 것은 비효율적인 만큼 끈질기게 살아남는 데는 일가견이 있죠. 이것은 정체를 가늠하기 힘든 존재입니다. 세포 하나하나마다 제각기 사고를 하는 생물을 생각해 보세요. 어떤 시점에는 형체가 보이다가, 시간이 흐르면 희미해집니다. 당장 잡아다가 기요틴에 처넣어 댕강 목을 잘라 버리고 싶어도 그럴 수가 없죠. 왜? 어디가 목인지, 알아야 자를 것 아닙니까!"

열변을 토하는 도마뱀을 뚱한 눈으로 보던 퀸이 싱긋거렸다.

"듣던 대로 아주 청산유수로 말씀을 잘하시네. 물에 빠져도 입만 둥둥 뜰 분이야. 어이, 도마뱀 씨. 잡소리는 치우고, 가지고 계신 물건 좀 공유하십시다. 우리 일이 원래 좋은 건 나눠 갖자는 거 아닙니까?"

세영은 가슴이 철렁하는 것을 느꼈다. 물건. 분명히 그것을 말하는 것이겠지. 면역자도 감염시키는 변종 바이러스. 세영은 저도 모르게 도마뱀을 힐끗 살폈다. 도마뱀이 고개를 갸우뚱했다.

"물건? 내 물건이 성능 좋다는 소문은 어디서 들으셨는지 모르겠네. 근데 이게 공유가 안 되는데 어쩌나. 생물학적으로 불가능하단 말씀입니다. 어디, 어떤 여자기에 내 물건까지 빌려 가시려고?"

퀸이 소리 내어 웃었다. 한참을 웃던 그가 웃음을 뚝 그치더니 뒤에 선 남자를 손짓해 불렀다. 남자는 조용히 다가와 도마뱀의 뒷머리에 총구를 댔다.

"두 분 중에 어느 분이 가져도 좋은데, 아무튼 우리도 그 물건 좀 구경해 보십시다. 한 분은 여기 남으시고. 다 좋은 게 좋은 거라."

세영은 더 견딜 수가 없었다. 마침내 폭발했다. 그는 일어서며 외쳤다.

"이게 무슨 미친 짓거립니까! 같은 조직원끼리 납치를 하지 않나, 거기다 총까지 겨누고 협박을 하다니."

도마뱀이 세영의 팔목을 움켜쥐고 그를 진정시켰다. 그리고 퀸을 한참 노려보다가 두 손을 올리고 항복한다는 듯한 몸짓을 했다.

"누굴 보낼 필요도 없습니다. 까짓것, 따끈따끈한 상태로 드리지 뭐. 그게 뭐 어렵다고."

도마뱀은 메고 있던 노트북 가방에 손을 집어넣더니 매끈한 철제 케이스를 끄집어냈다. 손바닥 크기의 사각 케이스였다. 그는 빠르게 케이스에 달린 버튼을 연달아 눌렀다. 삑. 전자음과 함께 잠금이 해제됐다. 갑작스레 나타난 물건 앞에 모두의 시선이 붙들렸다. 누구도 말하지 않았다. 막상 물건을 요구하던 퀸도 침을 꿀꺽 삼킬 뿐이었다.

케이스가 열리고 조그만 유리구슬이 나타났다. 도마뱀은 구슬을 손에 꽉 쥐고 서서히 팔을 들어 올렸다. 퀸의 눈동자가 도마뱀의 손에 붙어 버린 듯 함께 움직였다.

"총소리가 들리면 이걸 그대로 던져 버릴 거야. 어디, 한번 시험해 볼래? 내 뇌가 깨지는 게 빠른지, 아니면 신경이 내 명령을 전달해서 이걸 던져 버리는 게 빠른지. 이게 깨지면 바이러스가 우리 몸에 침입하지. 전부 죽는 데 3분이 걸려. 그 다음 시체가 돼서 일어나는 데 다시 3분이 걸리고. 어때? 해 볼까?"

사무실에 정적이 흘렀다. 도마뱀의 난데없는 기습에 퀸은 얼굴을 일그러뜨렸다. 도마뱀은 상대에게 생각할 시간을 주지 않았다.

"그 총, 이 사람한테 줘. 소문 들으셨겠지? 나는 원래 막 나가는 사람이야. 같이 단란하게 시체가 되기 싫으면 빨리 결정을 내려. 셋 센다. 하나, 둘……."

퀸이 손을 들어 도마뱀을 제지했다. 그리고 눈짓으로 남자에게 명령했다. 세영이 남자의 총을 건네받았다. 세영은 총을 퀸에게 겨눴다. 퀸이 어색하게 웃으며 입술을 떼려 하자 도마뱀이 빠르게 말했다.

"입 닥쳐. 아무 말도 하지 마. 그래, 갖고 싶지? 이걸 가지면 뭐가 돼도 되겠다 싶지? 근데 그런 거 아니야. 알아? 돈도 권력도 아니야. 이건 그냥 미친 바이러스야. 그러니까 입 닥쳐."

세영은 두 남자에게 번갈아 가며 총을 겨눈 자세로 뒷걸음질 쳤다. 둘 다 조금도 움직이지 않았다. 도마뱀이 뒤로 달려가 문을 열었다. 그들은 재빨리 방을 나와 문을 닫았다. 두 사람은 복도를 정신없이 뛰어 도망쳤다. 지하 주차장을 가로질러 입구로 빠져나왔다. 햇볕에 몸이 드러나자 그제야 세영은 방금 위험한 상황에 처했었다는 실감이 들었다. 두 사람은 택시를 잡아타고 몸을 실었다. 도마뱀이 가까운 지하철역으로 가 달라고 요청한 뒤, 둘 사이에는 한참 말이 없었다. 그러다 갑자기 도마뱀이 낄낄 웃었다.

"아까 그놈 표정 봤어? 그런 걸 보고 바로 얼이 빠졌다고 하지."

"갖고 있던 건 뭐야? 마침 그런 게 있어서 다행이었네."

세영이 아직도 힘차게 고동치는 심장을 느끼며 말했다. 도마뱀이 손바닥을 열었다. 그때까지도 손에 쥐고 있던 구슬이 나타났다. 도마뱀은 주머니의 케이스를 꺼내 구슬을 집어넣었다.

"내가 가짜를 가지고 쇼를 했을 거 같아?"

세영은 놀라 눈을 크게 떴다.

"뭐? 그럼…… 이게 진짜 그……."

"그래. 이름은 아직 못 붙였대."

"너, 미쳤어?" 세영이 저도 모르게 소리쳤다가, 택시 기사의 눈치를 보며 목소리를 낮췄다. "이걸 빼돌린 거야? 왜? 무슨 목적으로?"

도마뱀이 싱글거렸다.

"내가 미친 게 하루 이틀이야? 원래 미쳤어. 제정신이 아니었어."

세영은 케이스를 보았다. 가슴이 두근거리고 또 두통이 시작될 것만 같았다.

"방금 겪어 봤지? 지금 파벌 간 알력이 장난이 아니야. 언제 어디서 뒤통수를 맞을지 모른다 이거지."

"그거랑 이건 다른 문제야. 이런 위험한 물건이 연구소 바깥에 돌아다녀선 안 돼!"

"연구소라고 절대적으로 안전할 것 같아? 저런 놈들은 어디에나 깔렸어. 연구소 안에도 있을지 모르지."

도마뱀이 기사에게 멈춰 달라고 말했다. 그리고 들고 있던 케이스를 좌석에 내려놓았다.

"가지고 있어. 티타늄 케이스라 깨질 일은 없을 테니까 잃어버리지만 말고. 아주 재미있는 경험을 하게 될 거야. 자아가 사라져 버리는."

"뭐?"

세영이 잡을 틈도 없이 도마뱀은 문을 열고 밖으로 나갔다.

"뜯어보고 살펴보고 느껴보고 싶지 않아? 너는 원래 철저한 학자 타입이지. 그런 타입은 이런 걸 보면 흥분돼서 가만히 있질 못하잖아?"

도마뱀이 싱긋 웃고 차 문을 닫았다. 그리고 거리의 사람들 속으로 흡수되어 사라져 버렸다.

세영은 케이스를 내려다보며 딱딱하게 굳었다.

"안 내리십니까? 역까지 가실 겁니까?"

택시 기사의 말에, 세영은 퍼뜩 정신을 차렸다. 그는 출발하자고 말했다. 도마뱀을 쫓아갈 수도 없었다. 이 바이러스를 들고 거리로 나가려면 무진장한 공포를 일단 극복해야 했다. 세영은 어느 면으로 보면 도마뱀의 말이 사실이라 생각했다. 처음 봤을 때부터 세영은 이 바이러스가 어떤 식으로 활동하는지 궁금했다. 너무도 궁금했다. 그러나 감히 전자 현미경을 한번 들여다볼 용기도 없었다.

그는 케이스를 재킷 안주머니에 넣었다. 가슴에 닿는 느낌이 섬뜩했다. 조금 전 총구와 만났을 때보다 훨씬 더 위협적이었다. 택시는 5분여를 더 움직여 지하철역으로 세영을 운반했다. 그는 요금을 지불하고 거리로 나섰다.

길을 걸으니 온갖 생각이 들었다. 이 무시무시한 폭탄이 터지면 모두가 끝장이다. 비밀번호를 눌러서 케이스 밖으로 용기를 빼낸 후 바닥에 던져 깨트리면 된다. 그 간단한 동작으로 수백만, 어쩌면 수천만이 죽을 수 있다……. 아니, 그 정도 파괴력은 아닐지도 몰라. 그래? 장담할 수 있어? 너는 전문가인 척하지만 사실 아무것도 모르잖아. 이놈들은 네가 통제할 수 있는 범위를 한참이나 벗어났어.

미치겠군.

세영은 걸음을 멈췄다. 두 손으로 얼굴을 감쌌다. 한참을 그러고 있으면서 열기를 느꼈다. 이상한 흥분과 불안이 뒤범벅돼 발끝에서 머리끝까지 흩뿌려져 있었다. 그래, 어차피 비밀번호는 모른다. 도마뱀이 설정했을 테니 놈을 제외하고 아무도 열 수 없다. 어쩌면 도마뱀이 모종의 목적으로 바이러스를 빼돌리고 보관처로 자신을 택한 것인지도 모른다. 그것이 가장 설득력 있는 답이다. 이동하는 금고.

세영은 고개를 들고 주변을 살폈다. 흔한 강북 도심의 사거리. 그는 눈에 들어온 빌딩으로 들어가 엘리베이터 옆의 비상계단을 타고 3층과 2층 사이의 층계참까지 걸어 올라갔다. 층계참은 고요했다. 그는 계단에 앉아 체셔캣에게 전화를 걸었다. 다행히 그녀는 전화를 받았다. 세영은 빠르게 끌려갔던 일을 설명하고 도마뱀의 행동을 고발했다. 체셔캣은 묵묵히 듣기만 했다.

"말씀 좀 해 보세요. 도마뱀은 제정신이 아닙니다. 어떻게든 해야죠."

—이미 보고받은 사안이에요. 홍학도 방금 겪어서 알겠지만, 지금 조직 내 각 세력들의 반목이 절정에 달해 있어요. 무슨 일이 일어나도 이상하지 않을 상황이죠. 당장 그 바이러스로 본때를 보여 주자는 둥, 정부와 천천히 협상을 진행해야 된다는 둥, 난리도 아니에요. 도마뱀은 우리 쪽에 무기가 필요하다고 주장했죠. 난 받아들였고요. 그걸로 됐죠? 홍학이 보관하는 게 가장 좋아요. 도마뱀이 옳게 판단한 거예요. 그는 이미 드러났고, 홍학은 그리 눈에 띄는 활동이 없었으니까. 무기는 어쨌든 있어야죠. 남들은 레이저를 쏘는데 우리만 칼 들고 설칠 순 없으니까.

"그렇다고 언제까지나 제가 보관할 수는 없잖습니까. 솔직히……
솔직히 말씀드려서 두렵습니다. 이건 제가 감당할 수 있는 물건이
아니에요."

─일단 가지고 계세요. 제가 더 좋은 방법을 찾을 때까지. 아, 그리
고 지금부턴 어디에 가든 무기를 꼭 지참하세요. 잘 때도 머리맡에
두는 게 좋겠어요. 미행에도 더 신경 쓰고. 조심해요, 항상.

체셔캣은 그 말을 마지막으로 전화를 끊었다.

그런 거였어. 세영은 대강 납득했지만, 그렇다고 이 위험한 놀음
에 동조할 마음은 전혀 없었다. 문제는 마음이 있고 없고를 떠나, 이
미 깊숙이 발을 들이밀어 진창 속으로 떨어진 상태에서도 여전히 갈
피를 잡지 못하는 자신이었다. 이 물건을 만드는 데 자신도 일조했
다. 사실 의도는 그렇지 않았다고, 우리 모두를 이롭게 할 치료제를
만드는 줄 알았다고, 나는 몰랐다고 아무리 부정해 봐야 그 사실이
바뀌지는 않는다. 그럼 책임을 져야 한다.

실험실에 갇혀 좌우로 오가던 시체의 모습이 떠올랐다.

그런데 어떤 식으로? 무슨 방법으로 책임을 져야 할까?

모른다. 어쨌든 지금은 해야 할 일을 할 뿐이다.

세영은 답이 없는 문제를 끌어안고, 가슴에 바이러스를 담은 채
빌딩을 나왔다. 지하철 역사로 가는 내내 세영은 행인들의 눈치를
살폈다. 그들 모두가 가슴팍을 꿰뚫어 보는 것 같았다. 너, 그 안에
뭘 숨겼지? 바이러스다! 우릴 전부 시체로 만들 바이러스! 너를 고
발한다! 네가 이렇게 만들었어! 사람들을 이렇게 만들었다고! 전부
시체로 만들었어!

세영은 역에 들어온 전철에 올라탔다. 전철이 질주했다. 그는 갑자기 도마뱀의 말이 무슨 뜻인지 알 수 있었다. 자아가 사라진다. 이것은 여타의 모든 문제들을 무화시켜 버린다. 어린애 장난으로 만든다. 불안과 동요를 잠재운다. 이 추상적인 바이러스에 비하면 각 개인의 구체적인 문제는 가소롭기 짝이 없는 것이다.

세영은 빠르게 지나가는 어둠을 응시하며 가슴팍의 케이스에 필사적으로 저항했다. 이길 수 없더라도 최소한 지지는 않아야 했다. 진다면, 만약 그런 일이 벌어진다면, 말 그대로 끝장이었다.

"누구?"

—우명철 씨요. 꼭 좀 만나 뵐 일이 있다고 하십니다. 박미영 씨 때문이라고 하면 아신다던데, 어떻게 할까요?

석호는 인터폰을 바라보며 인상을 썼다. 오후 2시 30분. 3시에 최 이사 측근 중 하나인 김 부장이 방문하기로 되어 있다. 공장을 시찰하고 마지막 정리 건에 대해 중요한 언질을 줄 예정이었다. 별문제만 없다면 회사는 자연스럽게 정리될 것이다. 그러나 제 발로 찾아온 우명철을 돌려보낼 수는 없었다. 일단 만나서 어느 정도까지 알고 있는지 떠봐야 했다. 10분이면 되겠지. 석호는 인터폰에 대고 말했다.

"내 방으로 안내해 드려."

5분쯤 흐르고, 석호가 최 이사에게 보일 서류를 정리하고 있는 사이 노크 소리가 등장했다. 비서가 문 뒤에서 말했다.

"사장님, 우명철 씨 오셨습니다."

"들어오시게 해요."

문이 열리고 명철이 방으로 들어섰다. 석호는 명철의 행색을 살폈다. 노숙자 같은 차림이다. 이런 놈이 내 아들 학교에 갔단 말이지. 석호의 얼굴이 저도 모르게 찌푸려졌다가 곧 미소로 뒤덮였다.

"우명철이라고 합니다. 바쁘신데 이거 죄송하게 됐습니다. 박미영 씨 사건 때문에 질문드릴 게 좀 있어서 이렇게 찾아뵙게 됐습니다."

"네, 이쪽으로 앉으시죠."

석호가 책상에 놓인 명함을 집어 들고 명철을 소파로 안내했다. 서로 명함을 교환했다. 석호는 명철의 구깃구깃한 명함을 보며 말했다.

"조금 이따 회사에 중요한 손님이 오실 예정이라 한 10분 정도밖에 시간을 못 내드리겠네요. 아, 커피 괜찮으십니까?"

"아니요, 커피는 됐습니다. 10분이면 뭐, 충분하지요. 간단히 한 말씀만 드리고 돌아가겠습니다. 담배 태우십니까?"

명철이 테이블에 놓인 재떨이를 흘끔 보고 말했다.

"아니요. 사내 금연이긴 한데 태우셔도 상관은 없습니다. 접대용으로 가져다 놓은 거니까, 마음껏 태우세요."

명철은 입가를 일그러뜨리며 묘한 미소를 지었다. 그는 사양하지 않고 담배를 꺼내 물었다. 연기가 피어올랐다. 석호는 저도 모르게 침을 삼켰다. 금연 3년째인데도 눈앞에서 누군가 담배를 피우는 모습은 여전히 강렬한 흡연 욕구를 불러일으켰다. 하지만 참을 수 있다. 참는 것은 사람만의 특권이다.

"저는 이미 조사가 다 끝난 줄 알고 있었는데, 아직 뭐가 또 남은 겁니까?"

"박미영 씨 유족 측에서 저한테 의뢰를 했습니다. 그쪽 입장도 이해하시겠죠. 아무래도 이것저것 찝찝한 게 많으니 그걸 전부 풀어 버려야 양쪽 모두 개운하지 않겠습니까?"

"뭐가 찝찝하다는 건지 이해가 잘 안 되는군요. 제 아들놈이 실수를 하긴 했습니다만 어쩔 수 없는 일이었습니다. 박미영 씨 시신이 거기에 있으리라고 생각이나 했겠습니까? 정말 상상도 못 할 일 아니겠습니까?"

"제 생각도 그렇습니다."

명철이 담배를 한 모금 빨고 말을 이었다.

"말이 나와서 말이지, 사실 유족 측이 억지를 부리는 상황인 거지요. 이미 경찰 조사도 다 끝났고. 그래서 드리는 말씀인데……."

명철이 목소리를 낮췄다.

"그냥 몇 푼 쥐여 주고 끝내는 게 어떨까 싶습니다만……."

석호는 상대가 예상 밖으로 나오자 의아했다. 아들에게 듣기로는 이런 사람이 아니었다. 틀림없이 사건을 파헤치고 싶어 하는 사람이리라 생각했다. 그런데 돈? 석호는 고개를 갸우뚱했다.

"몇 푼 쥐여 주다뇨?"

"말 그대롭니다. 제가 가운데서 주선을 할 테니 양쪽 모두 더 이상 이 사건에 대해서는 왈가왈부하지 않기로 하고, 대신 사장님께서 위자료 조로 성의 표시 정도 해 주시면 전부 깨끗하게 마무리되지 않을까……, 뭐 그런 얘깁니다."

석호는 어이가 없었다. 진심일까? 아니면 함정? 함정이라면 무슨 목적으로? 대체 무슨 생각으로 이런 제안을 꺼내는 것일까? 그는 상대의 눈을 빤히 바라보며 의중을 캐보려 했다. 그러나 아무것도 읽히지 않았다. 까맣고 조그만 눈동자 앞으로 담배 연기가 흘러 지나갔다. 석호가 결론을 내리고 말했다. 넘어가면 안 된다. 다른 의중이 있다.

"이만 돌아가 주세요. 지금 얘기는 못 들은 걸로 하겠습니다. 아들놈은 정당한 조사를 받았습니다. 돈으로 입막음할 일 같은 건 없습니다. 제가 드릴 말씀은 그것뿐입니다."

명철은 재떨이에 담배를 비볐다. 담뱃갑에서 새 담배를 꺼냈다가 아쉽다는 듯 입맛을 다시고 도로 집어넣었다.

"그리 역정 내실 일은 아닙니다. 저는 그냥 누이 좋고 매부 좋자고 말씀드린 거고, 사장님께서 융통성을 좀 발휘해 주시면 참 좋겠다…… 뭐, 그런 거지요. 한번 잘 좀 생각해 보십쇼. 마음이 바뀌시면 전화 주시고."

명철은 자리에서 일어섰다. 석호도 따라 일어났다. 명철이 손을 내밀며 말했다. 석호는 가볍게 악수를 했다. 명철이 말했다.

"시간 내주셔서 감사했습니다. 아, 뭐 하나 물어봐도 됩니까?"

"네?"

"들어오다가 요 앞에서 웬 여자 하나를 봤는데, 뭐더라, 아, 자기 딸이 죽었다고 써진 종이 들고 서 있는 여자요. 무슨 시위라도 하는 겁니까?"

석호는 눈살을 찌푸렸다. 아까 김 부장이 오기 전에 대충 정리 좀 해 놓으라고 말했는데, 아직까지 처리가 안 된 모양이다. 만약 김 부장이 회사로 들어오면서 그 여자를 보기라도 한다면 큰일이다. 문제가 없어야 해. 문제가. 가정이건 회사건. 최 이사의 말이 떠올랐다.

"별거 아닙니다. 그 여자는 그냥 메데이아 같은 사람입니다."

"메데이아? 제가 좀 가방끈이 짧아 놔서 그게 누군지 모르겠군요."

"남편이 바람을 피우자 자식들을 죽여 버린 여잡니다. 성질이 나면 자기 뺨을 후려쳐서라도 화를 풀어야 되는 여자요. 저 여자도 지금 아무한테나 화풀이를 하고 있는 겁니다."

"그거 참 무서운 여자군요. 자기 자식을 죽인다니…… 아, 정말 죄송하지만 잠깐 전화 한 통 썼으면 싶은데…… 핸드폰 배터리가 다 돼서요."

석호는 벽시계를 보았다. 2시 50분. 대화가 생각보다 길어졌다. 그는 손짓으로 책상 위의 전화를 쓰라고 허락했다. 뭐든 빨리 하고 꺼져 버려. 귀찮은 파리 같으니. 명철은 다시 죄송하다고 말하고 책상으로 가 수화기를 집었다. "어, 나야. 그래, 지금 갈게. 다른 손님 없지? 있어도 나와. 그래, 그래." 전화가 끊겼다. 명철이 얼굴 가득 주름을 잡으며 웃었다.

"여자란 자고로 고분고분한 맛이 있어야지. 부르면 재깍재깍, 안 그렇습니까?"

명철이 고마웠다고 인사를 하고 밖으로 나갔다. 문이 닫히자 석호는 흥, 코웃음을 쳤다. 쓰레기 같은 놈이다. 브로커 짓으로 돈을 뜯고 수수료나 챙기는 거겠지. 신경 쓸 가치도 없다. 그는 인터폰으로 가 비서를 호출했다.

차로 돌아온 명철은 석호의 명함에 적힌 휴대전화 번호를 수첩에 옮겨 적었다. 전화를 거는 척하고 책상 밑에 도청기를 붙여 놓았다. 수화기에 설치하는 게 확실한 방법이지만 그럴 비용도 없거니와 중요한 이야기를 회사 유선전화로 할 확률은 별로 없으니 그 정도면 충분했다. 문제는 휴대전화였다. 이쪽은 확실하게 들어야 했으므로 경계심을 증폭시킬 위험을 무릅쓰고 직접 진석호와 만나는 방법을 택했다. 신분증 고유번호는 군대 쪽 통로로 구했으나 오히려 전화번호가 어려웠다. 요새는 사기업 쪽 정보가 더 유통이 안 된다. 두 번호가 있으면 업자에게 의뢰해 복제폰을 만들 수 있다. 진석호에게 걸려오는 전화는 모두 감청이 가능하다.

명철은 진석호와 연결된 사람들을 전부 파악할 예정이었다. 정보는 될 수 있으면 많이 얻어 놓고 그 다음 필요한 것을 선별해 작업한다. 그래야 어느 선에서 멈추고, 어느 선까지 진행해야 하는지 한눈에 볼 수 있다. 다 모은 다음 결정적 한 방을 날린다. 진석호가 줄을 댄 윗선을 파악하면 진석호를 잡아넣을 수도 있다. 잘난 척해 봐야 진석호는 어차피 쭉정이다. 그 윗선은 자신에게 뭔가가 다가온다 싶으면 진석호를 가볍게 내팽개칠 것이다.

그는 담배를 물고 시동을 걸었다. 차가 털털거리며 굴렀다. 정문을 빠져나오는데 아까까지 서 있던 여자가 사라지고 없었다. 내 딸이 죽었습니다, 라니. 진석호는 메데이아 같은 여자라고 했다. 자식들을 제 손으로 죽인 여자. 무슨 사연일까.

명철이 회사 건물 벽을 따라 우회전했다. 후문 근처 벽 쪽에 남자들 셋이 모여 있는 것이 보였다. 땅바닥에 여자가 깍지 낀 양손으로 배를 부여잡고 모로 쓰러져 있었다. 남자들이 여자의 머리칼을 잡아 흔들고, 발로 옆구리를 걷어찼다. 퍽, 퍽, 실제로는 들리지 않는 소리가 들리는 듯했다. 명철은 차를 세웠다. 잠깐 지켜봤다. 여자는 파카 안에 뭔가를 숨기고 있다. 남자들이 여자의 손을 걷어내고 그것을 빼앗으려는 듯했다. 여자는 필사적이었다. 이리저리 뒹굴고, 처절하게 맞으면서도 손을 풀지 않았다.

'내 딸이 죽었습니다.'라고 써진 종이 아래의, 하얀 보자기로 싸인 상자.

명철은 뒷좌석에 아무렇게나 굴러다니고 있던 총을 들고 차에서 내렸다. 빠른 걸음으로 남자들에게 접근했다. 3미터 앞까지 가도 남자들은 명철을 알아차리지 못했다. 욕을 하며 여자를 구타하는 데 여념이 없었다. 명철은 엄지와 검지를 입안에 집어넣어 삐익 큰 소리를 냈다.

남자들이 동작을 멈추고 명철을 멀뚱히 쳐다봤다. 모두 숨을 헉헉댔다. 명철은 교본대로의 권총 사격 자세를 취하고 조준선을 잡았다.

"그만하고 전부 꺼져."

명철의 말에 남자들이 쭈뼛거리며 뒷걸음 쳤다.

"아니, 우리는……."

왼편의 남자가 뭔가를 말하려 하자 명철은 총을 홱 돌렸다. 그리고 낮게 으르렁댔다.

"말할 필요 없어. 그냥 들어가. 사라져."

명철의 위압감에 눌려 남자들은 황급히 모퉁이를 돌아 사라졌다. 명철은 여자에게 다가가 상태를 살폈다. 왼쪽 눈두덩이 벌겋게 부었고 입술이 찢어졌다. 뺨에도 긁힌 상처가 있다. 숨을 한껏 몰아쉬고 있다. 몸의 어디 한 군데도 부러지지 않았을까. 명철은 주저앉아 여자에게 말했다.

"괜찮습니까? 이보세요, 내 말 들리면 눈 좀 떠 봐요."

여자가 끙끙거리더니 간신히 오른쪽 눈을 떴다. 초점이 엇나갔다가 제자리를 찾았다.

"천천히 상체를 세우세요. 내가 도와줄 테니까, 어디가 아프다고 느껴지면 무리하지 말고."

명철은 여자의 어깨 아래 손을 집어넣어 움직일 수 있도록 도왔다. 다행히 갈비뼈가 부러지거나 허리가 나간 것은 아닌 듯 여자가 상체를 세웠다.

"고맙…… 고맙습니다."

여자가 숨을 토하며 희미하게 말했다.

"우선 병원에 갑시다. 업힐 수 있겠습니까?"

"아니…… 괜, 괜찮아요."

여자가 말하고 파카 지퍼를 천천히 아래로 내렸다. 안에서 보자기로 싼 상자가 나왔다. 여자는 한참 그것을 매만지며 상한 곳이 없는지 살폈다. 멀쩡한 듯했다. 오른손으로 보자기의 매듭을 붙잡고, 여자가 왼손으로 바닥을 짚고 일어서려 했다. 기우뚱, 중심이 흔들리자 명철이 부축했다. 여자는 명철을 지지대 삼아 간신히 일어섰다. 여자의 다리가 후들거렸다.

"진짜, 진짜…… 감사합니다. 이젠, 괜찮아요. 혼자 걸을 수 있어요."

말은 그래도 한 발 떼는 것조차 힘들어 보였다. 명철은 자신의 차를 가리키며 말했다.

"내 차로 갑시다. 어디든 데려다 줄 테니 타요."

"아니, 그렇게까지 폐 끼칠 수는 없어요. 여기서 할 일도 있고."

"일이란 게 아까같이 정문 옆에 서 있는 겁니까?"

여자가 망가진 얼굴로 명철을 돌아보았다. 오른쪽 눈동자에 깊은 슬픔이 고여 있었다. 명철은 이런 눈의 여자를 많이 봐 왔다. 처음 만났을 때의 희원도 이랬다. 여자가 말했다.

"네. 그게 제가 할 일이에요."

"무슨 일인지 모르겠지만 작전상 후퇴라는 것도 있습니다. 이 몸으로 버티는 건 힘들어요. 몸조리 좀 하고 내일이든 모레든 다시 나오면 될 거 아닙니까. 내 말 듣고 차로 갑시다."

여자는 아무 말이 없었다. 명철은 무언의 승낙으로 알아듣고 부축을 해서 여자를 차로 이끌었다. 여자를 뒷자리에 태웠다. 명철은 운전석으로 돌아가 차를 출발시켰다. 국도로 올라서면서 뒷거울을 보았다. 어디로 가야 하는지 물을 예정이었는데, 여자가 두 눈을 꼭 감고 모로 누워 있었다. 긴장이 풀려 정신을 잃은 것이다. 그대로 두는 게 좋겠다고 결론을 내린 명철은 행선지를 고민하다 희원을 떠올렸다. 쉬는 날이니 오늘은 집에 있겠지. 지저분한 자신의 방보다는 여자아이의 방이 나을 것이다.

그는 담배를 피우려다 그만두었다.

14장

안대를 한 왼쪽 눈두덩이 간지러웠다.

수진은 찡그리며 안대 위를 긁었다. 별무신통이다. 그녀는 앞에 앉은 박세영과 도마뱀이라는 남자를 번갈아 보았다. 도마뱀이라니. 웃기는 별명이다. 생긴 걸로 보면 도마뱀보다 생쥐에 가까운데. 그는 목구멍 깊숙한 곳에서 나오는 듯한 이상한 웃음소리를 내며, 그 것이 코드네임이라고 했다. 이해할 수 없었다. 어른이 막대사탕을 물고 다니는 것도 우스웠다.

수진은 커피숍의 창밖을 보았다. 아침부터 내리던 이슬비가 지금 은 장대비로 변해 있었다. 수진은 빗방울이 떨어지는 모습을 보다가 고개를 돌렸다. 세영에게 말했다.

"그러니까, 계약을 하자는 거죠? 세영 씨가 사장을 잡아넣을 증거 를 찾는 대신, 저는 소송인가 뭔가를 하는?"

"그보다는 공통의 이익을 위해 노력하자는 거죠." 세영이 말했다. "말씀드렸다시피 진석호는 사건을 조작해 제 동생의 죽음을 사고사로 위장했습니다. 실제로는 자기 아들이 범인들 중 한 명이죠. 수진 씨는 진석호의 사과를 받고 싶다고 하셨죠. 저도 마찬가집니다. 다만 저는 사과만으로 끝내지 않습니다. 꼭 콩밥을 먹일 겁니다."

"콩밥을 먹어도, 그 사람은 절대 사과는 안 할 거예요."

"아주 지조 있는 분이시구만." 도마뱀이 사탕을 한 번 빨고 말했다.

수진은 사실 얼떨떨했다. 두 남자와 마주 앉아 이런 이야기를 나누는 상황이 신기했다.

사흘 전 공장 앞에서 직원들에게 맞았다. 지나가던 마음씨 착한 아저씨가 그녀를 구해 주었다. 동화 속 이야기 같다. 수진은 그녀 자신보다, 미나의 유골함을 지켜 준 것이 더 고마웠다. 하마터면 놈들에게 뺏겨 미나를 다시 잃어버릴 뻔했다. 그랬다면 아마 그 자리에서 미쳐 버렸을 것이다. 내내 잠잠하던 사장이 어째서 그런 명령을 내렸는지 이해할 수 없었다. 자존심 때문에라도 그러지 않을 줄 알았는데. 물론 왜 그랬느냐고 누군가 묻는다면 또 말할 것이다. 나는 몰랐다. 아랫사람들이 알아서 한 일이다.

착한 아저씨의 차에 담겨 깜빡 잠이 들었다. 깨어 보니 얼굴이 하얀 여자애가 내려다보고 있었다. 공책에 '괜찮아요?'라고 써서 눈앞으로 들어 보였다. 희원이라고 했다. 처음 봤는데도 왠지 낯설지가 않았다. 수진은 일어나려 했지만 온몸 구석구석이 아파 와 그냥 포기하고 얌전히 누웠다. 미나의 유골함. 퍼뜩 정신이 들었다. 함의 행방을 묻자 희원이 화장대 위를 가리켰다. 미나는 그 자리에 있었다.

희원이 '금방 올게요.'라고 쓰고 밥상을 차려 왔다. 부축받아 일어나서 물을 마셨다. 수진은 강렬한 허기를 느꼈다. 도움을 받아 가며 밥을 먹었다. 아무 대화도 없는, 그럼에도 정말 편안한 식사였다. 수진은 또 잠이 들었다. 다음 날 아침까지 푹, 꿈도 꾸지 않고.

착한 아저씨는 아침에 나타났다. 자신을 우명철이라고 소개했다. 왜 회사 앞에서 그러고 있는지를 물었다. 수진은 사실대로 말했다. 천천히, 울음을 참아 가며. 회사에서 잘렸고, 수당을 받지 못했고, 그래서 미나에게 보급약을 먹였다. 미나가 거부 반응을 보이며 아팠고, 도와 달라고 사장에게 갔다가 신고를 당해 잡혔다.

아저씨는 묵묵히 그녀의 이야기를 끝까지 경청했다. 그날 오후 희원의 집에서 쉬고 있는 수진의 앞에 박세영이라는 남자가 찾아왔다. 그리고 도와 달라고 말했다.

그렇게 만난 세영의 차에 타 검문도 상상할 수 없을 만큼 수월하게 통과하고, 지금 북쪽 면역자들의 공간에서 한가로이 커피를 마시고 있었다. 수진은 자신에게 어울리지 않는, 이상한 나라에 들어선 기분이었다.

수진이 커피 잔을 매만지며 말했다.

"그렇게 해요. 소송을 하겠어요."

"잘 생각하셨어요. 그게 불행한 피해자들이 더 발생하지 않게 하는 길이죠. 보급약이 정상적인 품질만 유지했어도 따님이 그렇게 비명에 갈 일은 없었겠죠. 길고 복잡하긴 하지만 이게 정당한 복수의 방법입니다."

세영이 눈을 빛내며 말했다. 수진은 고개를 두 번 가로저었다.

"그런 어려운 얘기는 몰라요. 제가 그렇게 대단한 사람도 아니고. 구인제약이 돈을 준다고 해도 한 푼도 받을 생각 없어요. 그게 우리 미나 다시 살려 주는 것도 아니고. 그래도 명철 아저씨가 우리 미나 지켜 주셨으니까, 그 인연으로 이렇게 만났으니까 서로 도와 봐요. 그래서 제가 어떻게 하면 되죠?"

"그 이유 참 마음에 드네요." 도마뱀이 싱글거리며 말했다. "이 친구가 원래 이래요. 대의라면 껌뻑 죽는 친구죠. 어쨌든 소송 당사자가 되신다니, 소장을 내야죠. 변호사는 이쪽에서 준비해 놨습니다. 밤에 전화드릴 테니 김수진 씨는 내일쯤 사무소로 오시면 됩니다. 그 뒤로는 착착 일사천리로 진행될 거고요. 김수진 씨가 준비할 건 아무것도 없어요. 그냥 몸만 오시면 되죠."

수진은 별 반응 없이 창밖을 바라보다가 중얼거렸다.

"여기는 참 조용하네요. 아래쪽은 군인들 총에 맞아 죽을지, 시체에 물려 죽을지 모르는 상탠데……. 그래도 어떻게든 출퇴근하면서 꾸역꾸역 사람들이 살아간다는 게 신기하죠? 26년 전에도 그랬죠. 저는 곧 세상이 멸망하는 줄 알았어요. 근데 그렇게 쉽게 끝나진 않더라고요."

"천천히 끝나 가는 중인지도 모르죠." 도마뱀이 말했다. "어쩌면 이게 바로 지옥의 진짜 모습인지도 모르고요. 이미 멸망했는데, 우리만 그걸 모르는 거죠. 끝난 게 아니라고 바득바득 우기면서."

수진은 도마뱀을 빤히 쳐다봤다. 어쩌면, 그럴지도.

"말씀하신 대로 아래쪽 상황이 좋지 않습니다. 그러니 북쪽에서 당분간 지내시죠. 묵을 곳은 저희가 준비하겠습니다." 세영이 말했다.

수진은 잠시 생각하다가 고개를 끄덕였다.

"제가 필요한 거죠? 좋아요, 그렇게 해요. 근데 나만 여기 있을 수가 없어요. 아래쪽에 친구가 한 명 있는데, 데려올 수 있을까요?"

"그건 걱정 마세요." 세영이 말했다. "친구분 정보를 주시면 바로 같이 지내도록 해 드리죠."

수진은 고맙다고 인사한 후 자리에서 일어섰다.

"죄송한데, 조금 쉬었으면 좋겠어요. 이제 그만 갈까요?"

두 남자도 수진을 따라 일어났다. 세 사람은 세영의 차로 돌아갔다. 도마뱀이 운전석에, 세영이 조수석에 앉았다. 수진은 뒷좌석에 앉아 자리에 놓아두었던 미나의 유골함을 무릎에 올렸다. 차가 출발했다. 한참 유골함을 내려다보던 수진이 불쑥 입을 열었다.

"저, 죄송하지만 약을 좀 얻을 수 있을까요?"

세영이 고개를 돌렸다. 잠깐 어리둥절한 표정을 내보이던 그는 이내 무엇인가를 깨달았다.

"휴머넥스 말씀이시죠?"

"네. 집에 있던 게 다 떨어져서요."

"연구용으로 가지고 있는 게 있습니다. 일단 제 집으로 가시죠."

세영이 빠르게 말했다.

"겁나진 않으세요? 제가 갑자기 시체가 돼서 두 분을 물어뜯을지도 모르는데?"

수진의 담담한 말에 도마뱀이 경쾌하게 웃었다.

"폭탄을 품에 안고 사는 사람한테는 그 정도야 뭐 아무것도 아니죠. 안 그래?"

도마뱀이 말하며 세영의 어깨를 툭 쳤다. 수진은 이해할 수 없었지만 더 물어볼 생각은 없었다. 대신 그녀는 다른 질문을 했다.

"저, 하나만 물어볼게요. 그 소송이란 것에서 이기면 그런 쓰레기 약을 공급한 책임자한테 사과를 받을 수 있나요. 우리 미나한테 미안하다고 말하게 할 수 있어요?"

"글쎄요." 세영은 잠시 생각에 잠겼다. "손배 청구는 보통 돈으로 하는 거라서, 변호사한테 자문을 구해 봐야 할 것 같군요."

"신경 쓰지 마세요. 어차피 그 사람들은 그런 말 안 하겠죠."

수진은 더 말하지 않고 미나를 내려다보았다. 조금 전 커피숍에서 세영이 했던 말이 떠올랐다. 정당한 복수의 방법. 보급약이 품질만 제대로 유지했어도 비명에 가지는 않았을 텐데. 미나는 그 때문에 죽었다. 공짜라고 그 따위 쓰레기 약을 공급한 놈들은 미나보다 더 비참하게 죽어야 한다. 근데, 근데 정말 그것뿐일까. 보급약이 그 따위라는 건 진즉에 알고 있었다. 거슬러 가면 한도 끝도 없다. 내가 잘리지만 않았어도. 수당만 제대로 받았어도. 이 두 가지 이유엔 사장의 책임이 있다. 있기야, 있다. 그래도 전부 사장의 잘못은 아니다. 몸을 팔면 약값은 구할 수 있었겠지.

우리 모두의 책임입니다.

사장의 말. 맞는 말이다. 구인제약도, 사장도, 나도 잘못했다. 그래서 아무 죄 없는 아이가 죽었다. 근데, 그것으로 끝난다면 너무도 슬픈 일이다. 모두의 책임이라는데, 그래서인지 아무도 책임질 수가 없었다. 수진은 미나에게 미안하다고 해 줄 사람이 엄마인 자신뿐이라는 게 견딜 수 없을 만큼 가슴 아팠다. 보유자의 아이로 태어나 친구도 한 명 제대로 사귀지 못했다. 한 곳에 모여 있는 것은 위험천만한 일이라 아이들을 유아원 같은 곳에 보내는 사람은 없었다. 그래서 시설들이 사라졌다. 모두들 뿔뿔이 흩어져 살았다. 이제 뼛가루가 되었어도 미나는 여전히 외로웠다. 애벌레는 계속 애벌레로 남았다. 나비가 될 수 없었다. 훨훨 자유롭게 날아서 꽃밭을 구경하고 친구들과 놀러 다닐 길은 영원히 막혀 버렸다. 그런데도 아무도 미안하다고 하지 않는다.

차는 40분 뒤에 세영의 오피스텔에 도착했다. 도마뱀은 주차장에서 기다리고, 수진은 세영과 함께 17층으로 올라갔다. 세영은 동생이 쓰던 방으로 수진을 안내하고 약을 가져오겠다며 밖으로 나갔다.

수진은 침대 위에 유골함을 놓고 방을 둘러보았다. 책상에 컴퓨터, 침대와 옷장이 있는 정갈한 방. 이 방의 주인이 바로 진석호 사장의 아들에게 죽었다. 수진은 책상 위에 놓인 액자를 바라봤다. 오른손으로 V자를 그리며 밝게 웃고 있는 여자와 그 곁의 남자. 세영과 여동생. 예쁜 사람이다.

똑똑, 노크 소리가 나고 문이 열렸다. 세영이 약병과 컵이 놓인 쟁반을 들고 방으로 들어왔다. 그는 쟁반을 책상에 놓고 잠시 여동생과 찍은 사진을 보았다.

"아직도 실감이 잘 안 납니다…… 아침마다 이 방문을 열어 보고 멍하니 생각을 해요. 동생이 어딜 가서 아직 안 들어왔을까, 하고요."

단단히 응결된 덩어리가 수진의 목구멍 깊은 곳에서 울렁거렸다. 수진은 위로의 말이라도 하려다 이대로 입을 열면 말이 순식간에 울음으로 바뀌리란 사실을 깨달았다. 그녀는 세영의 눈을 보았다. 세영도 고개를 돌리고 그녀의 눈과 마주했다. 동질의 아픔이 잠깐 그들의 시선 중간에서 떠돌았다.

"그럼, 편히 쉬세요. 저는 좀 나갔다 오겠습니다."

세영이 등을 돌렸다. 문이 닫히고도 수진은 한참을 멍하니 서 있다가, 후, 조그맣게 숨을 내뱉고 움직였다. 쟁반에 놓인 컵을 들어 물을 마셨다. 약병에서 휴머넥스를 꺼내 입에 넣고 삼켰다. 그리고 괜히 팔목에 매달린 알람밴드를 만지작거렸다.

단단한 덩어리도 약을 따라 그녀의 배 속으로 흘러 들어갔다.

다음 날 오후 수진은 세영과 변호사를 따라 북부 지방법원으로 갔다. 세영에게서 굳이 함께 갈 필요가 없다는 말을 들었지만 그녀는 고집을 부렸다. 모든 과정을 눈으로 똑똑히 보고 머릿속에 담아 놓아야 한다는 일종의 강박관념 때문이었다.

그녀는 생애 처음으로 법원에 발을 들였다. 보건지소 3분의 1정도 크기의 초라한 로비를 둘러보는 순간 수진은 이곳에서부터 뭔가가 바뀌리라는 일말의 기대조차 접어야 했다. 문득 그녀는 어릴 적 보았던 허름한 유원지를 떠올렸다. 안식을 잃어버린 시체들로 땅 위가 뒤덮이기 직전의, 햇살이 제법 무겁던 어느 가을날이었다. 잔뜩 기대하고 아빠를 따라갔던 여섯 살 소녀는 상상보다 훨씬 후줄근한 유원지의 풍경에 엄청나게 실망했다. 녹슨 바이킹은 무서울 정도로 삐걱거렸고, 도색이 다 벗겨진 범퍼카는 충돌할 때마다 기묘한 신음을 흘렸다. 드문드문 보이는 아이와 어른 손님들은 모두 장례식장에라도 온 듯한 표정이었다. 솜사탕을 우물거리며 돌아오는 길에 아빠

는 그녀에게 물었다. 재미있었니? 수진은 가끔 당시를 돌이켜 보곤
했지만 자신이 뭐라고 대답했는지 기억이 나지 않았다. 다만 대답을
들은 아빠의 눈만은 선명하게 기억하고 있었다. 거기에는 어린 그녀
가 이해하기 힘든 슬픔이 어려 있었다. 15년 전 아침에 맞닥뜨린 온
통 하얗게 변해 버린 눈동자와 여섯 살 딸의 얼굴을 물끄러미 바라
보던 눈동자, 그녀의 기억에 남은 아빠의 눈은 그 두 가지뿐이었다.

그럼, 미나는 엄마의 어떤 눈을 기억하고 있었을까?

생각의 꼬리가 그곳으로 이어지려 하자 수진은 아랫입술을 지그
시 깨물며 눈을 감았다가 떴다. 요새는 무엇을 떠올리든 결국에는
미나로 이어진다.

"좀 비좁지요? 30년 전에는 법원도 널찍한 데다 시장통같이 사람
들이 바글바글했는데, 그 많던 일거리를 보건국이 가져가고, 또 구
인제약이 가져가고, 그래 가지고 남은 걸로 근근이 재판을 하다 보
니까 이 모양인 겁니다."

왼편에 서 있던 변호사가 그녀의 마음을 읽은 듯 말을 걸고는 쓴
웃음을 지었다. 알이 두꺼운 돋보기안경을 쓰고 머리가 허옇게 센
노 변호사는 첫 만남에서 '흰 토끼'라고 자신을 소개했다. 도마뱀의
전례가 있어 당황하지는 않았지만, 그쯤 되니 수진은 이 사람들의 정
체가 슬슬 궁금해졌다. 무슨 일을 하기에 '코드네임'을 쓰는 걸까?

혹시, 가끔 뉴스에 나오는 테러 분자들?

"재판이 열릴 수는 있을까요?"

세영이 이마를 구기며 변호사에게 물었다. 그는 손가락으로 안경
테를 한 번 치켜 올리고 말했다.

"소소한 민사만 다루기는 하지만 어쨌든 법원이니까 소장이 접수되면 진행은 됩니다. 뭐, 이번 건을 소소한 민사라고 보기는 좀 힘들겠지만 말이죠. 다만 비상사태가 되면 절차가 중지될 겁니다. 요새 상황이 좀 심상찮은 것도 있으니 미리 마음의 준비는 해 두세요. 그럼, 저쪽 의자에 좀 앉아 계시죠. 접수는 금방 끝날 겁니다."

변호사가 뒤쪽의 대기용 플라스틱 의자를 가리키며 말했다. 수진과 세영이 의자에 앉아 기다리는 동안 변호사는 왼편 끝에 있는 간이 은행 데스크에서 인지대와 송달액을 계산하고 영수증을 받아 소장에 붙였다. 절차가 끝나자 변호사가 접수계로 향했다. 그 모습을 보고 있던 수진은 의자에서 일어나 변호사에게 다가갔다.

"저기, 제가 직접 접수해도 될까요?"

변호사는 잠시 수진의 눈을 들여다보다가 말없이 소장을 그녀에게 건넸다. 수진은 소장을 받아들고 접수계로 걸음을 옮겼다. 두 남자가 양옆에서 그녀를 따랐다. 접수계 앞에서 두 명이 서류를 제출하고 빠지자 그녀의 차례가 되었다. 부스 안에는 30대로 보이는 여자가 무뚝뚝한 표정으로 앉아 있었다. 여자는 수진이 건네는 소장을 받아들고 말했다.

"왼쪽 스캐너에 손목을 대 주세요."

수진은 지시에 따랐다. 스캐너에 녹색불이 들어오자 접수계의 여자가 모니터를 보고 눈살을 찌푸렸다.

"김수진 씨? 대리인 아니라 본인 맞죠?"

"네."

"김수진 씨는 보유자잖아요?"

여자의 눈빛과 표정에 경멸의 빛이 어렸다. 뒤쪽 책상에 앉아 있던 한 남자가 그 말에 고개를 들고 수진을 보았다. 수진은 버릇처럼 고개를 숙여 시선을 피하려다 미나를 생각하며 버텼다.

"그런데요? 뭐가 문제죠?"

여자가 한숨을 쉬었다.

"아니, 보유자는 원래……."

"민사소송법 어디에 보유자들에게는 원고 적격이 없다고 나옵니까?" 곁에 있던 흰 토끼 변호사가 재빨리 끼어들었다. "원래 그렇다. 관례다. 그런 말로 어물쩍 넘어가려고 하지 말고 확실히 말해 보세요. 물론 말 못 하시겠지. 그런 조항은 없으니까. 민사소송규칙 5조 1항. 정당한 이유 없이 소송 서류의 접수를 거부할 수는 없다. 알고 있지요? 저쪽 사무실에 접수 사무관 있을 테니 만약 모르는 내용이라면 가서 확인해 보고 와요. 우리는 기다려 줄 수 있으니까."

빠르게 내뱉는 변호사의 말에 접수계 여자의 얼굴이 벌겋게 달아올랐다. 여자는 입을 열었다가 무슨 말인가를 삼키고는 소장으로 눈을 돌렸다.

"피청구인, 구인제약?"

여자가 중얼거리더니 고개를 들고 수진을 보았다. 이번에는 눈에 경멸이 아니라 경악이 가득했다. 여자의 그 얼굴에서 수진은 비로소 자신이 무슨 일을 벌이고 있는지 깨달았다. 목숨을 이어 가게 해 주시는, 일용할 양식을 내려 주시는 구인제약께 보잘것없는 천민 보유자가 감히 반항을 하는 것이다. 감히. 수진은 순간 진석호 사장의 얼굴을 떠올렸다. '세상에는 중요한 게 여럿 있지만 그중에서도 사람 사이의 등급은 아주 중요합니다.' 사장이 그런 말을 했었다. 등급을 지키라고. 그걸 어지럽히지 말라고. 사장과 종업원의 순서, 면역자, 보유자, 시체의 순서를 바꾸려 들지 말라고. 그래? 그걸 바꾸면 네 말대로 모두 망하는 거야?

좋아. 그럼 그걸 어떻게 바꿀 수 있지?

변호사가 무슨 말인가를 하고, 여자도 잠깐 목소리를 높였다. 수진은 머릿속 생각 때문에 그 말들을 제대로 듣지 못했다. 그러다 쾅. 수진은 퍼뜩 정신을 차렸다. 접수계의 여자가 솟아오른 화를 그대로 담아 접수인을 소장에 내리찍은 것이다. 여자는 수진을 제대로 보지도 않고 사건번호가 적힌 접수증을 내밀었다. 수진이 조심스레 그것을 받자 여자는 신경질적인 손짓으로 비키라는 신호를 보냈다.

두 남자와 함께 법원 밖으로 나온 수진은 그제야 숨을 길게 내쉬었다. 주차장 쪽으로 걷는 동안 세영이 변호사에게 물었다.

"솔직히 말씀해 주시죠. 승소 가능성은 얼마 정도로 보십니까?"

"낙관적으로 보면 한 5퍼센트 정도?" 변호사가 다시 쓴웃음을 지으며 말했다. "상대가 구인제약이라는 걸 감안해야 합니다. 옛말에 '법은 멀고 주먹은 가깝다'고 했는데, 요새는 '법은 멀고 구인제약이 가깝다'로 바꿔야 될 지경이니까요. 사실 구인제약이 왕주먹이니까 크게 바뀐 건 아닙니다만……. 어쨌든 법원은 아직 일처리가 기계적인 편이라 접수된 소장은 무조건 송달되고 재판 자체는 열릴 겁니다. 구인제약이 여기저기를 관리하고는 있지만 법원은 별 신경을 안 쓰고 있거든요. 민사소송 같은 건 원래부터 안중에도 없었던 거죠. 재판 개시 결정이 내려지면 그 뒤에는 진행 상황을 봐 가면서 대응해야지요. 물론 그동안 주먹에 맞는 일이 안 생기게 조심해야 하고요."

"꼭 공개재판이어야 합니다. 판을 키워 줄 기자들은 제가 수배해 보죠. 그리고……."

남자들의 서너 발짝 뒤에서 걸으며 대화를 흘려듣던 수진은 무심결에 고개를 들었다. 11월 초의 북쪽 하늘은 더없이 청명했다. 땅 위에서 인간들이 무슨 난장을 벌이든 아무런 관심도 없다는 듯이. 그녀는 멈춰 서서 솜사탕을 풀어 놓은 것 같은 구름이 떠가는 모습을 지켜보았다. 문득, 막막했다. 얼결에 소장을 접수했지만 그녀도 길고 위험한 싸움이 될 거라는 사실쯤은 예감하고 있었다.

나는 여기서 뭘 하고 있는 걸까? 뭘 위해서?

복수?

아니, 그런 감정은 아니었다. 그녀는 다만 뭔가를 인정하고 싶지 않아 끈질기게 목숨 줄을 잡고 버티고 있을 뿐이었다. 그게 무엇인지는 정확히 알 수 없었지만 수진은 자기가 무너지는 순간 사장의 그 입바른 말들이 정상이 되고, 상식이 되리라는 확신이 들었다. 그것만큼은 막아야 했다. 버티고, 또 버텨야 했다.

"수진 씨!"

그녀는 자기를 부르는 소리에 시선을 내렸다. 10여 미터 앞 자동차까지 다 갔던 세영이 헐레벌떡 뛰어서 돌아왔다. 오른손에는 휴대전화를 든 채였다.

"방금 도마뱀에게서 연락이 왔는데, 상황이 심상치 않습니다."

"무슨 말씀이세요?"

"군이 내일이나 모레쯤 장벽을 완전히 폐쇄할 계획이라는군요."

완전 폐쇄? 문을 닫아 버린다? 수진은 흡, 숨을 들이마셨다. 시체 들이 결국 남쪽을 전부 먹어 치울 것이라는 말.

그럼 지현이는?

"지금 남쪽에 있으면 안 되는 거죠? 어제 말했던 제 친구는요? 연락이 됐나요?"

"그게, 어제부터 계속 전화 연락이 안 된대요. 알려 주신 집 주소로 아침에 사람을 보내긴 했는데 아직 그쪽도 못 만난 모양입니다."

수진은 눈살을 찌푸리며 시간을 헤아렸다. 공장에 있는 건가? 갑자기 마음이 조급해지고 심장이 빠르게 뛰었다. 현실감이 돌아왔다. 이러고 있을 때가 아니다.

"따라오세요!"

그녀는 자동차 쪽으로 달렸다.

15장

명철은 개점 전인 에피타프 클럽 정문 곁에 선 채 가로등에 달린 CCTV를 노려보고 있었다.

이 클럽은 박미영이 구인제약의 내부 고발자인 장성규를 만난 곳. 장성규의 그날 행적은 이미 확인을 끝냈다. 그는 내연녀를 만나느라 이곳을 찾았고, 박미영은 약속도 없이 갑자기 그에게 들이닥쳤다. 아마 미행을 했으리라. 아니면 그의 차에 추적기를 달아 놓았거나. 장성규는 박미영에게 자료를 건넨 뒤 바로 내연의 여성을 데리고 의정부의 공항으로 가서 새벽에 출발하는 미국행 유나이티드 항공기를 탔다. 그날이 국내에서 장성규를 만날 수 있는 마지막 날이었으니 박미영으로서도 어쩔 수 없는 선택이었을 것이다.

명철이 이곳을 다시 찾은 이유는 CCTV의 영상 때문이었다. 생전 미영의 모습을 마지막으로 고스란히 보고 있던 저 눈이 계속해서 그의 머릿속을 간질였다. 뭔가가 있다. 사건의 해답이 될 만한 무언가가. 그런데 아무리 영상을 보고 또 보아도 답이 나오지 않는다.

영상 파일 안에서 미영은 저녁 7시 25분경에 등장한다. 정문을 나와 CCTV에 등을 보이며 잠깐 걷는다. 조명이 잘 닿지 않는 곳에 도착한다. 그때 곧장 후드티를 입은 남자 하나가 사각에서 튀어나와 그녀에게 말을 건다. 미영이 얼굴을 돌린다. 조명이 닿지 않아 어둡고 남자의 등만 보여서 신원을 확인할 수 없다. 미영이 고개를 젓고 다시 가던 길을 간다. 남자는 과장된 동작으로 어깨를 으쓱한다. 같이 한잔하자거나, 뭐 그런 흔한 작업 멘트였으리라. 이어서 남자는 주머니에서 전화기를 꺼내 받는다. 미영은 이미 어둠 속으로 사라지고 없다. 정문에서 곧장 우르르 10여 명의 사람들이 몰려나온다.

그것으로 끝이었다. 흔하디흔한 장면들의 연속. 명철은 화면 속에서 미영이 서 있던 자리로 걸어가 찬찬히 바닥을 휘둘러 보았다. 오물과 쓰레기가 뒹구는 지저분한 유흥가. 물론 단서가 거기에 여보란 듯 떨어져 있을 리는 없었다. 잘못 짚은 건가? 그럴 리가 없다. 그는 자신의 감에 절대적인 믿음이 있었다. 뭔가를 놓치고 있을 뿐, CCTV 영상에는 분명 중요한 단서가 들어 있다. 명철은 주머니에서 담배를 꺼내 한 개비를 물고 라이터를 당겼다.

그 순간 점퍼 안에 있던 휴대전화가 진동했다. 발신번호를 확인했다. 정보사의 끈에게서 온 것이다. 명철은 연기를 훅 내뿜고 전화를 받았다.

"뭐 좀 나왔어? 게임방 사장?"

―그놈은 잊어버리세요. 지금 어딥니까?

"무슨 소리야?"

—내일 0시 기점으로 장벽 폐쇄명령 떨어졌습니다. 지금 북쪽에 있죠?

명철은 미간을 한껏 구기며 말했다.

"예정보다 너무 빠른데?"

—구인제약의 그 염병할 슈퍼컴이 지난주 내내 시뮬레이션을 돌렸는데 스물네 시간 내에 폐쇄하지 않으면 북쪽이 완전히 오염될 가능성이 15퍼센트까지 올라간다는 결과가 나왔답니다. 아시잖아요. 윗대가리들이 그 숫자에 얼마나 민감한지.

10퍼센트가 이동 제한, 15퍼센트가 폐쇄의 기준이다. 명철 역시 정보사에 있을 때 경험했던 일들이었다. 명철은 담배 한 모금을 빨고 연기를 길게 뱉은 후 꽁초를 땅에 버리고 짓밟았다.

—아무튼 남쪽에 계시면 지금 빨리 올라오세요. 이번에는 4개월 12일 정도랍니다. 그 컴퓨터가 지랄 같기는 해도 맞히기는 또 잘 맞히잖습니까. 어쩌겠어요, 까라면 까야지. 아, 그리고 보안 조치 때문에 이 번호는 몇 시간 뒤에 버릴 겁니다. 새 거 맞추면 그때 바로 연락드릴게요.

명철은 통화를 하면서 재빨리 걸어 차를 주차해 놓은 곳에 도착했다. 급히 움직여야 했다. 오늘 밤 자정이라면 몇 시간 남지 않았다. 이미 보건군은 전부 남쪽에서 철수했을 것이고, 곳곳의 바리케이드가 무너져 시체들이 자유롭게 이동하는 상황일 것이다. 게다가 0시의 폐쇄명령은 언제든 바뀔 수 있다. 다만 당겨지면 당겨졌지, 절대로 그 시간이 연기되지는 않을 것이다. 보건군은 원래 그런 조직이다. 그는 삐걱대는 차 문을 열면서 말했다.

"한 대위, 그동안 고마웠다."

─갑자기 닭살 돋게 왜 그래요? 그리고 그 대위 소리 좀 빼라니까. 말똥 두 개 단지가 언젠데.

"요즘 세상에는 언제 어떻게 될지 모르잖나. 감사 인사 정도는 미리 해 둬야지."

─……거, 쓸데없는 소리 하지 마시고 올라와서 얌전히 계세요. 그럼 끊습니다.

전화가 끊겼다. 어째서 작별 인사를 했는지는 명철 자신도 알 수가 없었다. 그냥, 그러고 싶었다. 어쩐지 지금이 아니면 기회가 없을 것 같았다. 그는 방금 얻은 정보를 세영에게 메시지로 전달했다. 수진과 같이 북쪽에 있겠지만 조심해서 나쁠 것은 없다. 전화를 옆 좌석으로 던져 놓고 시동을 걸면서 그는 잠깐 예전 일을 떠올렸다. 6년 전 작전에서 낙오된 부하 한 명을 구했다. 항명을 했고, 그 일로 정보사에서 나와야 했다.

그리고 5년 동안 피를 쪽쪽 빨아 먹었지……. 그걸로 됐어.

명철은 시계를 보았다. 희원은 지금 카페에 있을 것이다. 어서 데리고 올라와야 한다. 그는 운전대를 돌리며 액셀을 밟았다.

도로로 나와 10여 분을 거칠게 운전하자 그를 미행하던 흰색 밴이 바로 뒤꽁무니에 달라붙었다. 명철이 미행을 눈치 챈 것은 나흘 전이었다. 택배회사 로고가 붙은 자동차는 24시간 그를 따라다니고 있었다. 금방 들키는 허접한 솜씨로 보아 전문적인 훈련을 받은 집단은 아닌 것 같았다. 진석호가 돈을 썼거나, 아니면 구인제약의 사조직일 것이다. 특별한 상황이 온다면 모르겠지만 아직까지는 굳이 따돌리거나 처리할 필요가 없었다. 명철은 백미러에서 눈을 떼고 운전에 집중했다. 차선을 마구 바꿔 가며 최대한 빨리 남쪽으로 내달았다.

세영은 생애 처음으로 난폭 운전을 해 가며 두 시간 만에 구인밴드의 공장에 도착했다. 중간에 명철의 메시지를 받아 더욱 마음이 급해졌다. 군에서 흘러나온 정보라면 자정을 기한 폐쇄가 확실하다는 말이었다. 조직은 틀릴 수 있지만 군은 그렇지 않았다.

내려오는 동안 남쪽 거리에서 군인들의 모습이 보이지 않았다. 이미 대부분 북쪽으로 철수를 한 모양이었다. 라디오의 재해 대비 채널에서는 내일로 예정된 폐쇄명령에 대해 아무런 언급도 없었다. 계속해서 클래식이 흘러 나왔고, 20분 간격으로 대규모 시체들 군집이 목격되는 장소를 반복해서 알려 줄 뿐이었다. 덕분에 길을 빙 돌아야 했지만 중간에 시체들과 조우하는 곤란한 일은 없었다.

공장 정문 근처에 서른 명 정도의 사람이 우르르 몰려 있었다. 공장 역시 정상적으로 돌아가는 상황은 아닌 듯했다. 세영이 4차선 도롯가에 차를 세우자마자 수진이 문을 열고 밖으로 뛰어나갔다. 세영도 서둘러 안전벨트를 풀고 그녀를 쫓았다.

사람들의 시선이 일제히 수진에게 몰렸다.

"언니!"

어떤 여자가 수진을 부르며 모여 있는 사람들 속에서 걸어 나왔다. 카키색 점퍼를 입은 20대 여자. 세영은 수진이 말한 친구인 지현일 것이라 추측했다. 바로 찾아서 다행이라 생각하며 세영은 여자들에게 다가갔다. 수진이 지현의 손목을 잡아끌었다.

"지금 바로 떠야 해. 꾸물거릴 시간 없어."

"언니, 왜 이래?" 지현이 손목을 뿌리치며 소리쳤다. "안 그래도 심란해 죽겠는데. 사장은 3일 전부터 출근을 안 하더니, 오늘은 아예 공장 문을 닫아 버렸다니까! 우리는 이번 달 월급도 못 받았다고! 근데 이대로 어딜 가는데? 나는 못 가! 안 가!"

수진이 지현의 얼굴을 빤히 쳐다보며 물었다.

"어제까지 잔업 했니? 오늘은 오후 타임이었고?"

지현이 고개를 끄덕이며 말했다.

"중국 물량 맞춘다고 반장 새끼가 개지랄을 떨었지. 간신히 끝냈고."

"그래, 일 다 끝났으니까 이제 사장은 니들한테 볼일이 없는 거야. 빨리 따라오기나 해."

"무슨 소리야? 어딜 자꾸 가자는 거냐고. 대답 안 할래?"

수진은 한숨을 쉬고는 주변을 빙 휘둘러보았다. 한때 같이 일했던 공장 노동자들은 말없이 그녀를 보고 있었다. 세영은 수진이 아랫입술을 깨무는 것을 보았다. 잠시 망설이던 그녀가 입을 열었다.

"오늘 밤에 장벽이 폐쇄될 거예요. 그게 무슨 뜻인지 알죠? 아래쪽은 이제 정부고, 구인제약이고 아무도 신경 안 쓰겠다는 거죠. 시체들한테 물려 죽든, 서로 서로 총을 쏴서 죽든 알아서 하라는 거예요. 사장은 이미 다 알고 있었겠죠. 그 인간도 구인제약 사람이니까. 그걸 알고도 당신들을 끝까지 쥐어짜내고 이제 공장 문은 닫아 버렸어요. 월급? 그 인간이 곧 죽을 사람들한테 그런 걸 챙겨 줄 사람 같아요? 여기서 기다려 봐야 아무도 안 와요. 아무도 안 온다고! 그냥, 빨리 집으로 가서…… 가서 가족들이나 챙기세요. 빨리!"

수진의 말에 충격을 받은 사람들은 아무 말도 못하고 뻣뻣하게 서 있기만 했다.

"진짜야? 거짓말하는 거 아니야?"

무리에서 어떤 남자가 큰 소리로 물었다. 곁에 있던 세영이 나섰다.

"진짭니다. 이런 거짓말을 왜 하겠습니까? 보건군에서 나온 정보예요. 오늘 자정을 기점으로 장벽은 확실히 폐쇄됩니다. 올라갈 수 있으신 분들은 지금 당장 가셔야 합니다."

"올라갈 수 있는 분? 그런 사람이 여기 어디 있는데?"

작업복 차림의 50대로 보이는 남자가 냉소적인 어조로 말했다. 방금 거짓이 아니냐고 물었던 사람이다. 남자가 잔뜩 인상을 쓰며 물었다.

"너는 뭔데? 너, 면역자야?"

세영은 순간 자신이 말실수를 했음을 깨달았다. 그가 뭐라 대꾸하기도 전에 남자가 말을 이었다.

"맞네, 맞아! 쟤들은 네가 데려간다 이거지? 씨발, 좋겠네. 어떤 년들은 면역자랑 아는 사이라 검문도 바로바로 뚫고 위로 올라가고." 남자가 주변의 동료들을 둘러보며 목소리를 높였다. "우리 같은 떨거지 보유자 새끼들은 여기 남아서 뒈져라 이거지? 어이, 아저씨. 나도 좆나게 불쌍한 놈인데 어디 한 자리 없나? 내가 저년들같이 몸은 못 대줘도 뭐든 시키면 잘 할 자신은 있는데 말이야."

사람들이 웅성거리며 동요했다.

검문을 통과할 수 있는 보유자는 평상시 기준으로 면역자 한 명의 보증하에 두 명까지이다. 만약 장벽이 폐쇄되기라도 하면 보유자는 절대로 위로 올라가지 못한다. 세영은 그 사실을 설명하려다가 사람들의 적의 가득한 눈빛을 보고 입을 다물었다. 이들도 그쯤은 알고 있을 것이다. 이미 말이 통할 수준이 아니다. 그가 주저하는 사이 수진이 냉큼 지현의 손목을 잡아끌고 자동차 쪽으로 뛰었다. 반사적으로 세영도 몸을 돌렸다. 몇 초의 시간을 두고 남자들 셋이 소리를 지르며 그들을 쫓았다. 수진과 지현이 거의 차에 닿았을 때 도로를 반쯤 건너던 세영은 뒤에서 들어오는 태클에 휩쓸려 쓰러지고 말았다. 자기도 데려가라고 말한 그 남자가 세영과 뒤엉키며 바닥에 쓰러졌다.

"잡았다! 잡았어!"

쫓아오던 사람들 중 누군가가 소리쳤다. 두 사람이 잠깐 엎치락뒤치락하다가 남자가 세영의 배를 깔고 앉았다. 그는 쓰러진 세영의 멱살을 움켜쥐며 핏발 선 눈으로 소리쳤다.

"씨발 새끼야! 나도 데려가라고! 엉? 싫어? 싫다고? 여기서 그냥 목을 콱 비틀어 버릴까? 그럼 데려갈래?"

남자의 주름지고 그을린 얼굴이, 온몸과 날 선 말들이 너무도 생생하게 세영을 압박했다. 세영은 눈을 질끈 감으며 고개를 옆으로 돌렸다. 그는 이해할 수 없었다. 일면식도 없는 사람에게서 이런 무시무시한 살의가 쏟아질 수 있다는 것을.

"저리 떨어져!"

수진의 외침에 세영은 눈을 떴다. 그녀는 오른손에 공기권총을 들고 세영의 배에 올라탄 남자를 조준하고 있었다. 저런 게 어디서 나왔지? 세영은 의문을 떠올렸다가 바로 해답을 내렸다. 오늘 몰고 나온 자동차는 원래 미영의 것이었다. 세영이 몇 년 전 호신용으로 총을 구입해 선물해 주자, 그녀가 글로브박스에 넣어 놓았던 것이다. 세영은 문득 실종되던 날 미영이 이 총을 지니고 있었으면 어땠을까 하는 무의미한 가정을 했다. 그러면 죽지 않았을까? 미영은 총을 싫어했다. 아무리 챙겨 다니라고 주의를 주어도 그때만 대충 그러겠다고 대꾸하고 말을 듣지 않았던 것이다.

총을 본 남자는 천천히 일어나 뒤로 물러섰다.

"아니, 나는 좋게 좋게 말로⋯⋯."

"닥치고 안 꺼지면 머리통을 날려 버린다."

수진의 서늘한 협박에 남자는 입을 다물었다. 수진 뒤에 서 있던 지현이 나서서 세영을 부축했다. 두 사람이 차로 가는 동안 수진은 세 남자들을 계속 조준하며 뒷걸음질을 쳤다. 그들은 이미 전의를 상실한 채 마치 목표를 잃은 시체들처럼 가만히 서 있기만 했다. 차에 시동이 걸리고 지현이 그녀를 부르자 수진은 냉큼 몸을 돌리고 몇 미터를 뛰어 차 안으로 몸을 던졌다. 문이 닫히는 동시에 바퀴가 아스팔트 바닥을 사정없이 긁으며 차가 질주했다.

남겨진 사람들은 차가 사라질 때까지 멍하니 붙박여 있다가, 이윽고 하나 둘, 말없이 자리를 떴다. 사람들이 전부 흩어지자 대신 무거운 고요가 깔렸고, 45분 뒤 공장 앞 도로에는 10여 구의 시체들이 나타났다. 시체들은 천천히 걸어 폐쇄된 공장을 지나쳤다.

당연히 그 어떤 시체도 문을 닫은 공장에 관심을 두지는 않았다.

오후 5시경 사무실 근처 폐차장에 마련해 놓은 차고에 도착한 명철은 셔터를 올리고 안에 들어가자마자 먼지 가득한 자동차 덮개를 들췄다. 덮개 안에서 잠들어 있던 험상궂은 군용 험비가 모습을 드러냈다. 7년 전 미군들의 암시장에서 구입해 도색을 하고 여기저기 손을 본 물건이었다. 그는 서둘러 시동을 걸고 무전기가 제대로 작동하는지 검사했다. 연료도 가득하고 배터리도 정상이다. 잠들지 못하는 새벽에 가끔 드라이브를 해서 차가 완전히 죽어 버리지 않도록 신경을 써 왔던 덕이다.

그는 상자에 담긴 탄약 상자를 전부 더플백에 구겨 넣고 험비의 뒷좌석으로 던졌다. 선반에 놓인 산탄총과 소총도 챙겼다. 군용조끼에 권총, 손도끼를 꽂아 그 역시 뒷좌석에 던져 놓은 다음 벽에 걸린 작업용 고글을 목에 걸었다. 이어서 구두를 벗고, 차고 구석에 놓인 전투화로 갈아 신었다. 바지를 올려 종아리에 밴드를 차고 단검을 매달았다. 바지 자락을 전투화 안으로 넣고 발목 끈을 꽉 조인 명철은 탁탁, 바닥에 굽을 부딪쳐 감촉을 몸이 받아들이게 했다. 순식간에 군인이었던 시절의 기억이 호출됐다. 구두보다 훨씬 편했고, 동시에 훨씬 괴로웠다.

준비를 마친 명철은 험비에 타고 카페 첼로로 내달렸다. 흰색 밴은 꽁무니에 닿을 듯 바짝 그의 뒤를 따랐다. 이 정도면 미행하고 있다고 광고를 하는 정도다. 명철은 백미러를 흘끔 보고 피식 웃었다. 그래도 헤매지 않고 착실히 따라오는 것으로 보아 노력만큼은 가상했다.

20여 분 뒤 목적지에 도착한 명철은 서둘러 조끼를 입고 차에서 내려 건물로 뛰어 들어갔다가, 우뚝 멈춰 섰다. 무리에서 이탈한 시체 한 구가 어두컴컴한 계단 아래에서 어슬렁거리고 있었다. 명철은 고글을 쓰고 조심스레 조끼에서 권총을 꺼냈다. 주의를 돌리고 몰래 올라갈 수도 있겠지만, 경험상 처리할 수 있는 시체라면 처리해 놓는 것이 좋다. 뒤통수에 시체를 남겨 두면 반드시 문제가 생긴다. 나빠질 수 있는 일은 결국 나빠진다. 명철이 소대장이었던 시절, 그는 출동하기 전에 대원들에게 늘 그 말을 반복했다. 그 비관적인 세계관 덕분에 명철의 부하들은 다른 소대원들보다 훨씬 오래 살아남았다.

그는 발소리를 내지 않도록 조심하며 시체에게 다가갔다. 한 방에 끝내려면 조금 더 거리를 좁혀야 한다. 시체는 180센티미터 정도의 키에 몸무게가 100킬로그램은 나가 보이는 거구였다. 계단을 오르고 싶은데 무릎이 구부려지지 않는 듯 자꾸 왼쪽 오른쪽으로 종종걸음을 쳤다. 군집에서 떨어져 나온 시체는 이렇게 알 수 없는 행동을 한다. 인간과 마찬가지로 시체들도 오래된 것일수록 동작이 굼뜨며, 개체 간 차이가 있지만 바이러스의 완전 발현 이후 평균 두 달 정도가 지나면 근육이 썩어 움직일 수 없게 된다. 눈앞의 시체는 움직임으로 보아 생후 일주일도 안 된 것 같았다. 명철은 권총으로 시체의 뒤통수를 조준하며 한 발, 한 발 앞으로 갔다. 거리는 적당. 이제 시체가 잠깐 멈추기만을 기다리면 된다. 시체가 왼쪽에서 다시 오른쪽으로 가려고 멈칫했다.

아악!

뒤쪽에서 갑자기 여자의 비명이 터졌고 동시에 드르르륵, 연사를 하는 총소리가 정적을 갈가리 찢어 놓았다. 사람과 시체, 아니면 사람과 사람이 거리 어딘가에서 맞서고 있는 듯했다. 명철은 방아쇠를 당겼지만 시체가 갑작스레 고개를 돌리는 바람에 총알이 간발의 차이로 빗나갔다. 시체는 크악, 짐승 소리를 내면서 명철에게 돌진했다. 명철이 다시 총을 쏘았다. 펑, 압축 공기가 빠져나가면서 총알이 시체의 왼쪽 어깨에 박혔다. 박힌 총알이 터지자 시체의 어깨가 부서지며 팔이 바닥으로 떨어졌다. 그러나 묵직한 돌진은 멈추지 못했다. 시체는 더욱 괴성을 지르며 명철을 덮쳤다. 시체에게 밀리며 뒤로 쓰러지기 직전에 명철은 조끼에서 손도끼를 꺼냈다. 대신 넘어진 충격으로 왼손에 쥐고 있던 총을 놓쳤다.

시체가 남아 있는 억센 손으로 명철의 심장 쪽을 내리눌렀다. 명철은 이를 악물고 고통을 참으며 왼손으로 시체의 턱을 밀어 더 이상 얼굴이 아래로 내려오지 못하게 막았다. 시체의 회색 눈동자가 뒤룩뒤룩 굴렀고 거품을 문 입에서는 타액이 줄줄 흘러나와 명철의 손을 적셨다. 명철은 끄응, 억눌린 신음을 흘리며 오른손에 쥐고 있던 손도끼를 힘껏 휘둘렀다. 도끼날이 시체의 관자놀이와 광대뼈에 들어가 박히면서 목이 왼쪽으로 한껏 꺾였다. 피와 살점이 튀었지만 고글이 눈을 보호해 주었다. 충격으로 시체의 무게중심이 왼편으로 쏠리자 명철은 도끼를 놓고 몸을 굴렸다. 시체가 기우뚱하더니 모로 쓰러졌다. 명철은 재빨리 일어나 바닥을 휘둘러보며 총을 찾았다. 다행히 멀리 굴러가지 않고 건물 내 안내문이 달린 벽 아래에 떨어져 있었다. 명철은 잽싸게 이동해 총을 집어 들었다. 시체가 캬윽, 캭, 의미 없는 소리를 내뱉으며 손으로 바닥을 짚고 일어나려고 꿈틀거렸다. 명철은 시체에게 달려가 도끼가 꽂힌 머리에 사정없이 발길질을 했다. 전투화 앞굽이 입술에 명중하면서 시체의 앞니가 모조리 부러져 나갔다. 이제 아무도 물 수 없게 된 시체가 옆으로 나뒹굴었다. 명철은 여지를 두지 않고 곧바로 머리에 두 발을 쏘았다.

이번에는 빗나가지 않았다. 퍽, 퍽, 총알이 터지면서 원래 시체의 머리가 있던 자리에는 아무것도 남지 않게 되었다. 명철은 고글을 내려서 목에 걸고 숨을 거칠게 몰아쉬며 1분쯤 그 자리에서 쉬었다. 솟구친 아드레날린 덕에 몸이 아프지는 않았지만 가벼운 현기증이 일었다. 고통은 내일쯤 그를 덮치고 사정없이 물어뜯을 테지만 지금은 발톱을 감추고 있었다. 왕년에는 시체 하나쯤 아무것도 아니었지만, 지금은 필사적으로 기력을 짜내야 했다. 왠지 서글퍼졌지만 감상에 젖어 있을 시간은 없었다. 그는 손도끼를 집어 들고 위층으로 뛰어 올라갔다.

첼로의 문은 잠겨 있었다. 명철은 연달아 문을 세게 두드리며 희원을 불렀다. 아무런 반응이 없다. 집으로 가야 하나? 명철이 망설이다 다시 문을 두드리려는 순간 문고리가 천천히 돌며 문이 살짝 열렸다. 명철은 급히 문을 잡아당겼다.

희원이 앞에 우뚝 서 있었다. 흰색 블라우스는 대량의 피에 젖어 있었다. 명철은 가슴이 철렁했다.

"다쳤어?"

다급히 물었지만 희원은 멍하니 서 있기만 했다. 눈빛에 초점이 없었고 총을 쥔 오른손은 끊임없이 떨리고 있었다. 명철은 도끼와 총을 조끼에 꽂아 넣고 한 걸음 다가가 희원의 얼굴을 두 손으로 감쌌다.

"희원아, 정신 차려! 정신 차리라고! 나를 봐! 물렸어? 물린 거 아니지?"

희원의 눈동자에 순간 초점이 돌아왔다. 그녀는 살짝 고개를 저었다가, 다음에는 명철의 두 손을 뿌리치고 격렬하게 고개를 저었다. 그러고는 머리를 돌리고 손으로 카운터 쪽을 가리켰다. 그곳에는 회색 미니스커트를 입은 여자가 누워 있었다. 명철은 가까이 다가가 여자를 내려다보았다. 머리 절반이 날아가 원래 모습을 찾아볼 수 없었다. 옷차림으로 보아 '한 양'이라고 불렀던, 이곳에서 일하던 여자 같았다. 이름이 뭐였더라? 기억이 나지 않았다. 어쨌든 이제 이름 같은 것은 아무 의미도 없다. 이 여자가 시체에게 물린 뒤 카페 안으로 들어왔고, 희원이 처리했던 것이다. 다른 구구절절한 사연은 모두 그 원인과 결과 앞에서 무용지물이 된다.

명철은 희원에게 다가가 팔을 붙잡으며 재빨리 말했다.

"지금 바로 북쪽으로 올라간다."

그는 총을 빼들고 희원을 잡아끌며 밖으로 나왔다. 아래층으로 가서 두 사람이 험비에 탈 때까지 다른 시체는 나타나지 않았다. 차에 올라탈 때 가까운 곳에서 총소리가 났고, 다시 비명이 터지더니 동시에 제법 큰 폭발음이 들렸다. 명철은 옆자리에 앉은 희원을 흘끔 보고 시동을 걸었다. 험비가 육중한 체구를 이끌며 을씨년스러운 거리를 빠져나갔다.

한동안 운전에 집중하며 명철은 아무 말도 하지 않았다. 100여 구이상의 시체 군집을 10여 분 동안 세 번이나 목격할 수 있었다. 어제와는 확연히 다르다. 이제 시체들은 기하급수적으로 증식해 남쪽을 전부 장악할 것이다. 원래의 주인이 분실물을 찾아가는 것처럼. 명철은 창문을 내리고 주머니에서 담배를 꺼내 물었다. 불을 붙여 한 모금 내뿜자 옆자리의 희원이 그의 어깨를 툭툭 쳤다. 고개를 흘끔 돌려보자 그녀가 내민 수첩에 쓰인 글자가 보였다.

'물렸으면 버릴 거였죠?'

명철은 희원의 얼굴로 잠깐 시선을 돌렸다가 정면을 바라보았다. 희원의 얼굴에는 그와 처음 만났을 때처럼 아무런 감정이 없었다. 그는 담배를 한 모금 빨고 창밖으로 연기를 뿜었다. 여기에서 거짓말은 불필요하고, 거추장스러운 것이다.

"물렸다면 네가 편히 쉴 수 있게 해 줬을 거다. 그건 버리는 게 아니야." 그는 잠깐 말을 멈췄다가 다시 이었다. "물론 나보다 네가 먼저 죽는 일은 절대 없을 테지만."

희원은 다시 수첩에다 뭔가를 쓰다가, 종이 사이에 볼펜을 끼우고 그냥 덮었다. 한번 그렇게 된 말은 절대로 수첩 밖으로 나오지 않는다.

어스름이 지며 사위가 점점 어두워졌다. 명철은 담배를 버린 뒤 창문을 올렸다. 엔진 소음과 섞여 가느다란 흐느낌이 차 안을 낮게 맴돌았다. 명철은 희원의 눈물을 보지 않았다.

그는 액셀을 더욱 세게 밟으며 북쪽으로 전진했다.

16장

25번 터널로 이어지는 4차선 도로는 상하행을 가리지 않고 꽉 막혀 있었다. 모두 위로 올라가려는 차들뿐이었다.

초조해진 세영은 연신 창밖으로 고개를 내밀어 교통 상황을 살폈지만 길이 뚫릴 기미는 보이지 않았다. 1킬로미터를 이동하는 데에 두 시간이 넘게 걸렸다. 그러다 터널 입구까지 800여 미터를 남겨두고 차량 흐름이 완전히 멎어 버렸다. 사람들은 차 밖으로 나와서 불평을 하고, 어딘가에 전화를 걸고, 도로 밖으로 나가 밭에다 볼일을 보았다. 수진과 지현도 조금 전 밭을 지나 야산의 초입까지 다녀왔고, 이어서 세영도 그 대열에 끼었다. 결단이 빠른 사람들은 아예 차를 버리고 앞으로 걸어갔다. 저녁 8시. 해는 벌써 저물어 바깥에는 오직 자동차의 불빛만 반짝이고 있었다.

장벽 폐쇄까지 네 시간. 세영은 또 시계를 보았다. 차를 돌릴까?

그는 면역자용 프리패스를 떠올렸다가 옆에 앉은 수진을 흘끔 보고 그 생각을 지웠다. 시간에 맞출 수가 없다. 게다가 폐쇄 조치 뒤에 보유자를 데리고 통과했다가는 자동으로 공격을 당한다. 비상 상황이라 경계가 더욱 삼엄할 것이다. 그는 저도 모르게 한숨을 쉬었다. 더 이상 기다릴 수는 없었다. 그는 수진의 얼굴을 보며 말했다.

"저희도 걷죠. 일단 장벽은 통과하고 봐야 되니까."

"내가 10분 전부터 그 말 하고 싶었어요."

뒷자리의 지현이 동의하며 차 문을 열고 먼저 밖으로 나갔다. 세영이 이어서 내리려 하자 옆자리의 수진이 그때까지 손에 쥐고 있던 공기권총을 말없이 내밀었다. 세영은 권총을 보다가 고개를 저었다.

"그냥 가지고 계세요. 저보다는 수진 씨한테 필요할 겁니다."

그러자 수진은 별 대꾸 없이 뒤춤에 총을 꼽고 차에서 내렸다. 세 사람은 도로 옆의 긴 줄에 스며들어 빠르게 걸었다. 5분쯤 그렇게 걷다가 완만한 커브길을 돌자 100여 미터 앞의 장벽이 그 위용을 드러냈다.

15미터 높이의 장벽 위에는 10미터 간격으로 기관총 발사대와 강한 백색 빛이 나오는 탐조등이 설치되어 있었다. 각 발사대 주위에는 이미 완전무장을 한 군인들이 서너 명씩 모여 있었다. 장벽은 이미 폐쇄되어 입구에 거대한 강철 셔터가 내려와 있었다. 그 앞으로 대규모 군중이 넓게 퍼져 웅성거리는 중이었다. 자동차 전조등과 천천히 돌아가는 탐조등에 비친 사람들은 1000여 명이 넘어 보였다. 아직 집단 행동이 나타날 기미는 보이지 않았다. 군중 앞에는 중대 병력의 군인들이 철제 바리케이드 뒤에서 한 줄로 도열한 채 총을 겨누고 있었고, 2.5톤 군용 트럭 다섯 대와 구인제약의 대형 수송 차량 네 대가 그 뒤에 2열로 주차되어 있었다. 세영은 고개를 갸웃했다. 구인제약의 수송차? 저게 왜 여기에 있는 거지? 어째서인지 갑자기 명철이 해 준 말이 떠올랐다. '아무리 뒤를 캐 봐도 우리가 볼 수 있는 건 그런 트럭들밖에 없어.'

"어우, 망했네." 곁에 있던 지현이 낮게 중얼거리고는 세영을 보며 물었다. "이제 어떡하죠?"

세영은 수진과 지현의 얼굴을 번갈아 쳐다보고 다시 멀리 장벽 쪽으로 시선을 던졌다. 차에서 내려 이렇게 장벽을 보는 것은 처음이었다. 창 너머가 아니라 맨눈으로 맞닥뜨린 장벽은 가벼운 절망감을 느끼게 했다. 어쩐지 저 뒤로 넘어갈 수 없으리란 예감이 들었다.

"여긴 틀린 거 같습니다. 아무래도 다시 차로 가서……."

위이이잉. 세영의 말을 끊으며 사이렌이 20여 초간 울려 퍼졌다. 웅성거리던 사람들이 모두 입을 다물었다.

—아, 아, 마이크 연결된 거야? 아, 아, 나오네……. 보건군에서 알립니다. 현 시간부로 25번 터널은 폐쇄합니다. 반복합니다. 현 시간부로 25번 터널은 폐쇄합니다. 보유자들은 전부 해산하십시오. 면역자들은 앞으로 나와 스캔을 받고 군의 안내에 따르기 바랍니다. 반복합니다. 현 시간부로 25번 터널은…….

무뚝뚝한 방송이 끝나자 군중이 눈에 띄게 동요했다. 누군가 애가 있으니 제발 문을 열어 달라고 소리쳤고, 그 외침을 시작으로 불만과 함성과 욕설이 터져 나왔다. 문을 열어라! 우리도 사람이다! 분노는 순식간에 전염되고 불어나고 거세졌다. 그 와중에 면역자들은 군중의 틈을 비집고 앞으로 나와 쏜살같이 바리케이드를 넘어갔다. 군인들은 사람 하나가 지나갈 수 있도록 공간을 만들고 면역자들을 하나하나씩 빨아들였다. 스무 명 정도의 면역자가 지나갔을 때 군중 속에서 소란이 일었다. 잡아! 저 새끼들 못 가게 잡아! 이어서 몸싸움이, 난투가 벌어졌다. 비명과 욕설과 함성이 뒤섞였다. 곧 폭동이라도 일어날 기세였다. 다시 사이렌 소리.

─아, 아, 여러분 진정하십쇼……. 진정하세요! 진정하라고 이 새끼들아! 내 말 안 들려? 하여간 보유자 새끼들 사람 말 안 듣는 건 알아줘야 돼. 야, 됐어. 그냥 가져온 거 풀어라. 이것들은 꼭 당해 봐야 정신을 차리지.

그 말이 끝나자 군인들이 일제히 차량 뒤로 물러났다. 군인들이 사라지자 잠시 후 비스듬히 정차되어 있던 수송 차량 컨테이너의 뒷문이 열렸다. 동시에 탐조등의 불빛이 한꺼번에 바리케이드 앞의 군중들에게 집중됐다.

시체들은 주광성(走光性)을 띤다. 즉, 빛을 쫓아 움직인다.

세영은 순간 생물학 교과서에 나오는 그 말을 떠올렸다. 군인들과 대치하고 있던 최전방의 사람들은 강렬한 탐조등의 빛 때문에 컨테이너에서 무더기로 쏟아져 나오는 것들을 제대로 볼 수 없었다. 어둠 속에서 밀려온 파도가 최초의 먹잇감을 향해 달려들었다. 조명 때문에 눈살을 찌푸리며 선두에 서 있던 사람들은 비명도 제대로 지르지 못하고 그 파도에 휩쓸렸다.

구인제약이 전국에서 채집한 활동성 강한 시체들이 인간들을 공격했다.

컨테이너마다 가득 들어차 있던 시체들은 본능에 따라 조금도 주저하지 않았다. 시체 하나가 앞줄에 있던 남자의 목을 물었다. 옆에 있던 여자에게는 한꺼번에 시체 셋이 달라붙었고, 무게를 이기지 못한 여자가 쓰러져 뒤통수를 바닥에 부딪히며 그대로 정신을 잃었다. 시체들은 여자의 뺨과 목덜미, 팔과 배를 물어뜯었다. 목의 동맥이 끊기며 피가 솟구쳤다. 연달아 수십 명의 사람들이 쓰러지고 나서야 최초의 비명이 터졌다. 이어서 시체다! 좀비다! 누군가 소리를 질렀다. 탐조등이 비추는 공간에 있던 사람들은 그제야 정신을 차리고 악다구니를 쓰며 뒤로 돌아 달렸다. 그들은 대부분 총을 소지하고 있었지만 갑자기 나타난 시체에 대한 공포가 대항 의지를 완벽하게 꺾어 버렸다. 선두 쪽 사람들은 필사적으로 도망치려 했지만 길 위에 자동차들이 가득한 데다, 뒤쪽 사람들이 상대적으로 상황 파악이 느렸기에 쉽게 달릴 수가 없었다. 사람들은 중간에 뒤엉켜서 자기들끼리 넘어졌다. 넘어진 사람들을 뛰는 사람들이 짓밟았다. 짓밟힌 사람들을 시체들이 마지막으로 물어뜯었다. 젊은 남자들은 차 위로 뛰어 올랐다. 차를 밟으며 뛰다가 간격이 먼 뒤쪽 차로 건너가지 못하고 허공을 밟아 그대로 추락하는 사람들이 속출했다.

1000여 구가 넘는 시체들은 끝도 없이 쏟아져 나와 도망치는 사람들을 쫓았다. 1급 활동성의 시체들은 인간의 전력 질주에는 미치지 못하지만 평범한 노인들보다는 빨리 뛸 수 있었다. 절규와 단말마, 고통과 공포의 비명이 순식간에 장벽 앞을 장악해 시체들이 내는 짐승의 소리를 뒤덮었다. 피비린내가 진동했다. 무기를 소지하고 있던 보유자들이 그제야 총을 쏴 댔다. 눈먼 총탄은 시체와 인간을 가리지 않고 급습했다. 그렇게 아수라장이 벌어진 사이, 장벽 위에서 스무 대 가량의 드론이 날아올랐다. 드론은 20미터 상공에서 조명을 비추며 땅 아래에 펼쳐진 지옥의 모습을 카메라에 담기 시작했다.

뇌가 멈춘 것처럼 멍하니 서서 푸르스름한 빛을 내며 날아다니는 드론을 보고 있던 세영은 누군가 어깨를 두드리자 정신을 차렸다. 고개를 돌리니 수진이 얼굴을 구기며 악을 쓰고 있었다. 그런데 온갖 소음 때문에 무슨 말을 하는지 제대로 들리지 않았다. 귓속에 벌레가 들어가 있는 것처럼 이명이 점점 심해졌다. 수진은 곁에 있던 지현의 손을 잡고 뒤로 돌아 뛰었다. 세영은 다시 정면을 바라보았다가 사람들이 무진장 밀려오는 것을 보며 순간 현실감을 되찾았다. 그는 나직이 욕을 뱉고 자동차들 사이를 빠르게 지나치며 수진의 뒤통수를 쫓았다. 난생처음 보는 대규모 시체들의 공격에 그는 넋이 나가 있었다. 숨이 가쁘고 이마에서 흘러내리는 땀으로 눈앞이 젖어 시야가 극도로 흐려졌다. 그는 본능에 따라 뛰었다. 뛰면서 옆을 보았다. 도롯가는 완벽한 어둠으로 뒤덮여 있었다. 야산으로 숨어야 한다. 빛이 없는 곳을 찾아가야 한다. 그는 이를 악물고 뛰어 수진과 지현을 따라잡았다.

"저쪽! 저쪽으로 뛰어요!"

그는 악을 쓰며 손짓으로 가야할 방향을 가리키면서 앞장을 섰다. 두 여자가 뒤를 따랐다. 도망치는 사람들의 행렬에서 빠져나온 세 사람은 어둠으로 뛰어들었다.

그때 장벽 위의 기관총이 불을 뿜었다. 기관총의 탄알은 모두에게 평등한 죽음을 선사했다. 세영, 수진, 지현이 모두 멈칫하며 거대한 총소리가 끊이지 않는 장벽 쪽으로 고개를 돌렸다. 저 멀리 하얀 조명 아래에서 피와 살이 튀는 살육이 벌어지고 있었다. 사람을 뜯어 먹던 시체의 머리가 터졌다. 쓰러진 여자를 밟으며 도망가던 남자가 등에 총알을 맞고 쓰러져 자동차 보닛에 축 늘어졌다. 시체가 된 남자를 시체가 또 덮쳤고, 총알이 한꺼번에 두 시체를 관통했다. 아이 하나를 업고 달리던 남자가 발을 헛딛으며 아이와 같이 쓰러졌고, 총알은 쓰러진 두 사람의 가슴과 다리 부위를 가로질러 지나갔다.

세영은 눈을 질끈 감으며 외면했다. 그는 여자들을 돌아보며 어서 뛰라고 재촉했다. 세 사람은 버려진 밭에 고인 빗물을 첨벙첨벙 튀기면서 더욱더 어두운 곳으로 도망을 쳤다.

'올빼미 작전 개시 예정. 절대 장벽에 접근하지 말 것.'

17번 터널을 지척에 두고 있던 명철은 문자 메시지를 받고 갓길에 험비를 세웠다.

오후 7시가 조금 넘은 시간. 터널로 이어지는 상행선 도로 위는 러시아워를 방불케 했다. 그는 다시 한 번 문자를 확인했다. 올빼미 작전이라……. 명철은 그 말을 곱씹었다. 26년 전 최초의 사태 이후 장벽 폐쇄는 지금까지 네 번이나 반복됐다. 그중 최근 두 번의 폐쇄 직전에 군의 비밀 작전이 있었다. 작전명 올빼미. 이 역시 저 위쪽 어딘가에 있는 정신 나간 인간의 머릿속에서 나온 것이었다. 장벽 폐쇄 이후 권력자들은 반대 측의 집요한 공세에 시달렸다. 그 결과 총리가 바뀌었고, 평시 대비 시체들이 40퍼센트 이상 증가하거나 기타 비상 상황이 아닌 한 폐쇄를 할 수 없다는 법이 통과됐으며, 보건군은 최선을 다해 장벽 아래의 시체들을 처리해야만 했다. 물론 보건군은 그런 위험을 감수하기보다는 쉬운 길을 택했다. 적당히 위험해질 기미가 보이면 위로 물러나 문을 닫아 버리고는 시체들을 풀어 보유자들을 공격하게 했다. 공격이 이루어지면 시체와 보유자들을 한꺼번에 처리하고 시체들이 장벽 지척까지 접근해 소동을 일으켰다며 호들갑스럽게 언론에 공표했다. 작전으로 만들어진 비상 상황은 언론을 통과하면서 실제보다 수십 배로 부풀어 올랐고, 그것으로 장벽 폐쇄와 보건군 철수는 굳건한 정당성을 얻었다. 시체와 함께 그렇게 버려진 보유자들은 몇 개월 동안이나 죽음을 껴안은 채 뒤척여야 했다. 한 번 폐쇄가 진행될 때마다 평균 15퍼센트가 넘는 보유자들이 시체로 변했다.

명철은 한숨을 내쉬고 바로 세영에게 전화를 걸었다. 신호가 몇 번 가다가 연결할 수 없다는 음성이 흘러나왔다. 걱정이 됐지만 별다른 방법은 없었다. 그는 전화기를 옆자리의 회원에게 건넸다. 이미 장벽을 통과하기를 글렀다. 다른 계획을 세워야 했다.

그는 백미러를 흘끔 보고 과감하게 운전대를 돌렸다. 느리게 이동하던 자동차들이 갑자기 옆으로 끼어들어 온 덩치 큰 험비에 놀라 빵빵, 경적을 울려 댔다. 험비는 아랑곳하지 않고 빈틈을 비집고 들어가더니 그대로 가드레일형 중앙분리대를 들이받았다. 분리대를 뭉갠 험비는 한적한 하행선 도로로 넘어가 크게 U자를 그린 뒤 천천히 이동했다. 명철은 일부러 액셀을 밟지 않고 운전하며 백미러를 보았다. 예상대로 한바탕 소동이 일어났고 흰색 밴이 부서진 중앙분리대를 통과해 넘어왔다. 명철은 그 순간 속도를 올렸다. 적당한 장소를 찾아야 했다.

20여 분을 운전한 명철은 길가에 허름한 24시간 무인 주유소가 나타나자 그곳으로 들어서 주유기 옆에 차를 세웠다.

"문 잠그고 무슨 일이 있어도 절대 내리지 마. 곧 돌아온다."

희원이 고개를 끄덕였다. 명철은 권총을 빼내 탄창을 대인용으로 갈고 조끼에 다시 꽂아 넣은 뒤, 차에서 내렸다. 그는 작동되지 않는 주유기를 조작하는 척하며 눈동자를 굴려 자신을 쫓아온 차를 찾았다. 차는 명철이 서 있는 곳에서 15미터쯤 떨어진 채 보도의 연석에 바짝 붙어 있었다. 어떻게 할까? 명철은 주유 노즐을 꺼내 험비에 꽂아 넣고 곁에 붙어 있는 콘크리트 건물을 노려보았다. 관리용 사무실 정문은 쇠사슬로 잠겨 있고 불도 꺼져 있었다. 명철은 유유자적 걸어서 건물 오른편에 붙은 개방형 화장실로 갔다. 벽의 스위치를 누르니 천장의 깨진 백열등에 불이 들어왔다. 소변기 두 개가 붙은 좁은 화장실에는 다행히 사람 하나가 간신히 나갈 만한 창문이 있었다. 명철은 삐걱대는 창문을 열고 낑낑대며 건물 뒤쪽으로 빠져나왔다. 그는 군데군데 뚫린 철조망을 건너고 잡초가 사람 허리만큼 자란 공터를 우회해서 밴으로 접근했다. 감시자들은 계속 화장실 쪽을 주시하고 있을 것이다. 밴의 뒷문까지 5미터 정도 거리가 되자 명철은 권총을 빼내 조준 자세로 가까이 다가갔다. 결심을 굳힌 명철은 뒷문 손잡이 부분에 총을 두 발 쏘고 지체 없이 문을 활짝 열었다.

감청 장비 앞에 앉아 헤드폰을 쓰고 있던 20대 남자가 깜짝 놀라며 엉거주춤 일어섰다. 명철은 남자의 종아리에 한 발을 쏘았다. 총알을 맞은 남자는 비명을 지르며 다리를 부여잡고 나뒹굴었다. 명철

은 허리를 숙인 채 빠르게 전진해 쓰러진 남자의 가슴을 발로 걸어
차고, 그때까지 아무런 반응도 못하고 있던 운전석 쪽 남자에게 주
먹을 날렸다. 한 방을 맞고 창에 얼굴을 부딪힌 남자의 어깨를 바짝
잡아당긴 명철은 오른쪽 관자놀이에 권총을 가져다댔다. 남자가 신
음을 흘리며 얼어붙었다. 명철이 짧게 말했다.

"소속을 말해."

"예, 예?"

"소속. 어디서 보냈지?"

"저, 저는 구, 구인제약 관리3팀⋯⋯." 남자가 덜덜 떨면서 대답했다.

"좋아. 너는 나랑 같이 간다. 차에서 천천히 내려."

"아니, 저는⋯⋯."

"뒤에 있는 친구같이 되기 싫으면 그냥 얌전히 시키는 대로 해."

총에 맞고 걸어 채인 남자의 신음이 적절한 동기 부여가 되었는
지 운전석의 남자는 명철의 지시에 충실히 따랐다. 예상대로 구인제
약에서 보낸 인원들이었다. 명철은 남자를 총으로 위협해 험비의 뒷
좌석에 태웠다. 그는 희원에게 총을 겨누게 하고 글로브박스에 있던
덕트 테이프로 남자의 두 손목과 발목을 단단히 결박했다. 준비를
마친 명철은 험비를 출발시켰다.

"지금부터 우리는 같이 북쪽으로 올라간다. 대 구인제약의 회사원
이시니까, 장벽쯤은 간단하게 통과하실 수 있겠지?"

"저, 저는 그냥 위에서 시키는 대로 미행만 했습니다. 진짜 죄송합
니다. 제발 살려⋯⋯."

"너희들 전용 통로가 있다는 건 웬만한 사람들은 다 알아. 그렇게

딴청 피울 거 없어."

"아니, 아닙니다. 그런 거 없어요. 절대 그런 거 없습니다. 우리 관리팀도 프리패스로 다니는 겁니다. 칩에 보안 인가를 받아서 그냥 검문만 안 당하는 거죠."

명철은 속으로 쾌재를 불렀다. 과연 대(大) 구인제약 회사원의 손목에 이식된 칩은 평범한 것과 달랐다.

"차에 보유자가 타고 있어도 잡지 않는다?"

"예, 예. 맞습니다. 맞아요. 말 그대로 프리하게 다니는 거죠."

남자가 말을 하고 어색한 웃음을 흘렸다.

"좋아. 지금부터 조용히 입 다물고 있어. 안 그러면 칩이 있는 손만 잘라서 가지고 올라갈 테니까. 나도 그 편이 무게가 줄어서 좋거든. 기름도 별로 안 들고."

남자가 입 밖으로 나오려던 말과 함께 침을 꿀꺽 삼켰다.

명철은 가장 가까운 프리패스까지 가는 경로를 떠올리고 자동차의 속도를 높였다.

수진은 어둠 속을 달렸다.

발끝은 억센 풀과 낙엽 더미가 연이어 걸렸고, 귓가에는 매서운 찬 공기가 맴돌았다. 불쑥불쑥 튀어나오는 잔가지들이 뺨을 스치다 기어이 날카로운 상처를 냈지만 그녀는 아픔을 제대로 느끼지도 못했다. 폭발음과 총소리와 비명은 조금 전에 사라졌다. 이제는 그저 자신과 동료들의 거친 숨소리와 발소리만 들릴 뿐이었다. 그녀는 어두운 야산을 가느다란 불빛에만 의존해 가로질러 가고 있었다. 앞서

달리는 지현의 손에 매달린 조그만 손전등의 불빛마저 없었다면 뛰어갈 엄두조차 못 냈을 것이다.

한참을 도망치던 세 사람은 결국 나지막한 야산 중턱에서 멈출 수밖에 없었다. 손전등을 들고 있던 지현이 큼직한 돌부리에 걸려 넘어졌기 때문이었다. 수진은 깜짝 놀라며 지현을 부축해 일으켰다. 세영은 바닥에 떨어진 손전등을 급히 주워 들고는 주변을 둘러보았다. 제법 깊숙이 들어와 나무를 제외하고는 아무것도 보이지 않았다. 그는 두 손을 무릎에 대고 한참 숨을 고른 뒤 두 여자에게 말했다.

"이 정도면 안전할 거 같습니다. 잠깐 쉬었다 가시죠."

말을 끝낸 세영은 기운이 전부 빠진 듯 털썩 낙엽 더미 위에 주저앉았다. 수진도 지현을 데리고 나무 아래에 앉았다. 세영이 주머니에서 휴대전화를 꺼내더니 화면을 노려보았다. 그는 얼굴을 한껏 구겼다. 지현이 물었다.

"전화가 안 돼요?"

"네. 통화권 이탈입니다."

세영은 전화기를 주머니에 넣고 후, 한숨을 내쉬었다. 수진은 누구에게 전화를 걸더라도 큰 도움이 될 것 같지는 않았지만 그런 생각을 입 밖으로 내뱉지는 않았다. 희망은 아주 작은 것이라도 가지고 있는 편이 나았다.

"하, 진짜 이게 무슨 일이래." 지현이 말했다. "아까 언니도 봤지? 그 새끼들이 시체들을 풀어 놨잖아. 진짜 미친 새끼들."

그러자 세영이 어딘지 몽롱하게 느껴지는 목소리로 말했다.

"그랬죠. 그랬어요……. 군이 왜 그랬을까요?"

왜? 수진은 저도 모르게 안대를 만지작거리다가 위로 올려 벗어 버렸다. 안대를 바닥에 버리고 그녀는 세영의 얼굴로 시선을 보냈다. 한쪽 눈두덩이 부은 데다, 어두워서 얼굴 표정은 잘 보이지 않는다.

"왜 그랬는지 모르겠어요?" 수진이 말했다.

"네?"

"내일쯤 방송에 나오겠죠. 시체들이 장벽 바로 아래에서 사람들을 공격했다고. 기억 안 나요? 5년 전에도 이런 일 때문에 장벽이 막혔죠. 면역자들은 관심도 없었겠지만. 그냥, 그냥 저 위쪽 인간들이 문을 닫고 싶어서 그랬던 거예요. 문을 닫고 자기들끼리 조용히 지내고 싶어서."

수진은 당시 갓 돌이 지난 미나를 데리고 지방으로 도망을 쳤던 일을 떠올렸다. 그때는 아직 그녀의 어머니가 살아 있었고 그 덕에 벙커에서 안전하게 지낼 수 있었다. 이번에는? 엄마도, 미나도 없다. 이제 아무도 없다. 시체들의 파도가 한 번씩 밀어닥칠 때마다 소중한 사람들이 사라진다.

"그래……. 그거로군요. 그런 이유였어. 그런 같잖은 이유로 연구소에서 채집한 시체들을 풀어 놨단 말이죠……."

세영이 혼잣말을 하듯 중얼거렸다. 목소리 끝이 미세하게 떨리고 있었다. 수진은 그가 분을 삭이고 있다는 것을 알 수 있었다. 정의롭고, 좋은 사람이었다. 어딘가 순진한 구석이 있었지만. 지금도 여자 두 명이라는 짐 덩어리를 끌고 올라가려고만 하지 않았다면 이미 안전한 북쪽에 있겠지.

"이제 와서 이런 얘기해 봐야 뭐해요. 원래 그런 인간들이라 어쩔 수 없는 거죠." 지현이 말했다. "그건 그렇고, 이제 어떡하죠? 큰 길로 나갈까요? 아님 더 숨어 있어야 되나?"

"일단 전화가 되는 곳으로 가야 합니다. 그러면 도와줄 사람을 부를 수 있어요."

"그게 누군데요?"

세영이 대답을 하려고 입술을 들썩이는 순간 가까운 곳에서 낙엽을 밟는 발소리가 났다.

그는 급히 손전등을 껐다. 어둠이 거인의 손바닥처럼 세 사람을 내리눌렀다. 수진은 뒤춤에서 총을 빼 소리가 난 곳으로 겨냥했다. 손이 떨려서 조준선이 이리저리 흔들렸다. 아무도 움직이지 않았다. 그들은 숨을 죽인 채 발소리가 멀어지기를 기다렸다. 그러나 소리가 점점 가까워지더니, 나무를 헤치고 검은 그림자가 두 개 나타났다. 수진이 어떻게 할까 망설이는 사이 세영이 손전등을 켜서 형체 쪽으로 빛을 쏘았다. 수진은 벌떡 일어서며 총을 겨누었다.

"멈춰! 움직이면 쏜다!"

세영이 수진 대신 군인처럼 외쳤다. 갑자기 터진 빛 때문에 두 사람은 한 손으로 얼굴을 가리며 눈을 찌푸렸다. 왼편의 사람이 한 손을 올리며 다급하게 소리쳤다.

"쏘지 마! 쏘지 마세요! 우리 사람이에요. 사람!"

남녀 한 쌍이었다. 모두 20대 초반으로 보였다. 남자가 여자를 부축하고 있었다. 세영이 손전등을 아래로 내리며 물었다.

"장벽에서 도망친 겁니까?"

"예, 맞아요. 여기서 불빛이 보이길래……." 남자가 대답했다. 부축을 받고 있던 여자는 오들오들 떨고 있었다. 이빨이 딱딱 부딪히는 소리까지 날 정도였다. "괜찮아? 일단 여기 좀 앉자."

남자는 경사가 완만한 낙엽 더미 쪽으로 걸었다. 여자는 눈에 띄게 다리를 절고 있었다. 남자는 여자를 반쯤 껴안은 채 자리에 앉혔다. 그러면서 괜찮을 거라고, 곧 괜찮아질 거라고 속삭였다. 주문과 자기암시가 반반 섞인 듯한 말이었다. 수진, 지현, 세영은 아무 말 없이 한동안 그들을 바라보기만 했다.

뛰다가 발목이라도 접질렸나? 수진은 가장 낙관적인 추측을 했다가 금세 부정했다. 글쎄, 과연 그럴까? 날이 좀 춥긴 해도 저렇게 떨 정도야? 옷도 잘 껴입었구만. 숨소리도 너무 거칠어…… 보유자 특유의 날 선 감각이 수진의 의지와는 상관없이 머릿속을 흔들어 댔다. 방금 시체들한테서 도망쳐 나왔어. 저런 사람은 꼭 확인을…….

그때 지현이 벌떡 일어서며 세영에게 다가가 손을 내밀었다.

"전등 좀 줘 봐요."

세영이 어리둥절한 표정으로 손을 내밀자 전등을 낚아챈 지현은 남녀에게 다가갔다. 그녀가 손전등으로 여자의 종아리 부분을 비추고는 눈살을 찌푸렸다.

"이거 피 난 거 맞죠? 솔직히 말해 봐요. 어쩌다 다쳤어요?"

여자는 고개를 숙인 채 덜덜 떨고만 있었다. 남자가 여자의 어깨를 더욱 감싸며 목소리를 높였다.

"그냥 뛰다가 넘어져서 그런 겁니다! 신경 끄세요."

"그래요? 그럼 바지 좀 위로 올려 봐요." 지현은 물러서지 않았다. "올려보면 알겠네. 넘어져서 다쳤는지, 아니면…… 물렸는지."

물렸다는 말이 나오자 남자가 자리에서 불쑥 일어섰다. 그 서슬에
지현이 한 발 뒤로 물러났다. 남자에게 기대 있던 여자가 옆으로 쓰
러졌다. 여자의 입에서 신음이 흘러나왔다. 수진도 일어나 남자에게
총을 겨누었다.

"말, 했, 잖, 습니까. 그런 거 아니라고."

남자가 음절 하나하나를 씹어서 내뱉듯이 말했다. 남자의 태도로
보아 물린 게 확실해 보였다. 수진은 여자를 흘낏 보았다. 얼마나 됐
을까? 보유자가 시체한테 물리면 한 시간 안에 시체가 된다. 절대불
변의 법칙. 아무도 그 사실을 바꿀 수 없다.

"저기요, 저분 상태 보이죠?" 지현이 손가락으로 여자를 가리키며
달래듯 말했다. "지금 무슨 심정인지는 알겠는데, 그쪽도 시체한테
물린 사람은 어떻게 해야 하는지 잘 알잖아요?"

버려야 한다. 처리해야 한다. 모두들 그렇게 교육받았다. 아무리
사랑하는 사람이라도 예외는 없다. 수진은 미나의 웃는 얼굴을 떠올
렸다. 갑자기 눈물이 터져 나올 것 같았다. 수진은 입술을 깨물며 간
신히 버텼다.

지현을 노려보던 남자의 얼굴이 울상으로 변했다.

"제발, 저희 좀 도와주시면 안 될까요? 네? 네? 예…… 물렸습니
다. 아까 다리를 물렸어요. 제발 병원으로 같이 좀 데려가 주시면 안
될까요? 네? 진짜 시키는 건 뭐든지 할 테니까."

그때 쓰러져 있던 여자가 으으, 신음을 흘리며 몸을 뒤챘다.

남자가 무릎을 꿇고 앉으며 여자를 살폈다.

"많이 아파? 괜찮아. 내가 꼭 병원으로 데려갈게. 곧 데려갈 테니

까 잠깐만 참아. 잠깐만. 이분들도 도와주실 거야."

목소리에 울음과 떨림이 섞여 있었다. 그는 여자의 뒷목과 오금에 손을 넣어 품에 안고 들어 올리려 했다. 그 순간 여자가 악을 쓰며 남자의 가슴을 밀쳤다. 남자가 뒤로 나동그라졌다. 그 반동으로 여자도 하늘을 보는 자세로 쓰러졌다. 남자가 다시 일어서 여자를 부르며 다가가려는 순간 여자의 귀기 어린 중얼거림이 흘러나왔다.

"목사님, 목사님. 목사님 말씀이, 그, 말씀이 맞았어요. 전부 맞았어요!"

수진은 머리칼이 쭈뼛 서는 듯한 느낌을 받았다.

"넷째 봉인을 떼실 때에, 내가 넷째 생물의 음성을 들으니, 말하기를 오너라, 하였다. 그때 내가 보니, 보라, 창백한 말이 있는데 그 위에 탄 자의 이름은 사망이요, 지옥이 그 뒤를 따르니, 저희가 땅 사분의 일의 권세를 얻어 검과 굶주림과 사망과 땅의 들짐승으로 죽이더라……. 자기야, 자기야, 보여? 보여? 하늘에서 내려오고 있어. 내려 와, 별 같이 내려와. 파란 죽음이 내려와……. 이쪽으로 와서 봐. 보여? 보이지? 아니, 아니야. 오지 마! 절대로 오지 마! ……하늘에 계신 우리 아버지, 온 세상이 아버지를 하느님으로 받들게 하시며, 아버지의 나라가 오게 하시며 아버지의 뜻이 하늘에서와 같이 땅에서도 이루어지게 하소서. 오늘 우리에게 필요한 양식을 주시고, 우리가 우리에게 잘못한 이를 용서하듯이 우리의 잘못을 용서하시고, 우리를 유혹에 빠지지 않게 하시고 악에서 구하소서……."

여자는 분명 환각을 보고 있었다. 기도와 섞인 여자의 빠른 말은 점점 발음이 뭉개지며 알아듣기 힘들게 바뀌었다. 방언이 터진 듯

쉴 새 없이 쏟아지던 말이 갑자기 뚝 끊겼다. 괴괴한 정적이 흘렀다. 아무도 숨조차 크게 쉬지 못했다. 지현은 슬금슬금 뒷걸음질을 쳤다.

"안 돼, 제발, 제발. 하나님, 제발 살려 주세요. 우리 은혜 좀 살려 주세요……." 넋이 나간 남자가 풀썩 앞으로 무너지며 여자의 상체를 끌어안았다. "제발 살려 주세요, 하나님……. 왜! 왜 우리가…… 왜! 왜! 왜!"

남자가 절규하는 순간, 여자의 축 늘어져 있던 오른팔이 채찍처럼 남자의 등에 휘감겼다.

캬악, 짐승의 소리를 내며 이제 막 회색 눈을 뜬 여자의 시체가 남자의 왼쪽 볼과 입술을 한꺼번에 물어뜯었다. 으아악. 뱃속 깊은 곳에서 올라온 비명이 밤하늘 높이까지 치솟았다. 수진은 덜덜 떨리는 손으로 여전히 총을 조준하고 있었다. 남자가 바닥에 쓰러지고 여자는 코를 박고 전부 먹어치울 기세로 남자의 얼굴을 탐했다. 살점을 씹는 소리가 묘하게 비현실적으로 느껴졌다.

"언니! 뭐하는 거야? 얼른 쏴! 얼른 쏘라고!"

지현이 옆에서 소리쳤다.

수진은 총을 조준한 채 무엇에 홀린 듯, 한 발 한 발, 시체와 희생자에게 다가갔다. 지현이 손전등으로 목표를 비춰 주었다. '하늘에서 내려오고 있어. 내려와, 별같이 내려와. 파란 죽음이 내려와.' 여자가 방금 전 중얼거린 말이 귓가를 맴돌았다. 인간이 아무리 간절해도 내려오는 죽음은 피할 수가 없다. 이미 숨이 끊긴 남자의 목덜미를 물어뜯고 있던 시체가 움직임을 뚝 멈추더니, 위협을 느낀 초식동물처럼 목을 쭉 빼고 고개를 천천히 돌려 수진을 노려보았다.

온통 피범벅이 된 시체의 얼굴에서 조명을 받은 회색 눈동자만이 유난히 도드라져 보였다.

그 순간 손의 떨림이 멎었다.

캬악, 시체가 이빨을 드러내며 그녀를 위협했다.

"빨리 쏴!"

지현이 외치는 것과 동시에 수진은 방아쇠를 당겼다.

당기고, 또 당겼다.

17장

프리패스까지 가는 길에 큰 어려움은 없었다. 중간에 한 번 군집한 시체들과 마주쳤지만 가속력을 얻은 험비는 힘들이지 않고 시체 10여 구를 들이받아 날려 버린 뒤 유유히 도로 위를 내달렸다. 차는 밤 10시경 장벽 입구에 다다랐다. 명철은 속력을 시속 20킬로미터로 줄이고 앞차를 뒤따랐다. 상행하는 차들이 별로 없어 수월하게 진입할 수 있었다. 평시와 달리 입구 옆 검문소에 완전무장을 한 군인들이 있었지만 별다른 검문은 없었다. 험비가 아치형 스캐너를 천천히 통과하자 왼편에 붙은 지시등에 녹색불이 들어왔다. 스캐너는 정확히 보유자 한 명의 존재를 알렸지만 뒷좌석에 있는 '2급 특별 인가' 칩이 그런 건 무시해도 된다며 통과를 강요했던 것이다. 내심 마음을 졸였던 명철은 후, 하고 가볍게 숨을 내쉬었다.

험비는 100미터가량의 짧은 인공 터널을 지나 북쪽으로 들어갔다.

명철은 창문을 내리고 담배를 물었다. 옆자리의 희원은 잠이 들어 있었다. 백미러로 뒷좌석을 보니 미행에 서툰 구인제약의 회사원은 고개를 푹 숙인 채 초조한 듯 다리를 떨고 있었다. 이 녀석을 어떻게 할까? 심문을 해서 미행 지시를 내린 자를 알아낼 수는 있다. 하지만 그래 봐야 달라지는 것은 없다. 박미영 사건의 조사를 이어 가면 꼬리는 또 붙을 테고, 다음번 꼬리는 이렇게 수월하게 떼어 낼 수 없을지도 모른다.

명철은 복잡해진 머릿속을 털어 버리듯 담배를 창밖으로 튕기고 묵묵히 운전을 계속했다. 도심으로 접어들자 여느 때와 다름없는 평온한 밤거리의 모습이 나타났다. 아래쪽에서 무슨 난리가 벌어졌는지 전혀 알지 못하는, 공인받은 인간들만의 세계. 명철은 몇 시간 전 시체와 사투를 벌였던 기억을 떠올렸다. 피와 살점이 튀고 시체의 머리가 박살났다. 그런 일이 진짜로 있었던가? 진짜? 그는 운전대를 잡은 오른손을 흘끔 보았다. 추상화처럼 손등을 뒤덮은 검은 핏자국이 그 기억은 신뢰할 만하다고, 없었던 일이 아니라고 증언하고 있었다.

10여 분을 더 운전하던 명철은 편의점이 보이자 그 앞에 멈춰 섰다. 차에서 내린 그는 뒷좌석 문을 열고 종아리에 붙어 있던 단검을 꺼냈다. 구인제약의 회사원이 흠칫하며 빠르게 말했다.

"살려 주십쇼. 진짜 살려……."

"쉿. 조용히 해. 앞에 애 자고 있는 거 안 보여?"

명철은 그렇게 말하고 허리를 숙여 칼로 회사원의 발목에 붙은 덕트 테이프를 잘랐다. 그는 회사원의 어깨를 붙잡고 인도로 끄집어냈다. 끌려 나온 회사원은 다리에 힘이 풀린 듯 무릎을 꿇으며 바닥으로 무너졌다.

"자네 상관한테 얘기해. 다음번에는 절대 이런 실수 안 할 테니까 다시 한 번 기회를 달라고. 운이 좋으면 나랑 또 볼 수 있겠지. 이제 얼른 꺼져 버려."

명철이 손짓을 했고 회사원은 허겁지겁 일어나서 빠르게 도망쳤다. 회사원은 잰걸음을 이윽고 뜀뛰기로 바꾸면서 모퉁이를 돌아 사라졌다. 명철은 뒤뚱거리는 오리 같은 그 모습을 물끄러미 보다가 피식 웃고 편의점으로 들어갔다.

먹을거리와 약품을 구입한 그는 밖으로 나와 차에 올라탔다. 희원은 아직도 곤히 자고 있었다. 명철은 유흥가 쪽으로 차를 몰고 갔다. 가끔 이용하는 무인 모텔에 도착한 그는 희원을 깨워 함께 안으로 들어갔다. 4층에 방을 잡고 둘이 조용한 식사를 했다. 명철은 입맛이 없어 깨작거렸지만 희원은 단숨에 도시락을 해치웠다. 식사가 끝나자 희원이 수첩에다 말을 적었다.

'집엔 언제쯤 갈 수 있어요?'

"5개월. 그 정도만 버티면 될 거야."

'길다. 그동안 돈은?'

"산 입에 거미줄이야 치겠냐. 어떻게 되겠지."

'일이라도 구할까요?'

"무슨 일? 여기선 남쪽에서 하던 일은 안 돼. 당장 잡혀간다."

희원이 얼굴을 찡그렸다. 잠시 멍하니 있던 그녀는 의자에서 일어나 욕실로 갔다. 잠시 후 샤워기에서 떨어지는 물소리가 들려왔다.

명철은 휴대전화를 들고 다시 세영에게 연락하려 했지만 역시 연결이 되지 않았다. 그는 담배를 물고 침대에 벌렁 누웠다. 하루 동안의 피로가 한꺼번에 몰려오며 온몸이 욱신거렸다. 그대로 잠들고 싶었다. 그러나 녹초가 된 몸과 반대로 정신은 오히려 맑고 또렷했다. 자, 이제 어떻게 할까? 박 대위는 무사하겠지? 다시 클럽에 한번 가 봐야 하는데. 분명 거기에 단서가 있어…….

띠리리링, 휴대전화가 울렸다. 상념에서 튕겨져 나온 명철은 급히 상체를 세우고 탁자에 놓인 휴대전화를 집어 들었다. 세영이 아니었다. 화면에 발신자 표시 제한이 떠 있었다. 이미 자정에 가까운 시간. 이 시간에 누구지? 그는 전화를 받았다.

"네, 우명철입니다."

─혹시나 해서 걸어 봤는데, 진짜로 잠이 없으시네? 저 기억나세요? 그때 아저씨가 학교로 상우 찾아왔을 때 옆에 같이 있었는데.

술에 취한 듯 약간 들뜬 이 목소리. 기억에 있다. 학교에서 만났던 그 경박해 보이던 꼬마.

"기억나는군. 자네 이름이 규혁이었지?"

─캬, 기억력 짱이시네. 내가 일찍 전화할라 그랬는데 좀 바쁜 일이 있었단 말이죠.

"그래서, 용건이 뭔가?"

─탐정 아저씨가 그때 그랬잖아요. 뭐든 떠오르는 게 있으면 밤이고 낮이고 전화하라고. 그때 좀비 게임장에 진짜 수상한 점이 있었는데, 아, 어젯밤에 자려고 눕는 순간 그냥 머릿속에 빡, 하고 그게 떠올랐단 말입니다. 진짜 신기하죠?

명철은 눈살을 찌푸렸다.

"수상한 점? 그게 뭐지?"

전화기 너머로 크크크, 웃는 소리가 났다.

─아저씨, 이런 거 맨입으로 말하는 사람 봤어요? 나한테도 뭔가 떨어지는 게 있어야지. 내가 어릴 때부터 배운 게 뭔지 알아요? 인간 관계란 게 원래 전부 기브 앤드 테이크다, 이거야.

"돈을 원하나?"

─돈? 돈은 나도 많아요. 아, 내가 아니라 울 아부지가 많구나. 뭐, 그게 그거니까.

"그럼 나는 줄 수 있는 게 없는데."

─에이, 재미없게 왜 이러실까. 일단 내일 저녁에 좀 보죠? 만나서 얘기하다가 보면 내가 원하는 거랑 아저씨가 해 줄 수 있는 거랑 딱 맞아떨어지는 게 생길 수도 있잖아?

쿡쿡, 다시 웃음소리. 명철은 녀석이 분명 뭔가를 알고 있다는 느낌을 받았다. 단순한 장난이 아니었다.

"좋아. 어디서 볼까?"

─내가 자주 가는 호텔이 있어요. 문자로 주소 찍을 테니까 그쪽으로 8시까지 오세요. 시간 늦지 마세요. 나는 그런 사람들 졸라 싫어하니까.

전화가 끊겼다. 명철은 앉은 채로 곰곰이 생각에 잠겼다. 게임장의 수상한 점? 그런 게 있을 리 없다. 게임장은 그냥 게임장일 뿐. 그런데 녀석의 말투로 보아 분명 중대한 단서를 알고 있는 눈치다. 그렇지 않다면 굳이 만나자고 할 이유가 없다. 뭐지? 혹시, 진상우가 죽였다는 증언을 할 생각인가? 무슨 이유로?

머리가 복잡해 더 이상 생각을 이어 갈 수가 없었다. 그는 한숨을 쉬며 다시 담배를 물었다. 그때 욕실 문이 열리며 머리에 수건을 두른 속옷 차림의 희원이 나왔다. 그녀는 몇 걸음 다가와 침대에 앉아 있는 명철 앞에 섰다. 명철은 희원의 매끈한 배를 보다가 천천히 시선을 위로 올렸다. 희원의 무뚝뚝한 눈동자와 눈을 맞췄다. 이 아이는 언제부터 이런 눈을 하게 됐을까? 부모가 죽었을 때? 홀로 세상에 내팽개쳐졌을 때? 열여덟 살, 세상이 정상이었다면 한참 학교를 다니고 있을 나이다. 친구들과 웃고 떠들며 미래를 상상하는 대신 좁은 모텔 방에서 중년 남자에게 알몸이나 보이고 있다니. 이게 다 미래가 죽어 버렸기 때문인가. 명철은 어쩐지 희원과 자기 자신 모두 우습게 느껴졌다. 잠시 그렇게 있던 희원이 가볍게 한숨을 쉬고 탁자의 수첩을 집었다.

'구해 준 값으로 나 안을래요?'

"왜 그래야 하지?"

'세상에 공짜는 없으니까. 나도 빚지기는 싫고.'

전부 기브 앤드 테이크. 조금 전 경박한 녀석의 말이 떠올랐다. 아이들은 유행과 규칙에 민감하다. 세상은 원래 그렇게 만들어져 있다. 특히나 지금의 세상은. 그래도…… 그래도 선의란 게 어딘가에 하나쯤은 있어야 하지 않을까? 세상을 구할 수는 없더라도, 말 못 하는 여자애를 대가 없이 도와줄 수는 있지 않을까? 그렇지 않나?

명철은 고개를 저었다.

"가끔은 공짜가 있어도 되잖아."

희원은 물끄러미 그를 바라보다가 다시 수첩에 말을 적었다.

'아저씨는 진짜 이상한 사람이라고 내가 말했던가?'

"아마도. 처음 만났을 때였나."

'나중에 딴 소리하지 마요. 오늘은 무릎베개 안 해요.'

그녀는 수첩을 탁자에 휙 던져 놓고 화장대에 앉았다. 수건을 풀고 헤어드라이어로 젖은 머리칼을 말렸다. 명철은 왠지 마음이 평온해지는 그 모습을 바라보다가 침대에 드러누웠다. 희원이 무릎베개를 해주지 않는다면 잠들기는 틀렸다. 한번 적은 말은 절대 되돌리지 않는 아이다.

오늘 밤은 또 얼마나 길까.

그는 들판 위를 날아다니는 벌처럼 붕붕대는 헤어드라이어의 소리를 들으며, 헛된 시도를 반복하려고 눈을 감았다.

세영이 도마뱀과의 전화 연결에 성공한 시간은 새벽 2시경이었다.

야산을 비스듬히 가로질러 내려가면서 세영은 15분 간격으로 전화기를 확인했고, 수진과 지현은 아무런 말 없이 수풀과 나무를 헤치며 그의 뒤를 따라 걷기만 했다. 세 명 다 이미 녹초가 되어 사실 말할 기력도 없었다. 손전등은 전지가 다 닳아 두 시간 전에 무용지물이 됐다. 달빛이 비춰 간신히 걸을 수는 있었지만 이동 속도는 눈에 띄게 느려졌다. 수진이 시체 두 구를 처리한 뒤에는 더 이상 시체들과 맞닥뜨리지 않은 것이 그나마 행운이라면 행운이었다. 그렇게 내려오다가 폐가가 몇 개 모여 있는 곳에 도착했고 거기에서 드디어 전화가 터진 것이다.

―가지고 있지? 가지고 있다고 말해.

도마뱀은 전화를 받자마자 다짜고짜 물었다.

"뭐? 갑자기 무슨 소리야? 여기는 지금 난리가 났는데,"

―케이스. 바이러스. 가지고 있지?

도마뱀이 그의 말을 자르고 들어왔다. 세영은 옆구리에 왼손을 가져다 댔다. 파스로 붙이고 복대로 단단히 싸매 놓은 티타늄 케이스의 부피가 느껴졌다. 물론 가지고 있었다. 도마뱀에게서 받은 뒤로 한순간도 몸에서 떼어 놓은 적이 없었다.

"그래. 갖고 있어."

―좋아. 일단 거기서 서쪽으로 200미터 정도 움직이면 차도가 나올 거야. 도로 변에서 움직이지 말고 20분 정도만 기다려.

내가 어디 있는지 알고 있어? 세영은 깜짝 놀랐다. 그가 어떻게 알았는지 물어보려고 입을 여는 순간 도마뱀이 빠르게 말을 이었다.

―우리가 아무리 믿음과 사랑을 나누는 조직원들이라고 해도, 그런 중요한 물건에 추적기도 안 달아 놨을 거라고 생각한 건 아니지?

"추적기?"

―그래. GPS 추적기. 성능 좋은 물건이지. 그 덕에 남쪽에서 빌빌거리는 어린 양도 찾을 수 있게 된 거고. 어서 움직여. 자세한 얘기는 만나서 하자.

전화가 끊겼다. 세영은 어안이 벙벙했다. 케이스에 추적기를 달아놨다고?

"아까 말한 도와줄 사람이죠?"

곁에 있던 지현이 물었다. 세영은 고개를 끄덕였다.

"네. 지금 이쪽으로 오고 있답니다."

"진짜요? 와, 능력 있는 친구분을 두셨네. 우리가 여기 있는 걸 어떻게 알았대요?"

추적기 덕이죠. 세영은 속으로만 말했다. 그래, 이런 물건을 맡기는 데 그만한 조치는 했겠지. 그렇게 납득은 하면서도 어쩐지 씁쓸했다. 물론 도마뱀의 말처럼 그 덕에 쉽사리 이곳에서 벗어나게 됐지만 그렇다고 도구로 이용당하고 있다는 느낌까지 지울 수는 없었다.

세영은 여자들을 이끌고 도마뱀이 지시한 대로 도로 쪽으로 나와서 기다렸다. 중간에 명철이 보낸 메시지를 확인하고 모두 안전하다는 답도 보냈다. 10여 분 후 멀리서 엔진 소리가 등장했고 전조등 불빛이 그 뒤를 따랐다. 6인용 승합차는 세 사람을 5미터쯤 지나쳐서 끼익, 멈춰 섰다. 조수석 쪽 창문이 열리고 한 남자가 목을 쑥 빼며 말했다.

"얼른 타시죠, 손님 여러분. 북으로 가는 마지막 차편입니다."

세영은 도마뱀의 익살맞은 목소리가 몇 시간 전의 끔찍했던 경험과 대비되어 어딘지 비현실적으로 느껴졌다. 그는 남쪽의 상황을 여태 머리로만 알고 있었다. 피부로 직접 와 닿은 죽음과 시체들은 그 머리를 산산이 부숴 놓고는 깨진 파편을 수습해 붙일 시간도 주지 않았다.

그는 터덜터덜 걸어 승합차의 옆문을 열었다. 여자들이 차에 오른 뒤 마지막으로 차에 탔다. 운전석에는 뉴욕 양키즈 야구 모자를 쓰고 커다란 헤드폰을 목에 건 앳된 얼굴의 여자가 앉아 있었다. 저번에 도마뱀과 만날 때도 본 적이 있는 여자였다. 차는 유턴을 해 속력을 높였다. 도마뱀이 고개를 돌리며 싱긋 웃었다.

"꼴이 말이 아니구만. 고생 좀 했지?"

"보건군이 무슨 짓을 한 줄 알아? 그놈들은 완전히 미쳤어."

세영이 분노를 꾹꾹 눌러 담으며 말했다.

"나도 알아. 모두가 알지. 몇 시간 전부터 온갖 미디어에 도배가 되고 있거든. 뉴스 한번 볼래?"

도마뱀은 대시보드에 붙은 내비게이션을 조작해 뉴스 채널을 틀었다. 잠시 후 화면에 공중에서 찍은 시체들의 살육 장면이 적나라하게 등장했다. 반복적으로, 집요하게. 화면이 바뀐다. 기자들 앞에서 브리핑을 하는 보건군 사령관의 얼굴. 자막. 장벽 앞까지 시체들 소요 사태 번져. 보건군 신속한 대처로 피해 최소한으로 줄여. 장벽 이남에 비상계엄 3단계 발령. 현재 최선을 다해 진압 작전 중이니 장벽 이남의 시민들은 동요하지 말 것.

"개새끼들." 세영이 나지막이 욕을 했다. "보건군은 구인제약이 채집한 시체들을 가져와서 사람들 앞에 풀어 놨어. 그러고는 그 장면을 촬영했고. 내가 직접 두 눈으로 똑똑히 본 사실이야. 저건 전부 조작이라고."

"아, 뭐 대충 그런 거라고 예상은 했지. 보유자 중에 저 말 믿을 사람 별로 없을걸?"

"근데 이대로 당하고만 있어야 돼?"

도마뱀이 쓰게 웃으며 말했다.

"어쩌겠어? 당장 같이 몰려가서 장벽이라도 부술까? 장벽이 무너지기 전에 우리 머리통이 먼저 터질 텐데?"

세영은 눈살을 찌푸리며 뭐라 반박하려다가 그냥 입을 다물었다. 장벽 앞에서 사람들에게 무차별로 총을 쏴 댄 군이다. 소요 사태라도 일으켰다가는 도마뱀의 말처럼 기다렸다는 듯이 살육에 나설 것이다.

"지금은 우리 같은 어둠의 자식들이야말로 몸을 사리고 있어야 될 때야. 이런 시기가 제일 위험하지. 정보사에서 싹 잡아 가두고 그대로 처형해 버리면 그걸로 끝. 평소에는 절차라는 게 있지만 지금은 그런 것도 필요 없잖아? 우리의 친애하는 적들은 기회다 싶으면 아예 불온 세력을 발본색원하는 데 도통한 것들이란 말이야. 5년 전 장벽 폐쇄 상황에서도 우리 직원 중 절반 가까이가 날아갔었다고."

세영은 반박할 수 없었다. 과거로부터 켜켜이 쌓이는 시체들은 탑을 이루며 점점 높아져만 가는데, 그걸로 상황이 바뀌거나 문제가 해결되지는 않았다. 그저 무의미한 죽음들만 여기저기 흩뿌려지고, 다시 한 번 짓밟히고, 영원히 잊혀졌다.

도마뱀은 주머니에서 막대사탕을 꺼내 포장을 벗기며 말했다.

"오늘은 아무 생각 말고 좀 쉬어. 머리가 돌아가려면 당분과 휴식이 필요한 거야."

"……그러고 보니, 넌 여기까지 어떻게 내려온 거지? 오후까지 북쪽에 있었잖아. 지금도 우릴 북쪽으로 데려간다는데, 어떻게 검문을 통과할 건데?"

"쥐구멍은 어디에나 있는 거야. 도마뱀은 어디에나 갈 수 있고. 그냥 적의 방법을 이용한다는 것만 알아 둬. 자세한 건 알아봐야 별 쓸모도 없어." 도마뱀은 사탕을 빨고 말했다. "아, 그리고 찾으러 와 줘서 고맙다는 말은 됐어. 네가 물건을 안 갖고 있었으면 우리가 여기까지 올 일도 없었을 테니까."

"냉정하군."

"그 정도야 뭐, 너도 예상했잖아? 그 물건이 직원 한 명의 목숨값보다는 확실히 비싸거든. 그걸 만드는 데 들어간 비용을 알면 너도기꺼이 대신 죽겠다고 할 거야."

"처음부터 물어보려고 했는데, 이…… 물건을 가지고 있는 건 우리뿐이야?"

"그야 나도 모르지. 뭐, 우리가 그렇게 특별했던가? 인간들은 자주자기가 인생의 주인공이라는 착각을 하지만 길게 보면 남는 건 결국흔한 인생뿐이고, 인간은 그냥 그 인생에 매달린 지푸라기 인형 같은 거야. 특별한 인간 같은 건 없어."

도마뱀이 애매하게 말했다. 알고 있지만 말하고 싶지 않은 것이다. 세영은 그의 태도에서 답을 얻었다. 바이러스는 배양만으로 무한히 복제가 가능하다. 조직이 이걸 무기화할 마음이라면 한 개의샬레에만 담아 두지는 않았을 것이다. 몇 개나 더 있을까? 다섯 개?열 개?

"더 물어볼 거 없으면 뒤의 숙녀분들처럼 잠이나 좀 자 둬. 두 시간이면 집에 도착할 테니까."

묻고 싶은 것은 많았지만 머릿속에서 정리가 제대로 되지 않았다.그는 뒤를 돌아보았다. 체력 소모가 극심했던 데다 긴장이 풀린 탓인지 여자들은 이미 고개를 숙인 채 잠들어 있었다. 세영은 가볍게한숨을 쉬고 좌석에 등을 기대며 눈을 감았다. 히터에서 나오는 열기가 차가워진 몸을 데우고 바짝 곤두선 신경을 어루만졌다. 그는 쉽게 잠들 수 없으리라 생각했지만 몇 분 후 기절하듯 의식을 잃었다.

그리고 꿈을 꾸었다.

꿈에서 세영은 미영을 만났다. 영안실의 차가운 철제 트롤리에 누운 미영은 보랏빛 입술을 굳게 다문 채 눈을 꼭 감고 있었다. 세영은 자기 오른손을 보았다. 메스가 들려 있었다. 그때 영안실 문이 열리며 도마뱀이 들어왔다. 도마뱀은 어디에나 갈 수 있어. 도마뱀이 중얼거리며 빙긋 웃었다. 제군들, 이제 시작하지. 의대생 시절 해부학 교수의 목소리로 도마뱀이 말했다. 세영은 시선을 돌렸다. 미영의 시체를 덮고 있던 흰 천이 어느새 사라지고 동생의 부서진 나체가 적나라하게 공개되어 있었다. 갑자기 얼굴이 보이지 않는 사람들이 등장했다. 주변에 가득 찬 사람들이 웅성거렸다. 인류를 위해 희생하는 고인을 위해 잠시 묵념의 시간을 갖겠습니다. 스피커에서 어딘지 익살맞은 목소리의 안내 방송이 나왔다. 그러나 사람들은 묵념하지 않았다. 카데바가 별로 안 싱싱해. 싱싱한 카데바가 필요한데. 총에 맞았다지? 시체한테도 물렸다던데. 글쎄 쓸데없이 구인제약의 뒤를 캐다가 개죽음을 당했다지 뭐야. 모두가 중얼거리며 불평했다. 세영은 메스를 내려다보았다. 메스 끝이 무영등의 빛을 받아 번쩍였다. 제군들, 이제 시작하지. 시작해. 네가 해야 해. 너만 할 수 있는 거야. 모두가 말했다. 세영의 손이 덜덜 떨렸다. 이마에서 흘러내린 땀이 눈앞을 뿌옇게 만들었다. 그는 이를 악물고 메스를 동생의 명치에 가져다댔다. 그대로 그어 내렸다. 순간 미영이 눈을 떴다. 오빠, 아파. 아파. 나랑 같이 가. 같이 가. 동생의 눈동자가 순식간에 회

색으로 변했다. 미영이 으르렁거렸다. 그럴 리 없어. 말도 안 돼. 우
린 면역자야. 절대 시체가 될 수 없어! 도마뱀의 목소리가 들려왔다.
7분 만에 면역자가 시체가 됐어. 잘난 척 군림하던 신이 똥이 된 거
야. 세영은 저도 모르게 옆구리를 만졌다. 오빠. 거기 있는 거 때문에
내가 시체가 됐어! 시체가 됐다고! 미영이 천천히 상체를 일으키며
그에게 손을 뻗었다. 이빨을 드러냈다. 어느새 세영은 미영을 끌어
안고 하나님에게 기도를 하고 있었다. 제발, 살려 주십쇼. 제발. 얘는
절대 시체가 될 수 없습니다!

미영의 입이 크게 벌어졌다. 동생이 그의 얼굴을 물어뜯었다.

세영은 헉, 숨을 들이쉬며 잠에서 깨어났다. 10여 초간 그는 자신
이 어디에 있는지조차 파악할 수 없었다. 꿈의 파편들이 잘게 흩어
져 의식 너머로 사라졌다. 세영은 현실로 돌아왔다. 흐릿하던 시야
가 밝아지고 야구 모자를 쓴 운전석의 여자가 보였다. 여자가 운전
대를 돌리며 나선형 길을 내려가고 있었다. 오피스텔 건물의 지하
주차장 2층에 도착한 자동차는 구석 자리에 주차를 마쳤다. 세영은
휴대전화를 꺼내 시간을 확인했다. 10분 정도 졸았다고 생각했는데
두 시간이 훌쩍 지나 있었다. 차가 멈춘 후 실내등이 켜졌고 도마뱀
이 기상 시간이라고 말했다. 뒷좌석의 지현이 끙끙거리며 눈을 떴
다. 수진은 진작 깨어 있었는지 말없이 차 문을 열고 밖으로 나갔다.

"여자 손님들은 먼저 들어가서 쉬시게 해. 너는 잠깐 나랑 얘기 좀
하자."

도마뱀이 세영에게 말했다. 차 밖으로 나온 세영은 수진에게 도어
락 비밀번호를 알려 주고 먼저 집에 들어가 있으라고 말했다. 지친

수진과 지현은 별 대꾸 없이 시키는 대로 했다. 두 사람이 나란히 엘리베이터 쪽으로 걸어가자 세영의 곁으로 다가온 도마뱀이 사탕을 한 번 빨고 말했다.

"상황이 좀 급박하게 돌아가고 있어. 아무래도 그 물건을 사용해야 할 때가 왔나 봐."

"사용? 설마 이런 걸 진짜 세상에 풀어 놓겠다는 건 아니지?"

"뭐, 그런 극단적인 방법은 아니야. 다만 적당한 협박이 필요한 시기가 온 거지. 협박이 먹히려면 샘플이 필요한 거고."

도마뱀이 손을 내밀었다. 케이스를 회수해 가겠다는 뜻. 세영은 불안하면서도 왠지 안심이 되었다. 더 이상 바이러스를 몸에 지니고 다닐 필요가 없다. 케이스가 깨져 바이러스가 유출될 확률은 한없이 0에 가깝다는 것을 알면서도 그는 밤마다 뒤척이며 거의 동이 틀 때까지 잠들지 못했던 것이다.

세영은 점퍼를 벗고 셔츠를 끌어올렸다. 복대를 가슴까지 올리고 파스를 떼어 냈다. 안에 있는 케이스를 도마뱀에게 건넸다.

도마뱀이 물건을 받는 순간 승합차 운전석 문이 열리더니 야구 모자를 쓴 여자가 내렸다.

세영과 도마뱀의 시선이 2미터쯤 떨어진 여자에게 집중됐고, 두 사람은 순간 얼어붙은 채 꼼짝도 하지 못했다.

여자의 오른손에 소음기가 달린 권총이 들려 있었다. 총구는 정확하게 두 사람 쪽을 향하고 있었다.

"그거, 이리 주세요."

여자가 왼손을 앞으로 내밀며 말했다. 몇 초 후 도마뱀이 하핫, 웃음을 터트렸다. 어쩐지 비애가 느껴지는 웃음이었다. 도마뱀이 말했다.

"누가 시켰지?"

"알아서 뭐 하게요? 그냥 나한테 줘요. 아저씨 죽이기는 싫으니까."

"퀸인가? 아니면 도도새?"

"돈이 필요해서 그래요. 그거 갖다 주면 2년치 약값은 나오거든."

"돈?" 도마뱀이 어이가 없다는 듯 말꼬리를 올렸다. "여기 있는 게 뭔지 알아? 겨우 약값 때문에 이걸 도둑질하겠다고?"

"잘 몰라요. 근데 약값 없으면 나랑 내 동생이 뒈진다는 건 알아요. 빨리 주세요. 안 그럼 둘 다 죽이고 가져가야 하니까."

여자가 담담하게 말했다. 도마뱀은 고개를 돌려 세영을 쳐다보았다. 세영의 눈동자에 도마뱀의 기이하게 일그러진 얼굴이 비쳤다. 그는 울면서 웃는 듯, 극도로 화내면서 동시에 모든 일에 초탈한 듯했다. 세영은 그가 뭔가를 말하고 싶어 한다고 느꼈다. 그러나 말이 되지 못하고 모든 것이 억눌려 있었다.

도마뱀이 다시 여자에게 시선을 던졌다. 그리고 한 발 앞으로 나섰다. 다시 한 발, 손이 닿는 거리. 여자의 손이 케이스에 닿은 순간 도마뱀이 총을 든 여자의 손목을 콱 움켜잡았다. 동시에 반대쪽 손으로 바지 주머니에서 잭나이프를 꺼냈다. 여자가 팔을 비틀어 도마뱀의 손을 뿌리쳤다. 도마뱀이 소리를 지르며 나이프를 휘둘렀다. 나이프가 여자의 허리에 박혔다. 여자가 고통에 찬 비명을 지르면서도 총구를 돌려 방아쇠를 당겼다. 픽픽, 가벼운 바람 소리와 함께 도마뱀이 여자를 끌어안고 체중으로 밀어붙였다. 케이스가 땅에 떨어지며 맑은 금속음을 냈다. 여자는 쓰러지면서 왼손으로 도마뱀의 관자놀이를 가격했다. 얻어맞으면서도 도마뱀은 여자를 넘어트리는 데 성공했다. 두 사람이 바닥에 쓰러지며 엎치락뒤치락 좌우로 굴렀다. 일시정지 상태에 있던 세영이 순간 정신을 차리고 두 사람 쪽으로 뛰었다. 도마뱀이 여자 위로 올라갔다. 옆구리에 있던 칼을 뽑아내 정확히 목에 꽂아 넣었다. 비명과 동시에 픽픽픽, 연달아 총소리가 났다. 세영은 멈칫했다.

도마뱀은 여자의 몸 위에 엎드린 채 조금도 움직이지 않았다. 세영이 급히 다가가 도마뱀의 몸을 뒤집었다. 가슴팍이 온통 피로 물들어 있었다. 도마뱀의 입가에서 핏물이 흘러나왔다. 세영은 울상을 지으며 도마뱀의 셔츠를 풀어헤쳤다. 오른쪽 가슴과 아랫배, 두 군데 총상에서 피가 울컥울컥 쏟아져 나오고 있었다. 치명상. 지혈. 지혈해. 당장 지혈을 해! 머릿속에서 누군가 소리를 질렀다. 세영은 손으로 도마뱀의 가슴을 틀어막아 봤지만 역부족이었다. 세영은 이를 악물면서 말했다.

"조금만 버텨. 조금만. 지혈만 하면 어떻게든 된다……. 금방 구급차를 불러……."

도마뱀이 눈을 번쩍 뜨더니 오른손으로 그의 목덜미를 부여잡고 강하게 끌어당겼다. 그렇게 끌려간 세영의 귀에 대고 도마뱀이 나지막이 속삭였다.

"외워. 비밀번호는 공, 팔, 이, 오, 육, 사……. 세영아, 이, 이상한 나라의 앨리스에 나오는 도마뱀은 굴뚝을 타고…… 아래로, 아래로 내려갔다가 거대해진 앨리스한테…… 다짜고짜 걷어차였어. 걷어차여서 하늘로, 로켓처럼 날아갔지……. 동화에선 무사했지만 여기에선⋯⋯."

도마뱀의 말이 끊겼다. 세영의 뒷목을 잡은 도마뱀의 손이 힘없이 아래로 툭 떨어졌다. 세영은 허리를 세우고 도마뱀의 얼굴을 살폈다. 눈을 크게 뜬 채, 아무것도 보고 있지 않았다. 세영은 떨리는 손을 도마뱀의 목에 가져다 댔다. 동맥이 더 이상 뛰지 않았다.

세영은 무릎을 꿇고 앉은 채, 축 늘어진 도마뱀을 내려다보았다. 바로 옆에 막대사탕 두 개가 떨어져 있었다. 바지 주머니에서 흘러나온 모양이었다. 세영은 무심결에 사탕을 집어 들고 세상에서 제일 신기한 물건이라도 되는 양 뚫어져라 쳐다보았다.

'사탕 먹을래?' 이제는 들을 수 없는 도마뱀의 경쾌한 말이 귓가에 맴돌았다. 한 번이라도 받아먹은 적이 있던가? 기억나지 않았다. 아마 없을 것이다.

세영은 사탕을 주머니에 넣었다.

그리고 천천히 손을 뻗어 도마뱀의 눈꺼풀을 쓸어내렸다.

18장

아름다운 2층집이다.

석호는 거실에 우두커니 서서 정면의 시원스러운 창을 통해 정원을 내다보았다. 서비스 직원들이 잘 가꾸어 놓은 정원에는 계절에 어울리지 않는 꽃들이 만개해 있었다. 뭐든 순리대로 가는 게 좋은데. 석호는 그리 마음에 들지 않았지만 군이 아내의 취향에 반기를 들고 싶지는 않았다. 그는 블랙커피를 마시며 한동안 정원을 보다가 자신의 왼쪽 손목을 내려다보았다.

3일 전 칩을 교체했다. 드디어 미친 듯이 기어 올라와 이곳에 도달했다. 겉으로는 아무런 표식도 드러나 보이지 않는다. 다만 칩은 조용히 자신의 자리를 지키고 앉아 이 도시의 전부를 누릴 권리를 부여할 뿐이다. 다른 사람이 되었으니, 이제는 다른 삶을 살아야 한다. 철저하게 다른 삶을.

그는 주방으로 가서 커피 잔을 테이블에 내려놓고 욕실로 갔다. 출근 준비를 마치고 아내의 배웅을 받으며 집을 나섰다. 본사 건물까지 차로 10분이 걸렸다. 지정된 자리에 주차를 마치고 임원 전용 엘리베이터를 이용해 17층으로 올라갔다. 그가 제2본부장실로 들어서자 비서가 일어서서 인사를 했다. 목례로 인사를 받은 석호는 사무실로 들어가 즉시 컴퓨터로 몇 가지 잡다한 결재를 했다. 결재를 마친 그는 리모컨을 들어 벽면에 붙은 대형 TV를 켰다. 어젯밤 장벽에서 발생한 시체들의 소요 사태가 헤드라인 뉴스를 차지하고 있었다. 석호는 물론 저 시체들이 회사 소속이라는 사실을 잘 알고 있었다. 구인제약 연구소는 보건군의 발주를 받아 물건을 납품했다. 적당한 시기가 되자 군은 납품받은 물건을 사용했다. 자연스러운 상업의 흐름. 그 중간에 끼어 대량의 보유자가 희생되었지만 어쩔 수 없는 일이다. 희생이 없으면 안정도 없는 법이다.

그는 임원 회의에 참석했고, 새로운 본부장 체제의 시스템을 설명하는 자리를 갖기 위해 부하 직원들과 간담회를 했다. 그렇게 오후 3시까지 평범한 일과가 이어졌다. 최 이사의 호출이 온 것이 정각 3시경이었다. 석호는 사무실을 나서서 최 이사의 방으로 올라갔다.

비서가 문을 열어 주자 전면 창을 바라보고 있는 최 이사의 등이 보였다. 석호는 조심스레 안으로 들어가 등에 대고 허리를 깊이 숙였다. 최 이사가 고개를 돌리며 싱긋 웃었다.

"그래, 본사로 들어온 소감은 어때?"

"아직 잘 모르겠습니다. 실감이 안 난다고 할까요."

"내가 오래 있어 봐서 아는데, 한 달만 지나 봐. 육지로 가는 게 그렇게 싫을 수가 없어. 너야 뭐 앞으로 일도 열심히 해야 되니까 먼 얘기다만, 한 2년 있다가 나도 일에서 손 떼고 그냥 운동이나 하러 다닐까 봐. 여기 오래 있으면 사람이 그렇게 된다니까. 너무 조용하고 평화롭단 말이야. 하기야 앞으로 반년은 갈 일도 없겠다만."

"그런 말씀 마십쇼. 은퇴라뇨. 아직 현역에서 뛰실 때 아닙니까."

"그냥 내 마음이 그렇다는 거지, 현실이 어디 그리 녹록한가……." 최 이사가 마호가니 테이블로 가서 인터폰을 눌렀다. "여기 커피 두 잔 가져와."

최 이사가 소파로 가서 상석에 앉아 다리를 꼬았다. 석호는 그의 왼쪽에 자리를 잡았다. 비서가 커피를 가져다 테이블에 내려놓았다. 최 이사가 커피를 한 모금 마시고 눈살을 찌푸렸다.

"어휴, 너무 쓰다. 요새는 몸이 예전 같지 않아. 20년간 마시던 원두인데 맛이 변한 건지, 내가 변한 건지. 그래, 어디 보자……. 김수진이라고, 전에 네 밑에서 일하던 여자 알지?"

석호는 눈을 크게 뜨고 최 이사의 얼굴을 바라보았다.

김수진? 지금 김수진이라고 들은 건가? 갑자기 최 이사의 입에서 왜 그 여자의 이름이 튀어나온 것일까? 석호의 의식이 잠시 현실감을 잃어버린 채 부유했다.

"그래, 아는 거 같네. 모르면 안 되지. 자기 밑에서 일하는 사람도 정확히 파악 못 하면 그건 그냥 병신이지. 안 그래?"

석호는 등 뒤로 식은땀이 흐르는 것을 느꼈다. 최 이사의 한 마디, 한 마디가 가슴팍을 찌르고 들어왔다. 그년이 무슨 짓을 저질렀을까? 그는 소파에서 내려와 무릎을 꿇고 고개를 조아렸다.

"죄송합니다."

"오전에 법률팀에서 보고가 하나 들어왔더라고. 김수진이라는 여자가 회사를 상대로 법원에다 소송을 냈어. 보급약이 판매약과 품질이 달라 자기 딸이 시체가 됐으니 손해배상을 청구한다나, 뭐 그런 얘기야. 어디서 빼돌렸는지 임상 자료도 갖고 있더라고. 뭐, 평시라면 큰일도 아니거든. 법률팀에서 알아서 하는 거고. 거기다 아래쪽에 이미 난리가 났는데 누가 신경이나 쓰냐 말이지. 근데 말이야, 지금 이런 일이 생기는 건 좀 그래. 보름 뒤에 이사회 있는 거 알지? 박 이사 쪽에서 눈에 불을 켜고 트집거릴 찾는 것도 알지? 이런 때 그런 얘기는 좀 문제가 된단 말이야. 나는 그게 싫어. 안 그렇겠니?"

석호는 고개를 들 수가 없었다. 보급약은 5년 전부터 최 이사의 담당이었다. 반대파에게 충분히 트집거리가 될 수 있다.

"정말 죄송합니다. 제가 책임지고 처리하겠습니다."

"그 말 믿어도 되지?"

"믿어 주십쇼."

"석호야."

"말씀하십쇼."

"여기서 나갈래?"

석호는 울고 싶어졌다. 최 이사의 바짓가랑이를 붙들고 제발 절벽 아래로 밀지 말아 달라고 애원하고 싶었다. 가슴속의 열기가 단박에 얼굴까지 치고 올라왔다. 최 이사가 커피를 한 모금 마시고 잔을 내려놓았다. 석호는 그 조그맣고 투명한 소리가 자기 심장을 찌르는 것을 느꼈다.

"가서 일 봐. 커피는 일 다 끝나고 마시고."

최 이사가 차갑게 말했다

석호는 고개를 숙인 채 천천히 일어섰다. 그는 뒷걸음질로 최 이사의 방을 나왔다. 현기증이 일었다. 문이 닫혔다.

김수진, 이 개 같은 년.

뱃속이 부글거리고 울렁거렸다. 이 악연은 언제까지 계속될지 알 수가 없었다. 그년 이름을 원고로 한 소장이 구인제약을 피고로 해서 제출됐다고? 그 보잘것없는 년이 회사를 상대하겠다고? 보급약 때문에 딸이 시체가 됐다고? 아직도 남 탓만 하고 있다. 제정신을 차리게 해줘야 한다. 아주 호되게.

그는 복도를 걸으며 휴대전화를 꺼냈다. 신호가 세 번 울리고 목소리가 나타났다.

─그래, 이사님과 대화는 잘 나누셨어요?

잘 나눴지. 아주 잘. 석호는 입가를 일그러트렸다. 이놈은 전부 다 알고 있는 것 같다.

"아시는 건 전부 말씀해 주세요."

─다 못 들으셨어요? 하긴 이사님이 워낙 말을 많이 하는 걸 싫어하시지. 요점만 간추리면요, 박세영 씨는 아시죠? 그 사람이 김수진 씨한테 바람을 넣은 것 같아요. 둘이 어떻게 연결됐는지 모르겠는데, 같이 법원에 들어가더군요.

박세영?

이건 또 뭔가? 어떻게? 둘이 어떻게 연결되는 건가?

지금 그런 걸 궁금해할 때야?

석호는 스스로를 질책했다. 아직 많이 늦지는 않았다. 되돌려 놓을
수 있는 수비 범위 안이다. 최 이사의 말이 계속 귓가에 맴돌았다.

나갈래?

그럴 수는 없다. 여기서 확실하게 돌려놓아야 한다.

"둘 다 처리해야겠습니다. 될 수 있으면 한꺼번에. 방법이 있습니까?"

—몇 개 있긴 하죠. 그런데 이건 사장님 지시죠? 그걸 확실히 해야
문서 작업도 수월해서요.

문서 작업 따위가 있을 리 없다. 만에 하나 문제가 생겼을 경우 잘
라 버릴 꼬리가 필요할 뿐. 그럴 리야 없겠지만 회사는 언제나 책임
소재를 따진다. 아마 이 대화도 녹음되고 있겠지. 석호는 눈을 질끈
감았다. 여기서부터는 위험한 영역이다. 그리고 이걸 감수해야 더
앞으로 나갈 수 있다. 어차피 박세영을 그대로 둘 생각은 없었다. 언
제 아들에게 걸림돌이 될지 모른다. 그리고 김수진. 너를 처음부터
이렇게 하고 싶었지. 그래, 그랬어. 메데이아. 이 마녀 같으니. 이제
그 꼴 보기 싫은 함이랑 함께 땅속으로 꺼져 버려.

석호는 단호하게 말했다.

"두 사람 다 나랑 악연이 있죠. 이것도 제 개인적인 문제로 해 두
죠. 회사 명예랑은 상관없이."

—사실 이번 건은 회사 명예랑 관계가 많은데.

"제가 지시하는 겁니다. 한꺼번에 처리해 주세요. 아, 한 가지 더
추가합시다. 될 수 있으면 고통스럽게."

—고통이라……. 네, 그런 것도 메뉴판에 있죠. 접수됐어요. 근데
우명철은 어떻게 할까요? 얘가 좀 골치가 아프죠. 저번에 미행하라

고 붙여 놓은 우리 애를 글쎄, 납치를 해서는 북쪽으로 올라오는 데 썼더라고요? 참 나. 그래도 우리 애가 머리가 좀 있어서 차에 추적기를 붙여 놨기에 망정이지, 하마터면 놓칠 뻔했죠. 하룻강아지 범 무서운 줄 모른다고, 우리 회사가 그렇게 만만한 데가 아닌데 말이죠.

셋이나 둘이나, 하나나 똑같다. 미적거리며 김수진을 내버려 뒀다가 괜한 화를 불렀다. 지금부터 싹은 전부 잘라 버린다.

"그쪽도 같이."

─처리하고 연락드리죠.

석호는 전화를 끊었다. 부글거리던 뱃속이 어느새 진정됐다.

오후 늦게까지 모텔에서 쉬던 명철은 동화 속 엄마 양처럼 희원에게 절대 아무에게도 문을 열어 주지 말라는 당부를 남긴 뒤 밖으로 나갔다. 험비에 올라탄 그는 한 번 더 에피타프 클럽으로 갔다. 오후 6시 반의 클럽 앞은 젊은이들로 붐볐고, 명철은 별다른 소득을 얻지 못했다. 머릿속을 간지럽히는 직감이 끊임없이 뭔가를 속삭이고 있었지만 주파수가 제대로 맞지 않은 라디오 채널의 잡음처럼 정확히 무슨 말인지 알아들을 수가 없었다.

그는 차에 올라 담배를 한 대 피우고 약속 장소로 출발했다.

상대가 지정한 장소는 북한산 아래에 자리 잡은 최고급 호텔이었다. 차를 몰면서 명철은 계속 꼬리가 붙었는지 확인했지만 별다른 낌새는 느끼지 못했다. 30분 뒤 호텔에 도착한 그는 발레 파킹을 맡기고 로비로 들어섰다. 문자 메시지가 지시한 대로 로비에 있는 커피숍 구석 자리에 앉았다. 저녁 7시 55분. 시체의 피가 묻은 옷을 벗고 오전에 근처 마트에서 사 온 옷으로 갈아입기는 했지만 군용 조끼에 야전상의를 덮어 입은 그의 차림새는 오가는 손님들 사이에서 유난히 눈에 띄었다. 지나가는 사람들이 모두 한 번씩 그에게 눈길을 주었다가 바로 고개를 돌렸다. 명철은 신경 쓰지 않고 주변을 둘러보며 기다렸다.

잠시 후 커피숍으로 사람 하나가 들어와 곧장 명철 앞으로 다가와 섰다. 명철은 상대를 올려다보았다. 머리칼을 바짝 깎고 눈이 옆으로 쭉 째진 험상궂은 얼굴에, 검은 양복을 입은 덩치였다. 185에 100킬로 정도? 돈을 받고 폭력적인 일을 하고 있다는 분위기를 온 사방으로 풍기는 놈이었다.

"우명철 씹니까?"

명철은 고개를 끄덕였다.

"같이 가시죠. 도련님이 기다리십니다."

도련님? 명철은 눈살을 찌푸리며 잠시 남자를 쳐다보다가 한숨을 쉬고 자리에서 일어섰다. 뭔가 마음에 들지 않았지만 여기까지 왔으니 이제 내친걸음이었다. 명철은 남자의 뒤를 따라가 엘리베이터를 탔다. 문이 닫히기 직전 중년 남녀가 엘리베이터에 올랐다. 두 사람이 12층에서 내리자 그 중년 남녀도 명철의 뒤를 따랐다. 명철과 남자는 오른쪽으로, 중년 남녀는 왼쪽으로 갈라졌다. 명철은 어딘지 낌새가 이상해 걷다가 고개를 뒤로 돌렸다. 중년 남녀는 양옆에 붙은 방의 호수를 확인하고 있었다. 미행은 아닌 것 같다. 너무 예민하게 굴 것 없어. 명철은 스스로를 달래며 남자의 뒤를 묵묵히 쫓았다. 모퉁이를 한 번 돈 남자는 1205호 앞에서 멈췄다.

똑똑똑.

"네, 누구세요?"

"접니다, 도련님. 말씀하신 손님 모셔 왔습니다."

전자음과 함께 문이 열렸다. 명철의 눈앞에 규혁이 나타났다. 그가 환하게 이빨을 드러내며 웃었다.

"아이고, 결국 여기까지 오셨네."

규혁의 얼굴을 본 그 순간 명철의 머릿속에서 2주 전의 장면이 엄청난 속도로 재생됐다. 진상우를 윽박질렀다. 이놈은 그 옆에 앉아서 뭐가 그리 재미있는지 싱글벙글하고 있었지. 그러다 전화기 소리가 들렸다. 전화기. 전화기……. 그래, 전화! 이놈이 일어서서 전화를 받았다!

몸을 돌리고 등을 보였다.

CCTV 화면의 그놈.

명철이 재빨리 조끼에서 권총을 꺼내고 조준했지만 뒤에 서 있던 덩치가 한발 빨랐다. 등에 뭔가가 닿았다고 느낀 순간 척추부터 머리끝까지 격통이 지나갔다. 명철은 신음과 함께 복도로 쿵 쓰러졌다. 대량의 전류가 그의 몸속을 흐르며 내장까지 헤집어 놓았다. 명철은 그대로 정신을 잃지는 않았다. 필사적으로 의식을 붙잡으며 버텼다.

규혁이 쓰러진 그를 내려다보며 싱글거렸다.

"이제 알았나 봐? 내가 좀 일찍 부르려고 했는데 아, 리포트가 끝나야 말이지. 씨발, 법대생은 이래서 좆나 피곤하다니까."

그 말과 함께 규혁은 덩치에게서 특고압의 충격기를 가로채 명철의 무릎에 대고 버튼을 눌렀다. 이번에는 의식을 붙잡는 것이 불가능했다. 명철의 몸은 의식을 잃고도 뭍에 올라온 생선처럼 한동안 계속 바닥을 치며 파닥거렸다.

세영은 좁은 방 안에서 눈을 떴다.

그는 상체를 세우고 헛기침을 몇 번 해서 칼칼한 목을 다듬었다. 뒷골이 지끈거리고 눈 주위가 아파왔다. 세영은 옆구리를 만졌다. 케이스는 그 자리에 있었다. 아무도 가져가지 않았다. 그는 눈살을 찌푸리며 머리맡에 놓인 휴대전화를 집어 들었다. 저녁 6시 40분. 몇 시간이나 잔 거지……. 차츰 몽롱한 머릿속에 몇 시간 전의 기억들이 조금씩 들어찼다.

도마뱀이 죽은 후 그는 케이스를 챙겨 다시 몸에 붙여 놓았다. 그리고 총과 두 구의 시신을 수습해 차 안에 넣었다. 운전석에 앉았다. 새벽 5시의 주차장에는 아무도 나타나지 않았다. 관리인이 오는 낌새도 없었다. 그는 차창 밖으로 펼쳐진 주차장 바닥의 흥건한 핏물을 보았다. 조금 이따 사람들이 저 난리를 보게 되면 관리인이나 경찰이 개입할 것이다. CCTV에 녹화된 영상을 보고 그를 찾을 것이다. 세영은 더 이상 아무런 생각도 할 수가 없었다. 그는 대신 생각해 줄 사람을 찾아 휴대전화를 꺼내 체셔캣에서 전화를 걸었다. 사정을 설명했다. 자기 목소리가 타인의 것처럼 낯설었다. 묵묵히 듣던 체셔캣은 간단한 위로의 말도 없이 빠르게 지시를 쏟아 냈다. 전화가 끊겼다. 세영은 먼저 승합차를 몰고 주차장을 빠져나갔다. 지상으로 올라와서는 집으로 전화를 걸었다. 영원으로 느껴질 만큼 오랫동안 신호가 가고 나서야 수진이 전화를 받았다. 그는 집 안이 위험하니 지금 바로 나와서 갈 곳이 있다며 체셔캣이 말한 안전가옥과 비밀번호를 그녀에게 알려 주었다. 전화를 끊은 다음 승합차를 몰고 쇼핑몰의 지하 주차장으로 갔다. 예전에 체셔캣과 접선하려고 들렀던 곳이었다. 지정된 자리에 승합차를 놓고 지상으로 올라온 그는 휘청거리며 걸었다. 주변 사람들이 피에 젖은 그를 보고 놀라며 피했지만 세영은 아랑곳하지 않았다. 그는 꿈속에서 걷는 기분이었다. 주변은 온통 흐릿했고, 피 냄새가 가득 차 있었다. 택시를 잡아타고 아파트로 갔다. 택시 기사가 병원으로 가 봐야 하는 것 아니냐며 걱정을 해 주었지만 한마디도 대꾸하지 않았다. 30년 전 지어진 곧 쓰러질 듯한 변두리의 아파트에 도착했다. 체셔캣이 알려 준 동과 호수를 떠올리며 걸었다. 어느새 문 앞. 초인종을 눌렀다. 문이 열렸다. 수진과 지현이 그를 맞았다. 수진의 얼굴을 본 세영은 뭔가를 말하려다 그대로 기절했다.

기억은 거기에서 끝나 있었다.

그는 가벼운 현기증을 털어 버리려 고개를 몇 번 젓고 자리에서 일어섰다. 방문을 열고 좁은 거실로 나왔다. 소파에 앉아 있던 지현이 자리에서 일어났다.

"괜찮아요? 아까는 진짜 놀랐잖아요. 아주 그냥 피범벅이 돼서……."

주방에 있던 수진이 지현에게 눈짓을 했다. 지현이 눈치를 채고 입을 다물었다. 세영은 수진을 돌아보며 뭔가를 말하려다 그냥 포기했다. 무슨 말을 해야 좋을지 알 수가 없었다.

"일단 씻고 나오세요. 그 다음에 저녁도 좀 먹고. 어제부터 아무것도 못 먹었죠? 지현이 너는 옷 좀 가져와."

지현이 방으로 들어가서 셔츠와 바지, 속옷을 들고 나왔다. 세영은 묵묵히 옷을 받아들고 욕실로 들어갔다. 변기에 오줌을 싸고, 샤워를 했다. 뜨거운 물을 맞자 온몸의 근육이 비명을 질러 댔고, 그 덕에 몽롱했던 정신이 차츰 또렷해졌다. 핏자국을 전부 지워 내고 한 치수 작은 옷을 입은 뒤 밖으로 나오니 지현이 그를 보고 살짝 미소를 지었다.

"옷이 좀 작네요. 미안해요. 아까 장 보면서 사 오긴 했는데 치수를 잘 몰라서."

세 사람은 식탁에 앉았다. 세영은 밥과 계란, 햄과 된장찌개를 내려다보았다. 갑자기 음식 냄새가 콧속을 후벼 팠다. 그는 강렬한 허기를 느꼈다.

"차린 건 없지만 얼른 먹어요." 수진이 말했다. "먹으면 기운이 좀 날 거예요."

세영은 일회용 수저를 들었다. 한입을 떠 넣자 그 다음은 쉬웠다. 그는 아무 말도 하지 않고 게걸스레 밥을 먹었다. 밥그릇이 비자 수진이 한 그릇을 더 떠 주었다. 세영은 그것도 마저 비웠다. 식사를 끝낸 세영은 잘 먹었다고 말하고 방 안으로 들어갔다. 이리저리 서성거리다가 체셔캣을 떠올렸다.

그는 전화를 걸었다. 신호가 세 번 울린 뒤 상대가 등장했다.

"자동차랑 시신은 잘 처리됐어요. 경찰이 홍학을 찾을 수도 있으니까 잠잠해질 때까지 당분간은 거기 있어요."

"케이스는 어떻게 하죠?"

"당장 필요하긴 한데, 지금은 내가 움직일 수가 없어요. 보낼 사람도 없고. 일단 내일 저녁에는 어떻게든 몸을 빼내 볼게요. 연락 기다려요."

"도마뱀이……, 도마뱀이 그렇게 갔는데, 체셔캣은 아무 느낌도 없습니까?"

"……내가 그렇게 떠나보낸 조직원이 몇 명이나 될 거 같아요? 우리 일은 원래 이래요. 홍학도 마음속에 묻는 법을 배워야 해요. 우리한텐 장례식이 없으니까."

전화가 끊겼다. 세영은 잠시 서 있다가 답답함을 느끼고 밖으로 나갔다. 수진은 여전히 주방 테이블에 앉아 있었고 지현은 보이지 않았다.

"잠깐 산책 좀 하다가 오겠습니다."

"그렇게 입고 나가면 추워요. 잠깐만 기다리세요."

수진이 방으로 들어갔다가, 겉옷을 챙겨 입고 점퍼를 가지고 나왔다. 그녀가 건넨 옷을 받으며 세영이 물었다.

"나가시게요?"

"네, 세영 씨 따라가려고요. 아래쪽에서 내가 살던 단지에는 규칙이 있었어요. 바깥에 나갈 때는 언제나 두 명 이상이 짝을 지어 움직일 것. 혼자서 시체를 만나면 당할 확률이 높거든요. 아까 주신 총도 있긴 한데, 총알을 다 써서 아쉽네요."

"여긴 북쪽이라 괜찮습니다. 시체 같은 건 없어요."

"그런 줄 알았죠. 그런데 아까 그 생각이 바뀌었어요. 시체가 없어도 위험할 순 있죠. 방해하지 않을게요. 그냥 나도 좀 답답해서 그래요."

세영은 더 말리지 않았다. 사실 그는 대화할 사람이 필요했다.

두 사람은 건물 밖으로 나와 천천히 걸었다. 바람이 제법 쌀쌀했다. 그는 어디로 가야 할지 몰랐다. 아무렇게나 걸음을 옮겼다. 수진은 한 걸음 뒤에서 그를 따랐다. 어느새 단지 안에 있는 허름한 놀이터에 도착했다. 세영은 놀이터 입구에 멈춰 섰다. 해가 진 놀이터에는 아이들이 없었다. 그래서 텅 비어 있었다. 수진이 혼자 걸어서 그네에 걸터앉았다. 세영은 그 모습을 보고 따라했다. 세영이 곁에 앉자 수진이 그네를 가볍게 흔들었다.

"미나는 그네를 좋아했어요. 미끄럼틀도 좋아했고. 놀이터에서 놀라고 하면 혼자서도 하루 종일 놀았을 거예요."

수진이 말을 끊었다. 그네가 멈췄다. 그녀가 세영의 얼굴을 보았다.

"무슨 일이 있었어요?"

세영은 고개를 돌려 수진과 눈을 맞췄다. 그는 목구멍에서 기어 올라오려는 울음을 누르고 입을 열었다.

"도마뱀이…… 도마뱀이 죽었습니다."

수진이 깜짝 놀랐다.

"죽었다뇨? 왜요?"

"자세한 건 말씀드리기 힘듭니다. 우리는…… 우리는 구인제약과 정부에 대항하는 조직의 조직원이었죠. 그런데 구인제약이나 정부한테 당한 것도 아니고, 같은 조직원끼리 싸움이 나서…… 싸움이 나서……."

세영은 뒷말을 잇지 못했다. 이게 무슨 꼴인가. 거대해진 앨리스한테 다짜고짜 걸어 차였어. 도마뱀의 마지막 속삭임이 생생하게 떠올랐다. 아무것도 모르는 앨리스가 도마뱀을 걸어찼다.

"그럼, 이걸로 다 끝난 건가요? 재판도 없고, 미영 씨가 왜 죽었는지 알아내지도 못하고, 우리는 아무것도 하지 말고 얌전히 숨어 지내야 하나요?"

수진이 담담하게 물었다. 잠시 망설이던 세영은 이를 악물며 고개를 저었다.

"아니, 끝난 게 아닙니다. 아무것도 해결되지 않았어요. 그냥……, 그냥 우리가 포기만 하지 않으면 됩니다. 재판은 반드시 열리고, 미영이를 그렇게 만든 범인도 꼭 잡을 겁니다. 그렇게 만들 거예요."

잠시 정적이 흘렀다.

그럴까? 포기하지 않으면 재판도 이기고 미영의 죽음을 가치 있는 것으로 만들 수 있을까?

정말? 정말 그렇게 생각하는 거야?

"미나를 낳은 건 순전히 내 고집 때문이었죠." 수진이 말했다. "남편은 애 같은 걸 어떻게 갖느냐고 했죠. 임신하고 배가 불러오자 남편은 도망을 쳤어요. 겁이 났죠. 혼자서 기를 수 있을까. 그래도 포기 안 했어요. 구청에서도 사람이 나와서 지우라고 했죠. 오기로 버텼어요. 그렇게 죽도록 아픈 건 처음이었어요. 그리고 미나가 세상에 나왔죠. 처음 미나를 안았을 때가 생각나요. 처음 웃었을 때도 아직 생생해요. 그네를 타면 정말 깔깔거리면서 좋아했죠. 그러다 이렇게 갔어요. 그 예쁜 웃음만 남겨 놓고 없어졌어요. 내가 처음부터 그 애를 지웠어야 할까요? 포기했어야 했나요?"

세영은 수진의 눈을 보았다. 그 눈은 대답을 원하고 있었다. 그러나 세영은 섣부른 답을 해 줄 수가 없었다. 어쩌면 이것은 온 존재와 인생이 달린 문제였다. 처음부터 포기했다면 이런 고통은 없었으리라. 수진이 눈을 빛내며 말을 이었다.

"사장한테 사과를 받는 게 무슨 의미가 있을까요? 그냥 전부 내 욕심이죠. 그래요, 아무 의미도 없는데…… 그런데…… 왜 나는 포기가 안 될까요? 대체 왜죠?"

세영은 뭐라 말하려다 갑자기 인기척을 느끼고 고개를 돌렸다.

놀이터 입구에 덩치 큰 남자 네 명이 나타났다. 그는 위험을 감지하고 그네에서 일어섰다. 수진의 손을 잡고 냅다 뛰었다. 남자들이 두 사람을 뒤쫓았다.

명철은 뺨에 떨어지는 충격을 느끼며 눈을 떴다.

규혁의 싱글거리는 얼굴이 보였다. 그가 몇 번 더 손을 휘둘러 명철의 뺨을 때렸다. 명철은 입술조차 열 힘이 없었다. 설사 입을 열더라도 말이 제대로 나올 것 같지 않았다. 그라인더 밑에 깔린 듯 온몸의 뼈가 흐물흐물해진 느낌이 들었다. 한 가지씩 처리하자. 명철은 신경을 집중했다. 먼저 자신이 어떤 자세인지부터 파악했다. 벽에 등을 기댄 채다. 두 손을 등 뒤로 묶였다. 느낌으로 보아 테이프. 그렇게 좋은 솜씨는 아니다. 그 다음. 명철은 눈동자로 주변을 살폈다. 호텔 방 안. 은은한 백색 조명. 침대. 화장대. 소파. 테이블. 고급스러운 스위트룸. 그 다음. 눈앞에 규혁이라는 대학생 놈이 있고, 그 뒤에 덩치도 서 있다.

규혁이 일어서서 충격기 버튼을 누르며 이죽거렸다. 충격기의 머리에서 불꽃이 튀겼다.

"이거 몇 번 더 맞으면 아저씨 완전 골로 가겠지?"

"왜……, 박미영을…… 죽였지?"

명철의 갈라진 목소리가 흘러나왔다. 규혁이 싱긋 웃었다.

"좆나 성질나게 해서. 근데 정확히 말해서 내가 죽인 거 아닌데? 나는 그냥 따먹기만 했는데? 상우 새끼가 쐈지. 씨발, 그 새끼 총 좆나 좋아할 때부터 그럴 줄 알았어. 병신 새끼."

명철은 박미영의 마지막을 상상했다. 클럽에서 이놈과 우연히 마주쳤다. 아마 저 덩치와 함께 납치했을 것이다. 성폭행을 하고, 게임장 사장에게 몇 푼 쥐여 준 후 거기에 넣어 두었다. 이제 앞뒤가 맞는다. 찰칵 맞물린다.

처음부터 방향을 잘못 잡았다.

"그년이 좀 맛은 없었는데, 성질은 좆나 더러웠어. 아저씨, 내가 딱 두 번 따먹었거든? 그럴 수도 있잖아? 좀 먹으면 어때? 면역자가 뭐 대단해? 클럽에서 꼬셨는데 씨발, 안 넘어와. 지가 뭐 대단한 년이라고 튕기는. 따 먹을 때도 아주 그냥 침 뱉고, 반항하고, 아주 더러워서 진짜. 오줌 질질 쌀 때까지 패도 말을 안 듣더라? 생각하니까 또 성질나네. 그래서 수면제 먹이고 좀비 새끼들한테 던져 줬어. 내장 다 파 먹히라고. 근데 씨발, 내가 가서 봤다? 어떻게 먹혔나 구경 좀 할랬더니, 안 보여. 다 찾아봐도 없어. 구석에 짱 박혀서. 이미 다 청소한 줄 알았더니, 상우 새끼도 운이 좆나 없어. 딱 적절한 타이밍에 단속까지 뜨는 거 봐. 그년도 어떻게 그때까지 살아 있었는지 몰라. 그 몸으로 좀비 새끼들이랑 맞짱을 뜨다니. 하여간 대단해."

명철은 쿡쿡 웃었다. 가슴의 통증을 느끼며 웃었다. 웃기면서도 슬펐다. 미영의 죽음이 슬펐고, 세영의 오해도 슬펐고, 이런 괴물과 마주하고 있는 자신도 슬펐다.

"웃어? 어이, 아저씨, 웃겨?"

"……너는 아픈 사람이다."

"나 안 아픈데?"

"그러면…… 안 된다."

"뭐가요? 왜요? 왜 안 돼요?"

"그러면…… 안 된다."

"뭐가? 왜? 왜 안 되냐고, 말을 해야 알지, 씨발. 뭐가 안 돼? 안 되는 게 어딨어? 다 되지."

규혁이 발로 명철의 옆구리를 걷어찼다. 명철은 옆으로 쓰러졌다. 몇 번 격한 기침을 토했다. 규혁이 말했다.

"여기가 바로 그년을 따먹었던 그 방이야. 어때? 여기가 좋은 게, 방음이 진짜 철저하거든. 무슨 개지랄을 해도 밖으로 소리가 안 샌다고. CCTV? 그런 건 고객들 사생활을 생각해서 절대로 못 달지. 몇 달 전에는 보유자 여자들 몇 명 데려와서 단체로 약 먹이고 떼씹을 했거든. 그러다 좀 흥분해서 하나를 목 졸라 죽여 버렸지. 나머지도 다 죽여야 하나 고민했는데, 보유자 여자들이 그런 점에서는 좋아. 따 먹이고 죽여도 약 좀 사 주면 좆나 조용해지거든. 하긴 사람도 아닌 게, 나 같은 사람이 놀아 주니까 좋기도 하겠지."

"그러면…… 안 된다…… 사람이…… 사람한테…… 그런 짓을 하는 거…… 아니야."

띄엄띄엄, 명철이 말했다. 갈비뼈가 부러져 나간 듯 숨을 쉬기가 힘들었다.

"아, 재미없어. 씨발, 학교로 왔을 때는 좀 재밌어 보이더니 별것도 아니네? 아저씨, 그 모텔에 희원이란 여자 있지?"

명철은 정신이 퍼뜩 들었다. 그는 눈을 크게 뜨고 고개를 쭉 뺀 채 규혁을 올려다보았다.

"어떻게 알았냐고? 다 아는 수가 있지. 돈만 좀 쥐여 주면 지구 끝까지 쫓아가서 사진 찍어다 주는 놈들이 널렸다니까? 그년 아저씨 애인이야? 내가 사진 보니까 살짝 맛있게 생겼더라. 내가 먹어도 돼?"

명철은 이성의 끈을 죽어라고 붙들었다. 언제부터 미행을 붙였을까? 구인제약 쪽에 신경을 쓰느라 전혀 눈치를 채지 못했다. 그는 심호흡을 했다. 여기서 흥분하면 아무것도 안 된다. 더한 지옥도 겪었다. 시체들에게 둘러싸였어도 살아남았다.

"애인도…… 아무것도…… 아니야. 그냥…… 불쌍한 여자애다."

"불쌍하긴. 창녀 주제에. 야, 몽둥이 가져와. 좆나 재미없어, 이 아저씨. 안 된다는 말만 하고. 이 아저씨랑 마지막으로 놀고 갈 생각이었는데 이게 뭐냐, 씨발. 하여간 그러니까 사람은 안 하던 짓을 하면 안 돼. 자, 아저씨 이빨 꽉 무세요. 아, 아프면 소리 질러도 돼. 스트레스 받으니까 참지 말라고."

규혁이 몸을 돌렸다.

기회다. 이 녀석만은 어떻게든 해치워야 한다. 절대로 그냥 둬서는 안 된다. 말하는 도중 계속 손목을 돌린 탓에 테이프가 한껏 늘어나 있다. 그는 순간적으로 누워서 무릎을 구부리고 두 발을 두 손 안으로 빼냈다. 허리의 반동을 이용해 두 발을 땅에 붙였다. 뭔가 거세게 날아오자 오른쪽으로 몸을 날리며 피했다. 오른손으로 바짓자락을 올리며 종아리에 매달린 단검을 빼냈다. 일어서며 단검을 옆으로 그었다. 악! 규혁의 비명이 터졌다. 덩치가 소리를 지르며 그에게 덤벼들었다. 명철은 몸을 비틀며 두 손으로 단검을 덩치의 허벅지에 꽂아 넣고 비틀었다. 으아악. 덩치가 요란한 비명을 지르며 명철이 미처 단검을 뽑아내기도 전에 옆으로 쓰러졌다. 명철은 떨어진 경찰봉을 보고 바닥을 굴러 그것을 집었다. 그는 덩치의 관자놀이를 노리며 경찰봉을 휘둘렀지만 목표가 살짝 빗나가며 봉 끝이 덩치의 볼과 코에 적중했다. 코뼈가 부러지는 순간 옆구리로 규혁의 태클이 들어왔다.

"이 씨발 새끼야!"

규혁이 분노에 찬 욕을 뱉었다. 명철은 숨을 헉, 들이쉬며 규혁과 한 덩어리가 되어 굴렀다. 경찰봉이 위로 날아갔다. 규혁이 명철의 배 위로 올라탔다. 주먹이 날아오는 것을 보면서, 명철은 정확하게 자신의 두 팔 사이에 규혁의 하박을 끼웠다. 상박까지 미끄러져 올라가 옆으로 비틀었다. 규혁의 중심이 무너졌다. 명철이 몸을 뒤집으며 규혁의 왼팔 관절을 힘껏 역으로 꺾었다. 으악! 비명과 함께 팔이 부러졌다. 으악, 악, 악, 악. 명철은 틈을 주지 않고 규혁의 배에 올라탔다. 목을 힘껏 움켜쥐었다. 체중을 실어 내리눌렀다. 비명이 뚝 멈췄다. 규혁의 얼굴이 순식간에 부풀어 올랐다. 명철은 핏발 선

300

눈으로 규혁의 곧 터져 나올 듯한 눈동자를 보았다.

"사람이 사람한테! 그런 짓을 하면! 절대 안 되는 거야!"

명철은 목이 터져라 외치며 규혁의 목을 졸랐다. 두 눈에서 주르르 눈물이 흘러내렸다. 곧 숨이 끊어진다. 느낄 수 있다. 이렇게 피부가 닿으면 알 수 있다. 너도 트럭이지. 근데 운전사가 없어. 미안하다, 아가야. 전부 어른들 잘못이란다. 그래도 너는 죽어야 해. 살아 있으면 안 된단다. 이해해라.

파직. 충격기가 작렬했다. 바닥을 기어온 덩치가 명철의 엉덩이에 다시 무기를 가져다댔다. 명철은 꿈틀, 했지만 이를 악물고 더욱 힘을 주며 내리눌렀다. 이제 몇 초다. 몇 초면 된다.

파직. 파직. 파직.

"떨어져! 떨어져! 떨어져! 떨어지라고, 이 개새끼야!"

덩치의 외침이 끝나자마자 명철은 앞으로 무너졌다. 규혁을 비스듬히 덮치며 머리를 쿵, 바닥에 찧었다. 입술 사이로 허연 거품이 흘러나왔다.

끝내 명철은 규혁의 목숨을 거뒀다.

심장이 멎었지만, 명철의 뇌는 잠시 살아 있었다.

명철은 첼로의 구석방에서 자고 있었다. 신문을 덮고, 불은 켜고, 희원은 옆에서 잡지를 읽는다. 늘 그렇다. 잠깐이나마 잠들 수 있는 곳은 여기뿐이다. 피곤한 인생.

명철은 눈을 감은 채 생각했다.

그런데, 왠지 이번에는 길게, 아주 길게 잘 수 있을 것 같다.

종이가 한 장, 한 장, 한 장, 넘어간다, 한 장, 한 장, 한 장, 그리고 더 이상 아무 소리도 들리지 않았다.

세영과 수진은 아파트 단지 출입구까지 도망갔지만 그곳에서 더 움직이지 못했다. 갑자기 달려온 승합차가 입구를 막았고, 안에서 나온 남자의 손에 총이 들려 있었기 때문이었다. 두 사람은 별다른 저항도 하지 못한 채 승합차에 담겼다.

세영은 부들부들 떠는 수진의 모습에 갑자기 무진장한 분노가 솟아올랐다. 어디에든 폭력뿐이다. 남쪽에서도 장벽에서도 북쪽에서도. 미영이도 이렇게 납치당했겠지. 또 이런 일이 벌어지고 있다. 또.

"너희들 누구야? 구인제약에서 보냈나? 누가 시켰어? 말해! 말하라고!"

남자 한 명이 몸을 돌리고 주먹으로 세영의 얼굴을 가격했다. 퍽 소리와 함께 세영은 뒤로 나가떨어졌다. 코피가 터지고 단번에 윗입술이 부어올랐다.

"우리 조용히 가요. 또 시끄럽게 굴면 진짜 죽여 버릴 거야."

차의 조수석 쪽에서 목소리가 날아왔다. 남자인지 여자인지 불분명한 중성적인 목소리. 세영은 코피를 닦아 내고 이를 갈며 말했다.

"개새끼들."

"박세영 씨, 진짜 한마디만 더 하면 네 옆에 김수진 씨부터 조져 버릴 거야. 그래도 괜찮아?"

세영은 감히 더 말하지 못했다. 한다면 하는 놈들이다. 세영은 고개를 돌려 수진을 바라봤다. 입모양으로 괜찮으냐고 물었다. 수진은 고개를 살짝 끄덕였다.

"조용하니까 이 얼마나 좋아. 우리 라디오나 같이 듣죠."

라디오에서 클래식 음악이 흘러나왔다. 아무도, 단 한 마디도 하지 않았다. 차는 한 시간을 더 달려 서울 가장 바깥의 제3외벽을 통과했다. 26년 전 황급히 지어진 벽이라 금방 무너질 듯 허름하기 짝이 없었다. 그래도 프리패스 길이 있어서 승합차는 유유히 그곳을 지나갔다. 어디로 가는 거지? 세영은 생각했다. 아니, 지금 그걸 생각할 때가 아니야. 어떻게 빠져나갈 거야? 뾰족한 수가 없었다. 그 전에 이놈들이 무슨 잔인한 짓을 저지르려는지, 감도 잡을 수 없었다.

이대로 수진이 죽게 둘 수는 없다. 그러나 아무런 무기도 없이, 건장한 남자 다섯에게서 탈출한다는 것은 불가능에 가까운 일이었다.

아니, 무기가 있기는 했다. 치명적인 무기가.

세영은 손으로 자신의 왼쪽 옆구리를 만졌다. 그전에, 과연 이것을 공기 중에 풀어 놓았을 때 무슨 일이 벌어질지가 문제였다. 이 정도 크기라면 엄청난 재앙으로 이어지지는 않을 것이다. 하지만 확신할 수 있나? 바이러스가 처음 등장했을 때에는 모두들 기껏해야 국지적으로 퍼지다 잠잠해질 거라고 예측했다. 그러나 아니었다. 놈들이 전부 삼켜 버렸다. 세영은 보통의 경우를 따져보다가 바로 그만두었다. 비교가 안 된다. 비교할 자료도, 통계도 없다. 행동 양식도 모르고, 공기만이 아닌 다른 전염 경로가 있을 가능성도 크다. 모든 것이 베일에 싸여 있다.

써야 할까? 사용해야만 하는 경우가 오면, 그렇다면 쓸 수 있을까?

세영은 도저히 결심을 할 수가 없었다.

그가 고민에 빠져 있는 사이, 차는 20분을 더 달려 도로를 벗어났다. 울퉁불퉁한 산길이었다. 그 길을 또 10분 넘게 기어올랐다. 그러다 또 내려갔다. 철조망으로 된 문을 하나 통과했다. 드디어 차가 멈추고 남자들이 내렸다. 세영과 수진도 따라 내렸다. 세영은 주변을 휘둘러봤다.

그들은 장벽 위에 있었다.

남자들이 세영과 수진을 위협하며 장벽의 끝으로 몰아붙였다. 두 사람은 위태롭게 장벽 위에 섰다. 세영은 아래를 내려다봤다. 장벽의 가로 5미터마다 설치된 조명이 아래쪽을 생생하게 비추고 있었다.

시체들이 말 그대로 넘쳐났다. 주광성인 시체들이 조명이 설치된 이곳에 몰려든 것이다. 그 시체들이 빼곡히 선 채 이리저리 걷고 있었다. 서로 간의 간격이 너무도 좁아 위에서 보면 그저 검은색 밖에 보이지 않을 정도였다. 여기저기서 한꺼번에 우르르 넘어지고, 넘어지면 다른 시체들이 넘어진 시체들을 밟았다. 그 모습이 마치 물결처럼 보였다. 세영은 욕지기가 올라오는 것을 느꼈다.

"명당 자리 찾느라고 제가 고생 좀 했죠."

어느새 세영과 수진의 곁으로 다가온 조수석의 남자가 말했다. 차 안에서는 잘 보이지 않아 몰랐는데, 머리칼을 노랗게 염색한, 30대에서 50대 사이로 보이는 남자였다. 남자의 손에는 권총이 들려 있었다. 세영은 금발 남자를 노려보며 말했다.

"저기 떨어져 죽어라, 뭐 그런 건가?"

"에이, 그냥은 못 죽죠. 높이가 4미터 정도라 발부터 떨어지면 절대 안 죽어요. 옛날에 만들어진 벽이라 규격이 다르거든. 그냥 다리뼈나 부러지고 말지. 근데 저 놈들이 문제죠. 아마 뼈만 남을 때까지

먹힐 걸요? 두 분 잘 아시는 우리 진 사장님이 고통스럽게 보내 달라고 하시대요? 나 참, 서로서로 무슨 원한이 그리도 많은지. 사이좋게 지내도 모자랄 이 세상에. 자, 가 볼까요? 나도 바쁜 사람이라."

그때 금발의 점퍼 주머니에서 전화벨 소리가 흘러나왔다. 그가 전화를 받았다.

"응, 그래. 그래…… 계속 얘기해, 듣고 있어. 음…… 아, 그렇게 된 거야? 그래, 알았어. 여기 오빠 있으니까, 오빠한테도 얘기해 줄게. 수고했어."

세영은 오빠라는 단어에 움찔했다. 남자가 전화를 끊었다. 그가 세영을 보며 빙긋 웃었다.

"방금 우명철 씨한테 붙여 놨던 우리 애한테 전화가 왔는데요, 와, 우명철 씨가 힐튼 호텔에서 웬 젊은 애 하나랑 싸우다가 둘 다 죽었대요."

"뭐?"

세영은 믿을 수 없었다. 소령님이 죽다니?

"근데요, 그 자리에 있던 놈을 족쳤더니 글쎄, 그 젊은 애가 바로 박미영 씨를 그 게임장에 버려서 죽게 한 그놈이라네요. 놀랐죠? 진짜 놀랐죠?"

"무슨 개소리야!"

세영이 버럭 화를 냈다.

"개소리가 아니라, 진짜라니까요. 개가 클럽에서 박미영 씨 꼬셨다가 안 되니까 차로 납치를 했대요. 그래서 호텔방으로 데려가서 응응, 아시잖아요. 뻔하지, 뭐. 그래 놓고 게임장에 던져 버린 거지.

시체들한테 물려서 죽으라고. 참 요새 애들 잔인해. 그쵸?"

세상이 빙글빙글 돌았다. 세영은 어지럼증을 느끼며 휘청했다.

납치? 성폭행? 미영이가?

"너…… 너희들이 한 짓이…… 아니라고?"

"우리가 왜 기자님한테 손을 대요? 좋은 기사 써 달라고 봉투 쥐여 주기도 바쁘구만. 두 분도 소송이니 뭐니, 그런 것만 안 걸었어도 여기까지 오진 않았을 텐데. 요새 회사가 좀 민감한 때라. 아무튼 탐정 하나는 잘 고르셨네. 화끈하게 복수해 주고 같이 저세상으로 뜨셨으니."

이 상황에 저들이 거짓말을 할 이유가 없었다.

미영은 웬 미친놈한테 죽었다.

갑자기 이 모든 상황이 장난같이 느껴졌다. 세영은 문득 말 못 하는 여자 곁에서 잠을 자던 소령의 그 모습이 떠올랐다. 관 속에 누워 있는 것처럼 반듯했던 그 모습.

세영은 고개를 숙이고, 으으으, 억눌린 흐느낌을 토했다.

그는 울었다. 더 참을 이유가 없어서 울었다. 그는 어제부터 참았던 울음을 모조리 쏟아냈다. 한참을 울었다. 아무도 방해하지 않았다. 모두들 그의 흐느낌을 들었다.

수진이 다가가 그를 부드럽게 끌어안았다.

"괜찮아요, 괜찮아. 다 괜찮아요……."

수진이 세영의 등을 토닥이며 말했다. 그는 눈물을 전부 목구멍으로 삼켜 버리고, 수진의 귓가에 대고 속삭였다.

"미안…… 미안, 합니다…… 내가…… 뭐라고……하면 숨 멈추고…… 저기 차로…… 뛰어……들어가세요. 꼭 …… 숨은 멈춰요. 꼭."

"아유, 슬퍼 죽겠네, 진짜. 그만하고 이제 저쪽으로 가요. 쟤들도 기다릴 텐데."

세영은 수진을 조금 밀어서 떨어뜨려 놓고, 고개를 들었다. 그리고 옷을 벗었다. 점퍼를 벗고 셔츠를 걷어 올렸다. 그의 돌발 행동에 모두 의아한 눈빛으로 그를 쳐다보기만 했다.

"지금 뭐하세요? 저 아래에서 수영이라도 하시게?"

세영은 대꾸하지 않고 허리에 찬 밴드도 풀었다. 케이스를 손에 들었다.

"이게 뭔지 알아?"

세영이 금발에게 말했다. 금발이 눈을 가늘게 뜨고 세영의 손에 들린 케이스를 지켜봤다.

"그게 뭔데요?"

"이건 티타늄 재질이라 탱크에 깔려도 안 깨져. 단 비밀번호만 알면 안에 든 걸 꺼낼 수 있지."

"그래서 안에 든 게 뭐냐고요? 뭔데? 정말 궁금하네."

"미영이가 그렇게 죽고 거액의 보험금이 나왔지. 그걸 전부 보석으로 바꿔 놨어. 어때, 구미가 좀 당기나?"

"아, 그러니까 살려 주면 그 돈을 주시겠다?"

"우리 좀 살려 줘. 그럼 바로 여기서 꺼내서 전부 주겠다. 다시 말하지만 비밀번호 말고 달리 여는 방법은 없어."

"이거 고민 되네요. 내가 한 명만 살 수 있다고 그러면 저 여자를 살릴 건가요?"

"미쳤어? 이 여자는 마음대로 하고 나를 살려 줘야지! 돈 주는 사람이 난데."

남자가 하핫, 웃었다.

"이제 본성 나오시네. 울고 났더니 정신이 확 드셨나? 뭐, 좋아요. 지금 바로 꺼내 주면 박세영 씨는 살려 드리지. 약속합니다. 내가 약속은 꼭 지키는 사람이에요."

됐어. 이제 꺼내야 하나? 죽어야 하나? 세영은 잠깐 눈을 감았다. 죽은 미영의 얼굴이 잠든 명철의 얼굴로, 그러다 장벽 앞에서 도망치다 마주친, 시체로 변한 여자의 얼굴로 바뀌었다. 모든 죽음이 머릿속에서 소용돌이처럼 뒤섞였다가 사라졌고, 마지막으로 도마뱀의 웃는 얼굴이 나타났다. 앨리스가 도마뱀을 다짜고짜 걷어찼다. 그래서 공중으로 로켓처럼 날아갔다.

세영은 결심을 굳혔다.

11월의 찬 공기가 몸을 매섭게 훑어 절로 이가 덜덜 떨렸다. 그는 케이스를 한 손으로 쥐고 도마뱀이 가르쳐 준 암호를 입력했다. 찰칵, 작은 쇳소리와 함께 윗면이 양옆으로 벌어졌다. 안을 들여다보았다. 스티로폼으로 둘러싸인 작은 유리구슬이 두 개. 안에 보존액이 든 것을 확인한 세영은 구슬을 꺼내 남자에게 내보였다.

"그게 보석이에요? 내 눈에는 그냥 구슬 같아 보이는데?"

"보석이지. 아름다운 보석."

그는 구슬을 손에 쥐고 팔을 들어 올렸다가 아래로 휙 내리면서 소리쳤다.

"지금 뛰어요!"

308

구슬이 콘크리트 바닥을 때리고 산산이 부서졌다. 그를 둘러싼 남자들이 어안이 벙벙해 있는 사이 신호를 받은 수진은 승합차 쪽으로 전력을 다해 뛰었다. 수진과 가까운 쪽에 있던 남자가 저지하려는데 세영이 달려와 남자를 껴안으며 바닥에 굴렀다. 수진은 세영의 말대로 손바닥으로 입과 코를 막고 뛰었다. 승합차의 열린 옆문으로 몸을 날렸다. 안에 들어간 그녀는 재빨리 문을 닫았다.

탕, 총소리와 함께 세영은 어깨에 극심한 통증을 느꼈다. 바닥을 구르며 괴로워했다. 남자의 목소리가 들렸다.

"이게 무슨 난리래? 아까 껴안고 있을 때 무슨 계획이라도 세웠나 보지? 근데 어쩌나. 저 차 키는 여기 있는데? 저기로 가 봐야 도망도 못 치는데? 이걸 계획이라고 세우셨어요?"

남자가 왼손에 든 차 열쇠를 흔들어 보였다.

세영은 구슬을 깬 때부터 초를 세고 있었다. 30초면 충분하다. 이제 28초.

세영이 붙잡고 넘어졌던 남자가 먼저 반응을 보였다. 그는 손으로 바닥을 짚고 일어서다가, 억, 소리와 함께 목을 움켜쥐었다. 실험실의 면역자와 같은 반응. 세영은 하하하, 웃었다. 배를 부여잡고 웃었다. 그는 진심으로 웃었다. 만족했다. 고통이 사라지면서, 묘한 포만감이 찾아왔다. 그는 시선을 돌렸다. 흐릿한 시야에 놀란 표정으로 그를 바라보고 있는 승합차 안의 수진이 잡혔다.

수진 씨, 포기하지 않고 미나를 낳은 건 잘한 거예요……. 누군가는…….

의식이 툭 끊어졌다.

세영은 거칠게 숨을 몇 번 몰아쉬다 죽었다.

수진은 차창으로 바깥의 기묘한 광경을 지켜보았다.

남자들이 차례대로 쓰러지더니 목을 움켜쥐고 괴로워했다. 그녀는 뭐가 뭔지 알 수가 없었다. 평상시보다 세 배는 빨리 뛰던 심장이 차츰 진정됐다. 세영이 시키는 대로 하긴 했다. 그런데 이런 결말이 기다리고 있을 줄은 몰랐다. 뭐였을까. 구슬을 터트리자 사람들이 저렇게 됐다. 수진은 그 안에서 뭔가 무서운 물질이 튀어나와 공기 중으로 흩어졌다는 사실을 눈치 챘다. 3분도 채 지나지 않았는데 여섯 명이 전부 잠잠해졌다. 이곳저곳에 쓰러져 다시는 일어나지 못할 것처럼 보였다. 그녀는 계속 기다렸다. 감히 바깥으로 나갈 수도 없었다.

죽었을까? 세영 씨도?

수진은 세영이 그녀를 살리려고 이런 일을 했음을 깨달았다. 잘 알지도 못하는 여자를 살리려고. 수진은 깊은 한숨을 쉬고 운전석 쪽으로 몸을 옮겼다. 그런데 열쇠가 없다. 저 바깥에 쓰러진 누군가가 가지고 있다. 수진은 얼굴을 찌푸렸다.

나가서 찾아야 해.

어쩔 수 없었다. 그 방법뿐이다. 수진은 차 내부를 뒤졌다. 일회용 티슈가 있었다. 그녀는 티슈를 꺼내 콧구멍을 틀어막았다. 입으로 길게 숨을 들이마시고 차 문을 열었다. 손으로 입을 가리고 숨을 참으며 움직였다. 남자들 사이사이로 조심스럽게 걸었다. 리더 격이었던 총을 든 금발 남자 곁에 열쇠가 떨어져 있었다. 남자는 엎드린 채 죽어 있었다. 그녀는 열쇠와 곁에 떨어진 총을 주워서 뒤춤에 꽂았다. 남자의 왼쪽 점퍼 주머니에서 흘러나온 듯한 휴대전화도 보였다. 그것도 마저 챙겨 주머니에 넣었다.

몸을 돌려 차로 돌아가려는 순간 뭔가가 발목을 붙잡았다.

놀란 그녀는 하마터면 숨을 쉴 뻔했다. 고개를 휙 돌렸다. 남자의 손이 그녀의 오른 발목을 움켜쥐고 있었다. 수진은 소스라치며 거칠게 발을 휘둘렀다. 시체는 그녀의 손목을 놓쳤지만 꿈틀거리며 일어날 기미를 보였다. 그것이 무슨 신호라도 됐는지, 쓰러져 있던 남자들이 전부 꿈틀댔다. 수진은 금발에게 총을 발사했다. 한 발, 두 발. 모두 시체의 몸통을 맞혀 제대로 잠재우지 못했다. 시체는 천천히 상체를 세웠다. 고개를 들며 캬악, 짐승 소리를 냈다. 수진은 뒷걸음질 쳤다. 시체가 맹수처럼 두 손과 발로 바닥을 박차며 달려들었다. 수진은 몸을 비틀어 가까스로 피하고 몇 발짝을 힘차게 내딛어 승합차 안으로 몸을 날려 들어갔다. 지체 없이 몸을 비틀어 문을 세차게 민 순간, 금발 시체의 왼팔이 쑤욱 차 안으로 들어왔다. 팔이 문에 끼면서 완전히 닫히지 않았다. 시체의 손이 수진의 목을 움켜쥐었다. 이미 2분 가까이 숨을 참고 있어 한계에 달한 수진은 흡, 하고 순간적으로 공기를 들이마셨다. 그녀의 목을 움켜쥔 시체가 엄청난 아귀힘으로 압력을 가하자 다시 숨이 막혔다. 강렬한 현기증이 엄습했다. 수진은 왼손으로 문을 잡고 버티면서 오른손을 더듬거리며 뒤춤으로 가져갔다. 권총 손잡이가 잡혔다. 그녀는 총을 빼내 총구를 차 안으로 들어온 팔의 팔꿈치 부위에 가져다댔다. 방아쇠를 당겼다. 펑, 펑, 펑. 시체의 팔꿈치가 찢긴 천처럼 너덜너덜해졌다. 그래도 시체는 손을 풀지 않았다. 연달아 방아쇠를 당겼지만 권총은 철컥, 철컥, 탄환이 떨어졌다는 신호만을 내보냈다. 수진은 권총을 떨어트리고 양손으로 문을 잡은 뒤 악을 쓰며 잡아당겼다.

쿵. 문이 닫히고 시체의 팔이 끊어져 차 안으로 떨어졌다.

수진은 막혔던 숨을 길게 토해 냈다. 후, 후, 후, 후. 길게, 길게 뱉어냈다. 티슈를 빼내고 한동안 숨을 쉬는 데 집중했다. 목을 만져 보았다. 따끔하고 쓰라렸지만 피가 나오지는 않았다. 차츰 폐가 정상적으로 돌아오고, 달아올랐던 얼굴도 열기가 가라앉았다.

미적거리는 사이 시체들이 어느새 차의 좌우, 앞으로 몰려 있었다. 그들이 유리를 두드리며 울부짖었다. 상체를 다 드러낸 세영도 보였다. 자동차가 좌우로 흔들렸다. 수진은 덜덜 떨리는 오른 손목을 왼손으로 부여잡고 열쇠를 꽂았다. 스타트 버튼을 눌렀다. 부르릉, 시동이 걸리면서 전조등이 빛을 뿜었다. 그녀는 후진기어를 넣고 가속기를 세차게 밟았다. 뒤에 있던 시체를 들이받으며 차체가 요동쳤다. 시체가 그 충격에 장벽 아래로 떨어져 내렸다. 기어를 바꿔 넣고 운전대를 세차게 돌리면서 커브를 그렸다.

차가 철조망을 깨트리며 밖으로 튀어나왔다.

수진은 운전을 하면서 옆 거울로 뒤쪽의 시체들을 살폈다. 세영의 시체가, 목표를 놓치고 멍하니 걷는 세영의 시체가 보였다.

그것은 점점 작아지다가 마침내 사라졌다.

19장

전화가 걸려 온 것은 탈출한 지 10분 정도가 지났을 때였다.

수진은 길을 찾으려 잠시 산길에서 정차했다. 어디로 가야 할지 생각했다. 당연히 아파트로 돌아가야 한다. 아무것도 모르는 지현이 걱정하고 있을 것이다. 미나에게 돌아가야 한다. 유골함을 그곳에 두었다. 그런데 희원은 어떻게 됐을까? 명철 아저씨는 죽었다고 했다. 나쁜 놈들. 진짜 나쁜 놈들.

코에서 뭔가가 흘러나왔다. 수진은 콧물인 줄 알고 손등으로 닦았다가, 피가 묻은 것을 보고 깜짝 놀랐다. 거울로 얼굴을 살폈다. 코피가 주르르, 손으로 막을 수 없을 만큼 흘렀다. 그녀는 티슈로 양 콧구멍을 모두 틀어막고 피범벅이 된 손등을 뚫어져라 바라봤다. 왜 이러는 거지? 그깟 숨 좀 참았다고? 목 좀 졸렸다고?

아니, 너도 감염된 거야. 저 뒤에 시체가 된 남자들처럼. 많이 마시진 않았겠지만 어쨌든 너한테도 저 무서운 게 들어왔어.

너는 곧 죽을 거야.

최초에는 공포가, 그 다음에는 이상한 평온이 찾아왔다. 미나보다 더 오래 살았다. 수진은 지금 죽어도 별로 아쉬울 게 없었다. 오히려 잘됐다 싶었다. 단지 해야 할 일이 있는데, 사장을 만나 꼭 미안하다고 말하게 했어야 하는데, 그것 하나만이 아쉬웠다.

바지 주머니의 휴대전화가 울렸다.

수진은 전화기를 꺼내 화면을 봤다. 진석호. 세 글자가 선명했다. 내내 운이 없다가, 드디어 행운 하나를 발견했다. 수진은 리더 격인 남자의 목소리를 되새겼다. 어딘지 여자 목소리 같았다. 속아 넘어갈까? 속일 수 있을까? 그녀는 심호흡을 한 번 하고 전화를 받았다.

—연락한다더니 왜 이렇게 미적대는 겁니까?

"……죄송하군요."

—여보세요? 미스터 리?

수진은 목소리를 조금 더 낮췄다. 남자의 어투를 계속 떠올렸다.

"아…… 네, 저 맞아요. 지금 마스크를 끼고 있어서 목소리가 이래요."

—말씀드린 건 잘 처리됐습니까? 최 이사님한테 또 전화가 왔어요. 이사님도 궁금해하십니다.

"……잘, 잘 처리했어요. 근데, 제가 뭘 좀 가져다드려야 하는데……."

—지금요?

"네, 꼭 전해드려야 할 물건이라, 실례가 안 되면 찾아뵀으면 해서요."

—꼭 전할 물건이라니…… 그냥 소포로 받으면 안 되겠습니까?

"김수진이라는 그 여자가 뭘 갖고 있었어요. 근데 이건 사장님도 꼭 보셔야 할 것 같아서요. 말로 설명드리기도 애매하고요."

—그런 게 있습니까? ……뭐, 좋습니다. 주소 불러 드리죠.

수진은 사장의 주소를 다 듣고 전화를 끊었다. 기억을 되새기며 내비게이션에 주소를 입력했다. 가야 할 곳이 생겼다. 너무 늦지 않기만을 바랄 뿐.

차는 한 시간 후 거의 자정이 가까운 시간에 도시로 진입했다. 코피는 멎었지만, 이번에는 현기증이 심해졌다. 어질어질해서 운전을 하는데 온 힘을 다해야 했다. 호흡도 점점 가빠지고 입술 주위가 푸르스름하게 변색됐다. 그녀는 최대한 밟았다. 얼마 남지 않았다. 15분을 더 달려 도착한 곳은 북쪽의 최중심지에 있는 제4호 헬기 승강장이었다.

수진은 승강장으로 이어지는 터미널 앞에서 차를 세웠다. 헬기장? 그녀는 그저 무작정 안으로 들어가려다 주차장 입구에서 막혔다. 차단기가 에러 메시지를 뱉으며 올라가지 않았다. 제복을 입은 보안요원이 다가왔다. 심장이 두근거렸다. 요원이 차창을 두드렸다. 수진은 창문을 내렸다. 보안요원이 피곤하다는 듯한 얼굴로 말했다.

"잘못 오셨어요. 관리팀 차량은 뒤쪽으로 가셨어야지."

"아, 죄송합니다. 제가 오늘 처음이라……."

"뒤쪽 3호 타워 옆 정류장으로 가세요."

수진은 차를 돌렸다. 헬기 정류장을 찾아냈다. 이번에는 무사통과였다. 아무런 제재도 없었다. 승합차는 정류장 내부로 들어가 대기하고 있던 수송 헬기에 무사히 올라탔다. 수진은 얼떨떨했다. 15분 뒤 그녀를 태운 헬기는 예정대로 섬으로 들어갔다.

수진은 영원히 알 수 없을 테지만, 뒷좌석에 떨어진 시체의 팔에 박힌 칩이 모든 검색을 무효로 만들고 있었다.

헬기에서 내린 수진의 승합차는 내비게이션의 안내를 따라 석호의 집 앞에 도착했다.

예쁜 2층 주택들이 옹기종기 모여 있는 아름다운 단지였다. 승합차가 덜덜 떨면서 기다렸다. 수진은 창을 통해 그림 같은 집을 쳐다보았다. 달력에나 나오는 예쁜 집이다. 낮은 담으로 울타리가 둘려처지고, 정원에는 꽃들이 피어 있다. 언젠가 이런 곳에서 미나랑 같이 살고 싶었는데.

수진은 안전벨트를 단단히 동여맸다. 그녀의 의식은 점점 흐려지고 있었다. 수진은 이곳이 바로, 모든 것의 종착지임을 깨달았다. 서서히 후진하다가 기어를 바꾸고 그대로 정문으로 돌진했다. 철문이 귀에 거슬리는 파열음을 내며 부서지고, 보안장치가 작동해 삐삐삐삐, 전자음을 토해냈다. 그녀는 운전대를 세게 움켜잡으며 오른쪽으로 돌렸다. 가속기를 더 세게 밟았다. 차는 정원을 짓밟고 지나가 집으로 이어지는 낮은 두 단 계단을 밟고 그대로 위로 붕 떴다가, 전면 강화 유리창을 들이받았다. 충격을 받은 유리창이 맥없이 부서지면서 잘게 쪼개졌다. 승합차의 3분의 1 정도가 집 안으로 침입했다.

수진은 정신을 가다듬고 벨트를 풀었다. 그리고 차에서 내렸다. 문이 잘 열리지 않아 발로 세차게 밀어야 했다. 코피가 주르르 흘러내렸다. 숨이 가빴다.

벽면 TV 옆 어두운 공간 안에 사장이 멍하니 서 있는 것이 보였다.

수진은 두 걸음 다가갔다. 발에 밟힌 유리가 작은 신음을 토했다.

"안녕하세요, 사장님. 집이 참 좋네요."

사장의 얼굴이 잘 보이지 않았다. 수진은 좀 더 다가가고 싶었지만 참았다. 사장은 아무 말도 하지 않았다. 누군가 계단을 쿵쾅거리며 내려오는 소리가 들렸다.

"올라가! 내려오지 마!"

분노에 가득 찬 사장의 목소리가 한쪽이 완전히 무너진 거실에 울려 퍼졌다. 이렇게 해 놓고 보니, 수진은 집이란 어느 한쪽만 잘못돼도 전혀 집처럼 보이지 않는다는 사실을 깨달았다. 이곳은 그저 황량한 폐허 같다. 계단을 내려오는 소리가 멈췄다.

"아드님이신가요?"

"이, 개 같은 년. 내 집을 망쳐 놔?"

사장이 낮게 욕을 했다. 분노와 살의가 범벅이 된, 날것 그대로의 모습이었다. 수진은 아랑곳하지 않았다. 그녀가 평온한 어조로 말했다.

"사장님, 우리 미나한테 미안하다고 한마디만 하세요. 내가 잘못했다고 하세요. 그럼 돌아갈게요."

"너는 미쳤어. 완전히 미친년이야."

수진은 사장에게 한 발 다가갔다.

"네, 저도 알아요. 근데 사장님, 왜 그 말은 안 하세요? 우리 미나한테 미안하잖아요. 못 할 짓 했잖아요. 근데 왜 안 하세요?"

사장이 오른쪽으로 움직였다. 그리고 바닥에 나뒹구는 뭔가를 집어 들었다.

골프채.

수진은 사장에게 더 다가갔다. 얼굴을 마주 보고 얘기하고 싶었다. 사장과 가까워지고 있었다. 그녀가 입을 열었다.

"사장님, 저는……."

사장이 순간 골프채를 세게 휘둘렀다. 수진은 피할 수 없었다. 눈을 질끈 감았다. 왼쪽 옆구리가 부서졌다. 아팠다. 너무 아팠다. 그녀는 신음을 뱉으며 상체를 숙였다. 다시 등에 묵직한 충격이 떨어졌다. 척추가 부러졌다. 그녀는 비명도 지르지 못하고 앞으로 고꾸라졌다. 그만. 너무 아파. 그만. 다시 이번에는 왼쪽 관자놀이에 골프채가 적중했다. 수진의 목이 꺾이고 입에서 꺽, 단말마가 튀어나왔다.

눈앞으로 피가 흘러내렸다. 의식이 서서히 흐려졌다.

수진은 엎드린 채 눈을 몇 번 깜박였다.

미나야.

거기서는 나비가 되었니.

내 딸.

정말, 보고 싶다.

석호는 숨을 훅, 들이마시며 다시 골프채를 내리쳤다.

"나는,"

또 쳤다.

"이것들이,"

또 내리쳤다.

"정말,"

또 쳤다.

"싫다!"

석호는 씩씩거리며 여자를 내려다봤다. 속이 후련했다. 너무도 후련했다. 드디어 끝났다. 다 처리했다. 그는 인정했다. 인정하니 개운했다. 네가 정말 싫다. 갈가리 찢어 버리고 싶다. 그래서 그렇게 했다. 버러지 같은 것들. 위아래도 모르고 날뛰는 것들.

처음부터 이렇게 할걸.

석호는 골프채를 던지고 망가진 집을 둘러봤다. 엉망진창이다. 햇살을 잘 여과하던 유리창은 박살이 났고, 벽에 금이 갔을 것이 틀림없다. 가족사진도 바닥에 나뒹굴었다. 뭐 하나 제자리에 있는 것 없이 온통 다 흔들렸다. 다 깨졌다.

전부 이 미친년 때문에.

처음 차가 유리창으로 돌진해 들어왔을 때 그는 너무도 놀랐다. 천지가 뒤집힌 줄 알았다. 하마터면 엉덩방아를 찧는 험한 꼴을 보일 뻔했다.

대체 어떻게 이곳까지 온 것일까? 정말이지 불가사의한 노릇이다. 육지에서 빌빌거리던 벌레 주제에 어떻게 섬으로 왔을까?

물론 석호는 그 답을 찾을 수는 없었다. 있을 수 없는 일이 일어났다. 이 오물이 끝끝내 따라붙어 이 평화로운 곳을 또 한 번 오염시켰다. 그는 다시 수진을 내려다봤다. 감히 나를 놀라게 해? 너 따위가? 바이러스 보유자에, 변변한 직업도 없는 미천한 년이?

석호는 입맛이 썼다. 너무 썼다. 그래도 어쨌든 끝났다. 피해가 막심하지만, 내 집에 함부로 무단 침입한 년에게 엄벌을 내렸다. 정당방위다. 누구도 반박할 수 없는 완벽한 정당방위.

그는 두리번거리며 전화기를 찾았다. 경비업체가 곧 달려오겠지만 구역의 담당 경찰에도 알려야 한다. 그런데 어디로 굴러 들어갔는지 보이지가 않는다. 씨발, 이게 무슨 꼴이야. 석호는 위층을 향해 소리쳤다.

"상우야! 전화기 좀 가져와 봐!"

아들이 달려 내려왔다. 그에게 휴대전화를 건넸다. 엄청나게 놀란 얼굴이다. 혼이 날아간 얼굴이다. 당연하다. 천재지변이 일어났으니. 회오리바람이 불었으니.

"괜찮아, 다 끝났어."

그는 아들의 어깨를 두드리고 격려했다. 전화기의 버튼을 눌렀다. 그는 재빨리 사정을 설명하고 신고했다. 경찰은 곧 가겠다고 말했다. 이제 기다릴 일만 남았다.

석호는 여자의 시체를 물끄러미 내려다보는 아들에게 말했다.

"저쪽으로 가 있어. 추우니까 아예 2층에 가 있든지. 엄마가 오늘 늦어서 다행이다. 아마 이 꼴을 봤으면 그대로 기절했겠다."

"이 여자, 죽었어요?"

상우가 물었다. 석호는 고개를 끄덕였다. 죽어도 싼 여자니 죽었다. 그는 갑자기 갈증을 느꼈다. 목 안이 다 타는 듯한 갈증이었다. 석호는 거실을 가로질러 주방으로 들어갔다. 냉장고에서 물병을 꺼내 입에 대고 벌컥벌컥 마셨다.

그때 거실에서 비명이 울렸다.

석호는 마시던 물병을 던져 버리고 한달음에 거실로 갔다.

여자가 움직이고 있었다. 석호는 입을 벌리며 순수하게 놀랐다.

시체.

시체라니. 젠장, 시체라니. 이게 어떻게 된 거야. 여자가 고개를 숙인 채 두 발로 버티고 서 있었다. 상우가 그 왼편 세 발쯤 떨어진 곳에서 주저앉아 팔을 매만지고 있었다. 아들에게 급히 물었다.

"물렸어?"

"예, 이게 갑자기 일어나서. 아, 좆나 깜짝 놀랐네."

아들의 말본새에 주의를 줘야 했지만, 지금 그런 게 문제가 아니었다. 괜찮다. 감염 걱정은 없으니 그냥 외상에 불과하다. 석호는 여자가 정말 진저리쳐질 정도로 미웠다. 죽어서까지 이 난리를 피우게 만들다니. 저 정도면 끈질기다는 말로는 표현이 불가능하다. 아까 골통을 전부 빠개 버렸어야 되는데. 그래야 못 일어났을 텐데. 저 미친년은 포기할 줄을 모른다.

설마 시체가 되어 일어나리라곤 상상도 못 했다. 이래서 보유자들이 싫다니까.

"그러니까 2층에 가 있으라고 했잖아! 아빠 말 안 듣더니, 얼른 올라가!"

상우는 여자의 시체 뒤로 빙 돌아서 쪼르르 위로 올라갔다. 석호는 시체를 살폈다. 좌우로 흔들리며 얌전히 서 있다. 저러다 언제 돌변해서 달려올지 모른다. 주변에서 무기가 될 만한 것이 없는지 살폈다. 골프채는 아까 던진 곳에 있었다. 여자에게 너무 가깝다.

그때 멀리서 사이렌 소리가 들렸다.

참 빨리도 온다. 경비업체 새끼들. 석호는 더 걱정할 것이 없다고 생각했다. 이제 정말 끝났다. 빨리 치우고 끝내자. 피곤하다, 진짜 피곤하다.

경비업체 직원과 보안요원들이 우르르 몰려들어왔다. 석호는 더 어지럽히지 말고 알아서 처리하라고 말했다. 여섯 명의 직원들이 몰려들어 시체를 잡았다. 안에서 머리통을 터트릴 수는 없었다. 그러면 피와 뇌수로 안 그래도 더럽혀진 거실 바닥이 완전히 못쓰게 된다. 잠자리채 비슷한 전용 포박 용구가 집으로 들어왔다. 시체는 포박 용구에 의해 삼면에서 붙잡혔다. 이제 꼼짝도 못 한다. 사람들이 이끄는 대로 따라올 수밖에 없다.

그 소동을 지켜보던 석호는 2층을 흘끔 올려다봤다.

약이라도 발라 줄까 생각하며 그는 아들 방으로 갔다.

똑똑 문을 두드렸다. 반응이 없다. 그는 고개를 갸우뚱하고 문을 밀었다.

침대에도, 책상에도 보이지 않는다. 석호는 방에 들어갔다.

순간 문 뒤에서 기다리던 뭔가가 그를 덮쳐 쓰러트렸다.

10여 분 전까지 그의 아들이었던 자는 회색 눈을 번뜩이며 석호의 목덜미를 강하게 물어뜯었다.

석호는 크게 비명을 질렀다. 마지막의 마지막에 가서도 그는 상황을 이해할 수 없었다.

경비업체 직원 한 명이 2층으로 올라갔다가 또 당했다. 다시 한 명이 더 당했다. 그러자 두 명이 올라왔지만 그들도 기습에 버티지 못했다. 수적으로 불리해지자 직원들은 총을 난사했지만, 역부족이었다. 그들은 시체를 상대한 경험이 없었다. 그들은 시체를 두려워했다. 머리통이 날아가지 않는 한 끈질기게 움직이는 죽은 생명이 무서웠다. 잠시 후 모두 시체가 되어 일어났다. 여자 시체의 포박을 쥐어 줄 사람은 아무도 없었다. 시체들은 집 안 여기저기로 흘러 다니다 마치 한 덩어리가 된 듯 밖으로 새어 나왔다.

경비업체를 믿고 늑장을 부리던 경찰이 신고 40분이 지나 석호의 집에 도착했을 때, 주변으로 이미 시체들이 번져 나가고 있었다. 그 중에는 이제는 어떤 의미도 없는, 예전에 사장이었고, 예전에 직원이었던, 남자와 여자도 있었다.

그들은 시체의 의무를 다하려는 듯, 앞서거니 뒤서거니,

함께 걸었다.

〈끝〉

창백한 말

1판 1쇄 찍음 2018년 1월 18일
1판 1쇄 펴냄 2018년 1월 25일

지은이 | 최민호
발행인 | 박근섭
편집인 | 김준혁
책임 편집 | 장은진
펴낸곳 | 황금가지

출판등록 | 2009. 10. 8 (제2009-000273호)
주소 | 06027 서울 강남구 도산대로 1길 62 강남출판문화센터 5층
전화 | **영업부** 515-2000 **편집부** 3446-8774 **팩시밀리** 515-2007
홈페이지 | www.goldenbough.co.kr

도서 파본 등의 이유로 반송이 필요할 경우에는 구매처에서 교환하시고
출판사 교환이 필요할 경우에는 아래 주소로 반송 사유를 적어 도서와 함께 보내주세요.
06027 서울 강남구 도산대로 1길 62 강남출판문화센터 6층 민음인 마케팅부

ISBN 979-11-5888-357-7 03810

㈜민음인은 민음사 출판 그룹의 자회사입니다.
황금가지는 ㈜민음인의 픽션 전문 출간 브랜드입니다.